Der Kuss des Hades

von Lisanne Courbet

W0355263

Das Buch

Mehr aus Freundschaft als aus Interesse begleitet die angehende Modedesignerin Mara ihre Freundin Dori auf eine Exkursion für Archäologie-Studenten nach Griechenland. Ihr Professor Clemens Brick zeigt den Teilnehmern ein abgelegenes Tal mit einem Fluss, von dem es heißt, er sei das Tor zur Unterwelt. Was für die Studenten nur ein Scherz ist, wird für Mara schon bald zur erschreckenden Realität. Bei einem Bad in diesem Fluss meint sie auf einmal eine dunkle Gestalt in einem Boot zu sehen und kann von den anderen nur in letzter Sekunde vor dem Ertrinken gerettet werden. Als Mara am nächsten Tag ihren Flug zurück nach Wien verpasst und unfreiwillig länger in Athen bleiben muss, begegnet ihr der geheimnisvolle Melas. Der rätselhafte Fremde zieht sie unaufhaltsam in seinen Bann, verschwindet aber spurlos. Zurück in Wien gerät Maras Leben immer mehr aus den Fugen und plötzlich ist nichts mehr wie es einmal war. Verstörende Träume suchen sie heim und Wasser übt auf einmal eine unheimliche Anziehungskraft auf sie aus. Da offenbart ihr Professor Brick, was es mit den beunruhigenden Veränderungen in ihrem Leben wirklich auf sich hat. Vor Jahren begegnete ihm in dem Tal in Griechenland der Gott der Unterwelt und zwang ihn, einen unheilvollen Schwur zu leisten. Hades verlor vor 3000 Jahren seine Königin Persephone und verlangt von dem Archäologen, eine neue Gefährtin für ihn zu finden, die einen Teil des Jahres in der Unterwelt verbringen soll. Warum seine Wahl ausgerechnet auf Mara fällt, soll die junge Frau erfahren, sobald sie den Mut aufbringt und sich erneut in das abgelegene Tal begibt. Mara weigert sich jedoch. Als sie in einen schrecklichen Unfall verwickelt wird und in Lebensgefahr schwebt, kann sie der Begegnung mit Hades jedoch nicht länger ausweichen. In der Dunkelheit der Unterwelt erwartet sie nicht nur der geheimnisvolle Fremde aus Athen, sondern auch ein uraltes Geheimnis, das der Schlüssel zu ihrer eigenen Seele ist.
Der Kuss des Hades. Ein finster-romantischer Roman über die Tiefen der Unterwelt und dem Reich der Seele. Lass dich von einem uralten Mythos und den Wundern der Dunkelheit verzaubern. Dieses Buch erzählt die Liebe zwischen dem Unterweltgott Hades und der Fruchtbarkeitsgöttin Persephone ganz neu und beschwört die Kraft unsterblicher Liebe.

Die Autorin

Lisanne Courbet heißt eigentlich anders. Dies ist das Pseudonym einer deutschen Schriftstellerin aus Süddeutschland, die bereits im Erotik- und Historik Genre einige Bücher veröffentlicht hat. Seit ihrer Jugend gibt es da aber diese unverbesserliche, immer noch leidenschaftliche Faszination für das

Vampir-Genre, dem Lisanne Courbet eigene Bücher hinzufügen wollte. Ihre inneren Welten sind fernab von *True Blood* –Ästhetik und haben ihr Zuhause eher in opulenten, düsteren und künstlerischen Gefilden. Lisanne Courbet liebt Kunstgeschichte und Literatur und gibt ihren Romanen immer einen kunsthistorischen, bzw. mythologischen Bezug oder Rahmen. Sie lebt mit ihrem Mann und drei Katzen am Waldrand in der Nähe eines alten Friedhofs ...

Außerdem von Lisanne Courbet erschienen:
Lust der ewigen Nacht – ein Vampirroman (2017)
Die Akte Bram Stoker (2018)

Impressum:

Lisanne Courbet

E-Mail: LisanneCourbet@gmx.de

Originalausgabe
Copyright: © 2018 by Lisanne Courbet
Alle Rechte vorbehalten
Lektorat: Lisanne Courbet
Umschlaggestaltung und Layout: Lisanne Courbet
Bildnachweis: istockfoto/Arndt_Vladimir
Satz: Lisanne Courbet
Druck und Bindung: Amazon Selfpublishing
Printed in Germany

Nachdruck in jeglicher Form, auch nur auszugsweise, nur mit ausdrücklicher Genehmigung der Autorin. Urheberrechtlich geschütztes Material.

Kapitel 1

Ein herrlicher Tag ging zu Ende. Es war der letzte Tag einer anstrengenden, aber dennoch faszinierenden Woche, der fast so etwas wie Urlaubsgefühle erzeugte. Aber es war zu spät. Morgen würden wir von Athen aus wieder zurück nach Wien fliegen.
Die Sonne stand hoch am Himmel und die Hitze intensivierte den Geruch der Pinie, unter der wir saßen. In der Luft lag das allgegenwärtige, einschläfernde Zirpen der Grillen.
Ich betrachtete Dori, die ihrem Dozenten an den Lippen hing, und wie aus Versehen den Träger ihres Shirts über ihre Schulter rutschen ließ. Meine Freundin Dori brauchte dieses Seminar und die dazugehörige Exkursion nach Griechenland, um ihr Hauptstudium abzuschließen. Aber noch mehr brauchte sie die Aufmerksamkeit von Prof. Dr. Clemens Brick, ihrem Lieblingsdozenten. So wie sie da saß, mit den gelösten, blonden Haaren über der verschwitzten, braunen Stirn, hatte sie Ähnlichkeit mit einer der Frauen auf den Umschlägen dieser Schnulzenromane, die mit verzücktem Gesichtsausdruck und zerrissener Bluse in den Armen eines muskulösen, langhaarigen Kerls dahin schmachteten.
Es war mir peinlich, ihr bei ihrem Schauspiel zuzusehen und ich fragte mich, warum es sonst niemandem auffiel. Aber vielleicht lag es daran, dass ihre Kommilitonen Prof. Dr. Clemens Brick viel zu konzentriert lauschten. Es war ja auch ein faszinierender Ort, an den er uns heute zum Abschluss geführt hatte und ich bereute es heute ausnahmsweise keineswegs, auf diese Exkursion mitgefahren zu sein.
Normalerweise hätte ich mir diese freie Woche, bevor mein „Erwachsenenleben“ beginnen würde, anders vorgestellt. Ich war schon seit einem Jahr fertig mit der Uni und sollte nächste Woche meinen ersten richtigen Job antreten. Als Assistentin einer europaweit gefragten Mode-Designerin in Wien. Ich war außer mir vor Vorfreude und Aufregung. Es war ein großes Ding, dass die berühmte Tessa Kranach ausgerechnet mich

ausgewählt hatte und manchmal konnte ich dieses Glück überhaupt nicht begreifen. Seit Jahren träumte ich von einer Chance wie dieser und Tessa Kranach war nicht nur meine absolute Ikone in Sachen Mode, sondern auch ein Name, der sich sehr gut in meinem beruflichen Lebenslauf machen würde. Eigentlich hatte ich mir vorgenommen, die Zeit vor dieser neuen Lebensphase in einer anderen Umgebung zu verbringen. An einem schönen Strand zum Beispiel oder in einer spannenden Stadt. Aber nicht zwischen staubigen Ausgrabungsstätten und archäologischen Sehenswürdigkeiten in der trockenen, brütend heißen griechischen Pampa. Noch dazu zwischen einem Dutzend Archäologie-Studenten, die die ganze Sache furchtbar ernst nahmen und mit denen man sich keine Sekunde entspannen konnte. Ein paar von ihnen nahmen ihre Bücher sogar mit an den Pool in unserem Hotel und lasen darin, anstatt ein paar Runden zu schwimmen oder sich zu sonnen.
Aber Dori hatte mich so lange bekniet, sie auf diese Exkursion zu begleiten, bis ich mich hatte breitschlagen lassen. Es war nämlich keinesfalls so, dass nur Studenten an dieser Seminarreise teilnehmen durften. Es gab drei freie Plätze und weil sich niemand anderes von der Universität gefunden hatte, hatte der Dozent angeboten, dass man Freunde oder Interessierte mitnehmen konnte. Es hatte sich aber niemand gefunden, der genug Interesse an griechischen Tempeln und anderen antiken Kultstätten aufbrachte und so war ich die Einzige, die außer den Studenten mitgefahren war. Ich war nie zuvor in Griechenland gewesen und eigentlich stand das Land ganz oben auf meiner Wunschreiseliste. Ich interessierte mich zwar auch für antike Sehenswürdigkeiten, aber meine Faszination war dann doch nicht so groß, als dass ich die akademischen Tiefen nachvollziehen konnte, mit denen wir die verschiedenen Besichtigungen vornahmen. Manchmal gab es nicht einmal Säulen oder Mauern zu sehen, sondern bloß große staubige Felder mit ausgehobenen Schächten, in denen Dori und ihre Kommilitonen Scherben und versunkene Mauerstrukturen analysierten, endlose Referate hielten und stundenlang ihrem Dozenten lauschten, der über mykenische Kultur, archaisches Zeitalter, Argos, Sparta und die antiken Glaubenssysteme sprach.

Ich muss zugeben, dass es Momente gab, in denen auch ich dem Professor an den Lippen hing und eine tiefe Faszination für diese versunkene, schillernde und machtvolle Zeit empfand.
Aber viel öfter schweifte mein Geist ab und ich betrachtete einfach nur die vor Hitze flimmernde Landschaft und stellte mir vor, wie die Tempel und Stätten einstmals ausgesehen hatten. Ich flüchtete mich an einen imaginären Strand mit kaltem Meerwasser und einer hübschen kleinen Beach-Bar und manchmal döste ich auch einfach bloß weg, was aber niemand bemerkte und mir auch niemand übel nehmen würde.
In meinen Tagträumen von dem imaginären Strand spielte Marlon jedes Mal eine große Rolle. Wir waren erst vor zwei Monaten zusammengekommen, was für mich immer noch so eine Art achtes Weltwunder war, denn ich war zwei Jahre lang Hals über Kopf in ihn verliebt gewesen und hätte mir niemals ausgemalt, dass ausgerechnet er jemals Gefühle für mich entwickeln würde. Marlon war das, was man gemeinhin als Augenweide bezeichnen würde. Ein beinahe zwei Meter großer, schlanker Märchenprinz mit blonden Haaren und tiefen, braunen Augen, die mich, wann immer mich ein Blick aus diesen Augen traf, fast verrückt machten. Muskulös, kraftvoll mit dieser Prise an ungebändigter Wildheit und diesen süßen Lachfalten neben den Augen. Abgesehen von all dieser klischeehaften Attraktivität war er aber einfach mein Typ von Mensch. Ich liebte es, dass ich stundenlang mit ihm reden konnte, ohne dass es langweilig wurde. Ich liebte seine verspielte und gleichzeitig raue Art und wie er mich beim Einschlafen umschlungen hielt. Der Sex mit ihm war fantastisch und ich genoss es, mit ihm unterwegs zu sein. Es war nicht dieses typische Mann-Frau-Ding. Da war noch mehr, aber ich konnte nicht genau sagen, was es war.
Zu diesem Zeitpunkt wusste ich noch nicht, dass genau da das Problem lag. Und dass es eigentlich verdammt wenig war, was Marlon und ich eigentlich miteinander teilten.
Dass ich vielleicht gar nicht in ihn verliebt war, sondern bloß in das Gefühl, dass ein Mann wie er sich überhaupt für mich interessierte.

Ich gab mir innerlich einen Ruck und riss mich von meiner Schwärmerei los. Marlon war mit seinen Freunden nach Fuerteventura zum Surfen geflogen. Ein Urlaub, der bereits seit einem Jahr fest geplant war und bei dem die Freundinnen daheim geblieben waren. Ein bisschen enttäuscht hatte mich das schon. Aber erstens war es vielleicht noch zu früh für einen gemeinsamen Urlaub und zweitens hatte ich keine Lust, die ganze Zeit alleine am Strand zu hocken während Marlon mit den Wellen tanzte. Dennoch, wenn ich jetzt an ihn dachte, durchzuckte es mich mit einer Mischung aus Sehnsucht und etwas undefinierbar Schmerzhaftem. Ich skypte jeden Abend mit ihm und sah dabei zu, wie er von Tag zu Tag brauner wurde und seine Haare heller. Ich war neidisch und in mir pochte eine sonderbare Angst, dass er zurückkommen würde und mir sagen würde, dass das mit uns doch nichts wurde.
Blöde Komplexe. Dass sie auch immer dann auftauchen mussten, wenn ich eigentlich gerade glücklich war.
Ich musste mir immer wieder bewusst machen, dass das Leben es tatsächlich gut mit mir meinte. Marlon. Die Anstellung bei Tessa Kranach. Unglaublich, aber wahr. Für mich war es nur manchmal schwer nachvollziehbar, dass ausgerechnet ich so viel Glück haben sollte. Denn nach dem, was ich in den letzten Jahren durchgemacht hatte, hatte ich mich beinahe daran gewöhnt, dass mein Glück und meine Zukunftspläne dem Universum am Allerwertesten vorbei gingen. Doch daran wollte ich jetzt nicht denken. Alles, nur nicht daran....
Jedenfalls waren Marlons anderweitige Urlaubspläne nur ein Grund, warum ich jetzt hier im griechischen Staub saß. Der Hauptgrund, warum ich zu der Exkursion mitgefahren war, war Dori, die sich mit ihrer haltlosen Verliebtheit in einem fast hysterischen Zustand befand und beschlossen hatte, ich müsste ihre Annäherung an ihren geliebten Dozenten überwachen und ihr ganz schlicht und einfach beistehen. Meine Aufgabe als ihre beste Freundin bestand also darin, dass ich Clemens Brick rund um die Uhr beobachten sollte und jede seiner Regungen, jeden Blick und jedes Wort darauf hin analysieren sollte, ob Dori bei ihm würde landen können. Meine liebe Freundin hatte sich

nämlich in den Kopf gesetzt, dass es während dieser Woche in Griechenland zu einem romantischen Zusammentreffen zwischen ihr und Brick kommen würde. Sie hatte die Wochen vor der Exkursion doch tatsächlich damit verbracht, zu recherchieren, ob Clemens Brick verheiratet oder vergeben war. Und da sie bei ihren Beschattungsaktionen nichts dergleichen herausgefunden hatte, stand für sie nun fest, dass sie sich ihren Professor angeln würde.
Ich will hier nicht lang und breit erklären, welche Mühe ich mir gemacht hatte, sie von dieser Idee abzubringen. Aber es war hoffnungslos. Was nicht zuletzt daran lag, dass Prof. Dr. Brick für sein enormes Wissen und seine Reputation noch sehr jung war, gerade einmal 39. Und wenn man ihm seine etwas unförmige Sommerkleidung abgenommen und gegen ein strahlend weißes Gewand eingetauscht hätte, der Mann hätte einen perfekten griechischen Gott abgegeben. Er war schön, aber auf diese nachdenkliche, ernste Art, auf die Dori so abfuhr. Und sein Oberkörper ließ ahnen, dass er nicht bloß sein Gehirn trainierte.
Ich kannte Dori seit der Grundschule und sie hatte diese Phasen immer gehabt. Halt- und hoffnungslos verliebt in einen unerreichbaren Mann. Ich hatte diese Spielchen immer mitgespielt, ihr immer beigestanden und sie in ihren Absichten bestätigt, hatte mitgelitten und sie getröstet. Aber erst hier in Griechenland wenn wir beide abends in einer Taverne zur „Lagebesprechung" saßen, wurde mir bewusst, was für eine merkwürdige, einseitige Freundschaft mich eigentlich mit Dori verband. Und dass ich langsam zu alt wurde für diese emotionalen Sackgassen.
Diese Erkenntnis machte mich traurig. Aber nicht bloß weil ich das Gefühl bekam, mich innerlich immer weiter von meiner ältesten Freundin zu entfernen. Sondern weil mir gleichzeitig klar wurde, wie sehr ich mich in ihrer Gegenwart immer verleugnet hatte. Sogar jetzt, in der letzten Woche vor meinem ersten richtigen Job, opferte ich mich für sie auf, anstatt etwas zu tun, was mir wirklich gut tat. An diesem letzten Tag in Griechenland wurde es mir besonders schmerzlich bewusst und ich dachte: Mara, du musst auch in

diesem Punkt endlich erwachsen werden. Ich nahm mir vor, mit Dori ein ernstes Gespräch zu führen, sobald wir wieder in Wien waren.
Wir waren am Vormittag in einer Ausgrabungsstätte zwei Stunden nördlich von Athen gewesen aber ich hatte kein Auge für die Schönheiten des Ortes gehabt. Dazu war die Hitze zu groß gewesen. Ich hatte permanent das Gefühl, heißen Staub einzuatmen und konnte nun wirklich keine antiken Trümmer mehr sehen. Außerdem dachte ich in den letzten Stunden wieder vermehrt an die Sache mit meinen Eltern. Ich dachte eigentlich, ich hätte es einigermaßen verarbeitet, was geschehen war, aber die Erinnerung an die Katastrophe und den Zustand, in dem mein Vater sich seit drei Jahren befand, schlich sich immer öfters in mein Bewusstsein. Als wollten diese Sorgen den kleinsten Moment der Entspannung ausnutzen und mich dazu bringen, endlich eine Lösung zu finden. Aber es gab keine Lösung für ein Problem das so alt war wie die Märchen der Brüder Grimm. Meine Stiefmutter.
Am Nachmittag präsentierte Prof. Dr. Brick uns eine besondere Überraschung. Er schickte ein paar der Studenten in einen Supermarkt zum Einkaufen und deutete an, dass wir ein Picknick machen würden. Zu diesem Zeitpunkt war Dori bereits völlig aus dem Häuschen, weil sie hoffte, dass dieses Picknick die Gelegenheit wäre, sich ihrem Schwarm endlich zu nähern.
Wir fuhren mit unserem Miet-Bus in die Berge und nach einer halben Stunde bog Brick in einen staubigen Seitenpfad ein, der eine weitere halbe Stunde quer durch eine karge Hügellandschaft führte. Irgendwann stoppte er den Wagen und wir liefen über einen kaum sichtbaren Pfad durch eine vertrocknete Landschaft. Und dann sahen wir es.
Es war eine steile, fast kreisrunde Senke zwischen den Hügeln, nicht größer als ein halbes Fußballfeld. Und in der Mitte wuchs ein wunderschöner Granatapfelbaum. Im hüfthohen Gras lagen weiße Steinbrocken, die meine Mitreisenden natürlich sofort als Mauerteile identifizierten. Das Schönste aber war ein schmaler Fluss, der am Rand der Senke unter einem Steinüberhang dahin plätscherte um nach einigen Metern zwischen den Felsen zu verschwinden. In der Senke lag eine fast irreale Stille. Keine Vögel sangen,

keine Grillen zirpten. Es herrschte eine so himmlische Ruhe, dass es fast schon unheimlich war. Ich kann das Gefühl kaum beschreiben, das mich überkam, als wir nach unten liefen und uns dem Baum näherten. Der Ort hatte eine geradezu magische Anziehung. Als hätte der liebe Gott – oder auch der gute alte Zeus - beschlossen, dass dies einer der wenigen Plätze auf der Erde war, an denen es vollendeten Frieden gab. Und gleichzeitig lag da auch etwas anderes in der Luft, eine besondere, schwer zu benennende Stimmung. Irgendeine Schwingung, die ich noch nie zuvor gespürt hatte.

„Das hier, Herrschaften, ist der Eingang in die Unterwelt. Das Tor zum Hades!“, verkündete Brick.

„Komisch, das hatte ich mir immer etwas weniger romantisch vorgestellt“, flötete Dori.

Brick lächelte beiläufig. „Nun, es gibt, wie Sie wissen, viele verschiedene Orte in Europa, an denen die Menschen den Eingang zur Unterwelt vermutet haben. Dieser hier steht aber nicht auf der Liste. Es ist meine ganz persönliche Entdeckung.“

Jetzt schmunzelte er und bedeutete den Studenten, sich unter dem Granatapfelbaum niederzulassen. Wir breiteten Decken aus und legten die mitgebrachten Speisen in die Mitte. Während wir uns über gefüllte Weinblätter, Oliven, Pfirsiche, Feigen und Fladenbrot hermachten, erzählte Brick, wie er diesen Ort gefunden hatte.

„Ich bin auf meinen Forschungsreisen früher regelmäßig durch diese Gegend gefahren“, begann er. „Ich hatte mich einem Forschungszweig angeschlossen, der verschollene antike Stätten ausfindig macht, über die es nur spärliche Quellenangaben gibt. Es existierten Hinweise, dass in diesen Bergen hier einige Kultstätten verstreut liegen, die aber zu klein waren, als dass man sie auf einer Luftaufnahme erkennen würde.“

Brick betrachtete zufrieden die aufmerksamen Gesichter um sich herum. Ihm entging, dass das Leuchten auf Doris Gesicht weniger seiner Geschichte galt sondern eher der Tatsache, dass ein leiser Wind durch sein schulterlanges, hellbraunes Haar fuhr und ihm einzelne Strähnen in die verschwitzte Stirn wehte.

„Nun, ich war vier Jahre lang immer wieder in dieser Gegend, habe aber keine Hinweise entdeckt. Bis ich dann eines Tages eine Autopanne hatte. Es war ein heißer Sommertag, und ich Idiot hatte nur noch einen halben Liter Wasser bei mir, als es passierte. Das Auto ließ sich nicht mehr bewegen und es war weit und breit keine Menschenseele zu sehen. Ich hätte laufen können, aber dann wäre ich unterwegs in der Hitze umgekommen."

Dori kommentierte das Gesagte mit einem Geräusch, das man wohl macht, wenn man ein verletztes Kaninchen findet.

„Ich beschloss zu warten. Aber es tauchte niemand auf, stundenlang. Irgendwann war ich vor Hitze und Durst so zermürbt, dass ich beschloss, den Wegesrand zu verlassen und mir irgendwo einen schattigen Ort zu suchen. Das war genau da vorne."

Brick deutete in die Richtung, in der wir unseren Bus abgestellt hatten.

„Genau in diesem Moment hörte ich plötzlich das Wasserplätschern des kleinen Baches. Ich schlug mich also durch die Büsche hierher und fand dieses kleine Paradies hier." Er breitete die Arme aus und sah sich mit stolz leuchtenden Augen um.

„Ihr könnt euch vorstellen, dass ich nicht unzufrieden mit meiner Entdeckung war. Es gab Wasser und diese herrlichen Granatäpfel und den Schatten."

„Und diese Fundamente", meinte einer von Doris Kommilitonen und deutete auf die weißen Steinbrocken, die überall im hohen Gras lagen.

„Dafür hatte ich natürlich erst Augen, als ich meinen Durst gestillt hatte", fuhr Brick fort. „Es stellte sich heraus, dass das hier ein kleines Demeter- und Persephone- Heiligtum aus dem 4. Jahrhundert vor Christus war."

„Warum ausgerechnet Demeter und Persephone?", wollte eine Studentin wissen.

„Ich habe damals einige Figurinen gefunden, die Rückschlüsse auf beide Göttinnen zulassen also Mohnkranz, Garbenbündel, Fackel ", erklärte der Dozent und schweifte zu seiner wissenschaftlichen Arbeit ab, die er über den

Fund verfasst hatte. „Was meine These zu Demeter aber zusätzlich stützt“, er deutete auf den düsteren Überhang des Felsens, der sich drohend über den kleinen Bach zu neigen schien. „Ich meine, schaut euch einmal um. Dieser Fluss, der Granatapfelbaum, diese Gesteinsformationen da drüben, die aussehen, als würde es dort in eine Höhle gehen. Meine Theorie ist, dass die Menschen damals dachten, dass dies der Eingang zur Unterwelt ist. Wer weiß, ob der Granatapfelbaum schon so lange dort steht, aber diese Bäume können unglaublich alt werden. Vielleicht wurden damals auch Granatäpfel geopfert und die Samen fielen auf den Boden, woraus dieser Baum entstand. Wie dem auch sei, Sie alle kennen die Geschichte von Demeter und ihrer Verbindung zur Unterwelt. Daher macht es Sinn, dass die alten Griechen ein entsprechendes Heiligtum errichtet haben.“

„Mara, du siehst nicht so aus, als wüsstest du, über was hier gerade gesprochen wird“, sagte einer der Studenten, ein ziemlich hochnäsiger Typ, der sich für die Krone der Schöpfung hielt und mich während der gesamten Woche entweder wie Luft behandelt hatte oder mich immer wieder damit aufzog, dass ich nur ein Modestudium absolviert hatte.

Dori rettete mich, in dem sie die Geschichte einfach erzählte und dabei immer wieder Beifall heischend zu Professor Brick herüber blinzelte. Wahrscheinlich wollte sie weniger mir und meiner Unwissenheit beispringen, als vielmehr ihn beeindrucken. Auch wenn ich stark bezweifeln möchte, dass sie das schaffte. Schließlich war die Geschichte von Demeter für diese Leute hier Vorschulwissen.

„Also, es ist einfach unglaublich, dass Sie das hier gefunden haben!“, sagte sie und strahlte den Dozenten begeistert an. „Und vor dem Hintergrund des Mythos´ kann es eigentlich gar nicht anders sein, dass an einem solchen Ort der Demeter gehuldigt wurde. Auch wenn ich mir vorstellen kann, dass die Leute sicher Angst hatten, so nah an eine Stelle zu gehen, die sie für den Eingang der Unterwelt hielten.“ Sie sah mich an. „Also, Mara, Demeter ist die altgriechische Fruchtbarkeitsgöttin und die Schwester von Zeus. Gemeinsam hatte sie eine Tochter, Persephone. Zeus´ Bruder Hades verliebte sich in sie

und verlangte von ihm, sie ihm zur Frau zu geben. Aber Zeus bezweifelte, dass Persephone für immer in der finsteren Unterwelt leben würde und willigte weder ein, noch lehnte er ab. Hades missinterpretierte das aber und entführte Persephone. Sie schrie um Hilfe, aber ihr Vater erhörte sie nicht. Persephone musste sich in ihr Schicksal fügen. Währenddessen wanderte ihre Mutter Demeter aber voller Gram über die Erde und hindere durch ihren Schmerz alle Pflanzen am Wachsen. Schließlich drohte die ganze Welt zu verhungern und Zeus musste eingreifen. Er brachte Hades dazu, Persephone auf die Erde zurück zu schicken. Doch der ersann eine List und nötigte sie dazu, vor ihrem Abschied einige Granatapfelkerne zu essen. Als Persephone wieder bei ihrer Mutter Demeter war, fragte diese sie, ob sie in der Unterwelt etwas gegessen hatte. Es ist nämlich so, wenn man einmal von der Speise der Toten gekostet hat, kann man nie mehr dauerhaft in der Oberwelt bleiben. So wurde eine Einigung erzielt. Persephone musste vier Monate lang als Hades Gemahlin in der Unterwelt leben und durfte acht Monate bei ihrer Mutter Demeter auf der Erde sein. Und immer wenn ihre Tochter in Hades´ Reich lebt, lässt Demeter die Pflanzen vertrocknen; wenn sie wieder bei ihr ist, wächst und gedeiht alles. Persephone ist daher eine Fruchtbarkeits- und Toten- oder Unterweltgöttin. Und so erklärten sich die alten Griechen auch den Wechsel der Jahreszeiten." Dori endete und senkte lächelnd den Kopf.
„Was für eine schöne Geschichte", sagte ich. „Aber wenn hier der Granatapfelbaum wächst, würde das dann nicht bedeuten, dass wir bereits in der Unterwelt sind?"
Ein paar der Studenten lachten und Professor Brick wiegte den Kopf. „Die alten Griechen haben dies hier vielleicht als Übergangszone begriffen, in der man beiden Göttern nah sein kann. Seht euch den Bach an. Er hat vielleicht keine Ähnlichkeiten mit dem Styx oder dem Acheron, aber symbolisch gesehen ist dies hier ein Ort, der sehr stark mit der antiken Unterwelt assoziiert werden kann."
„Und was geschieht, wenn wir jetzt einen Granatapfel essen würden?", fragte ich.

„Du kannst es ja ausprobieren, Mara“, sagte Brick und streckte seinen Arm nach oben in die Zweige. Er pflückte eine kleine, hellrote Frucht und hielt sie mir hin. Ich sah ihn irritiert an. Ein paar Studenten kicherten. Ich warf einen Seitenblick auf Dori. Ihr Blick berührte mich unangenehm. Sie starrte mich vorwurfsvoll an und da war auch etwas Verletztes, Verwirrtes in ihren Augen, als hätte ich ihr etwas weggenommen.

„Wer traut sich noch?“, fragte ich in die Runde, um die Situation aufzulockern, obwohl sicher niemand sonst die schlagartige Spannung bemerkt hatte.

Es endete damit, dass Brick für uns alle einen Granatapfel pflückte und wir die Früchte zusammen aufbrachen und die glitzernden, süßen Kerne aßen. Ich konnte mich nicht erinnern, jemals so etwas Köstliches gegessen zu haben, was von einem Baum stammte. Dori entspannte sich wieder ein wenig und begann hemmungslos mit Professor Brick zu flirten. Sie setzte sich direkt in seine Blickrichtung und aß ihren Granatapfel, als würde sie Werbung für einen Softporno machen. Sie leckte über die Frucht und ließ den Saft auf ihr Kinn und ihr Dekolleté tropfen. Dazu warf sie Brick immer wieder glutvolle Blicke zu. Ihr Verhalten wurde mir immer peinlicher. Ich hatte ja schon ihre vergleichsweise dezente Herangehensweise in den letzten Tagen ziemlich grenzwertig gefunden. Aber jetzt übertrieb sie es eindeutig.

„Herr Professor, ich glaube, Sie wollen uns in eine Falle locken“, zwitscherte sie. „Was ist denn, wenn Hades es als Sünde auffasst, dass wir hier sitzen und seine Granatäpfel essen? Was ist, wenn wir uns dadurch in Gefahr bringen?“

„Deine Fantasie blüht ja wilder, als wenn Demeter und Persephone gemeinsam ein Garten-Center betreiben würden!“, warf eine Studentin dazwischen. Alle lachten und auch Brick konnte sich ein breites Lächeln nicht verkneifen. Da es aber nicht ihren Worten gegolten hatte, legte Dori sich noch mehr ins Zeug.

„Was, wenn Hades plötzlich aus dem Fluss steigt und eine von uns rauben würde?“, fragte sie und klimperte in gespielter Furcht mit ihren stark

geschminkten Wimpern. „Würden Sie diejenige retten und aus den Klauen des Hades reißen?"
„Wenn er dich doch nur endlich holen würde!", meinte der Schnösel abfällig. „Damit du endlich aufhörst zu reden."
Dori warf ihm einen vernichtenden Blick zu und Brick ging nicht auf ihre Worte ein. Er sagte bloß: „Herrschaften, ich würde vorschlagen, wir genießen diesen schönen Ort noch ein wenig, ehe wir zurückfahren."
Dori runzelte frustriert die Stirn und schien angestrengt darüber nachzudenken, wie sie Bricks Sachlichkeit endlich brechen konnte. Eigentlich wäre es meine Aufgabe als Freundin gewesen, sie darauf aufmerksam zu machen, dass sie sich zum Gespött machte. Aber ich kannte derartige Situationen ja schon aus der Vergangenheit und wusste, dass es aussichtslos war. Ich hatte aber auch keine Lust mehr, dieser Farce noch weiter zuzuschauen.
Ich stand auf und trat aus dem Schatten des Granatapfelbaums. Ein paar der Studenten hatten sich ins Gras gelegt und dösten. Andere untersuchten die Reste des kleinen Heiligtums. Ich fühlte mich jedoch magisch angezogen von dem Bach, der unter den überhängenden Felsen dahin plätscherte. Ich wollte diesen Ort nicht verlassen, ohne wenigstens einmal meine nackten Füße in das Wasser zu tauchen. Zuerst knipste ich mit meinem IPhone aber noch ein paar Bilder der Idylle, um Marlon später an der Schönheit dieses Ortes teilhaben zu lassen.
Außerdem hatte ich das intensive Bedürfnis, alleine zu sein. Ich hatte die letzten sieben Tage permanent mit anderen Menschen verbracht und die wenigen entspannten Stunden hatte mir Dori mit ihrer aussichtslosen Verliebtheit in den Ohren gelegen. Ich hatte endgültig genug davon und brauchte dringend ein wenig Zeit für mich. Zu meiner großen Freude entdeckte ich zwischen zwei Felsen einen schmalen Zugang zu dem tiefer gelegenen Bach und eine Stelle, von der aus man keine Sicht mehr auf die Senke hatte. Ich warf einen Blick zurück, aber niemand beachtete mich.

Dann kletterte ich nach unten und ließ mich zwischen den Steinen nieder. Augenblicklich überkam mich ein Gefühl von Erleichterung, als wäre ich aus einem stickigen, überhitzten Raum an die frische Luft getreten. Eine intensive Wohligkeit ergriff mich und ich wünschte mir, diesen Ort so schnell nicht wieder verlassen zu müssen. Wahrscheinlich sprach nur meine Urlaubssehnsucht aus mir und ich hätte das alles niemals so stark empfunden, wenn nicht diese anstrengende Woche hinter mir gelegen wäre.
Ich streifte meine staubigen Sandalen ab und senkte meine Füße in das Wasser. Schlagartig fiel die Erschöpfung der vergangenen Tage von mir ab und ich fühlte mich beinahe sofort bis in die Tiefen meiner Nerven erfrischt. Das Wasser war kalt und als ich hinein sah, bemerkte ich, dass der Bach selbst am Ufer sehr tief war, als würde er nicht durch ein natürliches Bett fließen, sondern durch eine Rinne. Das Wasser hatte eine eigenartige Farbe. Ein schillerndes Grau und an den Rändern der Schatten, dort wo die Sonne hinfiel, ein irisierendes Grün. In der Tiefe glaubte ich lange Wassergräser hin und her treiben zu sehen. Der Anblick des Gewässers übte eine einschläfernde Wirkung auf mich aus. Der Fluss umschmeichelte meine müden Füße mit solcher Frische, dass ich mich weiter nach vorne schob und meine Beine bis zu den Oberschenkeln vom Wasser umfließen ließ. Am liebsten wäre ich mit dem ganzen Körper hinein gestiegen aber das wagte ich nun auch wieder nicht. Ich konnte den Grund des Flusses kaum erkennen. Nur hier und da schimmerten helle Umrisse von Steinen auf.
Dann geschah etwas Merkwürdiges. Auf einmal empfand ich das starke Bedürfnis zu schlafen. Und dieser Drang überstieg bei weitem die kleinen energetischen Dellen, die man nach dem Mittagessen für gewöhnlich empfindet. Da war eine tiefe, absolute Müdigkeit, die mich gefangen nahm. Ich betrachtete die zarten Lichtreflexe, die der Fluss an mir vorbei trug, das träge Schimmern des Sonnenlichts. Dabei wurde mein Blick immer mehr von den tiefen, schattigen Zonen unterhalb der überhängenden Steine angezogen. Die Dunkelheit darunter schien endlos und hatte in ihrer beängstigenden Tiefe

auch etwas ungemein Verlockendes. Ich konnte meine Augen nicht von den grünlich-schwarzen Reflexen abwenden.
Plötzlich hatte ich den Eindruck, der Bach wäre um ein Vielfaches breiter, als er es tatsächlich war. Als würde sich die Welt um mich herum in eine leichte Zerrung begeben, wie in einem Spiegelkabinett. Das leise Plätschern schien sich mit dem Rauschen in meinem Ohr zu meinem eigenen Herzschlag zu vermischen. Ich glitt immer mehr in einen sonderbaren, entrückten Zustand, eine Art sanfte Hypnose.
Dann spürte ich einen unablässigen Sog an meinen Beinen, als würde das Wasser nun schneller fließen. Die Sehnsucht, mich ganz diesem Fließen hinzugeben, wurde übermächtig. Doch schließlich empfand ich das unablässige Starren in die Dunkelheit zwischen den Felsen mit einem Mal als unerträglich. Ich blinzelte und wandte den Blick ab.
Und da sah ich es.
Auf der anderen Seite des Gewässers, unter dem Felsüberhang, an einer Stelle, an der der Bach sich zu einer Art Bucht in die Steinwand hinein wölbte, lag ein Boot. Und das Seltsamste war nicht die Tatsache, dass das Boot dort ganz still lag und nicht das kleinste bisschen auf der Wasseroberfläche schaukelte. Sondern dass in dem unheimlich unbewegten Boot eine Gestalt saß. Ich erstarrte. Und dachte überhaupt nicht darüber nach, dass dieser Anblick vielleicht eine Sinnestäuschung war oder ich vielleicht einen Sonnenstich erlitten hatte. Alles was ich sah, erschien mir hyperreal und es gab für mich in diesem Moment keinen Zweifel, dass dort in den Schatten eine Gestalt in einem Boot hockte und mich mit einem Blick ansah, der mein Innerstes gefrieren ließ.
Ich konnte nicht sagen, ob es sich dabei um etwas Weibliches oder Männliches, ja nicht einmal ob es sich um einen Menschen handelte. Denn das Wesen hatte auf den ersten Eindruck etwas verstörend Unirdisches an sich. Ich sah ein bleiches Gesicht unter einer dunklen Kapuze und dieses Gesicht war ebenso schön wie abstoßend. Als hätte man David Bowie mit einem Wolf gekreuzt. Die Gestalt strahlte etwas Uraltes aus, etwas, das mich zutiefst

einschüchterte und gleichzeitig war da auch etwas Beruhigendes, Tröstliches, das von ihr ausging. Kaum hatte ich diesen Eindruck gewonnen, erhob sich das Wesen und richtete sich in dem Boot zur vollen Größe auf. Ich erschrak so sehr, dass ich zurückwich, aber auf einmal wurde der Sog des Wassers stärker und ich konnte mich nicht mehr bewegen, aus Angst, in den Fluss gezogen zu werden. Die Gestalt ragte wie eine Statue unter der Steinwand auf und wirkte zugleich ganz nah und unerreichbar fern.

Das Wesen im Boot trug ein langes schwarzes Gewand mit weiten Ärmeln und einem breiten Gürtel, der ihm ein archaisches, brutales Aussehen gab. Irgendetwas zwischen einem sehr düsteren Mönch und einem blutrünstigen Wikinger. Ich fand sein ganzes Aussehen zutiefst abstoßend und gleichzeitig anziehend. Plötzlich schien das Boot direkt vor mir auf dem Wasser zu liegen und mein Geruchssinn erfasste einen Gestank nach modrigem Moos und nassen Steinen und etwas, das mich an Weihrauch erinnerte.

Vor meinen Augen schwebte die ausgestreckte Hand der Gestalt und ich wurde ergriffen von einer tiefen Angst und dem Bedürfnis, diese Hand einfach zu nehmen und mich von ihr in das Boot ziehen zu lassen. Da war eine sonderbare Sehnsucht, in den Schatten auf der anderen Seite des Flusses zu verschwinden. Eine kindliche Sorglosigkeit, gepaart mit dem nagenden Gefühl, eine große Dummheit zu begehen. Ich konnte nicht das Geringste dagegen tun. Und wollte es auch gar nicht. Widerstandslos nahm ich hin, dass das Wasser plötzlich höher stieg und meinen ganzen Körper mit einer Kälte umschloss, die nicht länger erfrischend war sondern lähmend. Ich machte den halbherzigen Versuch zu schwimmen, doch ich wusste gar nicht wohin. Das Boot wurde von etwas Wahrnehmbarem zu einem inneren Zustand, der meine Sinne dirigierte. Ich musste ... wollte ... musste in dieses Boot.

Plötzlich war etwas Warmes an meinen Oberarmen und ein Gefühl von Festigkeit. Das fluide, träumerische Rauschen verebbte und plötzlich empfand ich eine erbarmungslose Härte, die überall um mich herum zu sein schien.

„Mara!“, schrie jemand an meinem Ohr.

Jemand drückte auf meinen Brustkorb und etwas klatschte mir unsanft ins Gesicht. Ich nahm einen Aufruhr aus Stimmen und Bewegungen wahr und empfand dabei nichts als Bedauern und Gleichgültigkeit.
Dann kehrten meine Sinne schlagartig zurück und ich begriff, dass ich auf dem Rücken am Ufer des Flusses lag. Ich war klatschnass, sogar meine Haare trieften von kaltem Wasser und ich musste husten. Und über mich beugte sich Professor Brick und nahm gerade die Hände von meinem Brustkorb. Er starrte mich besorgt an und er war nicht der einzige. Um mich herum knieten und hockten die anderen Studenten. Alle waren ziemlich blass um die Nase.
„Mara, was machen Sie denn für Sachen?", fragte Brick und atmete erleichtert aus, als er sah, dass ich wieder unter den Lebenden weilte.
„Ich .... ich weiß nicht", stammelte ich. „Ich kann mich nicht erinnern. Was ist denn passiert?"
„Sie können sich nicht erinnern?", fragte Brick und die anderen sahen mich ungläubig an.
Ich schüttelte den Kopf. Mein Kopf rauschte und ich zitterte.
„Sie sind in den Fluss gefallen. Tobias hat sie zufälligerweise entdeckt, da sind sie bereits mit dem Gesicht nach unten geschwommen. Nur ein wenig später und Sie wären tot gewesen."
„Aber wie ...?" Ich war völlig desorientiert, aber dann kehrten ganz plötzlich die Bilder zurück. Die Bilder dieses Bootes und des unheimlichen Mannes darin.
„Da ... da war ein Boot", stammelte ich und dachte überhaupt nicht darüber nach, dass meine Worte den anderen wie die Nacherzählung einer Halluzination vorkommen mussten.
„Ein Boot?", echote Dori. „Ernsthaft?"
„Ja", sagte ich und begriff nicht, warum sie mich dabei so vorwurfsvoll anschaute.
„Du willst uns doch verarschen!", murmelte sie, wandte sich ab und starrte über das Wasser.
„Wieso denn...?"

„Wegen dem Fährmann, der die toten Seelen hinüber in die Unterwelt rudert", erklärte eine der Studentinnen und schauderte sichtbar.
„Das weiß ich doch nicht!", protestierte ich und richtete mich auf. „Ich kenne doch diese ganzen Geschichten über Hades und die Unterwelt gar nicht."
„Ist ja gut", beschwichtigte Brick. „Sie haben sich das Boot nur eingebildet. Das Wasser ist eiskalt. Wahrscheinlich haben Sie einen kleinen Kreislaufschock erlitten und hatten keine Kontrolle mehr über Ihren Körper."
„So wird es gewesen sein", murmelte ich.
„Trotzdem, das mit dem Boot ist voll unheimlich!", beharrte die Studentin.
„War da auch ein Mann in dem Boot?"
Ja, da war ein Mann in dem Boot, dachte ich, sagte aber nichts. Mir fiel allerdings auf, dass Professor Brick mich mit einem seltsamen, lauernden Blick ansah.
Natürlich war nach diesem Ereignis die Laune dieses Nachmittags erst einmal ziemlich getrübt. Wir packten unsere Sachen zusammen und liefen zurück zum Wagen. Meine Kleider trockneten rasch in der Sonne und alle waren besorgt um mich. Alle, außer Dori. Auf der ohnehin recht schweigsamen Rückfahrt ignorierte sie mich, was mir ein Rätsel war. Zurück in unserem Hotel verschwand sie sofort auf unser Zimmer und schloss sich im Badezimmer ein. Ich hatte keine Ahnung, was mit ihr los war, konnte mich allerdings auch nicht darum kümmern, weil ich andere Sorgen hatte. Mein IPhone war durch den Sturz ins Wasser völlig unbrauchbar geworden und ich konnte Marlons Handynummer nicht auswendig. Das machte mich so nervös, dass ich mich nur schwer beruhigen konnte. Er würde sich Sorgen um mich machen, wenn er mich nicht erreichen konnte. Und es gab nichts, was ich dagegen tun konnte. Ich zwang mich, mich zu beruhigen. Morgen würde ich nach Hause fliegen und einen Tag später würde auch Marlon aus Fuerteventura zurück sein. Ich legte mich aufs Bett und horchte in mich hinein.
Eine Erkältung würde ich mir wohl nicht einfangen, aber ich spürte, dass der Unfall nicht spurlos an mir vorüber gegangen war. Irgendetwas war da in mir.

Ich hatte während der Fahrt versucht, das Gefühl zu ignorieren, das sich wie der Beginn einer Grippe in mir ausbreitete. Es war ein Zustand von Erschütterung und Verstörtheit. Denn auch wenn vieles dafür sprach, dass ich an dem unheimlichen Gewässer eine Art Blackout gehabt hatte, so konnte ich das, was ich gesehen hatte, nicht als Einbildung abtun. In meinen Gedanken zogen immer wieder die hypnotischen Eindrücke des dunklen Wassers vorüber, das statische Schweben des Bootes und der Anblick des Wesens darin.

Um mich von meinen beunruhigenden Gedanken abzulenken, ging ich nach draußen und setzte mich, bis wir uns alle zum letzten gemeinsamen Abendessen trafen, auf eine Bank unter eine Pinie vor dem Hotel. In der Luft lag das würzige Aroma der erhitzten Steinhäuser und der vielen Basilikum- und Rosmarinkübel, die im Vorgarten standen. Irgendwo läutete eine Kirchenglocke und ein paar Katzen tollten auf dem Weg herum. Eine Gruppe schwarz gekleideter alter Frauen kam von der Kirche. Ihr dramatischer Aufzug vor der Kulisse der weiß getünchten Häuser war überaus malerisch. Als sie an mir vorüber kamen, wollte ich gerade freundlich grüßen, doch irgendetwas an meinem Anblick schien sie zu verunsichern. Sie senkten die Köpfe und liefen schnell weiter.

Und auch mich bedrängte der Zustand unbestimmter Verunsicherung. Ich wurde das Gefühl nicht los, als würde an meinem Gesichtsfeld etwas Dunkles vorüber huschen.

Der Abend in der Taverne verlief schließlich relativ ausgelassen und heiter, wenn man einmal davon absah, dass Dori mich ignorierte und immer noch permanent versuchte, die Aufmerksamkeit ihres Professors zu erhaschen. Ich hielt mich an das köstliche griechische Essen und verabschiedete mich kurz vor Mitternacht, um schlafen zu gehen. Aber ich kam einfach nicht zur Ruhe. Selbst mit geschlossenen Augen sah ich ständig das unheimliche Boot vor mir und allmählich kam ich der Wurzel der merkwürdigen Empfindungen auf die Spur, die mich einfach nicht mehr losließen. Ich hatte Sehnsucht.

Nicht nach Marlon. Nach diesem Ort.

Und nicht einfach nur Sehnsucht, so wie man sich nach seinem Lieblingsstrand sehnt. Es war wie die heftigste, schmerzhafteste Art von Heimweh. Ich konnte an nichts anderes mehr denken als an die idyllische Senke mit dem Granatapfelbaum, an die meditative Stimmung dort und das Unheimliche des Flusses. Das Gefühl war so überwältigend, dass ich überlegte, mir morgen ein Mietauto zu nehmen und noch einmal dort hin zu fahren, bevor wir uns zum Flughafen aufmachen würden. Aber unser Flug von Athen ging schon um die Mittagszeit. Ich spielte sogar mit dem Gedanken, gar nicht erst heimzufliegen und noch ein paar Tage zu verlängern. Allerdings erwartete mich bereits übermorgen meine neue Arbeitsstelle. Mit meiner Vorfreude darauf war es allerdings vorbei.

Das war der Punkt, an dem ich begann, mir ernsthaft Sorgen um meinen Zustand zu machen. Ich betastete meinen Kopf. Vielleicht war ich ja beim Sturz ins Wasser an einem Stein gestoßen und hatte eine Gehirnerschütterung. Aber da war nichts. Bis auf die Ahnung, dass ich nicht in den Fluss gestürzt war. Etwas hatte mich hinein gezogen.

Ich hörte ein Geräusch vor der Tür. Dori.

Sie kam ins Zimmer und warf ihre Tasche aufs Bett. Aus ihrem Blick hätte man Gift machen können und sie sah mich mit zusammengekniffenen Augen derart böse an, dass ich erschrak.

„Dori, was ist denn los mit dir?“, fragte ich.

„Mit *mir*? Was mit *mir* los ist?“, zischte sie. „Mara, du musst dir bei deinem Sturz in den blöden Fluss ja ordentlich was verkühlt haben, dass du das noch fragst!“

Sie unterstrich das Wort Sturz mit imaginären Anführungszeichen.

„Was meinst du?“ Ich fühlte mich zunehmend hilflos.

„Glaubst du, ich hab das vorhin nicht gemerkt?“, blaffte sie.

„Was denn gemerkt?“

„Na, dass du ein ganz mieses Spiel spielst. Du falsche Schlange!“

Dori baute sich vor mir auf, stemmte die Hände in die Hüften und funkelte mich an. „Du bist mir eine feine Freundin! Fährst auf diese Studienfahrt mit, um mich zu unterstützen. Und du wusstest die ganze Zeit, wie viel Clemens mir bedeutet. Du weißt, dass ich ihn liebe, verdammt nochmal! Und da hast du nichts Besseres zu tun, als ihn mir auszuspannen?“

Ich glaubte mich verhört zu haben. „Bitte was?!“

„Jetzt tu nicht so unschuldig!“, fauchte sie. „Du weißt ganz genau, was ich meine. Du mit deinem blöden Granatapfel. Warum hat Clemens dir zuerst den Apfel gegeben, was meinst du wohl?“

„Keine Ahnung! Glaubst du, ich habe nichts Besseres, worüber ich nachdenken kann?“

„Na klar! Darüber zum Beispiel, wie du ihn anbaggern kannst. Du brauchtest bloß ins Wasser zu steigen und die Ertrinkende zu spielen. Und schon hattest du ihn. Der strahlende Retter. Und du in deinem nassen T-Shirt. Clemens hat dich mit einer Mund zu Mund Beatmung wiederbelebt!“

„Dori, ich wäre fast ertrunken!“, protestierte ich. „Wie kommst du darauf, dass ich das gespielt habe?“

Ich war fassungslos über die Absurdität ihrer Anschuldigungen.

„Natürlich hast du das gespielt! Und es hatte ja den gewünschten Effekt. Danach hat Clemens sich bloß noch um dich gekümmert. Ich hab doch gesehen, wie er dich angeschaut hat beim Essen und vorhin im Bus!“

„Er hat sich einfach Sorgen gemacht und außerdem ...“ Ich brach ab, weil es mir völlig bescheuert vorkam, mich gegen diese Anklagen überhaupt zu rechtfertigen.

„Und wie ich mich dabei fühle, das ist dir wohl völlig egal, oder was?!“, schrie sie mich an.

Ich wollte etwas erwidern, aber mir fielen keine Worte ein, die dieser bizarren Situation hätten gerecht werden können. Ich war einfach nur sprachlos. Und traurig. Denn in diesem Moment begriff ich mit schmerzhafter Klarheit, wie es um Dori bestellt war. Ich begriff sogar mehrere Dinge gleichzeitig. Wie verzweifelt sie war. Wie anstrengend die Wirklichkeit für sie sein musste. Dass ihr so etwas wie ein Realitätssinn völlig fehlte. Und dass wir keine Freundinnen mehr waren.

Ich versuchte noch ein paar halbherzige Beschwichtigungsversuche, denn ich hatte nach diesem anstrengenden Tag kein Bedürfnis nach Disharmonie und Streit. Aber Dori wollte anscheinend genau das. Sie warf mir immer wieder vor, dass ich Clemens Brick hatte anbaggern wollen und dass alle ihre Versuche, ihn für sich zu gewinnen dadurch sabotiert worden waren. Am Ende nervte sie mich so sehr, dass ich etwas sehr Hässliches sagte, das Dori verstummen ließ. Dann schnappte ich mir mein Kopfkissen und meine Decke und verschwand aus dem Zimmer.
Ich hatte keine Ahnung, wohin ich gehen sollte, aber ich hätte keine weitere Minute mit ihr in einem Raum mehr aushalten können, geschweige denn eine ganze Nacht. Ich war müde und erschöpft und wollte mich einfach nur irgendwo hinlegen, um zu schlafen. Die Müdigkeit war so groß, dass ich mich kurzerhand für eine Liege am Pool entschied. Sie war bequem und groß genug und mit der Decke und dem Kissen gab sie ein ganz passables Bett für eine Nacht ab. Es war angenehm warm, die Grillen hatten bereits aufgehört zu zirpen und in der Luft lag nur das leise Rauschen des Windes in den Pinien. Ich blickte noch eine Weile zu den Sternen hoch und schluckte meine Traurigkeit herunter. Dann schlief ich ein.
In dieser Nacht hatte ich einen unglaublich realistischen und in seiner Deutlichkeit geradezu bedrohlichen Traum. Ich träumte, dass ich erneut in der idyllischen kleinen Senke war, zusammen mit den Studenten und Professor Brick. Doch sie alle saßen wie Statuen da und regten sich nicht. Ich versuchte, sie zu bewegen oder zum Sprechen zu bringen aber es war vergeblich. Gleichzeitig spürte ich einen unwiderstehlichen Drang, mich wieder dem Flüsschen unter der Steilwand zu nähern. Und obwohl ich mich vor dem Gewässer ängstigte, zog es mich unaufhaltsam an das Ufer. Zwischen den Steinen lagen tiefe Schatten, als wäre die Sonne bereits untergegangen. Das restliche Tageslicht zitterte wie in einem Todeskampf und überall in der Luft lag ein eigenartiges Vibrieren, wie von einem schmerzvollen Gesang. Dann öffnete sich auf einmal eine Spalte im Gestein und wurde zu einem dunklen und höhlenartigen Korridor. Und auch davon wurde ich wie magisch

angezogen. Obwohl ich große Angst vor diesem schwarzen Loch hatte, wollte ich unbedingt das Wasser überqueren und in den Spalt treten. Eine Weile verrann einfach nur eine schwer fassbare Art von Zeit. Ein selbst für Träume sehr sonderbarer Zustand. Ich war unfähig mich zu rühren und starrte nur in die Dunkelheit. In mir war eine qualvolle Erwartung von etwas Großem, Bedeutsamem, das dort auf mich wartete. Wie vor einer Prüfung oder einem Termin bei Gericht. Diese Gewissheit schüchterte mich so ein, dass ich zwischen den Felsen auf die Knie sank und wartete. Und dann erschien zwischen den dunklen Steinwänden in einem dämmrigen Lichtstrahl, der aus dem Nirgendwo zu kommen schien, auf einmal eine Gestalt. Aber es war nicht die Gestalt, die ich in dem Boot gesehen hatte.

Vor mir stand ein Gott.

Zumindest interpretierte ich den Anblick zwischen den Steinwänden so.

Er war groß und machtvoll, wie eine überdimensionale Steinstatue. In der Luft lag eine Bedrohung, die mir die Kehle zuschnürte, aber irgendwo tief in mir spürte ich ein erregendes Ziehen, das ich nicht verstand. Denn der Mann auf der anderen Seite des Wassers starrte mich mit einem Blick an, der mich zutiefst verängstigte. Und doch .... in den dunklen Augen lag etwas Ernstes, Anziehendes, das mir in diesem Traum wie das reinste Wunder erschien. Noch nie zuvor hatte ich Augen wie diese gesehen. Weder bei einem Menschen, noch bei einer Kreatur aus einem Fantasy-Film, wo die Maskenbildner und Digital-Künstler wahre Kunstwerken vollbringen. Der Blick ruhte gebieterisch auf mir und ohne dass die Gestalt sich rührte oder etwas sagte, spürte und wusste ich mit intensiver innerer Klarheit, dass sie mir etwas mitteilte.

Du wirst mein sein.

Die Stimme kam nicht von außen, sie erklang in meinem Kopf und ich hatte nicht vor, zu widersprechen. Der Gott .... anders kann ich ihn nicht beschreiben, füllte allmählich mein ganzes Fühlen aus, so als würde er sich nicht nur meinen Augen zeigen, sondern auch meinem Gehör und meinem Geruchssinn. Er war ganz in schwarz gekleidet und ich sah Silber aufblitzen, aber nur ganz dezent, wie hinter einem Mantel aus Nebel. Von der ganzen Gestalt ging eine Art Glimmen aus, ein zartes Flimmern, das mit der tiefen Schwärze ringsum kontrastierte. Dann hob sich eine Hand aus dem dunklen Gewand und streckte sich langsam nach mir aus. Die Geste war einladend, aber der Blick, der mich aus den dunklen Augen traf, war herrisch wie der eines Königs, in dessen subtilsten Gesten der vollkommene Ausdruck von Macht lag.

Du wirst mein sein.

Ja, dachte ich. Natürlich bin ich dein.

Ich fühlte im Abgrund des Traumes eine absolute Bereitschaft mich dieser gebieterischen Macht zu ergeben. Meine Furcht vor diesem Wesen paarte sich mit einer Sehnsucht, die geradezu existenzielle Ausmaße annahm. Wie ein irrsinniger Durst. Oder das Verlangen nach einem Geliebten, den man jahrelang vermisst hat. In mir explodierte ein Gemisch aus Hingabe und Angst und dann, als ich mich schon dazu aufraffen wollte, den Fluss zu überqueren, wachte ich plötzlich auf.

Mit einem Schlag war ich hellwach und schoss auf der Pool-Liege senkrecht in die Höhe. Mein Herz raste und das Blut rauschte in meinen Ohren. In einem entsetzlichen Moment von Orientierungslosigkeit glaubte ich, aufschreien zu müssen. Doch dann begriff ich, wo ich war und dass alles nur ein Traum gewesen war. Ich blinzelte sah auf dem immer noch beleuchteten Pool das Verblassen eines Schemens. Ein Boot mit einer aufrecht stehenden Gestalt darin. Ich blinzelte, und das Bild verschwand.

Kapitel 2

Als ich am Morgen aus einem tiefen und erdrückenden Schlaf aufwachte, sah ich Professor Brick, der auf der anderen Seite des Pools saß und mich offensichtlich beobachtet hatte. Er ging mit keinem Wort darauf ein, warum ich nicht in meinem Zimmer geschlafen hatte. Und er strahlte etwas

Irritierendes aus, das ich noch nie zuvor an ihm wahrgenommen hatte. Etwas Wildes, als wäre er von einem Berg herunter gekommen. Auch beim Frühstück und später am Flughafen war er ständig in meiner Nähe und schien mich nicht mehr aus den Augen zu lassen. Vielleicht machte er sich einfach nur Sorgen um mich. Das gefiel Dori natürlich überhaupt nicht. Sie beobachtete mich mit einem Ausdruck lodernder Verachtung und sprach kein Wort mit mir. Ich fühlte mich verlassen und innerlich wund und sehnte mich nach Marlon. Aber selbst dieses Gefühl kam mir falsch vor.

Irgendetwas war geschehen und ich wusste nicht, was es war oder was ich tun musste, damit ich mich besser fühlte. Der Traum hallte in meinem Innern wieder wie eine schwere Glocke, die meine Nerven vibrieren ließ. Es war kein unangenehmes Gefühl.

Als wir vor der Schlange am Sicherheits-Check standen, sah ich auf einmal etwas, das mich zutiefst erschreckte. Aus der Menschenmenge um uns herum spürte ich einen Blick auf mir. Ich schaute auf und sah direkt in die Augen des Fährmanns. Zwischen zwei bunt gekleideten Familien auf Urlaubsrückreise stand er. Der Mann aus dem Boot. Ich blinzelte. Die Vision verschwand.

Wir befanden uns noch im Wartebereich vor dem Gate. Der einzige Platz, der noch frei war, war neben Professor Brick. Als ich das sah, überkam mich fast so etwas wie Schuld und ich suchte Doris Blick. Sie saß in einer anderen Reihe und spielte immer noch die Beleidigte. Ich überlegte sogar, ob ich ihr anbieten sollte, den Platz mit ihr zu tauschen. Aber dann dachte ich mir, dass ich dadurch auf die gleiche Stufe herabsinken würde wie Dori. Ich musste endlich aufhören mit diesen kindischen Spielchen. Ich ließ mich neben Brick nieder, nippte an meinem Frappé und verdrängte das blöde Gefühl etwas Verbotenes zu tun. Es war unfassbar, wie sehr mich Dori bereits manipuliert hatte. Ich sah aus dem Fenster auf das Rollfeld und bemerkte aus dem Augenwinkel, dass Brick einige Papiere auspackte und darin zu lesen begann. Eine Lautsprecherdurchsage ertönte und setzte und davon in Kenntnis, dass unser Flug eine Stunde später starten würde. Ich nahm diese Information ohne innere Regung auf. Ich wollte mich gerade zurücklehnen und ein wenig Schlaf

nachholen, als Brick sich zu mir drehte und mich mit einem eigenartigen Blick musterte.
„Sind Sie wieder ganz in Ordnung, Mara?"
„Ich denke schon...ja", sagte ich.
„So ein Unfall kann einem noch lange nachgehen und ich will als Exkursionsleiter nicht dafür verantwortlich sein, wenn einer meiner Studenten Schaden erleidet."
„Ich bin aber keiner ihrer Studenten", erinnerte ich ihn.
Brick lächelte verlegen. „Ja, natürlich. Es ist nur ... tja, durch diesen Zwischenfall habe ich irgendwie das Gefühl, verantwortlich zu sein."
„Alles gut, machen Sie sich bitte keine Sorgen", beschwichtigte ich und musste unweigerlich daran denken, dass Dori durch dieses kleine bisschen Nähe schon Schnappatmung bekommen hätte. Clemens Brick nickte, schien aber nicht ganz überzeugt zu sein. Was war nur los mit ihm? Ich wurde das Gefühl nicht los, dass er mir irgendetwas sagen wollte. Er blätterte beiläufig durch seine Unterlagen, als wäre das Gespräch für ihn beendet. Dann legte er einige Blätter beiseite und mein Blick fiel auf den Fährmann.
Es war die Kopie einer uralten Zeichnung, vielleicht ein Wandgemälde. Es zeigte einen bärtigen Mann in einem altertümlichen Gewand, der in einem Boot stand und ein Ruder in den Händen hielt. Ich starrte die Abbildung an und mir wurde kalt. Und weil ich Bricks Blick auf mir spürte, hob ich den Kopf. Er sah mich auf eine Art und Weise an, durch die ich mich ertappt fühlte. Als würde er in meinen Augen etwas sehen, was er bereits vermutet hatte und für das er nun die Bestätigung bekam. Plötzlich lag seine Hand auf meinem Arm.
„Also, falls Sie noch einmal darüber sprechen wollen..." Er strich wie zufällig über die Abbildung, „Sie dürfen sich jederzeit gerne an mich wenden, Mara."
Dazu ein aufmunterndes Nicken und dieser sonderbare Blick.
Ich ahnte in diesem Moment zum ersten Mal, dass Professor Brick irgendetwas wusste. Doch dieses Gespräch verunsicherte mich so sehr, dass

ich nur nickte, aber nichts sagte. Kurz darauf war ich eingeschlafen und wachte erst wieder auf, als eine weitere Durchsage ertönte.

Am Flughafen hatte es einen spontanen Streik gegeben und niemand konnte uns sagen wann die Maschine nach Wien starten würde. Nachdem sich der erste kleine Aufruhr gelegt hatte, rief Brick seine Studenten zusammen und beschloss, dass wir alle gemeinsam das Beste aus der Situation machen sollten. Da nicht klar war, ob wir nicht erst morgen aus Athen weg kamen, schlug er vor, dass wir uns das berühmte neue Akropolis-Museum unterhalb des Parthenon ansehen sollten, das erst vor einigen Jahren eröffnet hatte und Fundstücke der Akropolis zeigte.

Die Studenten reagierten mit verhaltener Begeisterung. Alle waren darauf eingestellt gewesen, heute nach Hause zu fliegen und würden ihre Anschlusstermine verpassen. Aber im Gegensatz zu mir hatten alle ihre Handys und konnten ihre Familien und Freunde von der Verzögerung in Kenntnis setzen. Ich tröstete mich mit dem Gedanken, dass Marlon viel zu beschäftigt war, um sich Sorgen zu machen. Ich bat eine der Studentinnen, mich über ihr Handy in mein Facebook-Profil einzuwählen und schrieb Marlon von dort aus eine Nachricht, die er wahrscheinlich nicht lesen würde, weil er Besseres mit seiner Zeit anzufangen wusste, als bei Facebook zu surfen, aber ich wollte einfach sicher gehen, dass ich alles getan hatte, was innerhalb meiner begrenzten Möglichkeiten lag.

Ich hätte auch gerne noch meinem Vater eine Nachricht geschrieben, bei dem ich mich die ganze Woche schon nicht mehr gemeldet hatte und ich ahnte, dass meine Stiefmutter mir dieses Versäumnis furchtbar übel nehmen würde. Aber an sie wollte ich jetzt nicht denken.

Mein Vater war seit dieser Sache vor vier Jahren depressiv und kurz bevor ich nach Griechenland geflogen war, hatte er eine akute Phase gehabt und sich wieder einmal vor der ganzen Welt abgeschottet. Außer vor Agnes, seiner neuen Frau. Ich fragte mich immer wieder, ob es seiner seelischen Gesundheit zuträglich war, ganz alleine mit ihr in seinem großen Haus zu sitzen, ihrem Einfluss ausgeliefert und in seiner emotionalen Schwäche nur auf sie

angewiesen zu sein. Agnes war der Filter vor seiner Welt und ihm wurde nur das zugetragen, was vorerst durch ihre Zensur gegangen war. Wenn mein Vater von Tabletten benebelt tagelang in seinem Bett lag, hatte sie sein Handy bei sich und meine Nachrichten würden ihn gar nicht erreichen. Und ob ich nun schrieb oder nicht, früher oder später würde Agnes mir doch wieder Vorwürfe machen, dass ich mich nicht um meinen Vater kümmerte. Sie unterstellte mir, ihn im Stich zu lassen und darauf zu hoffen, dass er starb und ich nichtsnutzige Tagträumerin endlich an das Erbe kommen konnte. Dabei war sie es, die mich bereits mehrere Male der Tür meines eigenen Elternhauses verwiesen und mich nicht hatte hereinkommen lassen. Jedes Mal fand sie fadenscheinige Entschuldigungen, aber sie tat es, um meinen Vater zu isolieren und ihn ganz auf ihren Einfluss einzuengen. Ich hatte ihn seit über einem Monat nicht mehr gesehen und das Gefühl der Machtlosigkeit meiner Stiefmutter gegenüber machte mich wahnsinnig vor Wut. Ich beschloss, sobald ich wieder zurück in Wien wäre, sofort bei meinem Vater vorbei zu schauen, auch wenn es nötig war, Agnes zur Seite zu stoßen.
Als wir eine halbe Stunde später in einem Bus in die Innenstadt saßen, stellte sich in der Gruppe sogar so etwas wie Zufriedenheit ein. Die Studenten hatten plötzlich nichts mehr gegen eine kleine Verlängerung der Exkursion. Während Brick begeistert vom Akropolis-Museum schwärmte, schaute Dori eigenartig triumphierend aus dem Fenster, als würde sie eine neue Chance wittern. Ich hatte keine große Lust, auf eine weitere Besichtigung und wäre viel lieber durch die Gassen der griechischen Hauptstadt geschlendert. Doch als wir im Zentrum von Athen ausstiegen, in dieser lauten, hektischen, bunten Stadt, ergriff mich auf einmal ein Gefühl von Isolation und Verlassenheit und ich wollte mich um nichts in der Welt von der Gruppe trennen. Also ging ich mit in das Museum und empfand eine Art verzweifelte Geborgenheit in der mittlerweile vertrauten Präsenz von Altertümern und den üblichen gelehrigen Gesprächen der anderen. Ich ließ mich mit der Gruppe durch die Räume treiben, hörte aber nur mit halbem Ohr zu. Ich war müde und ausgelaugt und von einer nagenden, diffusen Sorge erfüllt. Irgendwann hielt ich es nicht mehr

aus und beschloss, in das Museumscafé zu gehen, um mich ein wenig auszuruhen.
„In Ordnung, Mara", sagte Professor Brick. „Wir kommen dann in zwei Stunden nach."
Brick hatte auf seinem Handy einen Alarm eingerichtet, der uns darüber informieren würde, wann der Streik aufgehoben wurde und der nächste Flieger nach Wien ging. Insgeheim richteten wir uns aber schon darauf ein, eine weitere Nacht in Athen zu verbringen.
Ich schlenderte ein wenig durch den Museumsshop, holte mir einen Eistee im Café und setzte mich dann im Außenbereich des Museums auf eine Bank. Irgendwie kam ich mir erbärmlich vor, orientierungslos und verloren. Meine innere Unruhe stieg ins Unerträglich. Ich trank den Eistee aus und lief wieder zurück ins Museum. Mein Weg führte mich in die alten Ausstellungsräume, wo es kühler war als im modernen Hauptgebäude.
Ich streifte ziellos durch die Hallen und kam schließlich in einen Raum, in dem nur ein einziges Ausstellungsstück stand. Es zeigte eine ziemlich ramponierte aber dennoch majestätische Skulptur eines sitzenden, bärtigen Mannes auf einem Thron, der einen abgebrochenen Stab in der Linken hielt und der auf der rechten Seite von etwas flankiert wurde, das aussah wie die Überreste eines steinernen Hundes.
Ich blieb vor der Statue stehen und war gegen meinen Willen fasziniert von ihr. Gerade wollte ich mich zu dem Schild herab beugen, auf dem die Details des Fundstücks erklärt waren, als ich in der Nähe eine Bewegung wahrnahm. Ich wandte den Kopf und erschrak. Neben mir stand ein Mann und betrachtete die Statue mit einem zurückhaltenden Lächeln. Ich war verwirrt. War er eben erst in den Raum getreten? Oder war er schon da gewesen und mir gar nicht aufgefallen?
Der Mann wandte den Kopf und nickte mir zu. Ich erwiderte das Nicken, trat einen Schritt zurück und tat so, als würde mich die Statue immer noch interessieren. In Wirklichkeit wurde meine Aufmerksamkeit jedoch für ein paar Sekunden von diesem Besucher gehalten. Der Mann hatte schwarzes

Haar, das er zu einem altmodischen Zopf geflochten trug, der von grauen Strähnen durchzogen war. Er war ganz in schwarz gekleidet und trug ein Paar elegante Ledersandalen. An seinen Handgelenken blitzten breite, silberne Armreifen auf.

Ich stellte mir vor, dass er ein kunstbeflissener Athener war, der seine Freizeit gerne in der Nähe der alten Kultur verbrachte, die sein Land einmal groß gemacht hatte. Oder aber er war ein Tourist, der in diesem Museum darauf wartete, bis seine Liebste ihren Einkaufsbummel beendet hatte und dann würden sie sich in eine schattige Taverne setzen und ...

Ich stoppte meine Gedanken und beschloss, zurück zu meiner Gruppe zu laufen, bevor die noch ohne mich zum Flughafen aufbrechen würde. Ich wollte mich gerade abwenden, als der Mann den Kopf neigte und ohne mich anzusehen, auf Englisch sagte: „Gefällt Ihnen dieses Exponat des Hades?"

Der Name durchzuckte mich. Oder war es die Tatsache, dass der Mann mich angesprochen hatte? Seine leise Stimme schien gleichzeitig von den uralten Steinen hinter der Absperrung auszugehen; eine raue, melodische Stimme mit einem fremdartigen Vibrieren darin.

„Ich ... ich wusste nicht, dass das Hades ist", stammelte ich und kam mir dumm dabei vor. Sicher gab es bei den alten Göttern so eine Art Symbolik, an der man sie erkennen konnte, und eigentlich hätte ich es wissen müssen, denn ich hatte die letzte Woche mit lauter Experten verbracht. Vielleicht war es aber gerade dieser unheimliche Zufall, der meine Gedanken aus dem Gleichgewicht brachte. Hades. Wie kam es, dass ich wie eine Schlafwandlerin ausgerechnet in diesen Ausstellungsraum gelaufen war?

„Sie erkennen ihn an seiner Haltung als Herrscher", sagte der Mann. Er machte eine einladende Handbewegung und ließ mich einen näheren Blick auf das Exponat werfen. Ich starrte auf den bärtigen Mann aus Stein und wusste nicht, warum ich auf einmal derart nervös war.

„Hades wird immer bärtig dargestellt, so wie sein Bruder Zeus", sagte der Besucher neben mir. Ich wandte den Kopf. Er sah mich mit einem Blick an, der für eine zufällige Begegnung sonderbar eindringlich war. Ich fühlte mich

so überrumpelt, dass ich wie eine aufmerksame Studentin nickte. Der Mann strahlte Alterslosigkeit aus, die ich automatisch in Verbindung brachte mit einem Leben als Freigeist oder Künstler. Und mit Reichtum.
Jetzt sah ich, dass auch um seinen breiten Hals eine breite Kette aus getriebenem Silber lag. Der Anblick irritierte mich und ich wusste nicht warum.

„Sehen Sie die von Haaren beschattete Stirn", fuhr der Mann fort und deutete auf die Skulptur. „In manchen Darstellungen trägt er auch eine Art Tarnkappe oder einen Schleier."
„Warum?", fragte ich.
„Um ihn in seiner Eigenschaft als Unsichtbaren zu zeigen. Er ist der Herrscher derer, die nicht länger sichtbar sind. Der Toten."
Er wandte mir sein Gesicht zu und darauf lag ein eigenartig mitfühlender Ausdruck. Ich dachte an meine Eltern.
Ich hatte kaum Gelegenheit, mich in dem Gesicht meines Gegenübers mit den fein geschnittenen Zügen und den dunklen Augen zu vertiefen, denn er wandte sich wieder dem Ausstellungsstück zu.
„Sehen Sie das abgebrochene Zepter in seiner Hand? Es verdeutlicht seine Position als Herrscher."
„Was ist das da neben ihm?", fragte ich. „Ist das ein Hund?"
Der Mann stieß ein leises Lachen aus. „Gut erkannt. Es ist der dreiköpfige Höllenhund Kerberos. Hier hat er nur noch einen halben Kopf, was nicht verwundert. Dieses Exponat ist sehr alt."
„Wie alt?", fragte ich und sah ihn von der Seite an. Ich spürte auf einmal eine irritierende Nähe und fing einen merkwürdigen Geruch auf. Verbrannte Kräuter und Weihrauch. Und etwas, das mich an den Geruch erinnerte, den die feuchten Steine am Ufer des Flusses verströmt hatten, in den ich gestürzt war. Ich verdrängte die unangenehme Erinnerung und fing einen Blick aus den Augen des Mannes auf. Irrte ich mich, oder war er näher getreten? Seine Augen waren nicht braun, wie bei den Bewohnern Südeuropas üblich. Es war

eher ein sehr dunkles Grün mit einem Stich ins Bronzene. Und irgendwo in diesem Blick flirrte etwas Wachsames, das mich irgendwie beunruhigte.
„Drittes Jahrhundert vor Christus“, sagte der Mann, ohne belehrend zu klingen und betrachtete dabei mich und nicht die Statue.
„Woher wissen Sie all diese Dinge?“, fragte ich. Ich hatte das seltsame Bedürfnis, dieses Gespräch am Laufen zu halten. Nicht von der Seite dieses Besuchers zu weichen, der in mir eine weitaus höhere Aufmerksamkeit erzeugte, als es Professor Brick jemals geschafft hätte.
„Ich mag Hades“, sagte der Mann und ein leichtes Schmunzeln umspielte seine strengen Mundwinkel. „Er ist mir von allen antiken Göttern der Liebste.“
„Warum ausgerechnet er? Warum nicht ... ich weiß nicht ... zum Beispiel Apollon?“
Wieder dieses unergründliche Schmunzeln und ein Aufblitzen von Heiterkeit in seinen Augen. Der Mann wandte dem Exponat wieder das Gesicht zu.
„Ich mag die Absolutheit seiner Macht. Seine Kompromisslosigkeit. Er wird auch Adamastos genannt, der Ungebändigte. Wissen Sie, wenn Sie sich mit den anderen Göttern anlegen, sogar mit Zeus, gibt es immer einen Weg sie zu besänftigen oder umzustimmen. Nicht mit Hades. Er ist der Besitzer aller Früchte und Schätze der Erde. Und er besitzt den Schlüssel zum Totenreich, aus dem nie wieder eine Seele entweichen kann.“
„Aber Persephone hat es geschafft“, wandte ich ein und empfand einen albernen kleinen Stolz, dass ich doch nicht ganz unwissend war.
Der Mann sah mich an und schüttelte sacht, aber bestimmt den Kopf. „Sind Sie sich da so sicher?“
„Naja ... zumindest zeitweise.“
„So erzählt es der Mythos. Aber sehen Sie ihn sich an.“ Er deutete wieder auf die uralte Steinstatue. „Sehen Sie seine düstere Majestät. Glauben Sie, bloß weil Persephone ein paar Monate über die Erde wandeln darf, ist sie nicht dennoch die ganze Zeit sein? Er hat sie genommen und auch wenn sie ihre

Freiheiten genießt, weiß sie doch stets, dass sie unter seinem dunklen Bann stand."

Ich starrte ihn an. Starrte auf seine sinnlich geschwungenen Lippen und hörte die kaum merkliche Drohung, die in seinen Worten mitschwang. Oder bildete ich mir das nur ein, weil seine Erzählung mich an etwas erinnerte, was in meiner Seele einen dunklen Widerhall erzeugte?

„Sie sprechen von den beiden, als würden Sie sie kennen", sagte ich und konnte nicht verhindern, dass ich dazu ein nervöses Kichern ausstieß.

Der Mann lächelte in gespielter Verlegenheit. Ich hielt es nicht länger aus, Ziel seiner intensiven Augen zu sein und wandte mich wieder der Hades-Statue zu. Irrte ich mich, oder umgab das antike Exponat mit einem Mal ein tiefer Schatten? Ich hob den Kopf. War irgendetwas mit den Lampen in diesem Raum? Woher kam plötzlich diese Finsternis, die sich über alles zu legen schien?

„Es tut mir Leid, wenn ich Ihnen Angst gemacht habe", hörte ich seine Stimme neben mir.

„Wieso denken Sie, dass ich Angst habe?", fragte ich und hoffte, dass es einigermaßen souverän klang. Meine Hoffnung wurde jedoch zerschlagen, als der Mann erwiderte: „Sie zittern."

Er nahm plötzlich meine Hand und hielt sie fest. „Die Geschichte hat Sie in Aufruhr versetzt", sagte er leise.

Seine Finger strichen fürsorglich und beiläufig zugleich über meine Handfläche. Erst jetzt sah ich, dass seine Haut ungewöhnlich hell war. Das silberne Armband reflektierte das Licht der Decken-Spots und enthüllte Details, die ich so nur von den Replikaten antiker Goldschmiedekunst aus dem Museums-Shop kannte.

Ich hob den Kopf und zwang mich, seinen Blick zu erwidern. Mit einem Mal hatte ich das Gefühl, dass wir die einzigen Menschen in diesem Museum waren. Eine verwirrende Nähe entfaltete sich zu diesem Fremden, die mir völlig unerklärlich war. Ich schob es auf meine aufgewühlten Nerven, den Schlafmangel und den Schock von gestern. Dennoch, der Mann faszinierte mich. Das Gefühl ging weit über das hinaus, was ich beim Kennenlernen von Marlon empfunden hatte. Der Fremde löste in mir das Bedürfnis aus, meine Hand nie mehr aus seiner zu lösen.

Dann geschah aber genau das. Er ließ mich los und der Moment war vorüber.

„Verzeihen Sie, wenn ich Sie erschreckt habe“, sagte er erneut. „Mit mir geht manchmal ein wenig die Begeisterung für unsere alten Götter durch. Mir war nicht bewusst, dass das auf Menschen eine beunruhigende Wirkung haben kann.“

Menschen, dachte ich. Ist er denn kein Mensch?

So wie er sich dann leicht vor mir verneigte und dann rückwärts aus dem Raum glitt, ohne noch etwas zu sagen, hatte ich durchaus Schwierigkeiten, das zu glauben.

Kapitel 3

Von diesem Moment schien es, als würde mein Leben in einen Abwärtsstrudel gezogen werden, aus dem ich mich nicht mehr befreien konnte.

Es begann damit, dass ich die anderen nicht mehr finden konnte. Ich wartete im Museumscafé, doch niemand tauchte auf. Ich suchte das ganze Museum nach ihnen ab. Meine Unruhe wuchs. Ich fragte in der Eingangshalle, ob jemand meine Gruppe gesehen hatte und beschrieb Professor Brick. Doch niemand konnte mir etwas sagen. Ich ging nach draußen und sah mich immer kopfloser werdend nach den anderen um. Nichts. Mittlerweile war es vier Uhr am Nachmittag und die Sonne stand in diesem besonderen Winkel, der alles in ein gleißendes Licht taucht, die Schatten tiefer macht und diese gewisse Erschöpfung hervorruft, die lähmt und resignieren lässt. So zumindest fühlte ich mich, als ich vor dem Museum auf eine Bank sank und begriff, dass ich tatsächlich gestrandet war. Ich hatte nichts bei mir als meine Klamotten, einen Rucksack mit einem Ersatz T-Shirt und einem Paar Sandalen und zum Glück meine Kreditkarte. Aber kein Handy.

Was sollte ich denn jetzt machen? Ich war auf mich selbst zurück geworfen und tröstete mich mit dem Gedanken, dass Generationen von Menschen vor dem Zeitalter des Smartphones derartige Situationen auch hatten meistern müssen. Also sammelte ich mich und machte mich zuerst auf die Suche nach einer Bleibe für die Nacht, nachdem ich von der freundlichen Dame am Informationsschalter des Museums erfahren hatte, dass der Streik der Fluglotsen noch bis zum späten Abend dauern würde. Ich ließ mir ein ruhiges Hotel am Rande des Altstadt empfehlen und nahm mir ein Taxi dorthin. Im kühlen Innern des Wagens, eingehüllt von griechischer Pop-Musik, sank ich in meinem Sitz zurück. Diese Taxifahrt und auch das Hotel waren für mein derzeitiges Budget eine ziemliche Herausforderung. Der Gedanke stresste mich, aber meiner Erschöpfung war das egal.

Gleichzeitig wurde mir erneut bewusst, wie sehr sich mein Leben seit dieser Sache vor vier Jahren verkompliziert hatte. Meine Eltern hatten mich finanziell immer großzügig unterstützt, weil sie wussten, wie schwierig es in einer Stadt wie Wien für eine Studentin war. Denn trotz der zwei Jobs, die ich in einer Änderungsschneiderei und einem Café nebenher seit Beginn des Studiums schmiss, hätte ich jeden Monat Schwierigkeiten gehabt, meine Miete zu bezahlen und deswegen hatten meine Eltern mir immer etwas dazu gegeben. Seit meine Mutter jedoch nicht mehr lebte, hielt Agnes das Regiment über die Finanzen meines Vaters und hatte kurzerhand dafür gesorgt, dass die monatlichen Zahlungen an mich zuerst reduziert und dann eingestellt wurden. Sie war der Meinung, eine junge Frau wie ich dürfte ihrem armen, gebeutelten Vater nicht auf der Tasche liegen. Mein Vater steckte mir trotzdem etwas zu, jedes Mal, wenn wir uns sahen, auch wenn er so depressiv war, dass er kaum geradeaus gucken konnte. Vielleicht war das der Grund, warum Agnes meine Besuche bei ihm immer wieder blockierte. Ich war einfach nur erleichtert, dass ich bald ein festes Gehalt von Tessa Kranach bekommen würde und in dieser Hinsicht nicht mehr abhängig war. Diese Aussicht war es auch, die mein schlechtes Gewissen wegen der ungeplanten Ausgaben einigermaßen in

Grenzen hielt. Ich hatte ja kein Ahnung, von welch unberechenbarer Seite sich das Leben bald zeigen würde.
Das Hotel entpuppte sich als dreistöckiges, altes Gebäude, das zur Hälfte mit wildem Wein eingewachsen war und auf einen wunderschönen Hof hinaus ging, in dem Kübel mit Olivenbäumen und Oleander standen. Ich bekam ein kleines, hübsches Zimmer, von dessen Fenster aus man den Parthenon-Tempel sehen konnte. Für ein paar Minuten blieb ich stehen, atmete die heiße Luft ein, in die sich bereits die Düfte des baldigen Abends mischten und betrachtete das erhabene Gebäude, dieses Symbol eines ganzen Landes und einer längst versunkenen Zeit. Eine stille Melancholie schlich sich neben mich wie eine Katze, die nur zufällig vorbei kommt und ein wenig Aufmerksamkeit fordert. Obwohl ich mich von der Welt abgeschnitten und ziemlich alleine fühlte, überkam mich nun ein seltenes Gefühl von Stärke. Als würde ich mich in diesem Moment bereits für die ungeahnten Probleme wappnen, die noch auf mich warteten.
Ich zog meine Sachen aus und duschte, wusch meine Unterwäsche und das T-Shirt im Waschbecken und hängte alles zum Trocknen auf den winzigen Balkon. Dann schlüpfte ich nackt unter die Laken und schlief bis zum Abend. Als ich aufwachte, war es beinahe acht und ich fühlte mich erfrischt und einigermaßen ausgeruht. Meine Sachen waren getrocknet und während ich versuchte, mir ohne Kamm und Haarspray so etwas wie eine Frisur zu zaubern, schaute ich die Abendnachrichten auf CNN. Eben noch war die Rede von einer Messerattacke in Vancouver gewesen, als die Sprecherin nach Athen schaltete. Es wurde davon berichtet, dass der Fluglotsenstreik, der zwölf Stunden lang den Flugverkehr zum Erliegen gebracht hatte, aufgehoben worden sei, und seit zwanzig Minuten wieder Flugzeuge starten und landen konnten. Das Bild zeigte die Abflugterminals und die Kamera schwenkte auf die große Tafel, an der die einzelnen Flüge aufgerufen waren. Für einen kurzen, aber sehr deutlichen Moment verharrte das Bild auf einem einzigen Wort und einer Uhrzeit.
Wien – 19.55

Ich schluckte und ließ mich aufs Bett sinken.
Plötzlich kam ich mir entsetzlich dumm vor. Warum um alles in der Welt war ich nicht einfach zum Flughafen gefahren und hatte dort gewartet bis der Streik aufgehoben war? Dann hätte ich die anderen wieder treffen können und wäre noch an diesem Abend zurück in Wien gewesen. Andererseits, wer hatte wissen können, dass der Streik so schnell enden würde? Ob Brick und seine Studenten es rechtzeitig zum Flughafen geschafft hatten? Und wie gingen sie damit um, dass ich ihnen abhanden gekommen war? Ich biss mir auf die Unterlippe und verfluchte den ganzen Schlamassel. Das alles war nur passiert, weil ich gestern in diesen blöden Fluss gefallen war und mein Handy ruiniert hatte.
Dann fiel mir siedend heiß ein, dass ich ja morgen meine neue Stelle bei Tessa Kranach antreten sollte und mir brach der Schweiß aus. Ich wurde regelrecht panisch und dachte angestrengt nach, was ich tun konnte, um den Schaden einzudämmen. Ich ging nach unten zur Rezeption, schrieb eine Mail an Tessas Atelier und erklärte meine Umstände. Dann schickte ich eine weitere Nachricht an Marlon, der allerdings noch gar nicht geantwortet hatte. Zuletzt buchte ich mit Hilfe der Rezeptionistin einen Flug nach Wien für den nächsten Mittag. Damit hatte ich alles in die Wege geleitet, was in meiner Macht stand. Mehr konnte ich nicht tun.
Ich trat vor die Tür und beschloss, das Beste aus meiner Lage zu machen und noch ein wenig die griechische Hauptstadt zu genießen. Ich zwang mich dazu, meine Unruhe zu vertreiben und machte mich auf den Weg.
Erstaunlicherweise begann ich die Situation zu genießen. Ganz alleine durch die Plaka zu streifen, in der Nase die Gerüche von gebratenem Fleisch und Jasmin, vermischt mit Dieselabgasen und frisch gebackenen Waffeln, die in den Cafés verkauft wurden. Ich fand eine Taverne, vergaß meine Sparsamkeit und bestellte nach Herzenslust alle griechischen Vorspeisen, die ich in der vergangenen Woche lieben gelernt hatte. Dazu eine Karaffe Weißwein und zum Abschluss einen Mokka. Es machte mir nicht das Geringste aus, ganz alleine inmitten von Reisegruppen und Paaren zu sitzen und ohne jede

Gesellschaft zu essen. Im Gegenteil. Ich genoss es so sehr, dass ich es bereute, die vergangene Woche nicht mit mir selbst verbracht zu haben. Ich hatte nie darüber nachgedacht, dass Alleinsein etwas Erstrebenswertes war und begriff nun zum ersten Mal, wie sehr ich es genoss.

So wie meine Mutter, die während der Zeit, in der mein Vater eine Affäre gehabt hatte, nicht zu einer eifersüchtigen, zänkischen Furie geworden war, sondern sich wie eine Königin auf sich selbst besonnen hatte. Sie hatte ohne ein böses Wort und ohne einen Vorwurf dem Leben Platz gemacht und hatte sich auf würdevolle Weise um das Einzige gekümmert, über das sie wirklich Macht hatte. Sich selbst. Sie war alleine nach Bali geflogen, hatte einen Tantra-Workshop besucht und sich in sich selbst zurückgezogen, ohne an meinem Vater zu zerren. Sie war in dieser Zeit, in der andere Frauen verbittert in den Kampfmodus verfallen wären, zu einer stillen Pilgerin geworden, die den Teil von sich suchte, der ohne meinen Vater glücklich und vollständig war. Und sie fand ihn.

Ich hatte mit meiner Mutter damals Urlaub in den Bergen gemacht und ihre friedliche, wissende Präsenz hatte mich unendlich beeindruckt. Und nicht nur mich. Auch meinem Vater entging es nicht, dass sie trotz seiner Eskapaden immer schöner und begehrenswerter wurde und er entdeckte die Liebe zu ihr ein zweites Mal. Er begriff auch, dass seine Affäre mit der blonden, exaltierten Pharma-Referentin Agnes nur eine Flucht vor sich selbst war, etwas, das Männer in der Midlifecrisis eben taten. Meine Eltern hatten sich wieder ineinander verliebt und waren, um diese zweite Phase ihrer Beziehung zu feiern, nach Paris gefahren. Und dort war es dann passiert.

Die Erinnerung an meine Mutter durchkreuzte mein Hochgefühl. Ich schickte einen stummen Gruß an sie, löste mich von dem Gedanken und bezahlte. Danach streifte ich ziellos durch die Gassen der Altstadt, bummelte durch die Galerien und Geschäfte und konnte nicht fassen, wie egal mir meine Situation mittlerweile war. Wenn ich nicht morgen bei Tessa hätte anfangen müssen, ich hätte einfach noch eine Woche Urlaub genommen. Griechenland, ich werde zurückkommen, versprach ich mir. Ob alleine oder mit Marlon, aber ich werde wieder kommen.

Kapitel 4

Es war bereits nach 22.00, als ich an der alten Agora vorbeikam. Ich erinnerte mich noch an Professor Bricks Ausführungen über diesen antiken Versammlungsplatz der griechischen Polis und die Ausgrabungsstätte mit ihren Tempeln und Plätzen. Sicher hätte er mit seinen Studenten diesen Ort auch noch besichtigt, wenn sie nicht zum Flughafen zurück gefahren wären. Das Areal war nicht abgeschlossen. Irgendeine Veranstaltung fand dort statt und ich betrat die weitläufige Fläche, wo die Umrisse von Säulen und Mauerresten dramatisch angestrahlt wurden. Dutzende Fledermäuse flitzten zwischen den Zypressen und Pinien hin und her und das ohrenbetäubende Zirpen der Grillen hing noch immer in der Luft. Von irgendwoher ertönte eine Opernarie und ich entdeckte in der Ferne eine Menschenmenge, in der gerade applaudiert wurde. Ich sah mich um. Irgendjemand würde doch gewiss eine Eintrittskarte von mir sehen wollen. Aber da war niemand, der mich aufhielt. Langsam ging ich weiter.

Es war ein warmer, leicht windiger Abend. Die feierliche Stimmung nahm auch mich gefangen und ich näherte mich der Zuschauermenge, die einem in altertümliche Gewänder gekleideten Chor lauschte, der auf der Bühne vor einer Säulenhalle gerade irgendeine dramatische Szene mimte, bei der eine einzelne Sängerin plötzlich ein Schwert zog und sich anschickte, es sich in den eigenen Leib zu stoßen.

Ich ließ mich auf einer niedrigen Mauer etwas abseits nieder und lauschte. Der Text der Darsteller war fremdartig und unverständlich. Vielleicht war es altgriechisch; irgendeine antike Tragödie. Das mystische Geschehen auf der Bühne, die eigenartige Musik und die Dramatik fesselten mich und schon bald war ich völlig versunken in die Welt, die sich da vor meinen Augen ausbreitete.

Hinter dem Parthenon erhob sich riesig die Sichel des Mondes. Es war ein Moment von solcher Erhabenheit, dass ich eine Gänsehaut bekam. Und dann, ganz unmerklich schlich sich ein kleines, absolut vollkommenes Glücksgefühl in das Chaos der letzten beiden Tage und ließ mich befreit lächeln. Ich wunderte mich selbst ein wenig, dass ich mich so wohl fühlte und sogar Dankbarkeit für die Fügung des Schicksals empfand. Der Abend war jedenfalls perfekt. Ich wollte meinen Blick gerade wieder der Bühne zuwenden, als mir im Publikum etwas auffiel.

In einer der hinteren Reihen, ganz außen, sah ich den Rücken eines Mannes, der einen dunklen, geflochtenen Zopf trug und dessen scharf geschnittenes Gesicht sich ernst und mit geschlossenen Augen von den Profilen der anderen Zuschauer abhob. Im nächsten Moment, als wüsste er ganz genau, dass er beobachtet wurde, drehte der Mann den Kopf wie eine Eule und sah mich direkt an. Ich erschrak und wollte rasch wegsehen, konnte meine Augen von dem geheimnisvollen Besucher aus dem Museum aber nicht abwenden. Er schien meinen Blick geradezu festzuhalten. Dann glitt ein feines Lächeln über sein Gesicht, als er beinahe unmerklich die Hand hob. Ich erwiderte den Gruß. Meine Hand zitterte dabei. Warum zitterte ich, verdammt nochmal? Was war denn nur los mit mir? Ich empfand beinahe Erleichterung, als der Mann sich wieder dem Geschehen auf der Bühne zuwandte, wo eine Frau gerade einen herzzerreißenden Klagegesang anstimmte.

Schlagartig verwandelte sich meine fröhliche Stimmung in Unruhe. Die klagenden Laute der Sängerin drangen bis in mein Inneres und schienen dort an meiner Freude zu nagen. Etwas undefinierbar Düsteres umgab mich plötzlich und der Umschwung in meinem Innern ließ mich ruckartig aufstehen

und ein paar Schritte entfernen. Ich entdeckte hinter den Bäumen etwas, das aussah wie ein kleiner, beleuchteter Tempel und hatte plötzlich das intensive Bedürfnis, mich dort hin zu flüchten.
Ich tauchte zwischen die hohen Pinienstämme in die Finsternis ein, als ich hinter mir leise Schritte hörte. Ganz deutlich nahm ich in meinem Innern den Wunsch wahr, dass er es wäre, der sich da näherte. Der geheimnisvolle Mann aus dem Museum. Und als ich den Kopf wandte, stand er dort im Schatten. Eine unbewegte, vollkommen schwarze Gestalt mit einem Gesicht wie aus Marmor gemeißelt, das mich eigenartig lauernd ansah, dann aber mit einem freundlichen Lächeln auf mich zutrat.
„Was für ein überaus angenehmes Wiedersehen“, sagte er und deutete eine Verneigung an. „Wenn auch ein wenig mysteriös.“
„Diesen Eindruck habe ich auch“, erwiderte ich und sah wie fremdgesteuert dabei zu, dass er meine Hand ergriff und sie an seine Lippen hob.
„Die *Antigone* scheint Ihnen nicht gefallen zu haben“, stellte er fest.
„Das Stück? Nun, ich bin eher zufällig hier gelandet. Ich wusste nichts von der Veranstaltung.“
„Und wären Sie gekommen, hätten Sie es gewusst?“, fragte er. „Oder wären Sie diesem Ort ferngeblieben?“
„Ich weiß nicht Recht“, versuchte ich mich diesen merkwürdigen Fragen zu entziehen.
„Antigone ist ein Stück des Todes und der Vergeblichkeit“, sagte er und klang dabei sonderbar befriedigt. „Und ich hatte heute Nachmittag im Museum durchaus den Eindruck, dass diese Themen Sie ... wie soll ich sagen?“ Er hielt meinen Blick mit seinen schimmernden Augen fest. „Nun, dass diese Themen Ihnen vielleicht unangenehm zusetzen.“
„Tod und Vergeblichkeit ... naja, wer mag das schon?“
Ich wollte dazu ansetzen, ihm von meiner Mutter zu erzählen, ließ es aber bleiben, denn ich wollte die Situation nicht beschweren. Und so wie der Mann mich ansah, hatte ich das Gefühl, dass er von meinem Verlust zumindest

ahnte. Er lächelte rätselhaft. „Sie haben ihren Platz in diesem Kosmos. Nicht nur in den alten griechischen Tragödien."

„Ich hatte heute einen sehr anstrengenden Tag", versuchte ich mich an einer Erklärung, weil ich nicht wie ein zartbesaitetes Püppchen wirken wollte. Und dann erzählte ich ihm, dass ich mein Flugzeug nach Wien verpasst hatte und meine neue Arbeitsstelle nicht rechtzeitig antreten konnte. Während ich sprach, hatte der Mann unsere Schritte in Richtung des Tempels gelenkt.

„Wien", sagte er dann. „Ein wundervoller, alter Ort. Ich bin auch bisweilen dort." Dann blieb er stehen und deutete eine weitere Verbeugung an. „Ich würde mich Ihnen gerne vorstellen, aber ich fürchte Sie werden Schwierigkeiten mit meinem Namen haben."

„Warum?"

„Er ist etwas kompliziert und verleitet Menschen dazu, ihn völlig falsch auszusprechen. Und um Ihnen diese Schwierigkeiten zu ersparen, möchte ich Sie bitten, mich einfach nur Melas zu nennen."

„Ich heiße Mara."

Er schmunzelte. Hoffentlich hatte er nicht die Assoziation von zwei Comic-Mäusen, dachte ich. Melas und Mara. Doch zweifelsohne dachte dieser Mann nicht in solchen Kategorien. Erst jetzt sah ich, dass er ein an den Schultern geknöpftes, locker fallendes schwarzes Hemd und weite schwarze Hosen trug. Er ging weiter und ich folgte ihm, zunehmend befangen von der überwältigenden Aura dieses Mannes. Er neigte langsam seinen Kopf, während vor uns der beleuchtete Tempel zwischen den Bäumen auftauchte.

„Wie dankbar wir uns schätzen können, dass es Orte wie diesen gibt", sagte er leise. „Dass der Staub der Geschichte sie nicht zermalmt hat."

Wie altmodisch er redete. Ich hatte noch nie zuvor einen Menschen sich einer solchen Sprache bedienen hören. Es gefiel mir. Es gefiel mir auch, langsam neben dem Fremden durch den stillen, dunklen Hain der Ausgrabungsstätte zu schlendern. Was mir weniger gefiel, war mein beschleunigter Herzschlag und das sonderbare Gefühl von Unausweichlichkeit. Er schien meine Bedenken zu spüren und schüttelte sacht den Kopf.

„Lassen Sie sich nicht verunsichern, Mara. Ich bin nur ein einsamer Mann, der die Schönheit dieser Nacht mit einer Person teilen will, die nicht nur aus Kunstbeflissenheit hier ist. Sondern, weil sie einem geheimnisvollen Ruf gefolgt ist." Er blieb stehen und sah mir tief in die Augen. „Ist es nicht so?" Fragend erwiderte ich seinen rätselhaften Blick. Seine Art verwirrte und entzückte mich gleichzeitig. Er hatte vom ersten Satz an, den er zu mir gesagt hatte, einen Raum erschaffen, den man für zwei Menschen, die einander nicht kannten, nun wirklich nicht als gewöhnlich bezeichnen konnte. Er hob die Hand und strich einmal ganz leicht über meinen Arm. „Sie müssen nichts sagen, Mara. Ich kenne diesen Ruf. Man kann es nicht mit Worten erklären." Lächelnd deutete er auf den kleinen Tempel. „Möchten Sie einen kleinen nächtlichen Spaziergang über die Agora machen?"

Ich wusste nicht, ob diese Einladung mir schmeicheln oder mir unangenehm sein sollte. Er duckte sich ohne zu zögern unter der Absperrung hindurch, die den Bereich für das abendliche Publikum von der Ausgrabung abgrenzte und bedeutete mir, es ihm gleichzutun. Sicher war ein derartiges Eindringen in eine antike Stätte verboten, aber ich fühlte in seiner Gegenwart keine Hemmung. Als ich schließlich neben ihm auf die große Haupt-Achse trat, umfing mich das sonderbare Gefühl, mit einem Mal abgeschnitten von der Welt zu sein.

„Machen Sie so etwas öfters?", fragte ich. „In denkmalgeschützte Heiligtümer eindringen?"

„Seien wir nicht so gesetzestreu an diesem schönen Abend" erwiderte er schmunzelnd. Er wirkte wie ein erwachsener Junge, der sich keine großen Gedanken machte über Verbote oder Grenzen. Gepaart mit seinem kultivierten Äußeren wirkte dieser Zug an ihm überaus anziehend. Das und die Tatsache, dass ich mich trotz Befangenheit in seiner Nähe immer wohler fühlte.

Ich lief neben ihm auf die Mauerreste der alten Bibliothek zu und betrachtete die golden beleuchteten, alten Säulen, die von einem unvorstellbaren Alter kündeten, das meine aktuellen Probleme nichtig erscheinen ließ und mich selbst sehr klein. Es war, als würde der Blick auf diese Altertümer die

Prioritäten meines Lebens irgendwo im Hintergrund meines Bewusstseins neu ordnen.
„Wie haben Sie das gemeint, mit dem Ruf?“, fragte ich schließlich. „Ich habe nämlich keinen Ruf vernommen.“
„Sind Sie sich da so sicher?“, erwiderte Melas und obwohl mich diese merkwürdige Konversation irritierte, empfand ich seine Nähe wie eine Energie, die mich zart und unnachgiebig zugleich umschloss. Immer wieder meinte ich zu spüren, dass er kurz davor war, meine Hand zu ergreifen, aber er tat es nicht. Und ich ertappte mich dabei, dass ich mir genau das vorstellte. Melas blieb jedoch trotz seines unkonventionellen und abenteuerlichen Wesens ganz der zurückhaltende aber aufmerksame Begleiter, erklärte mir die verfallenen Bauwerke der Agora und lenkte meinen Blick auf die Schattenspiele der Pinien über den beleuchteten Mauern. Ich schaffte es kaum, mich auf diesen ungewöhnlichen Rundgang zu konzentrieren und fragte mich immer wieder, wie diese Begegnung weiter verlaufen würde. Denn ich spürte ganz deutlich eine namenlose Sehnsucht in mir aufsteigen und es entging mir nicht, dass die Energie zwischen uns aufgeladen war wie vor einem Gewitter. Als die Musik sich in der Ferne zu einem dramatischen Höhepunkt aufschwang, hielt Melas in der Bewegung inne, als würde er auf etwas warten. Ich trat ein paar Schritte beiseite und betrachtete die hell angestrahlte Akropolis über uns. Als ich einen Blick über die Schulter nach hinten warf, sah ich, dass mein Begleiter reglos dastand und mit geschlossenen Augen der von der Ferne gedämpften Musik lauschte.
Plötzlich ergriff mich ein ganz eigenartiges Gefühl. Mir war, als würden die fremdartige Melodie und der Gesang aus einer anderen Zeit an mein Ohr dringen. Und als wäre das Ganze keine Tragödie, die von Schauspielern aufgeführt wurde, sondern etwas, das gerade in einem anderen Stockwerk der Zeit blutige und düstere Kreise zog und das Leben in neue Bahnen lenkte. Schlagartig fühlte ich wieder das kalte Wasser des Baches unter der Steinwand auf meiner Haut und empfand die dunkle Unausweichlichkeit des

Bootes und des Fährmanns und der unausgesprochenen, drängenden Weisung, mit ihm zu kommen. Das Gefühl lähmte und euphorisierte mich zugleich. Dann spürte ich an meinem Rücken eine sanfte Berührung. Ich sah mich um, und Melas stand direkt hinter mir und ließ seine Hand zu meinem Ellbogen gleiten, von dort hinab und bis zu meinem Handgelenk.

„Sehen Sie, das meinte ich mit dem Ruf", raunte er und diesmal war ich sicher, dass er meine Gedanken gelesen hatte. An seiner Berührung war nichts Forderndes und ich wünschte mir, er würde meine Hand ergreifen. Doch er zog sich wieder zurück und warf mir einen unergründlichen Blick zu. Ich war zu verwirrt, um etwas zu sagen. Bald darauf hörte man den Applaus des Publikums hinter den Bäumen. Das beklommene Gefühl fiel von mir ab und plötzlich fröstelte ich.

„Ich hätte gerne verstanden, was da passiert ist", sagte ich und sah ihn an. Seine Augen schimmerten in einem matten Schwarz. Ich hoffte, dass er aus meinem Tonfall heraushörte, dass ich nicht bloß die Aufführung meinte. Mein Freund Marlon versank irgendwo an den Rändern meines Bewusstseins und alles andere verblasste von unangenehmen Problemen zu reinen Nichtigkeiten.

„Das was geschah, war die Unausweichlichkeit uralter Gesetze", sagte er vage, schlenderte weiter und erzählte mir von der Handlung der *Antigone*, worin es um nichts anderes als um Tod, Selbstmord und Mord zu gehen schien.

„Das hört sich furchtbar deprimierend an", sagte ich, und war froh nicht länger in der Nähe der Bühne geblieben zu sein. Das hier war viel schöner, viel intensiver, obwohl ich es ebenso wenig verstand wie den antiken Text der *Antigone*.

„Für die heutigen Menschen mag es deprimierend anmuten", sagte Melas und klang nicht in Mindesten belehrend dabei. „Aber wenn man es von der Perspektive aus sieht, dass dort zwei grundverschiedene Gesetze aufeinander prallen, bekommt diese Tragödie etwas durchaus Modernes. Das Gesetz der Menschen trifft auf das Gesetz der Götter. Die Kluft der Unausweichlichkeit

ist es, welche die Menschen zerstört. Man kann dem Gesetz der Götter nicht entkommen."
Bei diesen Worten warf er mir einen Blick zu, der so vielsagend war, dass ich mich beinahe persönlich angesprochen fühlte. Dieser letzte Satz erzeugte einen dunklen Widerhall in mir und auf einmal erschien er mir irgendwie unirdisch. Unmenschlich und unberührbar.
„Was ... was haben Sie jetzt vor?", fragte ich, um das Thema zu wechseln.
Er blieb stehen und sah mich mit einem Blick an, der nun wieder weich und verbindlich war. „Sie wollen wissen, ob wir noch in eine Bar oder ein Café gehen und unsere unverhoffte Bekanntschaft noch ein wenig vertiefen?"
Ich fühlte das Blut in mein Gesicht steigen.
„Um ehrlich zu sein würde mich das freuen, ja", gestand ich.
„Mara, ich würde nichts lieber tun. Wirklich." Er streckte mir die Hand entgegen und ich nahm sie zögerlich. Mein Herz schlug schneller. Sein Griff war kraftvoll und seine glatte Haut strahlte etwas Kühles aus, als wäre sie zuvor auf einem der kalten Steine gelegen.
Erst jetzt sah ich, wie groß er war. Seine Erscheinung strahlte gebändigte Kraft aus, eine elegante Ruhe, hinter der jedoch etwas Gefährliches zu schlummern schien. Im goldenen Schein der Strahler sah ich seine noblen Gesichtszüge, seine hohe Stirn über einer wahrhaft klassischen, griechischen Nase und seinen strengen Mund. Und diese eigenartigen Augen, deren Blick ich immer wieder ausweichen wollte, weil er so überlegen war, so majestätisch und in dem auch etwas verwirrend Sanftes lag. Irgendwo in mir bebte es leise. Noch vor wenigen Stunden hatte ich nur an Marlon gedacht und von einem einsamen Strand geträumt. Und jetzt drehte sich meine Sehnsucht nur noch darum, in der Nähe dieses Mannes zu bleiben.
Plötzlich hob Melas die Hand und berührte mein Haar. Bei jedem anderen Mann wäre ich zurück gewichen, wie er nun so auf mich herunter sah und mich auf eine subtile Art und Weise mit seinen Blicken an sich riss. Ja. Er riss mich an sich, ohne irgendetwas zu tun.

„Mara, glauben Sie mir, ich würde nichts lieber tun, als den Rest der Nacht an Ihrer Seite zu sein."
Er machte eine Pause und ließ die Zweideutigkeit seiner Worte wirken. „Aber ich würde viel lieber noch ein wenig mit Ihnen durch die Agora spazieren. Die Welt dort draußen ist nichts für mich. Die Lichter sind mir zu hell und der Rhythmus der Menschen behagt mir nicht."
Ich nickte langsam und fragte mich, was er damit wohl meinte. So wie er sprach, hörte er sich an wie ein altmodischer Vampir, der seiner neuesten Eroberung zu verstehen geben will, dass er an die dunkle, altertümliche Welt seines Schlosses gebunden ist. Allein wie er das Worte *Menschen* aussprach. Als würde er über eine fremdartige Spezies sprechen.
Als wäre mein absonderlicher Gedanke ein geheimes Stichwort, glaubte ich, hinter seinen geschwungenen Lippen die Spitzen zweier ungewöhnlich langer Eckzähne aufblitzen zu sehen. Ich blinzelte. Das musste Einbildung sein.
„Sie werden Athen morgen wieder verlassen, richtig?", fragte er schließlich.
Ich nickte und bedauerte es, dass ich unweigerlich wieder zurück in meine Welt musste, obwohl ich meinen Alltag in Wien, meine Wohnung, Marlon und meinen eigenen Rhythmus gerade noch so heftig vermisst hatte. Mein Leben kam mir auf einmal ziemlich banal vor.
„Nun, Wien ist zweifelsohne eine bezaubernde Stadt", fuhr er fort. „Aber wenn Sie können, dann gestatten Sie uns noch ein wenig Zeit hier in der alten Welt. Kommen Sie, ich zeige Ihnen das Hephaisteion."
Er deutete auf den hell erleuchteten kleinen Tempel hinter den schwarzen Kronen der Pinien. Er berührte mich sachte am Arm und lenkte unsere Schritte in Richtung der Säulen.
Ich wünschte mir, dass dieser Spaziergang niemals endete. Seine Berührung an meinem Arm, seine Nähe, der eigenwillige Geruch nach Weihrauch, den ich wahrnahm, all das gefiel mich mehr, als mir lieb war. Aber da meldete sich auch wieder die Stimme der Vernunft, die mir zuraunte, dass ich vorsichtig sein sollte. Und was Marlon wohl dazu sagen würde, wenn er meinen nervösen Puls fühlen könnte.

„Sind Sie schon einmal nachts in einen antiken Tempel eingestiegen?", fragte er und klang wieder wie ein unangepasster Junge, dem die Verbote der Denkmalbehörde völlig egal sind.
„Nein. Bis heute Abend stand das auch noch nicht auf meiner *Bucket-List* für einen erfolgreichen Griechenland-Urlaub", sagte ich. Er hob die Augenbrauen. Vielleicht wusste er nicht, was eine *Bucket-List* war und ich kam mir mit diesem Wort, dass die Verrücktheiten der heutigen Welt perfekt ausdrückte ein wenig albern vor. Es hätte mich nicht gewundert, wenn Melas weder ein Handy, noch einen Computer besaß und auch nicht sonderlich viel von sozialen Medien hielt.
„Nun, es gibt für alles ein erstes Mal", meinte er und warf mir ein verschmitztes Lächeln zu, das in einem krassen Kontrast zu seiner strengen Erscheinung stand.
Ich nickte. Jede weitere Minute, die ich mit diesem mysteriösen Mann verbringen durfte, stillte einen seltsamen neuen Hunger in mir und ich wünschte mir, dass irgendjemand im Universum die Zeit anhielt. Ich dachte mit immer größer werdendem Unbehagen an den Rückflug nach Wien.
„Hadern Sie nicht, Mara", sagte er.
Ich zuckte zusammen. „Wie kommen Sie darauf, dass ich hadere?"
„Nun, Ihre Blicke sind sehr vielsagend. Aber abgesehen davon ereilt viele Menschen, die Athen zum ersten Mal sehen diese besondere Wehmut, wenn sie die Stadt wieder verlassen müssen."
„Ich hatte eigentlich gar nicht vor, hier so lange zu bleiben", sagte ich und erzählte ihm von der Exkursion der Studenten, der ich mich angeschlossen hatte.
„Es freut mich, dass Sie für einen derartig hermetischen Forschungszweig genug Enthusiasmus aufbringen konnten, um etwas zu erfahren, was viele Menschen nur im Vorübergehen erhaschen und dann schnell wieder vergessen ", sagte er. „Sie hören sich an, als wären Sie sich Ihrer Faszination für die griechische Geschichte selbst nicht so recht bewusst. Kann das sein?"
„Das denke ich auch gerade..."

Mein Begleiter schlüpfte zwischen den Pfosten der Absperrung vor dem Tempel hindurch und bedeutete mir, ihm zu folgen.
„Wir haben uns eine schöne Nacht ausgesucht, um an diesem Ort zu sein", sagte er, als wir zwischen den Säulen hindurch in die Cella des Tempels traten. „Riechen Sie den Jasmin und den Oleander? Es duftet genau so, wie es zur Zeit der Polis auch schon geduftet hat."
Ich schnupperte. In der Luft lag ein zarter Hauch von Blüten und Hölzern. Mir fiel auf, dass er meine Aufmerksamkeit auf den subtilen Zauber der nächtlichen Blumen gelenkt hatte und nicht auf die überwältigende Präsenz des Mondes, der am schwarzen Himmel immer höher stieg.
„Woher wissen Sie, wie es während der Zeit der Polis hier gerochen hat?", fragte ich ihn.
„Nun, ich denke es mir", sagte er. „Bei den archäologischen Untersuchungen rund um den Tempel wurden uralte Pflanzlöcher gefunden und die Überreste von Pflanzen. Man hatte hier einen Hain angelegt, ähnlich wie heute."
„Ach so. Es hörte sich gerade so an, als wären Sie damals mit dabei gewesen."
Ich sah an den Säulen empor, die in ein goldgelbes Licht getaucht waren. In den Oleander-Sträuchern ringsum ertönte ein leises Rascheln und die Gesimse über den Säulen schienen schwerelos zu schweben, als wäre das uralte Gebäude nur ein Phantasiegebilde in einem Traum. Ich empfand ganz deutlich den Hauch von etwas Heiligem.
„Ich war damals auch dabei", sagte Melas und ich wandte mich nach ihm um.
„Sagen Sie, sind Sie so etwas wie eine etwas verrückte Art von Touristenführer?", fragte ich und hoffte, dass es nicht respektlos klang. Ich wusste nicht, woher ich diese Kühnheit nahm, denn der Eindruck von unmittelbarer Gefahr wurde mit einem Mal übermächtig und ich trat einen kleinen Schritt zurück. Seine dunkle, fremdartige Gestalt schüchterte mich plötzlich wieder ein und ich musste gegen den Impuls ankämpfen, davon zu rennen.
„Ich will es erklären", sagte er beiläufig und lehnte sich gegen eine der Säulen, als wäre der alte Tempel sein eigenes Wohnzimmer. „Ich bin auf eine

sehr intensive Art mit der griechischen Geschichte, vor allem der Antike verbunden. Ich kenne jeden einzelnen Mythos aus jener Zeit und habe ein sehr genaues Bild vom Leben und Sterben dieser Jahrhunderte."

„Sind Sie so etwas wie ein Kunstexperte?", fragte ich, denn mir fiel nun auf, dass er mir keinen einzigen Hinweis auf seine Tätigkeit gegeben hatte. Sprachen Menschen nicht ständig über das, was sie taten, was ihnen Profil gab und sie wichtig erscheinen ließ?

„Waren Sie deswegen im Museum?"

Er bewegte den Kopf, aber es war kein Nicken. Das Licht ließ sein Haar metallisch schimmern. „Wenn Sie so wollen, ja. Ich suche die Nähe der Zeugnisse jener Epoche. Sie geben mir Kraft und ein Gefühl von Heimat."

Ich sah, wie seine langen, blassen Finger sich in die Kanneluren der Säule legten und dort die Vertiefungen entlang fuhren. Ein verwirrender Wunsch stieg in mir hoch. Diese eleganten Finger ... ich wünschte, sie würden sich in meinen Nacken legen und mich dort streicheln. Um den Wunsch zu bändigen, legte ich meine eigene Hand an eine der Säulen und versuchte ein Gefühl dafür zu bekommen, wie unsagbar alt dieser Stein war.

„Ich wünschte, ich könnte diese Dinge besser verstehen", gab ich zu und betrachtete den Mond. „Ich habe jetzt eine Woche lang einem promovierten Experten für griechische Geschichte zugehört und am Ende könnte ich nicht einmal sagen, was ich da eigentlich gehört habe. Ich spüre eine Faszination für diese Welt, aber diese komplizierten Ausführungen haben mir gar nichts vermittelt. Es ist, als würde zwischen mir und diesem Thema eine Kluft verlaufen und ich kann sie nicht überwinden."

„Sehen Sie, Mara, das ist der Ruf", raunte seine Stimme ganz nah. Ich wandte den Kopf und er stand dicht neben mir. „Das was Sie gehört haben, war die akademische Nachbearbeitung von tiefen Mysterien, von einem Leben, was heute nur noch als abstrakte Idee existiert", sagte er leise und eindringlich. „Ich spüre Ihre Faszination, Mara. Aber um ihr nachzugehen und wirklich einzutauchen, müssen Sie keinem Professor zuhören."

Ich nickte. „Das denke ich auch. Aber wie könnte ich dann diesem Ruf, wie Sie es nennen, folgen? Vielleicht verstehe ich es nur nicht und alle anderen schon."

Weiter kam ich nicht. Plötzlich ergriff er mit beiden Händen meine Schultern, drehte mich herum und zog mich an sich, sodass mein Hinterkopf gegen seine Brust gelehnt wurde. Seine Hände legten sich auf meine Schultern und hielten mich fest. Unnachgiebig aber auch vorsichtig. Er drückte mich an sich, als wäre es in keinster Weise verfänglich und vielleicht war es das bei einem Griechen ja auch nicht. Erschrocken spürte ich seine unmittelbare Nähe und registrierte im nächsten Moment, dass er keinen Herzschlag hatte. Vielleicht irrte ich mich aber auch und das Rauschen meines Blutes in meinen Ohren verschluckte seinen Herzschlag. Ich spürte ein Vibrieren in seiner Brust, wie von einer gespannten Saite. Wie eine sanfte Druckwelle, die bis in meinen Kopf drang.

„Sieh die alten Mauern an, Mara", flüsterte er. „Vergiss, was du über diese Dinge gehört hast. Versuch nur ein Gefühl für das zu bekommen, was dahinter schlummert."

„Den Ruf?", flüsterte ich zurück. Ich wollte unbedingt begreifen, was er mir zu sagen versuchte und ganz plötzlich war mir absolut bewusst, dass es tatsächlich einen Ruf gab. Erschrocken begriff ich, dass ich diesen Ruf bereits seit gestern vernahm, wie ein unendliches Echo in meinen Zellen.

„Ja, den Ruf", sagte er leise. „Ich weiß, dass du ihn hören kannst."

Ich spürte, wie er sein Kinn auf meinen Kopf legte und meinen Scheitel küsste. Ich schloss die Augen. Seine Nähe machte mich atemlos. In dem Tempel war es unnatürlich still, als existierte das alte Gemäuer plötzlich jenseits der Zeit. Plötzlich begann ich mich matt zu fühlen und hatte das Bedürfnis, mich in dieser festen und zugleich so behutsamen Umarmung fallen zu lassen, tief und tiefer in etwas Unbekanntes, Dunkles.

Langsam löste Melas seine Hände von meinen Schultern, drehte mich zu sich um und sah mich auf eine Weise an, auf die mich noch nie ein Mann angesehen hatte. Eine rätselhafte Sehnsucht lag in seinem Blick, ein Hauch

von Schmerz zuckte durch seine Augen, fast als würde er gerade begreifen, dass wir uns schon sehr lange kannten und immer wieder verpasst hatten.
„Du wirst es verstehen, Mara“, flüsterte er. „Das was du als Abgrund wahrnimmst, ist nur ein Schritt in eine ganz besondere Richtung, die nur für sehr wenige Menschen existiert. Und du bist einer von ihnen.“
„Ich verstehe nicht.“
„Noch nicht.“
Ich bekam eine Gänsehaut und fröstelte auf einmal, obwohl seine Hände immer noch an meinen Armen lagen. Aber von diesen Händen schien jetzt etwas Kaltes, Hartes auszugehen, während seine Augen seltsam aufglühten. Etwas an seinen Worten ließ mich aufhorchen. Ich dachte wieder an den Fährmann. Ich sah zu ihm auf, in seine nächtlichen Augen und hätte nichts dagegen gehabt, wenn er seinen sinnlichen Mund mit den merkwürdig ausgeprägten Eckzähnen auf den meinen gelegt hätte.
Dann war dieser unfassbar intime Moment jedoch vorüber.
Melas nahm meine Hand und führte mich aus dem Tempel heraus, vor die Absperrung und wieder zurück in die Welt, die ich zu kennen glaubte und die von diesem Tag an ganz anders war als zuvor. Und dann, als hätte es diese Nähe zwischen uns nie gegeben, begann er leise über den Ursprung des Tempels zu plaudern, erklärte mir, dass Hephaistos der Gott des Schmiedefeuers war und verheiratet mit der schönen Aphrodite, die jedoch mit dem weitaus attraktiveren Kriegsgott Ares ein erotisches Verhältnis eingegangen war.
Und dann führte er mich nach draußen - und obwohl ich ihm verraten hatte, wo ich wohnte - durch die Gassen der Plaka zurück zu meinem Hotel. Es war seltsam, aber das Gefühl der Vertrautheit überwog bei weitem das der Irritation.
„Mara“, sagte er und ergriff meine Hand, als wir vor dem Hotel angekommen waren. „Dieser Abend war entzückend. Aber ich fürchte, du wirst diese irdische Begegnung zwischen uns vergessen müssen, um wohlbehalten zurück in deine Welt kehren zu können.“

Ich sah ihn fragend an. Was war es nur, was da so bedeutungsschwer und rätselhaft in seinen Worten mitschwang?
„Um ehrlich zu sein", sagte ich zögerlich, „fällt mir diese Vorstellung nun doch ziemlich schwer."
„Warum?"
„Ach bitte!", erwiderte ich in gespielter Empörung, in der auch das Unverständnis mitschwang, dass er offenbar nicht verstand, was für einen tiefen Eindruck er auf mich gemacht hatte. Oder vielleicht wusste er es und spielte den Ungerührten. Vielleicht war das seine Masche, um junge, verlorene Touristinnen rumzukriegen. Andererseits machte er keinerlei Anstalten, mich zu irgendetwas rumzukriegen. Wie schade, dachte ich. Ich kam mir mit einem Mal schäbig vor, dass ich an so etwas Profanes wie ... Sex dachte.
„Liebst du das Leben, das du in Wien führst?", fragte er.
Was für eine seltsame Frage. „Ja. Meistens", sagte ich zögernd.
„Aber da ist etwas, dem du aus dem Weg gehen möchtest?", versuchte er mich weiter zu ergründen.
„Ich glaube schon", erwiderte ich. „Aber ich kann nicht sagen, was das genau ist. Irgendetwas erfüllt mich gerade mit Unbehagen."
Melas sah mich mit leicht schief gelegtem Kopf an, als wollte er in mir lesen.
„Warum all diese Fragen?", wollte ich wissen.
„Ich versuche zu ermessen, wie viel dein Leben dir lieb ist."
„Du klingst, mit Verlaub, wie ein gruseliger Psychopath, der sich überlegt, mich in einen dunklen Keller zu sperren."
Melas lachte leise. „Nun, ein dunkler Keller .... Ich hätte da wesentlich mehr zu bieten, aber das gehört hier nicht her."
Irrte ich mich, oder hatte seine Stimme eine unheilvolle Nuance angenommen? Ich schluckte und zwang mich, ihn anzusehen.
„Danke", sagte ich schließlich. „Dieser Spaziergang in der Agora. Und alles andere. Das war etwas Besonderes für mich."

Statt einer Antwort beugte er sich herunter und drückte mir einen Kuss auf die Stirn. Seine Lippen waren kühl und flüchtig. Ich zitterte vor Verlangen.
Aber irgendetwas sagte mir, dass die Begegnung mit diesem Mann jenseits von allem lag, was ich mit meinem Verstand erfassen konnte. Das Unsagbare, Reizvolle lebte gerade davon, dass ich mir nicht im Mindesten erklären konnte, was da eigentlich zwischen ihm und mir geschah, und ob es jemals eine Wiederholung dieses wundersamen Treffens geben würde.
Als er sich von mir löste, sah ich in seinen Augen einen Hauch Traurigkeit, aber auch etwas das aussah wie kalter Triumph.
„Was, wenn ich sagen würde, dass ich den Ruf verstanden habe?", wagte ich einen Vorstoß. „Wenn ich meinen Flug storniere und noch ein paar Tage bleibe und ..."
Melas schüttelte sanft den Kopf. „Das ist nicht der Ruf, den ich meinte. Sei versichert, Mara. Du wirst ihm folgen. Du kannst gar nicht anders."
„Wie?", fragte ich und empfand nagende Verzweiflung über all das Mysteriöse, Ungelöste dieser Situation.
Melas führte mich zur Tür des Hotels und sah mich lange an. Himmel, wie würde ich diesen Blick vermissen.
„Wir werden uns wiedersehen", sagte er mit einem Tonfall, in dem eine drängende Gewissheit lag. „Wenn du dem Ruf folgst."
„Was ... soll das heißen?"
„Die Dimension, in der das Gesetz der Götter wirkt und nicht das der Menschen. Wenn du dich für diese Dimension öffnest, werden wir einander wieder begegnen."
Oh, wie sehr ich mir wünschte, dass er mich einfach in seine dunkle Umarmung zog und mir mit einem Kuss auch noch den Rest meines Atems raubte...
„Aber nun bleibt mir nichts anderes, als dir eine gute Nacht zu wünschen und morgen eine sichere Heimreise."

Er beugte sich zu mir und streifte mit seinem Mund meine Wange, nah bei meinem Mund. Dann drehte er sich um und verschwand. Ich schaute ihm wie versteinert hinterher und öffnete dann zitternd die Tür zum Hotel.
Mein Nervenkostüm flatterte wie eine zerrissene Fahne. Wie sollte ich diese Begegnung jemals mit meinem sonstigen Leben in Einklang bringen? Wie um alles in der Welt sollte ich diesen Melas jemals vergessen? Oder diesen mysteriösen Ruf wahrnehmen und ihm folgen. Was war das für ein Rätsel, das er mir da aufgegeben hatte?
Als ich kurz darauf im Bett lag, schlich Marlon sich in meine Gedanken und ich erschrak darüber, wie unwillkommen mir die Erinnerung an meinen Freund war. Ja, es fühlte sich an wie eine Erinnerung. Als wäre Marlon gar nicht mehr Teil meines Lebens. Kurz darauf, als ich in den Schlaf hinüber glitt, kam es mir so vor, als würde sich etwas Großes, Dunkles über mich beugen, als würde etwas Körperloses mich streicheln, drängen und locken und ich wusste nicht, wohin dieses Drängen führen sollte. Ich sehnte mich nach Wasser, nach einem dunklen, tiefen und stillen Waldsee, einer Schlucht, einem Brunnen. Irgendetwas, solange es nur unterirdisch war und voll von Wasser.

Kapitel 5

Als ich am nächsten Tag in Wien landete empfand ich keine Erleichterung endlich wieder zurück zu sein. Ich fühlte mich matt und benommen und irgendwie enttäuscht, als wäre mir etwas abhanden gekommen, was ich nie wirklich besessen hatte.
Das Merkwürdige war jedoch, dass wann immer ich versuchte, die Begegnung mit Melas vor meinem geistigen Auge noch einmal durchzuspielen, ich das Gefühl hatte, alles nur geträumt zu haben. Ich schaffte es nicht mehr, sein Gesicht in meiner Erinnerung zu sehen. Konnte mir seine Worte nicht

vergegenwärtigen und auch nicht den Eindruck, den die nächtliche Agora auf mich gemacht hatte.
Diese ganze Sache erschien mir so weit weg, dass ich den Verdacht bekam, mir alles nur eingebildet zu haben. Alles was noch da war, war das Gefühl, von etwas gekostet zu haben, was größer war als ich, älter, unbegreiflicher und bedeutsamer. Hatte mir jemand Drogen ins Essen gemischt? Oder waren das immer noch die Nachwirkungen des Unfalls? Irgendeine Halluzination, die in meinem Kopf Wirklichkeit geworden war? Ich wusste es nicht. Und so oft ich es auch versuchte, die Erinnerung an die Stunden mit Melas verblassten immer mehr und dann war ich allein mit der diffusen Gewissheit, etwas Fundamentales verpasst zu haben.
Ein frustrierendes und beängstigendes Gefühl.
Ich holte mein Gepäck ab, stieg in die U-Bahn und fuhr ins Stadtzentrum. Wien lag unter einer Hitzeglocke, die für Anfang Juli ungewöhnlich war. Die Blätter hingen wie Spüllumpen an den Bäumen. Die alten Fassaden strahlten eine Wärme aus, die mir sogar noch intensiver erschien als in Griechenland. Ich zog meinen Rollkoffer durch die Lenaugasse und freute mich auf mein Zuhause. Es war zwar nur ein kleines Zimmer mit Küchenzeile in einem alten, klassizistischen Zinshaus über einem Blumenladen, aber nach dem Zwischenfall und dem Zerwürfnis mit Dori, dem verpassten Flug und dem Zustand der Verunsicherung flößte es mir augenblicklich die Geborgenheit und Vertrautheit ein, die ich brauchte.
Auch der kleine Blumenladen im Erdgeschoss gab mir dieses Gefühl ein Zuhause zu haben. Die Besitzerin des Ladens, Emilie Sutter, eine etwa sechzig Jahre alte Frau mit kurzen, weißen Haaren nahm sich meiner bisweilen als Ersatzmutter an. Seit sie erfahren hatte, was mit meiner Mutter geschehen war, fühlte sie sich bemüßigt, sich um mich zu kümmern. Wenn ich erkältet war, kochte sie mir Hühnerbrühe und sah nach meinen Pflanzen, wenn ich länger unterwegs war. Vor einigen Jahren hatte sie in einem Nebenraum des Ladens auch ein kleines Café eingerichtet. Während des Studiums hatte ich oft an einem der kleinen Marmortische gesessen, Cappuccino getrunken und für

meine Prüfungen gelernt, eingehüllt vom Duft der Blumen und immer aufmerksam umsorgt von Emilie. Nach dieser anstrengenden und aufwühlenden Abwesenheit von meinem Zuhause sehnte ich mich nach ihrer herzlichen Umarmung und konnte es kaum erwarten, mit ihr über die Ereignisse zu sprechen.

Doch etwas war eigenartig. Als ich zu dem Geschäft kam und meinen Schlüssel aus dem Rucksack kramte, sah ich Emilie im Gespräch mit einigen Kunden. Ich hob die Hand und winkte ihr. Normalerweise erwiderte sie den Gruß immer auf die ihr eigene, herzliche, laute Weise. Egal ob Kunden im Geschäft waren oder nicht, sie fand immer Zeit, mir fröhlich zuzuwinken. Doch diesmal schien sie regelrecht zu erstarren, als sie mich sah. Sie hielt in der Bewegung inne und ihr Gesicht wurde für ein paar Sekunden zu einer Maske. Irrte ich mich, oder wurde sie sogar ein bisschen blasser? Sie sah mich jedenfalls an, als wäre ich ein Geist. Dann wandte sie sich rasch wieder den Kunden zu. Stirnrunzelnd steckte ich den Schlüssel ins Schloss. Diese Reaktion von Emilie konnte ich mir beim besten Willen nicht erklären. Doch dann tröstete ich mich mit dem Gedanken, dass sie mich vielleicht einfach nur nicht erkannt hatte oder dass die Sonne sie geblendet hatte.

Meine Wohnung empfing mich mit einem herrlichen Gefühl von Geborgenheit. Alle Pflanzen waren gegossen und durch die Fenster strömte der sommerliche Geruch der Stadt, den ich so liebte. Das Sonnenlicht fiel auf meine geliebte, alte Nähmaschine, die auf einem Holztisch unter dem Fenster stand. Meine Mutter hatte sie mir zum achtzehnten Geburtstag geschenkt als ich mir sicher war mein Leben der Mode zu widmen. Neben der Nähmaschine stand eine Schneiderpuppe aus den vierziger Jahren, ebenfalls ein Geschenk von Mama. Sie hatte mich und meine Pläne auf ihre ganz eigene Art und Weise unterstützt, hatte mir auf Flohmärkten kistenweise alte Knöpfe und Nähzubehör gekauft und mir antiquarische Modejournale geschenkt. Ihre Unterstützung war eher symbolischer Natur gewesen, denn sie konnte mit der Mode des 21. Jahrhunderts nicht sonderlich viel anfangen. Aber in diesen Symbolen lag eine ungeheure Kraft und ich liebte diese verblichenen

Zeugnisse einer längst vergangenen Zeit. Außerdem brachten sie mir Glück, da war ich ganz sicher, denn ich hatte mit dieser alten Nähmaschine meine Stücke gefertigt, mit denen ich mich bei Tessa Kranach beworben hatte und die sie so begeistert hatten, dass ich angenommen worden war.

Der Anblick meiner kleinen Wohnung gab mir ein Stück von meinem Frieden zurück. Ich fühlte mich zwar immer noch ausgelaugt, aber ich wusste, was gegen diesen Zustand half. Ich packte meinen Koffer aus, wusch meine Wäsche, bezog das Bett frisch und ging in den kleinen Supermarkt am Ende der Straße um das Allernötigste einzukaufen und meinen leeren Kühlschrank aufzufüllen. Doch irgendwie wollte sich ein Gefühl von Zuhause und Normalität einfach nicht einstellen. Und dann fiel mir schlagartig ein, warum das so war.

Marlon. Mein Handy.

Plötzlich war alles wieder präsent und mir wurde klar, dass ich während des ganzen Tages kein einziges Mal an Marlon gedacht hatte und dass ich noch dazu völlig vergessen hatte, dass ich nicht mehr für ihn erreichbar war. Das versetzte mir einen solchen Schock, dass ich mich aufs Bett setzen musste. Wie hatte ich ihn so völlig aus meinem Bewusstsein verlieren können? Wie war das möglich? Und wieso dachte ich keine Sekunde daran, mein Handy reparieren zu lassen und meinen sonstigen Kontakten Bescheid zu sagen? Diese Dinge waren mir früher wichtig gewesen, sehr wichtig sogar. Und jetzt? Jetzt hatte ich das Gefühl, dass dieses Früher lange Zeit her war. Als würde zwischen dem Jetzt und dem Gestern ein Abgrund klaffen. Ich stand auf und sah in den Spiegel. Mein Äußeres war unverändert. Aber irgendetwas war mit mir geschehen und diese Gewissheit beunruhigte mich zutiefst.

Anstatt mich zu entspannen, suchte ich in meinem Laptop Marlons Nummer und rief ihn von meinem Festnetzanschluss aus an. Er ging nicht ran. Danach machte ich mich mit dem kaputten Handy in ein Fachgeschäft auf und bemühte mich um eine Reparatur, was aber mindestens zwei Tage dauern würde. Unruhig und aufgewühlt ging ich wieder zurück in meine Wohnung und wusste für den Rest des Tages nichts mehr mit mir anzufangen. Der

Blumenladen von Emilie hatte bereits geschlossen und auch das wunderte mich. Normalerweise hätte sie noch kurz bei mir geklingelt und mich nach meiner Reise gefragt. Aber vielleicht hatte sie mich ja vorhin wirklich nicht wahrgenommen.
Marlon beantwortete auch meine weiteren Anrufe nicht. Ich sah allerdings auf seinem Instagram-Account, dass er wohl einen lustigen Tag genossen hatte. Es war ein Gruppenfoto am Strand. Lauter gebräunte, durchtrainierte junge Männer mit Surferhosen und Sand in den Haaren und einer jungen, schwarzhaarigen Frau, die sich eng an Marlon schmiegte, seine Hand auf ihrer Hüfte. Ich blinzelte. Aber das Bild blieb. Ich knallte den Laptop zu und stellte mich unter die kalte Dusche.
Eifersucht. Ich kannte dieses Gefühl nicht. Und ich hasste es. Ich hasste mich. Ich wollte einfach nur schlafen. Meine Unsicherheit weg schlafen. Und morgen war ein neuer Tag und es würde weitergehen.
Als ich mich nackt unter das Laken kuschelte, vor dem weit geöffneten Fenster die sommerliche Geräuschkulisse von Wien, wusste ich noch nicht, wie sehr ich mich mit dieser Hoffnung täuschte.

Am nächsten Morgen fiel mir das Aufwachen ungewöhnlich schwer obwohl ich mir den Wecker gestellt hatte. Es war, als würde etwas an mir zerren, um mich in der Tiefe meiner Träume festzuhalten. Und in diesen Träumen herrschte das Glucksen und Tropfen von Wasser unter einer Höhlendecke. Als ich endlich einigermaßen wach war, fühlte ich mich irgendwie ausgehöhlt. Ich versuchte, mich zu orientieren und stellte zu meiner Beunruhigung fest, dass ich keine Ahnung hatte, was in den letzten Tagen geschehen war. Mittlerweile war ich mir auch ganz sicher, dass ich mir den Abend in Athen nur eingebildet hatte.
Ich gab mir einen Ruck, durchbrach das innere Sirren dieser fremdartigen Sehnsucht und stellte mich unter die Dusche. Danach zog ich das Outfit an, das ich mir schon vor Wochen für meinen ersten Arbeitstag bei Tessa Kranach

ausgesucht hatte. Einen weiten, schwarz weiß gestreiften Rock und ein strenges, knallrotes Oberteil mit U-Boot Kragen. Dazu weiße Sneakers und eine Kette aus dunkelblauen Glassteinen mit einer großen roten Schleife im Nacken.

Als ich mich kurz darauf ein letztes Mal prüfend im Spiegel betrachtete, blitzte endlich wieder etwas von der alten Freude und Begeisterung auf, die ich verloren geglaubt hatte. Ich nahm meine Handtasche und machte mich auf den Weg. Die bohrenden Gedanken an Marlon verbannte ich in den Hintergrund meines Bewusstseins. Er würde heute Nachmittag zurück nach Wien kommen und dann würden wir miteinander sprechen. Nur seltsam, dass meine Vorfreude auf ihn irgendwie gedämpft war.

Als ich nur noch zwei Straßenecken von meinem Ziel entfernt war, kam die Aufregung. Meine Handflächen wurden feucht und in meinem Hals stiegen die Vorboten einer alten Unsicherheit hoch. Würde ich Tessa Kranach nicht enttäuschen? Würde sie mich nicht mit anderen Augen sehen, jetzt wo ich offiziell bei ihr angestellt war? Ich zwang mich, meine Bedenken abzuschütteln, straffte mich und betrat das schlichte Zinshaus, in dem die Atelierräume untergebracht waren. Der Empfangsraum begrüßte mich mit einem alten Schreibtisch vor einer Wand, die über und über mit getrockneten Blüten in alten Bilderrahmen übersät war. Am Schreibtisch hinter einem aufgeklappten Laptop stand Sarah, Frontdesk-Mangagerin des Ateliers, die ich bei meinem Vorstellungsgespräch schon kennengelernt hatte. Sie trug ein enges, weißes Kleid und einen Gürtel aus gelbem Samt. Eine elegante, wunderschöne, wenn auch etwas kantige Erscheinung. Sie schaute von ihrem Laptop auf, als ich den Raum betrat und zog eine perfekt geformte Augenbraue hoch. Kein Lächeln. Dieser Blick aus ihren dunklen Augen triggerte meine Unsicherheiten so sehr, als hätte jemand Brausepulver in Mineralwasser geschüttet. Mein Herz schlug immer härter gegen meine Rippen.

Ich begrüßte sie freundlich und fragte mich, warum sie mich wie eine verirrte Obdachlose musterte, die nur durch Zufall in diesen edlen Räumen gelandet war.

„Was kann ich denn für *dich* tun?“, fragte sie.

„Ähm ... ich habe heute meinen ersten Arbeitstag bei Tessa ...?“, stammelte ich ohne jede Souveränität und wie ein kleines Mädchen, das sich zu seiner ersten Klavierstunde einfindet.

„Oh, du betonst das als Frage“, stellte Sarah fest und musterte mich kühl. „Dann wird mir einiges klar. Dir ist hoffentlich bewusst, dass das so überhaupt nicht funktioniert, oder?“

„Was meinst du denn?“, fragte ich. „Ist es, weil ich einen Tag später gekommen bin? Ich habe doch vorgestern geschrieben und Bescheid gesagt, dass ich in Athen festsitze.“

„Vorgestern?“, echote Sarah und wackelte übertrieben ungläubig mit dem Kopf. „Sag mal, willst du mich für bekloppt verkaufen?“

„Habt ihr meine E-Mail gar nicht bekommen?“

„Doch. Aber das war nicht vorgestern.“

„Äh, ich verstehe nicht - “

Sarah machte ein genervtes Gesicht, tippte etwas in ihren Laptop und drehte ihn schließlich zu mir herum. „Da. Siehst du? Deine Mail kam am 24. Juni rein und wir haben dich für den 26. Juni erwartet. Ist ja nicht so, dass Tessa kein Verständnis für so was hat. Aber nicht für das, was du hier abziehst.“

Stirnrunzelnd näherte ich mich dem offenen E-Mail Fenster und las meine eigene Nachricht, die ich vor zwei Tagen von der Rezeption meines Athener Hotels aus abgeschickt hatte. Aber was war dann Sarahs Problem?

„Aber ... jetzt bin ich doch hier!“, stieß ich hervor.

„Ja. Eine Woche später als vereinbart“, erwiderte sie ungerührt.

„Was?!“

„Na, das wird ja immer besser! Vielleicht hast du ja in Griechenland irgendwas genommen, dass du denkst, du wärst *in time*, aber hier in Wien ist es jetzt der 3. Juli. Also, verkauf mich nicht für dumm!“

Ich hatte das Gefühl, als würden meine Eingeweide nach unten sacken. Schlagartig wurde mir kalt und meine Augen suchten verzweifelt den Desktop-Hintergrund nach einem Beweis für Sarahs Worte ab. Mit gespielter Geduld zeigte sie mir die Datumsanzeige und tatsächlich. Es war der 3. Juli. Eine ganze Woche später, als ich angenommen hatte.

Wie konnte das sein? Wo war diese ganze Woche hin verschwunden? Hatte ich mich einfach nur geirrt? Oder war das hier der letzte Beweis, der mir sagen sollte, dass ich mir bei meinem Unfall ernsthaft den Kopf verletzt hatte? Mir brach der Schweiß aus und ich starrte Sarah mit aufgerissenen Augen an.

„Ich ... ich kann mir das nicht erklären...“, stammelte ich entsetzt.

Sie spielte weiterhin die Unterkühlte. „Also, ich werde jetzt hier nicht mit dir über dein Zeitmanagement diskutieren, Mara. Fakt ist aber, dass du definitiv viel zu spät kommst. Ich meine, es ist ja nicht so, dass Tessa untätig da sitzt und auf dich wartet. Die neue Kollektion muss auf den Weg gebracht werden, hier herrscht bald wieder Ausnahmezustand und sie kann es sich nicht leisten, versetzt zu werden.“

„Ich habe das nicht absichtlich getan!“, beschwor ich sie.

Sie lachte amüsiert auf. „Glaube ich dir. So blöd kann auch keiner sein, eine solche Chance mit Absicht in den Sand setzen. Aber das muss ich dir ja nicht sagen. Du weißt, wer hier alles Schlange steht. Und es ist ja nicht so, dass nicht auch noch andere Mädels für die Stelle geeignet wären.“ Diesen letzten Satz unterstrich sie mit einem fragenden Blick auf mein Outfit, als würde sie sagen: Hab mich sowieso gewundert, dass Tessa eine wie dich haben will.

„Das heißt ... die Stelle hat jetzt jemand anderer?“, wisperte ich.

„You got it. Tut mir ja Leid für dich, aber du verstehst sicher, dass wir uns Unzuverlässigkeit in diesem Business absolut nicht erlauben können.“

Ich schluckte. In meinem Mund war ein giftiger, metallischer Geschmack. Ich wagte dennoch einen weiteren Vorstoß. „Kann ich nicht mal persönlich mit Tessa sprechen? Ich meine ... ich hatte echt einen guten Draht zu ihr, vielleicht...“

Sarah hob einen lang gestreckten Zeigefinger und wackelte damit hin und her, als wäre ich ein begriffsstutziges Kind.
„Vergiss das am besten ganz schnell wieder! Tessa ist außerdem gar nicht da. Sie muss weitermachen, verstehst du? So eine unprofessionelle Haltung darf sie nicht groß aufhalten. Bewirb dich doch am besten anderswo. Okay?"
Und mit einem demonstrativen Blick in ihren Laptop gab sie mir zu verstehen, dass das Gespräch für sie nun beendet war.
Ich ging und wusste auf dem Weg nach draußen, was damit gemeint war, wenn es hieß: Wie ein geprügelter Hund schlich er von dannen....
Draußen musste ich mich beherrschen, um nicht hysterisch loszuheulen oder zu hyperventilieren. Ich stand wie unter Schock und musste mich erst mal setzen. Ich ließ mich auf eine Einfassung unterhalb einer Kastanie sinken und starrte meine Schuhspitzen an. So etwas wie Panik schwappte gegen mein Denken und ich hatte keine Ahnung, wie ich mit den Gefühlen in meinem Innern umgehen sollte. Es war die furchtbare Gewissheit, an einer entscheidenden Stelle in meinem Leben völlig versagt zu haben. Gleichzeitig war da dieser Zustand absoluter Ratlosigkeit. Wie hatte es passieren können, dass ich nicht den geringsten Schimmer hatte, was in der letzten Woche passiert war? Dass mir eine ganze Woche meines Lebens abhanden gekommen war? Wie?
Ich wusste auch nicht, was schlimmer war. Der Verlust meines Traumjobs, oder die Tatsache, dass ich mich in mir selbst wie eine Fremde fühlte. Die Angst davor, dass mit meinem Kopf etwas ganz und gar nicht mehr stimmte. Innerlich tat ich das Einzige was ich angesichts einer solchen Flut von Unsicherheit und Angst gelernt hatte. Aktionismus.
Ich musste unbedingt eine neue Stelle finden oder zumindest versuchen, meinen Job in der Änderungsschneiderei, den ich gekündigt hatte, wieder zu bekommen, sonst würde ich mir bald meine Miete nicht mehr leisten können. Ich musste versuchen, Tessa persönlich zu kontaktieren, vielleicht konnte ich sie überzeugen, mir doch noch eine Chance zu geben. Und wenn das nicht klappte, musste ich Bewerbungen an andere Ateliers schreiben. Ich musste

mein Handy abholen. Mit Marlon sprechen. Und einen Arzt aufsuchen und meinen Kopf durchchecken lassen.
Und was von all dem zuerst?
Ich wusste es nicht. Der Turbo meiner Gedanken und Gefühle ließ mich aufspringen und weiterlaufen. Zu Marlon. Genau. Wenn ich tatsächlich eine Woche lang weg gewesen war - warum und wo auch immer - dann hatte er sich wahrscheinlich furchtbare Sorgen gemacht. Ich musste mich schnellstmöglich bei ihm melden und die Sache erklären.

Kapitel 6

Marlon arbeitete in einer Promotion-Agentur in der Nähe der Uni, wo er in einem großen, chaotischen Büro mit anderen Leuten seines Schlages auf Paletten-Möbeln einem ziemlich unkonventionellen Job nachging, der in erster Linie aus endlosen Kreativ-Sessions mit Musikern und Theaterleuten aus aller Welt bestand. In dem Büro, das auf einen großen Hof hinaus ging, roch es nach starkem Kaffee, Zigaretten und permanentem Aufbruch. Wie sehr mich diese Leute immer eingeschüchtert hatten, begriff ich erneut, als ich vor der großen Glastür stand und nach Marlon Ausschau hielt. Ich weiß nicht, warum sie mich einschüchterten, denn ich begehrte diese Welt in keinster Weise. Sie erschien mir zu schnell, zu modern und zu unberechenbar. Aber nun, da ich aus meiner eigenen Welt einen Arschtritt ins Ungewisse bekommen hatte, erschien mir Marlons Umgebung als geradezu bedrohlich.
Ich nahm einen tiefen Atemzug und betrat das Büro.
Irgendjemand erkannte mich und deutete mit einem schiefen Grinsen auf den Zugang zum Hof. Ich erkannte Marlons unverwechselbaren blonden Schopf zwischen einigen anderen Leuten. Mein ganzer Körper schien sich zu sträuben zu ihm zu gehen. Aber warum? Noch vor drei Tagen hatte ich sehnsuchtsvoll von ihm geträumt. Woher kam auf einmal dieses Schuldgefühl in mir, die Peinlichkeit und die Befremdung? Ich fühlte mich wieder ganz genau wie

damals, als ich noch kein Wort mit Marlon gewechselt hatte, aber schon heil- und vor allem hoffnungslos verliebt in ihn gewesen war. Ich hatte ihn über zwei Kommilitonen kennengelernt, die mit seinem Büro vernetzt waren und den Corporate Work Space nutzten. Ich war oft hier gewesen, immer befangen, immer irritiert von der souveränen Gelassenheit dieser kreativen jungen Leute, die vor hektischem Zeitgeist nur so glühten.

Erst jetzt, als ich nach draußen in den Hof trat und die vielen Hipster mit ihren Smartphones und Kaffeetassen sah, eingehüllt in diese inszenierte Lockerheit, da begriff ich, wie fremd ich immer in dieser Welt sein würde. Vor meinem inneren Auge blitzte der Anblick der mondbeschienenen Akropolis auf und eine ganz andere Art der Sehnsucht verursachte einen Knoten in meinem Hals. Marlon saß auf einer zum Lounge-Sessel umfunktionierten Europalette mit hellgrünen Polstern und war ins Gespräch mit ... Moment mal. War das nicht die junge Schwarzhaarige, die auf dem Instagram-Foto eines seiner Freunde aufgetaucht war? Ich zwang mich dazu, mir nichts dabei zu denken und ging auf Marlon zu. Dann erlebte ich alles in einer Art Zeitlupe und wurde schlagartig wieder in die Zeit zurück katapultiert, in der ich so verzweifelt gehofft hatte, Marlon möge sich doch für mich interessieren. Es war wieder genau wie in diesen Wochen. Er sah mit einem distanzierten Blick auf, registrierte meine Anwesenheit und setzte zu einem Nicken an, das ein Gruß sein konnte, aber ebenso gut auch so etwas wie ein unpersönliches Wiedererkennen unter losen Bekanntschaften. Marlon hob den Kopf und zog die Augenbrauen hoch. Seine Finger lagen sehr nah bei den Knien der jungen Frau, die ihm gerade mit begeistert leuchtenden Augen etwas erzählte. Eigentlich wusste ich es bereits in diesem Moment, aber ich wollte es nicht wahrhaben. Die Zeit schien sich zu verlangsamen und ich erkannte auf seinem Gesicht den Widerwillen und in seinen Augen die Enttäuschung, dass etwas gekommen war, das er gerne vermieden hätte. Das Beste wäre gewesen, mich einfach umzudrehen und zu gehen, aber dann hätte ich mir später Vorwürfe gemacht. Marlon stand auf und kam auf mich zu. Sein Lächeln war schlaff und sah erzwungen aus.

„Ich freu mich auch dich zu sehen“, sagte ich und es klang vorwurfsvoller als beabsichtigt. Marlon schüttelte den Kopf, als müsste er einen bestimmten Gedanken abwerfen.
„Sorry, Mara, ich freu mich natürlich auch, dich zu sehen, aber ...“
„Was?“
„Wir bereiten gerade die nächste Runde vor für ...“ Ich hörte nicht, was er sagte. Ich sah nur die schwarzhaarige Frau, die uns mit einem Blick musterte, der nicht unbedingt zu meiner Entspannung beitrug.
„Es tut mir Leid, dass ich mich erst jetzt melde“, unterbrach ich ihn. „Ich weiß, es klingt verrückt, aber ich habe keine Ahnung was gerade mit mir passiert.“
Ich erzählte ihm im Schnelldurchlauf von meinem Unfall und dem kaputten Smartphone. Von dem verpassten Flug und dass ich gerade eine Woche zu spät zu meinem Arbeitsbeginn gekommen und gleich wieder weggeschickt worden war. Natürlich sehnte ich mich danach, von Marlon in den Arm genommen und getröstet zu werden. Natürlich wollte ich etwas Liebevolles, Verständnisvolles hören. Aber etwas stand zwischen uns und ich wusste nicht, was es war. Wirkte ich auf ihn wie eine Lügnerin?
Marlon druckste herum und führte mich ein Stück abseits, damit die anderen unser Gespräch nicht mitbekamen. Die Sonne warf goldene Tupfen auf seine gebräunte Haut und sein ausgebleichtes Haar. Seine blauen Augen musterten mich nachdenklich und mir wurde einmal wieder bewusst, wie schön er war und wie sehr ich ihn unter der verwirrenden Schicht meiner Verunsicherung begehrte und mich nach der unkomplizierten Zweisamkeit mit ihm sehnte. Konnten wir nicht einfach zu ihm gehen und unser Wiedersehen feiern? Oder waren die kurzen zwei Monate, die wir zusammen waren als Grundlage nicht stark genug, um jetzt wieder an unsere Vertrautheit anzuknüpfen? So wie Marlon mich gerade ansah, zweifelte ich daran, dass es so etwas wie Vertrautheit jemals gegeben hatte.
Er holte tief Luft und sah mich an. „Hör mal, Mara, so einfach ist das nicht.“
„So einfach ist was nicht?“

„Naja, du kommst hier einfach her und erzählst mir, du hättest keine Ahnung, was mit dir passiert ist. Fällt dir nicht wenigstens eine Ausrede ein, die meine Intelligenz nicht beleidigt?"
„Das ist keine Ausrede! Marlon, ich weiß doch, dass es total verrückt klingt. Aber ich bin irgendwie ... durcheinander und weiß wirklich nicht, wie ich das erklären kann!"
In diesem Moment fiel mir ein, dass ich ganz leicht überprüfen konnte, ob ich tatsächlich eine ganze Woche in Athen verbracht hatte. Ich musste nur meine Kreditkartenabrechnung einsehen.
„Ich wäre auch durcheinander, wenn ich mir so eine haarsträubende Lügengeschichte ausdenken müsste. So kaltblütig bist du nämlich nicht. Deswegen gib es doch einfach zu und hör auf, mich und dich zu verarschen."
Marlon war ganz ruhig, während er das sagte. Seine überlegene Gelassenheit ließ mich fühlen wie ein dummes kleines Mädchen und schon wieder schien jemand anderer etwas über mich zu wissen, was mir völlig entgangen war.
„Was denn für eine haarsträubende Lügengeschichte?", fragte ich tonlos und sah ihm direkt in die Augen, damit er sah, dass ich seiner Anklage standhalten konnte. In mir begann der Zorn hoch zu köcheln. Meine Umwelt bezichtigte mich der Lüge, während ich verzweifelt erforschen wollte, was mit mir nicht stimmte.
„Na, das mit diesem Professor", sagte Marlon und verzog das Gesicht.
„Was denn bitte für ein Professor?!"
„Der Uni-Prof, mit dem ihr nach Griechenland gefahren seid. Dieser Brick, oder wie auch immer der Typ heißt. Der Kerl, in den Dori so verschossen war."
„Ja, und?!"
„Du und er?!", blaffte er auf einmal und starrte zurück.
„Was um alles in der Welt meinst du, Marlon? Erklär mir das, denn ich kann mir so einen Unsinn nicht erklären!"
„Ach bitte! Lass es mich nicht auch noch aussprechen!" Er verschränkte die Arme vor der Brust. „Weißt du eigentlich, was ich mir für eine Scheiß Sorge

um dich gemacht habe? Ich konnte dich nicht mehr erreichen. Und nachdem du meinem Kumpel geschrieben hast, dass du einen Tag später kommst, dachte ich noch, dass alles in Ordnung ist. Aber du bist nicht gekommen und so lange haben sie in Athen am Flughafen ja auch nicht gestreikt!"

Er sah mich mit starren Augen an und sein Gesicht verhärtete sich immer mehr. „Mara, ich war jeden Tag bei deiner Wohnung, aber du warst nicht da. Ich war kurz davor, dich als vermisst zu melden! Dann hab ich nach drei Tagen Dori angerufen und sie gefragt, ob sie was weiß. Und die liebe Dori hat mir dann gesagt, was los ist. Echt Mara, das ist so eine würdelose, gemeine..."

„Spinnst du jetzt völlig?!", zischte ich. Mittlerweile sahen die anderen verstohlen zu uns herüber, aber Marlon schien sich nicht darum zu scheren, dass seine Kollegen alles mitbekamen. „Was hat Dori dir erzählt? Denn weißt du, meine sogenannte Freundin hat einen gewaltigen Dachschaden und hat sich in Griechenland dermaßen in ihre eingebildete Liebe zu diesem Mann reingesteigert, dass sie nicht mehr klar denken konnte!"

„Das musst du ja jetzt sagen", erwiderte er. „Aber ich finde, das passt einfach perfekt zusammen. Du bist doch nie und nimmer einfach so mit nach Griechenland gefahren. Du interessierst dich doch gar nicht für Geschichte und den ganzen Scheiß!"

„Ach, glaubst du, mich so gut zu kennen, dass du das mit Sicherheit sagen kannst?", giftete ich zurück.

Ich weiß, es war nicht besonders souverän von mir, Marlon Vorwürfe zu machen. Ich hätte mir gewünscht, so würdevoll und ruhig zu sein wie meine Mutter damals. Aber ich war am Ende meiner Nerven und fand in mir selbst nicht diesen unverletzbaren Ort, an dem Marlons Abfuhr nicht das Geringste bedeutete. Es war, als würde mir von allen möglichen Seiten der Boden unter den Füßen weggezogen. Ich atmete tief ein und versuchte es auf ruhige Weise. „Marlon, bitte glaub mir. Dori lügt. Wir haben uns am letzten Abend in Griechenland heftig gestritten weil Brick sich nach meinem Unfall um mich gekümmert hat und sie eifersüchtig geworden ist. Sie war so ... so irrational und gemein. Und sie hat es darauf angelegt, mich in diesem Athener Museum zurückzulassen, als die Gruppe zum Flughafen gefahren ist. Ich habe nichts mit ihm gehabt, Marlon. Das ist einfach nur absurd. Dori behauptet das, um sich auf ihre kindische Art an mir zu rächen."

„Das könnte sie aber nicht, wenn du ehrlich wärst", entgegnete er. „Denn so sehr du es auch zu erklären versuchst, ich kann dir einfach nicht glauben, Mara. Wo warst du die letzten sieben Tage?"

„Ich weiß es nicht!", beteuerte ich unter Tränen.

„Tja, warum findest du es nicht heraus?", erwiderte Marlon und seine Stimme klang sanft und auf eine schreckliche Weise gnadenlos. Die Endgültigkeit in seinen Worten ließ mich frösteln. Dann warf er einen ungeduldigen Blick über die Schulter und sah die schwarzhaarige junge Frau an, die immer noch in dem Lounge-Sessel saß und uns neugierig betrachtete. Plötzlich war mir alles klar.

„Es kommt dir gar nicht ungelegen, was?", sagte ich leise.

„Was?", blaffte Marlon.

„Dass du jetzt einen Grund hast für deinen Rückzug. So ist es leichter."

„Von was redest du bitte?"

Ich setzte dazu an, noch etwas zu sagen. Aber irgendetwas in mir erinnerte sich daran, dass ich meine letzte Würde nicht auch noch aufs Spiel setzen sollte. Was hatte es für einen Sinn, dass ich mich in Erklärungen, Beteuerungen oder Vorwürfen verlor? Seine Entscheidung war ohnehin längst gefallen. So oder so. Also lächelte ich Marlon an und nickte. Und sagte einfach nur: „Schade."

Dann drehte ich mich um und ging.

Die Stunden danach verbrachte ich in einer Art Trance. Ich weiß nicht mehr genau, wie ich heim gekommen bin, aber als ich endlich im Schutz meiner Wohnung war, fiel ich wie eine Figur aus einem melodramatischen Schmachtfetzen aufs Bett und weinte mir die Augen aus, wie man so schön sagt. Die Verzweiflung überschwemmte mich wie eine dunkle Welle und ich krallte meine Hände in die Kissen, weil ich das Bedürfnis hatte mich irgendwo

festzuhalten. Ich hatte das Gefühl in einem Strudel hin und her gerissen und immer wieder unter die Oberfläche gepresst zu werden. Eine ausweglose, toxische Traurigkeit überkam mich, die nur in den Monaten nach dem Tod meiner Mutter so stark gewesen war. Der Gedanke an sie machte die Sache noch schlimmer. Wie sehr hätte ich jetzt sie gebraucht, die mir mit wenigen klaren und liebevollen Worten geholfen hatte, düstere Gedanken fallen zu lassen. Oder meinen Vater, der immer so strukturiert und konstruktiv gewesen war und es auf eine humorvoll aufmunternde Weise geschafft hatte, mich aufzurichten. Ein wunderbarer männlicher und weiblicher Pol. Warum hatte das Leben beschlossen, sie mir zu nehmen? Warum hatte es sie, obwohl sie sich nach der emotionalen Verirrung meines Vaters wieder innig geliebt hatten, einander genommen? Warum hatte das Schicksal sie vor vier Jahren auf diesen Pariser Kunsthandwerkermarkt geschickt, an dem ein Amokläufer mit einer MP um sich geschossen und 26 Menschen in den Tod gerissen hatte? Wie gemein und zynisch war dieses beschissene Leben eigentlich?!
Mein Vater war damals schwer verletzt worden und hatte nur überlebt, um danach in seine alte Verwirrung zurück zu schlittern. Anstatt zu trauern, nahm er wieder Kontakt zu seiner Affäre auf und als wollte er der Trauer den Stinkefinger zeigen, heiratete er bereits eineinhalb Jahre nach Mamas Tod erneut. Agnes. Aus angeblicher Liebe wurde jedoch eine ungesunde Abhängigkeit und aus unterdrückter, vermiedener Trauer eine schwere Depression, die ihn nun fest im Griff hatte. Deswegen hatte ich oft das Gefühl, dass ich nicht nur meine Mutter sondern auch ihn verloren hatte.
Der Verlust meiner Eltern und die Ereignisse des Tages rissen mich immer tiefer in einen schwarzen Trichter der Traurigkeit. Wie sollte man so etwas aushalten? Das Schicksal hatte mich gnadenlos ausgeknockt und ich hatte keine Ahnung, wie ich mich wieder aufrichten sollte. Ich konnte mich nicht beruhigen und weinte so lange, bis ich kaum noch atmen konnte. An einem Moment, als ich glaubte, sterben zu wollen, klopfte es leise an meine Tür.

Ich hatte keine Ahnung, wer das sein konnte und hatte auch keine Lust, zu öffnen. Es klopfte erneut und eine Stimme sagte: „Mara, ich bin`s. Ich komme jetzt rein, okay?“
Ein Moment verstrich und weil ich nicht antwortete, drehte sich ein Schlüssel im Schloss und kurz darauf stand Emilie vor meinem Bett. Die Blumenverkäuferin hatte eine Kanne Tee dabei. Sie stopfte sich meinen Wohnungsschlüssel zurück in die Tasche ihrer grünen Schürze, die sie immer während der Arbeit trug, stellte die Kanne auf den Tisch und setzte sich auf die Bettkante. Ihre Hände legten sich auf meinen Rücken und begannen mich behutsam zu streicheln. Sie sagte nichts. Und dennoch beruhigte sich etwas in mir augenblicklich. Es war das verlorene Mädchen in mir, das sich heiser geschrien hatte und endlich von seiner Mutter in eine wohltuende Umarmung gezogen worden war. Emilie hatte nie bewusst eine Ersatzmutter-Rolle eingenommen. Fakt war aber, dass sie es für mich war. Sie hatte eine Präsenz in meinem Leben eingenommen, die der meiner Mutter sehr ähnlich war, obwohl sie meine Eltern nicht gekannt hatte.
Dass Emilie jetzt so plötzlich auftauchte, verunsicherte mich jedoch. Hatte ich etwa so laut geplärrt? Oder hatte sie – so wie es eine Mutter eben tat – meine Verzweiflung durch drei Stockwerke hindurch gespürt?
Irgendwann hatte ich mich soweit beruhigt, dass ich wieder sprechen konnte und berichtete Emilie stockend, was geschehen war. Währenddessen schenkte sie mir Tee ein und streichelte meine Beine. Es tat gut, mir alles von der Seele zu reden. Dadurch bekam ich allmählich das Gefühl, ein wenig Kontrolle über die Ereignisse zurück zu gewinnen. Ich ließ die Begegnung mit Melas allerdings aus, denn mich beschlich der immer größer werdende Verdacht, dass ich mir diese Episode auf jeden Fall eingebildet hatte. Wenn ich nicht wusste, wohin eine ganze Woche meines Lebens verschwunden war, dann hatte ich höchstwahrscheinlich einen ernstzunehmenden Aussetzer und dieser Quelle mussten die traumartigen, verworrenen Bilder in meinem Geist entsteigen, von denen aber immer noch eine tiefe, verzehrende Sehnsucht ausging.

Als ich fertig erzählt hatte, bot mir Emilie an, mir in ihrer eigenen Wohnung ein Bad einlaufen zu lassen, denn ich selbst hatte keine Badewanne.
„Du entspannst dich erst mal ein bisschen und währenddessen mache ich uns was Schönes zu essen, was meinst du?“

Kapitel 7

Dieses Angebot konnte ich nicht ablehnen. Ich schleppte mich in den fünften Stock, wo Emilie ihre Wohnung hatte. Sie ließ warmes Wasser in eine altmodische Wanne auf kupfernen Löwenfüßen laufen und goss eine smaragdgrüne Badelotion dazu. Während ich mich in das herrlich duftende Wasser sinken ließ, hörte ich sie in der Küche herum werken und bald schon mischte sich der Duft von angebratenen Schalotten in das Aroma des Badeschaums. Ich entspannte mich und ließ mich mit dem Kopf unter die Oberfläche des Wassers sinken. Dort blieb ich eine Weile und lauschte meinem Herzschlag. Es war wundervoll und beruhigend und ich wünschte, ich hätte ewig in dem warmen Wasser liegen können, ohne jemals zum Atmen wieder auftauchen zu müssen.
Eigenartige Bilder stiegen in mir auf. Bilder von grünen Waldtümpeln, die von dunklen Tannen umstanden waren. Marmorbrunnen am Ende einer langen, dämmrigen Allee. Nächtliche Buchten an einem fremden Ufer. Und überall wartete ein sonderbares Empfinden von Begehren und Hingabe. Der Wunsch, immer tiefer in das Wasser zu sinken, um irgendwo am Grund in eine dunkle und namenlose Heimat zu fallen wurde beinahe übermächtig. Ich erinnerte mich an eine Reportage über Apnoe-Taucher, die dem Tiefenrausch verfielen und keine Kraft mehr für den Wunsch aufbrachten, wieder aufzutauchen. Ich konnte mit einem Mal so gut verstehen, woher dieser fatale Wunsch kam. Und es war mir egal, ob irgendetwas mit mir nicht stimmte. Ich sehnte mich .... ja, nach was? War es ein Liebäugeln mit dem Tod? Nein. Ich wollte nicht sterben. Aber ich wollte .... dem Ruf folgen.

Hier in der Badewanne, im grünen Wasser hörte ich ihn wieder und erinnerte mich plötzlich ganz deutlich an die Worte, die Melas gesagt hatte.
Das was du als Abgrund wahrnimmst, ist nur ein Schritt in eine ganz besondere Richtung, die nur für sehr wenige Menschen existiert.
Mir war, als umgaukelte meine Sinne eine lockende Stimme, die sagte, dass ich nur noch ein paar Sekunden die Luft anhalten musste, um ...
Im nächsten Moment riss mich etwas an die Oberfläche. Ich spürte kräftige Hände an meinen Schultern und jemand knallte mir die flache Hand ins Gesicht. Ich riss die Augen auf und schnappte nach Luft. Emilie hatte mich hochgezogen und starrte mich mit alarmiertem Gesicht an.
„Mara um Himmels Willen!“, keuchte sie und wischte mir die nassen Haare aus der Stirn. „Ich habe dich nicht eingeladen, damit du dich in meiner Badewanne umbringst!“
„Das .... wollte ich auch nicht...“
„So sah es aber aus! Was machst du denn für Sachen, Kind! Ich komme, um dich zu fragen, ob du Pinienkerne in deinem Vogerlsalat haben willst und sehe dich reglos im Wasser treiben. Mit dem Gesicht nach unten! Das sah jetzt nicht nach der Entspannung aus, die ich meinte!“
Ich sah sie erschrocken an. Mit dem Gesicht nach unten? Plötzlich fröstelte mich.
Emilie holte mich aus der Wanne, hüllte mich in ein großes Badetuch und anschließend in einen Bademantel.
„Siehst du, das meinte ich“, wisperte ich. „Ich kenne mich nicht mehr. Mit mir stimmt etwas nicht.“
„Darüber sprechen wir gleich.“
Sie bedeutete mir, mich zu ihr in die Küche zu setzen, während sie das Essen zubereitete. Ihre anpackende, ruhige Art tat mir gut. Aber mein Herz schlug rasend schnell und das Gefühl der Orientierungslosigkeit setzte mir zu. Als wäre ich gerade aus einem Traum aufgewacht. Oder von der Schwelle der Toten zurück gekehrt. In mir herrschte Entsetzen und gleichzeitiges Bedauern. Und vor diesem Bedauern graut mir.

Als wir kurz darauf vor einer großen Salatschüssel und zwei Tellern mit Tagliatelle und Pfifferling-Ragout in Emilies gemütlichem Esszimmer saßen, kehrten meine Lebensgeister zurück und ich war erstaunt, wie groß mein Appetit war. Emilie lenkte beim Essen das Gespräch bewusst auf heitere Themen. Als wir später auf ihrem Sofa saßen, schnappte sie sich meine nackten Füße und begann sie kraftvoll zu massieren. Die Balkontür war geöffnet und von draußen drang das abendliche Gezwitscher der Amseln herein.

„Mara, was du erzählst, klingt wirklich beängstigend", sagte sie schließlich. „Es verunsichert dich, dass dein Leben sich innerhalb kürzester Zeit so drastisch wandelt."

„Das kannst du laut sagen", murmelte ich.

„Es fühlt sich an wie sterben, nicht wahr?" Emilie sah mich mit einem intensiven, prüfenden Blick an. Ich nickte.

„Und weißt du auch, warum es sich so anfühlt? Weil jetzt gerade tatsächlich etwas stirbt. Etwas Altes. Und du weißt ja, was das bedeutet."

„Nein. Was bedeutet es?"

„Nun, sieh dich in der Natur um, in der Evolution. Wenn etwas Altes stirbt, dann ist die Zeit für etwas Neues gekommen. Die Natur macht aus diesen Prozessen kein Drama. Sie wandelt sich mit den Rhythmen des Lebens, weil das der intelligente Lauf der Dinge ist. Die Veränderung. Und das Wissen, dass es gut so ist. Nur der Mensch schafft es, sich gegen diese Veränderungen zu stemmen und daran zu zerbrechen."

„Weil es nun mal verdammt weh tut!", protestierte ich.

„Es tut weh, sicher. Es ist der Geburtskanal für das Neue. Und dort tut es nun mal weh."

„Na toll! Und was soll ich jetzt damit anfangen?", erwiderte ich mit aufkeimendem Trotz. Emilies Worte klangen zuversichtlich und stimmig, aber in meinem jetzigen Zustand konnte ich sie nicht so recht annehmen. Auch wenn ich tief in meinem Innern wusste, dass sie Recht hatte.

„Nun, es könnte dir helfen, zu vertrauen."

„Auf was zu vertrauen?“
„Dass du diese Dinge nicht ohne Grund verloren hast. Dass sie weggefallen sind, um Platz für etwas Neues, Besseres zu schaffen.“
„Du meinst, dass der Job bei Tessa, dass meine Beziehung zu Marlon nicht das Richtige für mich waren?“, fragte ich widerwillig.
Emilie hob lächelnd die Schultern und fuhr fort, meine Füße mit ihren schlanken, starken Fingern zu massieren. „Wer weiß? Irgendeine Botschaft liegt in diesem Verlust. Ich weiß nur eins: Es ist nicht das Ende.“
„So fühlt es sich aber an. Und außerdem, wie soll ich auf etwas Neues vertrauen, wenn da nichts Neues ist? Ich meine, ich ... ich habe jetzt erst mal keine berufliche Perspektive mehr. Und das ist, wenn ich ehrlich bin, noch schlimmer als das mit Marlon.“
„Ich weiß. Du hast dich sehr auf diese Stelle gefreut. Aber vielleicht will dir dein Leben an dieser Stelle zeigen, dass du dich um etwas anderes kümmern sollst.“
„Und um was?“
„Das kannst nur du alleine wissen, Schatz.“ Sie sah mich zärtlich an und hielt meine Füße fest. „Wenn du Vertrauen in dein Leben hast, wirst du den Ruf hören und ihm folgen.“
Ich zuckte zusammen. „Was ... was hast du gerade gesagt?“
„Du hast mich schon richtig gehört, Mara.“ Dabei sah Emilie mich mit einem durchdringenden Blick an, als wollte sie bis auf den Grund meiner Seele schauen.
„Was ... was meinst du mit dem Ruf?“, fragte ich und alles in mir verkrampfte sich.
„Der Ruf deiner wahren Natur“, erwiderte sie ruhig. „Das Leben wird immer alles unternehmen, damit du zu deinem wahren Selbst findest. Der Schmerz entsteht nur, wenn man sich dagegen wehrt.“
„Was bedeutet das, Emilie, ich verstehe es nicht!“
Sie lächelte und streichelte meine Schienbeine. „Schatz, es ist ganz einfach. Man muss während eines Menschenlebens viele Male sterben, um sich auch

immer wieder selbst gebären zu können. Du stirbst gerade. Spürst du das nicht?“
„Doch...“ Ich nickte und fühlte neue Tränen aufsteigen. Ich konnte es überdeutlich spüren.
„Und das ist der Ruf“, fuhr Emilie fort. „Dich diesem Sterben hinzugeben, damit danach etwas Neues, Wahrhaftigeres entstehen kann.“
„Und was soll das sein?“, fragte ich. „Ein noch besser Job als bei Tessa? Ein noch tollerer Typ als Marlon?“
Emilie wiegte den Kopf und schmunzelte. „Nun, vielleicht. Aber wie wäre es mit einer neuen Mara? Einer neuen Version von Dir, die stärker, schöner und vor allem frei ist.“

Kapitel 8

Emilies Worte hatten mich tief berührt und aufgewühlt. Ihre Botschaft schwirrte noch lange in meinem Kopf herum und lenkte meine Gedanken in eine neue Richtung. Meine Verzweiflung lichtete sich etwas und machte einer neuen Kraft Platz, die sich aber bei genauem Hinsehen nur als Trotz entpuppte. So richtig konnte ich Emilies Interpretation der Geschehnisse, ihre Sicht aufs Leben nämlich nicht teilen. Es fühlte sich fremd an und sonderbar. Obwohl da auch Trost war. Es war nicht zu leugnen, aber es ging mir vorerst besser. Jedoch nur an der Oberfläche.
Den vermeintlichen Rückenwind nutzte ich für etwas, das mir meine Energie jedoch gleich wieder raubte. Ich sah mich dazu gezwungen, mit meinem Vater über meine Lage zu sprechen und ihn um etwas Geld für den Übergang zu bitten. Früher wäre ein solches Gespräch kein Grund für feuchte Hände und zitternde Knie gewesen, aber früher hatte mir ja auch keine kaltäugige Blondine die Tür zu meinem Elternhaus geöffnet.
Agnes betrachtete mich mit der Karikatur eines Lächelns, das ihre Mundwinkel unendlich anzustrengen schien. Sie verzichtete auf

Wangenküsschen oder Händedruck und fragte ohne Umschweife: „Was willst du?“
„Ich will zu meinem Vater, wenn´s gestattet ist.“
„Tja, das geht jetzt aber nicht, es geht ihm nicht so gut heute.“
„Das tut es nie. Die letzten drei Male, als ich hier war, ging es ihm auch nicht gut.“
„Wenn es nun mal so ist! Ich wünschte auch, die Verfassung deines Vaters wäre besser“, erwiderte sie und stemmte die Hände in die Hüften. Ich visierte ihre spitzen Ellbogen in der engen Jeansbluse an. An diesen Ellbogen musste ich vorbei, wenn ich ins Haus wollte.
„Das ist für mich aber kein Grund, ihn nicht zu sehen“, sagte ich und zwang mich, ihr offen in die ungerührten Augen zu sehen. Ich würde nie verstehen, warum mein Vater sich zu dieser biestigen Person hingezogen fühlte, nachdem er so viele Jahre neben meiner Mutter verbracht hatte, die so weich und irgendwie weise gewesen war.
„Es ist aber ein Grund, dich nicht zu ihm zu lassen, so leid es mir auch tut“, sagte sie mit falschem Mitgefühl. „Ich habe Verantwortung für ihn und muss ihn schützen.“
„Vor mir?!“
„Ja, vor dir. Es regt ihn immer furchtbar auf, denn du erinnerst ihn an Larissa, deine Mutter.“
„Dass du das nicht aushalten kannst, ist mir klar. Aber du kannst beruhigt sein. Deine Konkurrentin ist tot. Du hast ihn ganz für dich alleine.“
„Jetzt wirst du geschmacklos, Mara“, erwiderte sie.
„Na warum wohl?“, blaffte ich. „Du bist mir eben ein perfektes Vorbild, *Stiefmutter*.“
Sie reagierte nur mit einem müden Schnauben. Agnes stand auf der Schwelle, über die ich so oft gegangen war und ich wie ein Bittsteller auf der Treppe. Ich hielt ihre wichtigtuerische Haltung nicht mehr aus und trat zwei Schritte auf sie zu. „Lass mich rein. Du hast kein Recht, mich von ihm fernzuhalten!“

„Doch, ich habe jedes Recht dazu!“, zischte sie. „Was bildest du dir eigentlich ein, Mara? Für dich ist dein Vater doch bloß ein Selbstbedienungsladen. Du kommst nur, wenn du Geld willst. Du bleibst wochenlang weg und meldest dich nicht!“

„Weil du sein Handy einkassiert hast wie bei einem Teenager, um ihn zu kontrollieren! Glaubst du, ich schreibe ihm, wenn ich weiß, dass du das alles liest?“

„Was weißt du schon? Du kommst nicht damit zurecht, dass er sich Hilfe bei mir gesucht hat und versuchst unsere Liebe zu sabotieren. Aber das wirst du nicht schaffen, du undankbares, kleines ...“

Länger hörte ich ihr nicht zu. Ich machte einen letzten, schwungvollen Schritt auf sie zu, stieß sie zurück in den Flur und drängte mich an ihr vorbei ins Haus. Agnes prallte gegen die geöffnete Tür und stieß ein empörtes Keuchen aus. Ich beachtete sie nicht. Ohne zu zögern sprang ich die Stufen der breiten Holztreppe nach oben, die zum Arbeitszimmer meines Vaters führte. Ich hatte keine Ahnung, ob er dort oben war, aber ich wusste, dass Agnes ihn isolierte und die unteren Räume des Hauses für sich alleine haben wollte. Ich warf einen raschen Blick nach unten, ob sie mir folgte und sah etwas, das mich stutzig machte. Hinter der Glastür zum Wohnzimmer nahm ich deutlich eine Gestalt wahr, die dort stand und zu mir herauf starrte, sich dann aber blitzartig wieder außerhalb meines Gesichtsfeldes zurückzog. Ein Besucher?

Ich kam oben an und riss die Tür zum Arbeitszimmer auf. Und dort war er. Bei seinem Anblick hätte ich am liebsten geweint. Mein Vater war bis vor wenigen Jahren noch ein bedeutender Hirnforscher gewesen, der ein paar viel beachtete Bücher zur Trauma-Forschung geschrieben hatte. Nebenher hatte er begeistert Tennis gespielt, alte Jazz-Platten gesammelt und in einem Terrarium eine Ameisenfarm gehalten. Ein energetischer Mann, der ein ansteckendes, begeisterndes Wesen gehabt hatte. Klar, auch Tücken und unsympathische Seiten. Aber ich hätte jede einzelne davon mit Freuden gegen das eingetauscht, was ihn nun ausmachte. Er saß zusammengesunken auf einem Sofa unterhalb der Fenster und schaute trübsinnig hinaus in den Garten.

Er trug eine schlecht sitzende Hose und ein fleckiges, falsch geknöpftes Hemd. Die Sachen waren ihm zu groß, obwohl er viel aufgedunsener war als früher. Gleichzeitig wirkte er, als könnte ihn ein Hieb mit einem Regenschirm bereits zerbrechen. Seine ungekämmten Haare standen vom Hinterkopf ab. Neben ihm auf einem Tischchen lagen seine Medikamente neben einer Tasse Tee und auf dem Schallplattenspieler drehte sich eine Platte, deren Musik die Melancholie des Zimmers noch intensivierte. Ich schluckte, schloss die Tür von innen ab und näherte mich ihm.

„Hallo Papa“, sagte ich leise. Ich hatte schon Angst, er könnte mich gar nicht wahrnehmen. Aber er hob den Kopf und erkannte mich.

„Hallo Kleines!“, begrüßte er mich und streckte mir einen Arm entgegen. Er war zu schwach, um aufzustehen, also setzte ich mich zu ihm und zog ihn an mich. Wie anders er sich anfühlte. Eine leblose Hülle ohne Muskelkraft. Sein Gesicht war schlaff und bleich, aber zu meiner großen Freude entdeckte ich irgendwo in seinen Augen einen Rest der alten Lebendigkeit.

„Wie war es denn in Griechenland?“, fragte er.

„Wow, daran erinnerst du dich?“, erwiderte ich überrascht.

Er lächelte schief. „Ich muss doch wissen, wo mein kleines Mädchen sich in der Welt herumtreibt.“

„Wie geht es dir?“

„Naja... du siehst mich ja.“

Ich nickte und strich über seinen gebeugten Rücken. Für seine Verhältnisse ging es ihm eigentlich gut. Es hatte schon Tage gegeben, an denen er nur starr vor sich hingeschaut und kaum auf etwas reagiert hatte. Wieso also wollte Agnes mir weismachen, dass es ihm zu schlecht ging, um Besuch zu empfangen?

„Sag mal, Papa, weißt du, warum Agnes versucht, mich von dir fernzuhalten?“

„Tut sie das?“

„Sie hat schon vier Mal gesagt, dass du nicht in der Lage bist, irgendjemanden zu sehen. Heute auch. Dabei ...“

„Ja, ich freue mich, wenn du mich besuchst", unterbrach er mich, schaute dabei aber drein, als wäre dieses Gefühl gleichzeitig eine Belastung für ihn. Und eine Pflicht.
„Wieso ist sie dann so?"
„Sie versucht mich eben zu schonen. Du musst Dir nichts Böses dabei denken."
Ich nickte. Ich glaubte ihm nicht. Mein Vater wollte einfach nur seine Ruhe haben und hatte keine Kraft für Konflikte und emotionale Verwicklungen. Wenn Agnes ihn isolierte, dann merkte er es wahrscheinlich nicht einmal.
Ich blieb noch eine halbe Stunde bei ihm, merkte jedoch, dass er nicht wirklich auf meine Erzählungen reagierte. Ich wollte ihm sagen, dass ich finanzielle Unterstützung brauchte, biss mir aber auf die Zunge. Es kam mir absurd vor, ihn um irgendetwas zu bitten. Als er sah, dass er müde wurde, ging ich. Sein halbherziges „Pass auf dich auf, mein Kind", löste eine solche Traurigkeit in mir aus, dass ich die aufsteigenden Tränen zurück kämpfen musste. Ich straffte mich und ging nach unten.
Agnes stand im Wohnzimmer an der geöffneten Terrassentür und rauchte eine ihrer dünnen Zigaretten. Sie war nicht alleine. Auf dem Sofa saß ein hünenhafter Mann in einem schwarzen Maßanzug. Er trug einen strengen Seitenscheitel und mit seinem Blick hätte man Glas zerschneiden können. Er erhob sich sofort, als er mich sah, trat auf mich zu und reichte mir die Hand. Zögernd erwiderte ich den Gruß. Meine Fingerknöchel versanken in einem steinharten Griff, der eine mündliche Vorstellung überflüssig machte.
„Mara, das ist Frederic Paatsch, ein sehr guter Freund von mir", sagte Agnes von der Terrassentür her und musterte mich mit genussvoller Überlegenheit.
Der Typ überragte mich um mindestens einen Kopf und sah auch ansonsten aus, als könnte er ein Klavier alleine tragen. Er wirkte jedenfalls nicht wie jemand, der Frederic Paatsch heißen sollte. Ich spürte schlagartige Abneigung und wich zurück.

„Und wer sind Sie?“, fragte ich den Fremden mit dem letzten Rest Angriffslust, der noch in mir war. „Sind Sie gekommen, um meinen Vater hinter seinem Rücken zu entmündigen?“
Der Mann lächelte irritiert und Agnes seufzte. „Nein, Mara, Frederic ist einfach nur ein Freund. Auch wenn du mir das Allerschlechteste andichten willst, aber deine Paranoia deckt sich nicht mit der Realität.“
„Ich glaube dir kein Wort!“, stieß ich hervor. Das amüsierte Schweigen der beiden verwirrte mich und ich begriff, dass ich mich verrannte. Mal wieder.
„Hast du den Besuch bei deinem Vater genossen?“, fragte Agnes und steckte die Hand in die Tasche ihrer Hose. „Ich denke, du bist außerdem gekommen, weil du dir ein kleines Taschengeld abholen wolltest, nicht wahr? Ihr jungen Leute habt es aber auch manchmal schwer, das ist nur zu verständlich.“
Sie zog etwas hervor und hielt es mir hin. Es war ein Fünfhundert Euro - Schein. Eine ganze Monatsmiete.
„Ich will dir zeigen, dass deine Anschuldigungen völlig unbegründet sind“, säuselte sie und verquirlte die bitterböse Ironie ihrer Worte mit zynischem Zuckerguss. „Ich weiß, du magst mich nicht, Mara. Das musst du auch nicht und ich kann sehr gut damit leben. Womit ich nicht leben kann, ist deine ungerechte Sicht auf mich. Ich bin nicht deine Feindin. Und ich will, dass du aufhörst, mich wie eine solche zu behandeln.“
Ich starrte sie an. Dieses perfekt geschminkte, maskenhafte Gesicht. Ich starrte den Geldschein an. Diesen Hoffnungsschimmer, der ein wenig von dem Druck nehmen würde, der auf mir lastete. Und ich war weder fähig, etwas zu sagen, noch den Schein zu nehmen. Es wäre die größte Demütigung gewesen und die gönnte ich Agnes nicht. Sie führte mich hier vor diesem kühl schweigenden Menschen vor, der nicht aussah wie ein Freund, sondern eher wie eine sehr unangenehme Sorte von Vertreter.
„Nun nimm das Geld schon, Mara“, forderte sie mich auf und machte sogar einen Schritt auf mich zu. Ich bewegte mich nicht. Ich begriff, dass ich, um meine Freiheit und meine Würde zu schützen, dieses Geld nicht annehmen durfte. Nicht von ihr. Nicht vor diesem Mann.

„Ich komme auch ohne deine Almosen klar", sagte ich, drehte mich um und ging.
Die Blicke der beiden brannten in meinem Rücken und beim Verlassen des Hauses war ich mir sicher, dass ich diesen Ort so schnell nicht wieder zu Gesicht bekommen würde. Gleichzeitig kam es mir so vor, als würde ich aus einer Sackgasse flüchten. Ich war verwirrt und wütend. Agnes hatte es geschafft, dass ich mich schuldig und kindisch fühlte.
Und dieser Mann .... seine Anwesenheit in diesem Haus war wie eine Drohung zwischen den vertrauten Wänden gehangen. Ich wurde das Gefühl nicht los, dass diese Drohung mir gegolten hatte.

Kapitel 9

In den kommenden Wochen verfiel ich wieder in meinen altbekannten Aktionismus. Ich war nicht der Typ Mensch, der sich hingeben und vertrauen konnte, so wie Emilie es mir geraten hatte. Ich musste die Dinge selbst in die Hand nehmen und versuchen, sie so gut es ging zu kontrollieren. So begann ich nebenher in einer Bar zu arbeiten, fing wieder bei der Änderungsschneiderei an und vereinbarte außerdem einen Termin bei einem Hirnspezialisten und ließ im Klinikum ein MRT machen, um meinen Kopf untersuchen zu lassen.
Mit meinem Kopf war alles in Ordnung. Als ich dem Arzt erzählte, dass ich mich extrem orientierungslos fühlte und mein Zeitgefühl durcheinander gekommen war, überwies er mich an einen Psychologen, wo ich aber niemals hin ging. Die Tatsache, dass mit meinem Gehirn organisch alles bestens war, erleichterte mich zwar. Aber in der Tiefe meines Seins brodelten die Zweifel nun umso stärker.
Ich hatte außerdem auf meiner Kreditkartenabrechnung gesehen, dass ich offensichtlich wirklich eine ganze Woche in dem Athener Hotel verbracht hatte. Beim Anblick des abgebuchten Betrags, der gleichzeitig der Beweis war nach dem ich gesucht hatte, wurde mir schwindelig. Was hatte ich denn eine

ganze Woche dort gemacht? Und warum konnte ich mich nicht daran erinnern? Mir kam der Gedanke, in dem Hotel anzurufen und zu fragen, ob man mir dort sagen konnte, was ich getrieben hatte. Aber dann schreckte ich vor der Idee wieder zurück.

Der August kam und es wurde extrem heiß in Wien. Die Pferde vor den berühmten Fiakern wurden nervös und träge und manche brachen auf den überhitzten Straßen zusammen. Die Wiesen der Parks verwandelten sich in braune, öde Flächen und in den überfüllten Schwimmbädern gab es jeden Tag wüste Schlägereien. Die Donau hatte den niedrigsten Stand seit über hundert Jahren. An den Ufern tauchte alte Weltkriegsmunition aus dem trocknenden Schlamm auf. Etwas Bedrohliches schwang in diesem Sommer mit. Vielleicht empfand aber auch nur ich das so.

Ich wusste nicht viel mit mir anzufangen. Wie eine Besessene schrieb ich Bewerbungen an andere Ateliers, die ich gleichzeitig als unter meiner Würde betrachtete, denn ich bedauerte immer noch zutiefst, dass mein Traumjob in unerreichbare Ferne gerückt war. Auf meinen Social-Media Kanälen verfolgte ich die neuen Nachrichten zu Tessa Kranachs kommender Kollektion und mein Herz sackte mir vor lauter Neid und Wehmut ab. Irgendwann hielt ich es nicht mehr aus und folgte ihren Statusmeldungen nicht länger.

Wie erbärmlich ich mich trotz Emilias aufbauenden Worten in meiner Situation suhlte, zeigten mir die verzweifelten Versuche, weiterhin an Marlons Leben teilzuhaben. Ich verfolgte seine Statusmeldungen bei Instagram und erfuhr, dass er mit der jungen Schwarzhaarigen jetzt fest zusammen war. Ihre Bilder von gemeinsamen Eisbechern, Tagen am See und Clubbesuchen zerrissen mir fast das Herz aber ich folgte ihnen wie ein Geist und schaffte es nicht mich von diesem selbstzerstörerischen Voyeurismus zu lösen.

Dann passiert etwas, was meine Lage noch weiter verkomplizierte. Der Besitzer meines Wohnhauses kündigte mir den Mietvertrag. Er benötigte meine Wohnung für seine eigene Tochter, die nach Wien zum Studieren kam und räumte mir eine Frist von 3 Monaten ein, in der ich auszuziehen hatte.

Ich stürzte mich sofort in die Suche nach einer neuen Bleibe. Kein leichtes Unterfangen in dieser Stadt. Bei einem Blick auf mein Konto wurde mir außerdem klar, dass ich mit etwas Glück höchstens noch zwei Monate durch hielt. Ich brauchte dringend einen festen Job und sah allmählich ein, dass ich mich vielleicht nach einer Arbeit abseits meiner erträumten Realität umsehen musste.
Aber es wurde nicht besser. Ich bekam Absagen für alle meine Bewerbungen. Ich fand keine neue Wohnung. Marlon wechselte die Straßenseite, wenn er mich sah. Und zu allem Überfluss stellte ich an mir eine Stimmung fest, die allmählich einer handfesten Depression glich. Ich war mir selbst fremd geworden.
Mitte September endete das gleißend opulente Sommerwetter mit einem Schlag und kündigte mit einem Gewitter den kommenden Herbst an. Als plötzlich dunkle, schwere Wolken über Wien hingen, hatte ich zum ersten Mal den düsteren Impuls meinem Leben vielleicht ein Ende zu setzen. Das kühle, windige Wetter setzte mir so zu, dass ich meine Lage als immer auswegloser empfand. Um mich von der erzwungenen Tatenlosigkeit abzulenken, entwarf ich völlig aus dem Blauen heraus eine eigene kleine Kollektion und nähte nächtelang. Die Stoffe dafür lagen schon lange in meinen Schränken und weil ich ohnehin gerade am Ausmisten war, beschloss ich endlich etwas daraus zu machen. Ich zerschnitt alte Kleider und Blusen und kreierte sie neu. Nähte Mamas alte Knöpfe an meine neuen Kreationen und ließ die fertigen Stücke einfach auf den Boden gleiten, wo sie liegen blieben. Ich hatte das Gefühl, mich an den Stoffen und Schnittmustern festhalten zu müssen, weil ich sonst untergehen würde. Ich scherte mich nicht darum, dass niemand diese Stücke je zu Gesicht bekommen, und ich damit auch keine neue Stelle bekommen und Geld verdienen würde. Es war nur ein sinnloses Ankämpfen gegen den Zustand der Verlorenheit und der Untätigkeit.
In den Nächten nähte ich und tagsüber mistete ich meine Wohnung aus und warf alles auf den Müll, was mir nichts mehr bedeutete. Kleidung, Bilder, Bücher, Nippes, Schmuck und Schuhe. Am Ende passten alle meine Sachen in

zwei Koffer, eine Reisetasche und sechs Umzugskisten. Ich spielte mit dem Gedanken, aus Wien zu verschwinden, mich irgendwo auf dem Land in ein billiges Hotel einzumieten und dann .... ja, was? Mir fiel absolut nichts ein, wie es mit mir weitergehen sollte und ich verachtete mich für meine Tatenlosigkeit, für mein Selbstmitleid und diese Hoffnungslosigkeit.
Und dann war da noch die immense Irritation und Anziehung, die Wasser auf mich ausübte. Wann immer ich an einem Brunnen oder an der Donau vorbei kam, zog mich das Wasser magnetisch und unheilvoll zugleich an. Es wurde beinahe zu einer Zwangsvorstellung, mich einfach dort hineinzustürzen und zu verschwinden.
Ende September kehrte der Sommer noch einmal für eine Woche zurück und ich bekam das Bedürfnis, hinauszufahren und einen ausgedehnten Waldspaziergang zu unternehmen, so wie ich es früher mit meinen Eltern gemacht hatte.
Ich fuhr mit der Bahn aus der Stadt hinaus und wanderte in der Umgebung des Teufelsteins mehrere Stunden durch den schon herbstlich gefärbten Wald. Die Sonne schickte rötlich goldene Reflexe durch die Baumwipfel. Späte Blumen neigten sich zwischen schlaffen Blättern am Wegesrand und unsichtbare Vögel erfüllten den Wald mit ihrem Rufen, Zwitschern und Flattern. Es war magisch. Mir begegneten nur wenige Menschen und die Einsamkeit und Stille übten zuverlässig ihre befreiende Wirkung auf mich aus. Ich atmete tief die frische, würzige Luft ein und kam etwas zur Ruhe.
Irgendwann, es war schon nach vier Uhr und die Schatten wurden länger, entdeckte ich etwas abseits des Weges einen Teich. Im ersten Moment war es nicht die mittlerweile vertraute unheimliche Faszination des Wassers, die mich anzog. Es war einfach nur der malerische Anblick der spiegelglatten, fast schwarzen Oberfläche, auf der kleine goldgelbe Blätter trieben. Der Teich war so schön und einladend, dass ich den Weg verließ und mich am Ufer auf einen umgestürzten Baumstamm setzte. Was für einen Frieden dieser Ort ausstrahlte! Und wie sehr ich mich nach dem Zustand dieses stillen Gewässers auch in meinem Innern sehnte. Warum konnte ich nicht dafür sorgen, dass

meine Seele so still wurde wie dieser Teich; nur ab und an bewegt von einem Windhauch oder einer ins Wasser fallenden Eichel? Ich versank in der Betrachtung des Wassers und atmete dankbar die Stille ringsum.
Doch dann – ich hatte es schon geahnt – veränderte sich die Ausstrahlung des Gewässers und wurde wieder bedrohlich in seiner Anziehungskraft.
Ohne es wirklich selbst zu tun, erhob ich mich und trat ans Ufer. Meine Schuhspitzen berührten den Saum des Teichs, der ruhig und schwarz vor mir lag. Ich versuchte den Grund auszumachen, sah aber nichts als das langsame Dahingleiten der goldenen Blätter.
Was, wenn dieser ominöse Ruf, dem ich folgen sollte, einfach nur bedeutete, dass ich mich jetzt in diesen Teich stürzte und nie wieder auftauchte, fragte ich mich, kniete nieder und berührte die Wasseroberfläche. Meine Berührung setzte sich in zarten Kreisen auf dem Wasser fort. Ich folgte den kaum sichtbaren Wellen, sah das sachte Davonrollen, die gebrochene Spannung der Oberfläche. Ein meditativer und zugleich aufregender Anblick. Ich ließ meine Hand ins Wasser sinken. Es fühlte sich kalt und weich an. Ich tauchte meine Hand tiefer ein.
Und dann, ganz plötzlich tauchte am Grund des Teichs ganz in der Nähe des Ufers ein Gesicht in der schwarzen Tiefe auf. Ein bleiches und auf unheimliche Weise vertrautes Gesicht. Ich schreckte zurück und blinzelte. Das Gesicht war verschwunden. Dafür hörte ich ganz deutlich das Geräusch von regelmäßigen, leisen Ruderschlägen. Und dann einen Ruf.
„Mara!“
Ich wirbelte herum. Oben am Weg stand eine Gestalt. Der Mann ließ seinen Wanderrucksack zu Boden fallen und machte sich daran, die Böschung hinab zu laufen.
Professor Clemens Brick.
Ich sah ihm wie paralysiert entgegen. Der Professor war in rustikale Wandersachen gekleidet und trug ein blaues Tuch um seine Stirn geschlungen. Ich hätte ihn beinahe nicht wieder erkannt.

„Mara! Was machst du denn hier?“, keuchte er alarmiert. Erst jetzt spürte ich die Kälte an meinen Beinen und begriff voller Schreck, dass ich bereits bis zu den Oberschenkeln im Teich stand. Von außen musste es den Eindruck haben, dass ich gerade im Begriff war mich umzubringen. Clemens Brick eilte zum Ufer und streckte mir eine Hand hin. Ich ergriff sie und er zog mich mit einem kraftvollen Ruck zu sich. Ohne ein Wort zu sagen, umarmte er mich und drückte mich an sich. Ich ließ es wortlos geschehen. Und dann sagte er leise und sehr ernst: „Es wird Zeit, dass du ein paar Dinge richtig verstehst, Mara. Ein paar sehr wichtige Dinge.“

Eine halbe Stunde später saß ich, immer noch mit patschnassen Hosenbeinen und Schuhen in seinem Wagen, der auf einem Wanderparkplatz stand. Mittlerweile war es Abend und von Westen her schoben sich dunkle Gewitterwolken über den Wald. Ich ahnte, dass es mit meiner Rückkehr nach Wien an diesem Tag nichts mehr werden würde. Ich erfuhr, dass Clemens Brick in der Nähe ein Ferienhaus besaß, in das er an den Wochenenden fuhr. In dieses Ferienhaus brachte er mich nun. Ich empfand in seiner Nähe eine gleichgültige Resignation, so als hätte er gerade die Verantwortung für mein Leben übernommen und würde nun die Richtung vorgeben. Und genau danach sehnte ich mich. Ich hatte keine Kraft, mich über den Zufall im Wald zu wundern oder mich zu fragen, was Brick mit seinen bedeutungsschweren Worten gemeint hatte. Ich war viel zu schockiert über die Tatsache, dass ich ohne es zu merken in diesen Teich gelaufen war.

Der Professor hielt vor einem alten Haus am Rand eines Weilers, das hinter einem verschnörkelten Gartenzaun inmitten eines Obstgartens stand. Das Ganze machte einen edlen, aber ebenso pragmatischen Eindruck, als wäre es das Wochenend-Häuschen eines betuchten Wieners des Jahres 1900 gewesen. Im Garten stand ein Mann auf einer Leiter und beschnitt die Äste eines Apfelbaums. Brick führte mich durch ein Tor, winkte dem anderen Mann kurz zu und öffnete die Haustür.

Nach einer heißen Dusche und versorgt mit einem frischen Jogging-Anzug, der mir drei Nummern zu groß war, saß ich neben Brick auf einer roten Samt-

Recamiere, die inmitten eines weitläufigen Wohnzimmers stand, das an den Wänden von deckenhohen Bücherregalen gesäumt wurde. Es gab einen Bechstein-Flügel und eine Menge alter Lampen. Auf einem Podest stand wie in einem Museum eine antike Steinbüste. Es war das klassische Heim eines Gelehrten alter Schule. Aus der angrenzenden Küche hörte ich Topfgeklapper.
„Ich erkläre es dir nach dem Essen, Mara", versprach Professor Brick und beteuerte, dass es reiner Zufall war, dass er mich entdeckt hatte. „Ich wandere diese Strecke oft, wenn das Wetter es zulässt. Man kann nicht immer den Kopf in die Bücher stecken."
Kurz darauf waren wir beim Du und ich saß mit Clemens und dem anderen Mann, der mir als Robert vorgestellt wurde, an einer vornehm eingedeckten Tafel im Speisezimmer und sah ungläubig dabei zu, wie dieser Robert die feinsten Speisen auf dem edlen Porzellangeschirr anrichtete und dabei zwanglos und sehr angenehm mit mir plauderte. Er war sicher an die sechzig Jahre alt und wirkte wie einer dieser antiquierten Kaffeehaus-Ober, die für Wien einmal so typisch gewesen waren. Äußerlich war er das genaue Gegenteil zu Clemens Brick, etwas behäbig, mit kurzem, grauen Haaren und einer operettenhaften Geckenhaftigkeit. Die Blicke, die der Professor ihm zuwarf, während er achtsam und kundig Hähnchenschlegel auf einem Bett aus Paprika und Erbsenschoten anrichtete, sagte mir, dass er und dieser Mann sich liebten.Ein ungläubiges Lächeln breitete sich auf meinem Gesicht aus.
„Was erheitert dich, Mara?", fragte Brick mit einem wissenden Schmunzeln.
„Oh, ich muss nur gerade an Dori denken...."
„Ja, die liebe Dori", sagte der Professor und hob die Augenbrauen.
„Ist das die junge Dame, die hinter dir her war?", fragte Robert und zerstäubte etwas Zimt auf den Hähnchenschlegeln.
„Hinter mir her ist", korrigierte Brick.
„Immer noch? Ach du meine Güte! Warum sagst du ihr nicht, dass du in einen dicken alten Hedonisten verliebt bist?"
„Ich bin in diesen dicken, alten Hedonisten nicht bloß *verliebt* und das weißt du."

„Herrjemine, das arme Mädchen!"
„Dori lässt einfach nicht locker", sagte Clemens an mich gewandt. „Sie ist ... nun, du kennst sie ja, Mara." Er schien ihre Zudringlichkeiten nicht weiter ausführen zu wollen.
„Warum sagen Sie ... sagst du ihr nicht, dass du in einer festen Partnerschaft lebst?", fragte ich. „In einer festen Partnerschaft mit einem Mann."
„Ach, mein lieber Clemens ist zwar so schwul wie ein barockes Waschbecken in Muschelform, aber ein Teil von ihm liebt es einfach, von den jungen Mädchen angehimmelt zu werden und ich gönne es ihm von Herzen!", rief Robert aus und verteilte die Teller.
Clemens lachte und schlug mit einer Serviette nach ihm.
Ich fühlte mich in der Gesellschaft dieser beiden Männer immer wohler. Es herrschte eine solche Heiterkeit und Leichtigkeit, dass ich von meiner inneren Düsternis abgelenkt wurde. Clemens war viel entspannter und wirkte gar nicht mehr wie der überkorrekte, steife Dozent, den er auf der Exkursion gemimt hatte. Es war zu komisch. Ich fragte erneut, warum er Dori nicht einfach sagte, was Sache war. Da bekam sein Gesicht einen leicht abfälligen Ausdruck.
„Weil es nicht meine Aufgabe ist, diese junge Dame vor ihrer eigenen Besessenheit zu retten. Sie ist auf eine sehr ungesunde Weise von sich selbst überzeugt und das bei ihren Noten."
„Du lässt sie einfach ins Messer rennen?" fragte Robert gespielt tadelnd.
„Nein, aber es ist nicht meine Verantwortung, Dori die Realität zu zeigen. Ich bin ihren Schwärmereien keinerlei Rechenschaft schuldig. Ich renne doch nicht zu all diesen hübschen Studentinnen und sage: Übrigens ich bin ein schwuler Mann. Wie würdelos wäre das, bitteschön?!"
Darin konnte ich ihm nur zustimmen. Es war ein wundervoller Abend mit den beiden. Das Essen war hervorragend und wir tranken einen sehr guten Spätburgunder dazu, während vor den Fenstern ein heftiges Gewitter niederging, das den Sommer nun ein für alle Mal beenden sollte. In dem von Jugendstil-Lampen und Kerzen beleuchteten Speisezimmer herrschte eine heimelige, freundliche Atmosphäre und für Robert stand außer Frage, dass ich

in dieser Nacht das Gästezimmer unter dem Dach beziehen sollte. Ich half ihm, das Geschirr abzutragen, doch dann musste ich mich den geheimnisvollen Andeutungen des Professors stellen. Robert verstand vollkommen, dass sein Freund etwas Wichtiges zu besprechen hatte, fragte nicht nach und verschwand, um das Gästezimmer herzurichten.
Brick brachte Tee und bedeutete mir, mich auf das Sofa in seinem Arbeitszimmer zu setzen, während er hinter dem Schreibtisch Platz nahm.
„Nun, Mara, zweifelsohne erlebst du gerade eine beunruhigende Zeit“, begann er.
Ich nickte wortlos. Er schien – warum auch immer - bereits alles Wesentliche zu wissen und seltsamerweise beunruhigte mich das nicht im Mindesten. Das einzige, was ich in diesem Moment fürchtete, war, dass er mir das Gleiche erzählen würde wie Emilie. Aber das tat er nicht.
„Ahnst du etwas von den Ursachen für den Zustand, in dem du dich gerade befindest?“, fragte er. Ich schüttelte den Kopf, sagte dann aber: „Ich vermute, dass es etwas mit meinem Unfall an dem Bach in Griechenland zu tun hat.“
Brick nickte. „Das war kein Unfall, Mara.“
Ich erschrak. Er beugte sich vor und sah mich eindringlich an. „Ich werde dir jetzt eine Geschichte erzählen, die dir die näheren Umstände dieses Ereignisses erklären wird. Aber ich muss dich warnen. Du wirst vieles von dem, was ich dir gleich sage, als verrückt ansehen und ich kann dich nicht zwingen mir zu glauben. Aber ich schwöre dir, so wahr ich hier sitze, dass ich dich weder auf den Arm nehme, noch dass ich an einer gestörten Fantasie leide. Das, was du gleich hören wirst, weiß außer mir kein einziger Mensch. Auch nicht Robert. Du bist die Erste und du wirst auch die Einzige sein, denn es betrifft ausschließlich dich.“
Ich nickte zaghaft. In diesem Moment war es mir eigentlich egal, ob das, was er mir gleich sagen würde, unglaubwürdig klang oder nicht. Ich war einfach nur dankbar, dass da jemand vor mir saß und mir eine Erklärung für das Unerklärbare versprach. Ich lehnte mich zurück und zwang mich dazu, entspannt zu lauschen, während Brick sich ebenfalls zurück lehnte und mich

eigentümlich ansah. „Ich habe euch doch von den Umständen erzählt, unter denen ich dieses kleine Tal mit dem Granatapfelbaum damals entdeckt habe“, begann er. „Es war nicht die ganze Wahrheit.“

Die Geschichte von Professor Clemens Brick

Es war im Juli 2009 als ich jene kleine Talsenke entdeckte. Mein Wagen war liegen geblieben und weil kein anderes Auto an dieser gottverlassenen Bergstraße vorbei kam, hatte ich mich irgendwann entschlossen, auf eigene Faust zurück in die Ebene zu laufen, was aber ein schweres Unterfangen war, denn ich hatte kein Wasser bei mir und es war unerträglich heiß. Ich lief bereits seit einer halben Stunde und wurde langsam unruhig, als ich ein leises Plätschern hörte. Später konnte ich mir das nicht erklären, denn die kleine Talsenke lag von der Straße so weit entfernt, dass man das Plätschern unmöglich hätte hören können. Aber ich folgte dem Geräusch und meinem immer größer werdenden Durst und fand diesen Ort. Zuerst trank ich aus dem Bach und setzte mich dann unter den Baum, um auszuruhen.
Das Gras stand hoch, aber ich sah ganz deutlich die Überreste von Mauern. Ich dachte mir damals schon, dass dieser Platz überaus geeignet gewesen wäre für ein Heiligtum. Als ich dann noch sah, dass an dem Baum Granatäpfel hingen, spielte meine Fantasie auf einmal verrückt. Ich dachte mir: Ein Granatapfelbaum an einem solchen Ort? Und noch dazu die Mauerreste? Ist dies etwa der Eingang zur Unterwelt? Ich meine, ich dachte das nicht ernsthaft sondern als eine Art inneren Scherz, weil ich die Ikonografie und die Details der Mythen in meinem gelehrten und zu diesem Zeitpunkt wohl ziemlich dehydrierten Gehirn zusammen bastelte.
Ich pflückte mir einen Granatapfel und aß ihn, so wie Persephone in den Gärten des Hades einige Granatapfelkerne zu sich genommen hatte. Dann packte ich meine Kamera aus und begann, die überwucherten Mauerreste zu studieren.

Ich verbrachte sicher drei oder vier Stunden an diesem Ort, fasziniert von der Tatsache, dass hier offenbar ein Heiligtum der Demeter gestanden hatte, wie ich bald feststellte. Ich fand Figürchen aus Ton und sogar bemalte Scherben. Dies stützte meinen Gedanken, dass für die antiken Bewohner jener Gegend die kleine Talsenke ein Platz war, der dem Kult nach mit der Unterwelt verknüpft war. Ich aß noch einen Granatapfel, weil ich sonst nichts Essbares bei mir hatte und richtete mich dann unter dem Baum für die Nacht ein.

Ich schlief rasch ein, wurde aber mitten in der Nacht von einem sonderbaren Geräusch geweckt. Als ich mich umsah, entdeckte ich zu meiner großen Verwunderung, dass ich nicht mehr im Gras unter dem Baum lag sondern direkt am Ufer des kleinen Flusses zwischen den Steinen. Ich neige in keinster Weise zum Schlafwandeln und konnte mir nicht erklären wie ich dorthin gekommen war.

Ich erschrak, denn ich steckte bereits bis zu den Knien im kalten Wasser. Aber es war nicht die Kälte, die mich geweckt hatte. Es war ein monotones, steinernes Schaben ganz in meiner Nähe. Ich sah mich um, aber es war stockdunkel und ich konnte nicht das Geringste erkennen. Doch allmählich entdeckte ich ein diffuses, graues Licht, das von einer fernen Lichtquelle hinter der Steilwand zu kommen schien.

Ich muss dir den Ort nicht beschreiben, denn du warst selbst dort und weißt, wie sonderbar die Sinne alle Details dort aufnehmen und verarbeiten. Ich sah das Licht nicht wirklich und doch nahm ich es wahr. Ich dachte, ich würde träumen und wollte gerade zurück kriechen, aber da entdeckte ich etwas, das meine Entschlusskraft völlig lähmte. Von links näherte sich ein Schemen auf dem Wasser. Es war ein Kahn oder ein flaches Boot und darin stand ein Mann, der in ein langes Gewand mit Kapuze gehüllt war und ein langes Ruder ins Wasser tauchte. Ich wusste sofort, wer es war, glaubte aber, dass meine vorherige Vertiefung in dieses ganze antike Unterwelt-Thema meinem Geist vielleicht einen solchen lebhaften Traum eingab. Das Boot näherte sich und ich konnte nichts anderes tun, als ihm wie gelähmt entgegen zu schauen. Als das Boot auf meiner Höhe war, erhob sich hinter dem Fährmann ein weiterer

Schemen und richtete sich zu einschüchternder Größe auf, blickte auf mich herab und bohrte einen Blick in mich, den ich niemals vergessen werde. Ein Blick aus düster flammenden Augen, der jeden Zweifel an die Wirklichkeit dieses Moments vernichtete. Ich wusste, dass das, was ich da sah, nicht echt war und dennoch passierte. Unsere Welt kennt die alten Götter nicht mehr, aber in dieser Sekunde wusste ich mit unauslöschlicher Sicherheit, dass ich nicht träumte.

Vor mir stand Hades. Der Gott der Unterwelt.

Eine majestätische, schwarze Gestalt von unirdischer Schönheit, die etwas Kaltes aber Einnehmendes ausstrahlte, etwas Gewaltiges und gleichzeitig zutiefst Logisches, ich weiß es nicht besser auszudrücken. Wie ein Gewitter, das Angst macht und von dem man weiß, dass es seinen angestammten Platz in den Gesetzen der Welt hat. Und er sprach zu mir, auch wenn ich das, was er sagte, nicht direkt hörte. Seine Stimme dröhnte in meinem Kopf wie ein eigener Gedanke. Und in seinen Worten lag eine solche Unausweichlichkeit, dass ich nicht eine Sekunde daran dachte, ihm nicht zu gehorchen. Ich wusste ja selbst um das Gesetz, das ich gebrochen hatte, als ich die Granatäpfel gegessen hatte.

Das Gesetz der Anderwelt besagt, dass man dort nichts essen darf, weil man sonst auf ewig in diesem Reich bleiben muss und nie wieder in die irdische Welt zurückkehren darf. Dieses Gesetz findet sich wieder in Märchen wie Schneewittchen, die nur deswegen bei den Zwergen bleibt, weil sie von ihren Speisen gegessen hat. Ich wusste ja auch, dass Hades Persephone hätte gehen lassen müssen, aber weil sie die Granatapfelkerne gegessen hatte, war sie in Hades` Hand und konnte ihm, Kompromiss hin oder her, nicht mehr entrinnen.

Und von Persephone, seiner Königin und Liebsten, erzählte mir die finstere Gestalt am Ufer des Flusses nun.

„Wisse Sterblicher“, raunte es mit der dunklen Stimme in meinem Kopf.

„Wisse, dass meine Königin im Staub der Toten und der Jahrhunderte verschwunden ist. Sie ist vergangen und wird nie wieder erscheinen.

Persephone gehörte nie voll und ganz zu mir. Der Weltenlauf hat sich verändert und du weißt, dass viele Götter verschwunden sind, weil die Menschen sie vergessen haben. Aber ein Gott stirbt nicht. Die Unterwelt ist kein Ort, der von der Zustimmung der Menschen abhängig ist, denn der Tod wird immer über die Menschen regieren."
Er verharrte eine Weile in Schweigen, während ich zu seinen Füßen auf die Knie gesunken war und mit rasendem Herzen versuchte, ihm meinen Tribut zu zollen. Ich zweifelte nicht im Geringsten daran, dass das Tor der Unterwelt sich geöffnet und der allmächtige Hades einen Schritt in die Welt der Lebenden getan hatte.
„Du hast diesen vor den Menschen vergessenen Ort gefunden, weil ich dich gerufen habe", teilte mir der dunkle Gott mit. „Du bist hier, weil du mir dienen wirst."
„Wie könnte ich dir dienen?", hauchte ich.
„Dein Leben gehört jetzt mir, bis du deine Aufgabe erfüllt hast, für die ich dich auserwählt habe", verkündete er.
„Was für eine Aufgabe?", fragte ich erschrocken.
„Die Zeit ist mir lang geworden ohne meine Gefährtin. Ich sehne mich nach Gesellschaft in meinem Reich. Nach einer neuen Königin, einer Sterblichen, in deren Adern das Blut des Lebens fließt. Einer Frau, die in jenen Zeiten, wenn die Erde kahl und kalt ist, an meiner Seite weilt und mit der ich die Zauber meines Reiches teilen will."
„Du bist einsam?", erdreistete ich mich zu fragen.
„Ich bin die Einsamkeit", erwiderte er, gelassen und ohne Drohung. „Aber ich gehorche den Gesetzen des Lebens. Polarität. Einheit. Ich bin kein Stein. Ich atme die Ewigkeit und den einen Moment der Vereinigung."
Er sprach in Rätseln, aber ich verstand ihn dennoch.
„Du ... du willst, dass ich dir eine Gefährtin suche? Wie soll ich das anstellen?"
„Du wirst einen Weg finden. Ihr Menschen ward immer schon sehr erfinderisch."

„Was, wenn ich es nicht schaffe? Oder mich weigere?", fragte ich, kühn geworden über die Enthüllung seiner so menschlich erscheinenden Bedürfnisse. Ich empfand ihn in diesem Moment nicht länger nur als schrecklich und düster sondern als mir verwandtes Wesen. Er beugte sich zu mir herunter und ergriff mit einer kalten, harten Hand meinen Nacken. Ich erstarrte.
„Du wirst aus dem Paradies vertrieben", sagte er. „Aus dem Paradies deines Lebens. Dein Leben wird traurig und öd werden, leer und schwer. Du wirst keine Freude und keinen Erfolg mehr haben. Du wirst alles verlieren, was dir lieb und teuer ist. Das ist keine Drohung, sondern ein Gesetz. Du gehörst jetzt mir."
„Wie viel Zeit habe ich?", fragte ich.
„Solange du lebst."
„Was ist, wenn ich es nicht schaffe? Was ist, wenn ich versage? Wirst du mir dann alles nehmen, was mich glücklich macht?"
„Nein. Das werde ich nur, wenn du dich weigerst, dem Ruf zu folgen. Deine Absicht ist das, was zählt. Solange du dieser Absicht treu bleibst, werde ich über dein Leben wachen und dir dabei helfen, alles zu bekommen, was dein Herz begehrt in diesem Leben. Aber du musst alles dafür tun, um eine Gefährtin für mich zu finden. Ein passendes Menschenkind, das fähig sein wird, zu verstehen, um was es hier geht. Kein leichtlebiges Geschöpf, sondern eines mit Seelentiefe. Und tröste dich, du lieferst dieses Geschöpf nicht der Hölle aus. Du weißt, dass ich als Herrscher der Unterwelt auch der Besitzer aller irdischen Schätze bin. Ich bin unermesslich reich und kann große Fruchtbarkeit erwachsen lassen. Bedenke, dass im Schoß meines Reiches die Schönheit des Lebens ruht. Meine Gefährtin wird eine Königin sein und muss nichts fürchten. Doch nur, wenn sie sich hingeben kann und versteht. Es ist wichtig, dass du ein Menschenkind wählst, das dazu in der Lage ist."
Ich war sprachlos und starrte in die schwarzen Augen des Gottes. Meine Angst vor ihm bestand nach wie vor, aber er enthüllte mir nun auch ein Gefühl von Begehren und Sehnsucht. Sehnsucht nach jenen Dingen, die wir

als Menschen verloren haben. Die alten Mysterien, für die ich mich immer so sehr interessiert hatte.
„Sprich nicht von deinen Wünschen, Sterblicher", sagte er noch. „Ich kann sie bereits in deinem Herzen lesen. Und ich werde sie dir alle erfüllen. Solange du mit der festen Absicht zurückkehrst, dass du mir eine neue Persephone bringst."
Ich nickte und versprach es und im nächsten Augenblick senkte Hades seine Hand über mich und sagte: „Damit du nicht vergisst, was ich dir gesagt habe und auch nicht glaubst, dies alles wäre nur ein Traum gewesen, werde ich dir etwas geben, was dich für immer an mich erinnert."
Er streifte etwas über meinen Kopf, was sich als wunderschöne antike Silberkette entpuppte. „Versuch nicht, sie abzunehmen. Das wird dir nicht gelingen. Erst, wenn du deine Aufgabe erfüllt hast, wird die Kette abzunehmen sein, falls du es wünschst."
Dann wich er vor mir zurück, ließ sich in das Boot gleiten und der stumme, unbewegte Fährmann ruderte ihn mit langsamen Schlägen zurück in die Finsternis.
Ich sank zurück zwischen die Felsen und blieb dort liegen, bis der Morgen graute, bevor ich mich zu dem Baum zurück schleppte. Ich war zutiefst erschüttert von der Begegnung und wusste, dass sie kein Traum gewesen war. Die silberne und mit Rubinen besetzte Kette lag angenehm schwer um meinen Hals. Sie musste sicherlich zweitausend Jahre alt sein, war bestens erhalten und unermesslich wertvoll, soweit ich es beurteilen konnte. Und so sehr ich auch den Verschluss bearbeitete, drehte und zog, sie ließ sich nicht öffnen.
Es dauerte lange, ehe ich die Kraft fand, aufzustehen und diesen Ort zu verlassen. Ich ging zurück zur Straße und wünschte mir nichts sehnlicher als ein Auto, das mich ins Tal bringen konnte. Und siehe da: Im nächsten Moment tauchte schon ein Jeep auf, der mich mitnahm.
Und so ging es weiter, auch wenn ich es am Anfang kaum glauben konnte. Ich bekam alle meine Wünsche erfüllt, so unerreichbar sie mir früher auch erschienen waren. Denn ich hatte einen Plan ersonnen, wie ich Hades Befehl

Folge leisten konnte. Ich organisierte seit diesem Sommer die regelmäßigen Exkursionen nach Griechenland und führe meine Studenten an diesen Ort, um dort einer Eingebung des Hades zu lauschen, ob er eine von ihnen begehren würde. Aber ich wusste bis jetzt immer, dass keine darunter war. Keine erschien passend. Daher erlaube ich zu meinen Exkursionen auch immer Gäste, die nicht bei mir studieren. Ich hoffte, auf diese Weise, den Kreis möglicher Kandidatinnen zu erweitern. Ich bringe sie alle an diesen Ort, in seine Nähe, lasse sie die Granatäpfel essen, aber nichts geschieht. Gleichzeitig spüre ich, dass er mich für diese Idee würdigt und geduldig bleibt. Was sind für einen Gott schon ein paar Jahre?

Und er erfüllt mir meine Wünsche, die zwar wahrlich nicht besonders gewagt sind, aber ich denke, selbst wenn ich gerne ein gefeierter Hollywood-Star wäre, würde er mich auch das erreichen lassen. Aber ich begehrte andere Dinge. Ich wollte den Professoren-Titel erlangen, wollte akademische Aufmerksamkeit, wissenschaftliche Würdigung und ein Leben, in dem ich mir alles leisten konnte, was ich wollte. Teure, antiquarische Bücher, Antiquitäten, antike Kunstwerke wie die, die du in diesem Haus siehst. Und ich wollte Robert.

Ich war damals schon seit einiger Zeit in ihn verliebt. Er war Kurator am Kunsthistorischen Museum und zuständig für die Antiken-Abteilung, weswegen ich ihm oft begegnete und auch mit ihm zusammen arbeitete. Robert war damals ein verheirateter Mann und hatte drei Kinder. Ich war mir nicht ganz sicher, ob er dieses heteronormative Leben gerne führte und wünschte mir sehnlichst, dass er vielleicht eine Seite an sich entdecken würde, die ihm erlaubte, mich zu erkennen. Und genau das geschah.

Eines Tages näherte er sich mir und wurde ... nun, er wurde anhänglich und innig und verkündete kurz darauf, in mich verliebt zu sein. Er ließ sich scheiden und bekannte sich öffentlich zu seiner Homosexualität, ohne jedoch seinen guten Ruf zu verlieren. Seine Neigung ist echt, das ist nichts Erzwungenes, bei dem Hades die Fäden führt. Er erfüllt nur Dinge, die sich ohnehin von selbst entwickeln würden, aber eben viel schneller und intensiver.

Ich konnte mein Glück nicht begreifen und taumelte fassungslos in meinem neuen Leben umher. Nur in den Nächten begegnete mir ein Grauen, das mich immer wieder an meinen Eid erinnerte. Ich sollte ein Menschenkind zur neuen Persephone bestimmen. Ich sollte eine Frau aus dem Licht der Welt in die finsteren, unbekannten Tiefen der Unterwelt führen. Eine moderne Frau, die das Leben im Jahr 2018 gewohnt ist und die ganz gewiss nicht an die alten Mythen glaubt, geschweige denn an einen Unterweltgott.
Ich spielte verschiedene Möglichkeiten durch, aber keine erschien mir passend. Gleichzeitig bedrückte mich diese Verantwortung immer mehr.
Nun, und dann lernte ich dich kennen, Mara. Ich sah dich zusammen mit Dori an der Universität und weil ich wusste, dass Dori in einigen Semestern diese Studienreise nach Griechenland machen würde, begann ich dich ein wenig zu beobachten. Denn dass es nicht Dori sein würde, die Hades zur Gefährtin auswählen würde war mir sofort klar. Sie ist viel zu hysterisch und zu oberflächlich.
Aber du.... Ich sah etwas in dir, was ich noch bei keiner Frau deines Alters gesehen habe. Eine stille Würde, als wüsstest du etwas, das die anderen um dich herum nicht wissen. Ich fand heraus, dass deine Mutter bei einem schrecklichen Unglück ums Leben kam und hatte eine Erklärung für deine nachdenkliche Ausstrahlung. Du weißt, was der Tod bedeutet. Und deine Tapferkeit angesichts einer solchen Tragödie, ließ dich in meinen Augen leuchten. Außerdem erschienst du mir als ein Mensch, der trotz Unsicherheiten und deiner jungen Jahre in sich zu ruhen scheint. Du warst so ganz anders als die anderen Studenten. Und ich kannte Dori. Sie lässt sich so leicht verunsichern und manipulieren. Deswegen ermutigte ich sie, dich zu unserer Exkursion mitzunehmen, was sie auch tat, aber ich weiß, dass sie es aus anderen Gründen machte. Es tut mir Leid für dich, dass sie dich in ihre Besessenheit hinein gezogen hat.
Nun, als ich euch dann zu jener Stelle geführt hatte, gab ich zuerst dir den Granatapfel. Ich gebe zu, dass ich mich einfach nur nach dem Ende meiner

gewaltigen Verantwortung nach zehn Jahren des Suchens sehnte. Ich wollte endlich frei sein.

Als ich sah, wie du den Granatapfel gegessen hast und anschließend allein zu dem Fluss unter der Steilwand gegangen bist, zitterte ich vor Anspannung. Ich wusste nicht, was passieren würde und ganz plötzlich glaubte ich, einen furchtbaren Frevel zu begehen, dich durch meine Manipulation der Unterwelt auszuliefern. Beim Gedanken daran, dass du in diesen finsteren Mantel seines Begehrens gezogen wirst, wurde mir auf einmal schlecht und ich fühlte mich entsetzlich schuldig. Ich hielt es nicht aus, den Dingen einfach ihren Lauf und dich unschuldig ins Verderben rennen zu lassen. Ich sprang auf und eilte zum Fluss, wo du bereits mit dem Kopf nach unten im Wasser getrieben bist. Ich dachte nicht lange nach und entriss dich dem Fluss, belebte dich wieder und nahm dich wieder mit zurück.

Du könntest nun fragen, ob dies nicht ein entsetzlicher Verrat an Hades war, aber in meiner Seele fühlte ich seine dunkle Präsenz triumphieren und sich bei mir bedanken. Ich verstand es nicht, denn ich hatte dich schließlich wieder fortgebracht von diesem Ort. Doch ich wusste, dass er bekommen hatte, was er wollte.

Es lag nicht an mir, dich ihm persönlich zu übergeben. Er hatte dich bereits. Alleine, dass dich das dunkle Wasser dieses Übergangsortes, der wie ein Tor fungiert, einmal umschlungen hatte, dass du den Granatapfel gegessen hattest und in diesem Fluss beinahe gestorben wärst, genügte. Das war wie eine Verlobung mit ihm.

Meine Pflicht war damit endgültig getan. Ich merkte es daran, dass ich den Verschluss der antiken Silberkette von diesem Tag an ganz leicht öffnen und die Kette ablegen konnte. Meine Aufgabe war vollendet. Hades hatte seine Auserwählte gefunden. Und dass du letztendlich zu ihm gehst, als neue Königin an seiner Seite, das ist früher oder später unausweichlich. Du hast ab sofort keine andere Möglichkeit, als dem Ruf zu folgen.

Kapitel 10

Hier endete die Geschichte von Clemens Brick. Er saß in seinem Sessel und sah mich ruhig über den Rand seiner Teetasse hinweg an. Ich wusste nicht, was ich sagen sollte. Gerne hätte ich gelacht über diese absurde Geschichte. Aber das Lachen wäre mir im Hals stecken geblieben denn alles in mir wusste, dass sie wahr war. Und wie um mir das zu bestätigen fragte er leise:

„Wurdest du nicht aus dem Paradies *deines* Lebens vertrieben, Mara?“

Ich nickte und Tränen traten in meine Augen.

„Deine innigsten Wünsche verkehrten sich ins Gegenteil und du hast etwas verloren das dir lieb und teuer ist?“

Wieder nickte ich.

„Und spürst du nicht auch eine unheimliche Verlockung des Wassers?“, fragte er weiter. „Du musst nicht antworten, ich habe es ja vorhin im Wald gesehen. Du fühlst den Wunsch, im Wasser unterzugehen. Weil du einen diffusen Ruf aus der Tiefe hörst und nicht weißt, wie du ihn deuten sollst. Es ist *sein* Ruf. Hades will, dass du zu ihm kommst.“

Ich schlucke schwer an meinen Tränen und starrte Brick an. „Ist das jetzt dein Ernst?“, stieß ich hervor. „Du lieferst mich dem ... Unterweltgott aus?“

Brick senkte den Kopf. Dann stand er auf und kam um den Schreibtisch herum, auf mich zu, und kniete sich vor dem Sofa vor mich hin. „Mara, bitte glaub mir, dass ich bei dem Gedanken an das, was du durchmachst, fast wahnsinnig werde.“

„Ach ja?! Das ist aber schwer zu glauben!“

„Warum?“

„Weil du das doch gar nicht weißt.“

„Doch, ich weiß es. Ich beobachte dich, Mara. Es sind Semesterferien, ich habe nichts zu tun. Und ich fühle meine Verantwortung. Hier ...“

Er öffnete den Kragen seines Hemdes und zeigte mir die Kette, von der sogar ich Laie auf den ersten Blick erkannte, dass sie unendlich kostbar war und nichts, was man irgendwo hätte kaufen können. Man hätte sie schon aus dem griechischen Nationalmuseum stehlen müssen. Die komplizierten Ornamente und die dunklen Rubine schimmerten an seinem Hals geheimnisvoll im Licht der Lampen.

„Siehst du, ich habe sie nicht abgelegt, obwohl ich es könnte. Ich habe das Bedürfnis, sie auch noch weiterhin zu tragen, als Zeichen meiner Verantwortung. Ich fühle den tiefen Wunsch, dir alles zu erklären. Dich vorzubereiten. Aber ich will es auch verstehen! Ich bin Wissenschaftler und kann eigentlich nicht glauben, was da passiert ist. Hades? Im Ernst?! Aber du hast mir durch dein Leben in den letzten Wochen gezeigt, dass er es ernst meint. Du starrst sehnsuchtsvoll aufs Wasser. Dein äußeres Leben stirbt ab und du weißt nicht, was dir geschieht."

Er ergriff meine Hände und sah mich mit einem wilden, bittenden Blick an.

„Mara, ich will dir helfen! Bitte, lass mich dir helfen. Ich habe dir diese Geschichte erzählt, damit du verstehst, dass alles vorbestimmt ist, dass ich ... nun, unschuldig gehandelt habe. Weißt du, was mit mir geschehen wäre, wenn ich mich ihm widersetzt hätte?"

„Dasselbe was jetzt mit mir geschieht!", schleuderte ich ihm entgegen.

„Aber doch nicht für immer", widersprach er und nahm meine Hände, was ich widerwillig zuließ. „Du wirst eine Königin sein. Sobald du dich dem Ruf hingibst, wird sich dein Leben auf unvorstellbare Weise wandeln. Du wirst Dinge sehen, die kein einziger Mensch auf dieser Erde jemals zu Gesicht bekommt. Kein Einziger! Und wenn du zurückkommst, wirst du Geschichten kennen, die für den Rest der Menschen verloren sind."

„Und da bist du dir so sicher?!", zischte ich.

„Ja, das bin ich", sagte er.

„Und was ist, wenn ich das gar nicht will?!"

„Mara, ich verstehe deine Angst. Aber du kannst dem nicht entkommen. Durch rein gar nichts. Wenn du dich in diesen Waldteich gestürzt hättest, weißt du, wo du dann gelandet wärst?“

„In der Leichenhalle.“

„Nein. Bei ihm.“

„Das ist doch Unsinn!“, widersprach ich und fühlte mich dabei wie ein trotziges Kind. „Wenn überhaupt, dann funktioniert das doch bloß, wenn ich nochmal an diesen Ort in Griechenland gehe und mich dort in den Fluss stürze, oder nicht?“

„Nein, ich fürchte das stimmt nicht.“

„Was soll das hießen?“

„Was denkst du, warum das Wasser eine solche Anziehungskraft auf dich hat?“, fragte er eindringlich. „Es ist, weil dies der verlässliche Weg zu ihm ist. Kennst du das Märchen von Frau Holle?“

Ich nickte widerwillig. „Was hat denn jetzt Frau Holle mit dem ganzen Wahnsinn zu tun?“

„Frau Holle ist ein Unterwelt-Märchen. Ebenso wie Schneewittchen und viele andere Märchen, die du aus deiner Kindheit kennst. Viele von ihnen repräsentieren die berühmte Unterwelt- oder Anderwelt-Fahrt des archetypischen Helden. Ein Ort jenseits des Lebens, an dem andere Gesetze herrschen, an dem sich die Seele erholen und gestärkt wieder zurück in die irdische Welt kehren kann. Was ist das Wesentliche an dem Märchen von Frau Holle?“

„Wird das jetzt ein Prüfungsgespräch?“, blaffte ich. „Wir sind hier nicht im Hörsaal!“

„Sag es mir, Mara. Und du wirst wissen, was ich meine.“

Ich seufzte verärgert und rief mir ins Gedächtnis was ich noch über das Märchen wusste.

„Das fleißige Mädchen sitzt am Brunnen und spinnt bis ihr die Finger bluten und die Spindel in den Brunnen fällt. Ihre böse Stiefmutter befiehlt ihr, die Spindel herauszuholen. Sie springt in den Brunnen und wacht auf einer Wiese auf, wo sie der Frau Holle zur Hand geht und am Ende mit Gold beladen zurück in ihr altes Leben kommt. Und?"

„Fällt dir gar nichts auf?", fragte Brick. „Der Brunnen. Das Motiv des Wassers. Das Gold. Das Mädchen muss in die Anderwelt, damit ihre Seele gestärkt werden kann für die Schwierigkeiten des irdischen Lebens. Und weil sie als positiv besetzte Heldin die Gesetze versteht, hilft sie der Frau Holle, wird belohnt und zurück ins Leben geschickt."

„Du willst mir jetzt aber nicht sagen, dass Frau Holle so eine Art Stellvertreter für Hades ist?", fragte ich ungläubig.

Brick wiegte den Kopf und hob die Hände. „Für eine tiefgehende Analyse haben wir jetzt keine Zeit. Aber ja. Frau Holle bewacht diese spezielle Unterwelt, die das Mädchen nur durch den Brunnen erreichen kann. Laut der alten Mythen gibt es drei Wege in die Anderwelt. Durch Ertrinken, durch Zerstückeln oder durch Verbrennen. Aber da dein erster Kontakt mit Hades das Wasser war, wirst du durch das Wasser zu ihm gerufen. Wenn du beschließt, zu ertrinken, wirst du unweigerlich in seine Welt kommen. Aber du stirbst nicht. Du wirst nach dem Ablauf von einigen Monaten wieder zurück in diese Welt kommen. Wenn der Frühling kommt. Und der Ruf wird jetzt lauter, denn bald beginnt der Herbst. Dann wird Persephone gerufen und muss ihren Platz als Königin einnehmen. Neben Hades."

Ich starrte ihn fassungslos an.

„Wenn du allerdings noch einmal an jenen Ort in Griechenland zurückkehren willst, dann kannst du es ebenfalls tun", fuhr Brick fort. „Dann wirst du wahrscheinlich vom Fährmann ganz klassisch hinüber gerudert. Das ist vielleicht angenehmer als Ertrinken." Clemens wagte ein scheues Lächeln, das mich aber nicht im Mindesten beruhigte.

„Ich will aber nicht von einem beschissenen Fährmann in die Unterwelt gerudert werden!", schrie ich, warf mich auf dem Sofa zurück und entriss Clemens meine Hände. Mein Herz klopfte so stark, dass es wehtat und ich atmete abgehackt und flach. Der Professor schien verzweifelt nach einer Möglichkeit zu suchen, mich zu beruhigen.

„Mara, ich habe das nicht nur getan, um meine Haut zu retten. Da sind Kräfte am Werk, die älter und stärker sind als wir. Wir müssen diesem Ruf gehorchen. Und wer weiß ... vielleicht dürfen wir uns sogar privilegiert fühlen, dass uns so etwas zuteil wird."

„Du sprichst nur für dich selbst!", wehrte ich seinen Trostversuch ab. „Du bist wahrscheinlich ganz heiß darauf, mich auszufragen, was ich in dieser blöden Unterwelt alles erlebt habe. Dein Forschergeist geifert ja schon vor lauter Gier. Aber das kannst du vergessen! Ich gehe nicht dort hin. Außerdem ... merkst du eigentlich wie vollkommen absurd das alles klingt? Was, wenn in diesem Fluss irgendein verdammter Grieche seinen Giftmüll entsorgt hat oder die Amerikaner in dem Berg ein heimliches Endlager für Atommüll haben und das Wasser unseren Verstand kaputt gemacht hat? Hast du daran schon einmal gedacht?"

„Es ist keine Einbildung", sagte er, aber ich glaubte ihm nicht.

Dann fiel mir etwas ein. „Ich habe eine ganze Woche meines Zeitgefühls verloren. Wie passt das in diesen Zusammenhang?"

Ich erzählte ihm von meiner verspäteten Rückkehr nach Wien und beendete meinen Bericht mit einer vorwurfsvollen Frage. „Warum habt ihr euch eigentlich nicht darum geschert, ob ich mit euch zurückfliege? Warum seid ihr einfach aus diesem Museum verschwunden und habt mich dort zurück gelassen?"

Brick senkte den Kopf und warf mir einen schuldbewussten Blick zu. „Er hat es mir befohlen. An jenem Tag in dem Athener Museum fühlte ich seine Präsenz so stark, als würde er gleich neben mir auftauchen. Und er raunte mir zu, dass meine Aufgabe beendet sei und ich bloß noch dafür zu sorgen habe, dass du noch eine Weile in Athen bleibst und dass er sich deiner bemächtigen würde."

„Was?!", stieß ich fassungslos hervor und ein Frösteln schlich sich in meine Zellen.

„Dass du dich an diese Woche nicht erinnern kannst, könnte in diesem Zusammenhang stehen."

„Aber wo war ich? Ich bin in kein Wasserloch oder in einen Fluss gesprungen. Ich war eine Woche weg, habe es aber als einen einzigen Tag erlebt. Wie in einem Zeitraffer. Wo war ich während dieser Zeit?“

„Woran erinnerst du dich?“, fragte der Professor.

Ich erzählte ihm in wenigen, abgehackten Sätzen von dem Abend in Athen, aber mein Bericht glich einem traurigen Gerüst ohne Substanz und Clemens sah mir an, dass da etwas fehlte.

„Du bist dir sicher, dass du in Athen niemandem begegnet bist?“, fragte er lauernd.

Ich nickte widerwillig. „Kann schon sein. Da war etwas. Aber ich erinnere mich nur sehr undeutlich daran, als wäre es bloß ein Traum gewesen. Ich könnte dir nicht einmal davon berichten, weil ich nicht weiß, ob das alles wirklich geschehen ist.“

„Das macht nichts, Mara. Versuch dich zu erinnern!“, beschwor er mich. „Ich konnte mich nach meiner Begegnung mit ihm auch an nichts mehr erinnern, so sehr ich mich auch bemühte. Ich wusste jedoch in einer tiefen Schicht meines Seins, dass es so gewesen war. Es ist eine Erinnerung, die sich in etwas anderes einfügt als unser gewöhnliches Bewusstsein.“

„Da war ein Mann“, sagte ich und gab die wenigen Fetzen dessen wieder, was ich glaubte, erlebt zu haben. Meine Nacherzählung klang jedoch so schwach, dass ich entschlossen den Kopf schüttelte.

„Soll ich jetzt etwa glauben, dieser Fremde wäre der Unterweltgott persönlich gewesen? Der Kerl streift doch nicht in Athen herum, geht ins Museum und ins Theater.“

„Da wäre ich mir nicht so sicher“, gab Clemens nachdenklich zurück und griff wieder nach meiner Hand. „Hades verlässt sein Reich durchaus, aber nur äußerst selten“, sagte er. „Er selbst raubte ja die Persephone auf der Ebene von Nysa, als sie dort Blumen pflückte. Und er zeigte sich auch nach dem Kampf gegen Herakles, als dieser den Hund Kerberos entführen wollte.“

Clemens listete die verschiedenen Attribute des Hades auf und obwohl das alles furchtbar theoretisch und abstrakt für mich klang, spürte ich, dass seine Erklärungen mich immer mehr faszinierten und in ihren Bann zogen.
„Was wissen wir schon über sein wahres Wesen?", fragte er. „Sein Haupt-Attribut ist die Unsichtbarkeit und er hat viele Namen, die dieses Wesen mit indirekten Umschreibungen zu treffen versuchen, ohne seine Eigenschaften wirklich zu nennen. Adamastos, der Ungebändigte. Hennichos, der Nächtliche. Melas, der Schwarze. Oder auch Pelorios, der Ungeheure, Furchtbare. Es hat noch viele andere Namen. Apotropos, Aidelos. Iphtimos. Kyanochaites - Mara, was hast du? Du bist auf einmal so blass."
„Hast du ... hast du gerade *Melas* gesagt?", wisperte ich atemlos.
Brick nickte und sah mich besorgt an. „Was ist mit diesem Namen? Kennst du ihn?"
„Der Mann in Athen, er nannte sich Melas."
Jetzt wurde auch der Professor blass. „Erinnerst du dich an sein Aussehen?"
„Er war schwarz gekleidet. Aber das ist alles so weit weg. Ich bin mir nicht wirklich sicher." Ich schüttelte fassungslos den Kopf und spürte das Zehren jener sonderbaren Sehnsucht wieder in meinem Innern. Alles, was ich noch wusste, war, dass mir die Gesellschaft dieses Mannes alles andere als unangenehm gewesen war.
Jetzt wurde Clemens sehr aufgeregt. Seine Augen leuchteten wie bei einem Kind, das ein Abenteuer zu bestehen hat. Wenn ich noch die Kraft dazu gehabt hätte, hätte ich ihn für diese Haltung gehasst. Er war ja nicht derjenige, der sich mit dem Gott des Totenreiches einlassen musste.
Und du auch nicht, mahnte mich die Stimme meiner eigenen Vernunft. Du musst dich auch nicht mit dem Gott des Totenreiches einlassen. Das alles ist nur eine Geschichte. Und du solltest schleunigst schauen, dass du deinen Geist wieder in klare Bahnen lenkst!
Aber dafür, das spürte ich genau, war es mittlerweile zu spät. Ich würde diese Geschichte nicht mehr aus meinem Kopf bekommen und am Ende doch das Unausweichliche tun. Ich versank in eine lethargische Nachdenklichkeit, aus

der Clemens mich nicht mehr herausreißen konnte. Irgendwann konnte ich ihm nicht länger zuhören und sah ihn bittend an.
„Was soll ich jetzt genau tun?“, fragte ich schwach. „Was rätst du mir?“
„Nun, ich kann mir vorstellen, dass du vielleicht mit dem Gedanken spielst, dich in eine Psychiatrie einliefern zu lassen, nach alle dem.“
„Damit liegst du gar nicht mal so falsch.“
„Aber das wäre völlig verkehrt.“ Clemens setzte sich neben mich auf das Sofa und sah mich beinahe zärtlich an. Draußen war es längst tiefe Nacht, aber der Regen schlug immer noch gegen die Fenster und der Wind heulte in den Regenrohren. Ein äußerst malerisches Wetter für dieses Thema.
„Hör zu, Mara“, sagte Clemens vorsichtig. „Du kannst versuchen, dem Ganzen auszuweichen und dich dagegen zu stemmen. Wovon ich dir allerdings abraten will, denn du hast sicher ein Interesse daran, dein Leben zu genießen. Oder du folgst dem Ruf, falls du den Mut dazu aufbringst. Glaub mir, ich kann mir kaum vorstellen, wie beängstigend das für dich ist. Ich will dir allerdings dringend davon abraten, dich in irgendein Gewässer zu stürzen. Es könnte sein, dass dein Körper dabei tatsächlich stirbt und es für dich dann keine Möglichkeit zur Rückkehr gibt. Ich kann das zwar nicht mit Bestimmtheit sagen, aber ich will nicht, dass du das Risiko eingehst, tatsächlich zu sterben. Wenn du allerdings an jenes Tor zur Unterwelt in Griechenland fährst, hast du die Möglichkeit unbeschadet auf die andere Seite und auch wieder zurück zu kommen.“
„Du rätst mir, dass ich dort hin fahre und warte, bis der Fährmann auftaucht?“
Clemens nickte ernst. „Ja, ich fürchte, das ist deine einzige Möglichkeit.“
Ich griff mir an den Kopf. „Das ist mir alles zu viel.“
Clemens zog mich behutsam an sich und umarmte mich. „Ich weiß. Es ist unvorstellbar. Ich wünschte, ich könnte dir irgendwie helfen.“
„Naja, du könntest mich begleiten“, schlug ich vor.
Er schob mich von sich und sah mich an. „Wie meinst du das?“
„Du könntest mit mir zu dem Tor gehen und wir sehen gemeinsam, was geschieht.“

„Aber er will dich. Mit mir ist er fertig.“
„Klar. Aber glaubst du, ich habe große Lust, ganz alleine dorthin zurück zu kehren?“
„Gut. Ich werde dich begleiten. Das bin ich dir schuldig.“
Ich nickte dankbar, obwohl die Absurdität dieses Gesprächs die Wirklichkeit irgendwie auf Abstand zu halten schien. Clemens meinte noch, dass ich jetzt erst einmal gründlich ausschlafen sollte und dann würden wir weitersehen. Ich nickte und verabschiedete mich für die Nacht. Als ich kurz darauf in dem nach Lavendel duftenden, weichen Gästebett lag, empfand ich eine sonderbare Erleichterung. So als wäre ein Teil von mir froh, dass ich nun die nötigen Informationen besaß, um richtig handeln zu können. Die diffuse, richtungslose Sehnsucht in mir fühlte sich nun an, als wäre sie aus einem engen Käfig entkommen und flatterte aufgeregt in meiner Brust umher. Ich dachte noch lange an Clemens Erzählung, ehe ich einschlief und in dunklen Träumen versank.

Kapitel 11

Am nächsten Morgen erwartete Robert mich mit einem wahrhaft fürstlichen Frühstück, als hätte er den Verdacht, dass ich jeden nur verfügbaren irdischen Beistand brauchte. Er verwöhnte mich mit selbstgemachten Pfannkuchen und hielt sich offenbar nur aus Anstand davon ab, mir immer wieder über den Kopf zu streicheln wie einer kleinen Tochter. Ich machte mir bewusst, dass er und Clemens nur auf Betreiben des *Unsichtbaren* zusammen gekommen waren und fragte mich, was Robert wohl sagen würde, wenn er wüsste, was Clemens wusste. Nach dem Frühstück verabschiedete Robert sich, um Besorgungen zu machen und gab mir zum Abschied einen Kuss auf die Stirn.

„Wenn du mal raus willst aus dem schrecklichen Wien und Lust auf frische Luft und selbstgemachte Semmelknödel mit Rahm-Schwammerln hast, dann bist du jederzeit herzlich eingeladen. Das Gästebett ist immer frei für dich.“

Diese Geborgenheit und Fürsorglichkeit haute mich um. Wie sehr hätte ich mir gewünscht, in diesem ungewöhnlichen Haushalt, in dem so viel Liebe und Entspanntheit herrschte, unterzutauchen und diese bedrohliche Sache einfach auszusitzen. Aber Clemens erinnerte mich daran, dass das nicht möglich war. Er bot mir an, mich in die Stadt zurück zu fahren. Während wir uns Wien näherten, fragte er: „Was wirst du jetzt tun?“

Ich berichtete ihm von meiner Wohnungssuche. Clemens unterbrach mich. „Du wirst keine neue Unterkunft finden, Mara. Vergiss es. Es wird darauf hinaus laufen, dass du ausziehen musst, ohne etwas gefunden zu haben. Alle Dinge in deinem Leben werden sich nun zwangsläufig so entwickeln, dass du gar keine andere Wahl hast, als Zuflucht bei ihm zu suchen.“

„Nun, wenn das stimmt, dann ist Hades das größte Riesen-Arschloch, das man sich vorstellen kann!“, stieß ich hervor, aber meine Empörung über diese verfluchte Gesetzmäßigkeit der Unterwelt klang ziemlich schwach.

„Deswegen war Hades zu allen Zeiten von Göttern und Menschen gehasst und gefürchtet“, erklärte Clemens ernst. „Er ist unerbittlich und gnadenlos und aus seinem Reich gibt es keine Wiederkehr. Nur für Orpheus, aber nur, weil der so schön gesungen hat. Und natürlich für Persephone. Aber vielleicht hilft es dir, wenn du sehen könntest, dass auch Hades einem Gesetz gehorcht, das größer ist als er selbst.“

„Was für ein Gesetz ist das?“

„Der Tod. Wir können ihm nicht entkommen. Hades ist auch bloß ein Diener dieses Gesetzes und in dieser Rolle gleichzeitig sein Herrscher. Wenn dein Leben nun auseinander fällt, Mara, dann ist es nicht, weil er hämisch lachend auf seinem Thron sitzt und es mutwillig zerstört, damit du angekrochen kommst. Aber du musst seinem Gesetz folgen, es ist unpersönlich und unausweichlich. Und du bist die einzige Person auf dieser Erde, der nicht die Endgültigkeit des Todes droht, wenn du sein Reich betrittst.“

„Und warum bist du da so sicher?“, fragte ich. „Du redest davon, als würde ich bloß eine Safari zu den Berggorillas von Ruanda machen.“
„Weil dieser Mythos eben so funktioniert und ich habe diesen Mythos studiert. Wirklich wissen kannst du es natürlich erst, wenn du den Mut aufbringst und ... nun, du weißt schon.“
„Das heißt, ich kann meine Wohnungspläne vergessen“, stellte ich fest.
„Ich denke, du kannst dir den Stress der Suche sparen und darauf vertrauen, dass du erst dann dein Leben wieder in Glück und Erfolg aufnehmen kannst, wenn er dich am Beginn des Frühlings auf die Erde zurück schickt.“
„Das ist alles so absurd“, murmelte ich.
Clemens Brick bot mir an, all meine Sachen in sein Wochenendhaus zu bringen und dass er mir das Gästezimmer überlassen würde. Und dass ich meine wenigen Besitztümer bei ihm aufbewahren konnte, solange ich nicht da war. Mir war aufgefallen, dass er das Wesentliche nun auch nicht mehr aussprach. Als wir vor meiner Wohnung angekommen waren, tauschten wir noch unsere Telefonnummern aus und verabschiedeten uns voneinander. Er beschwor mich, ihn an meinen Entscheidungen teilhaben zu lassen und bot mir erneut an, mit mir nach Athen zu fliegen und mich zu dem Übergangs-Ort zu begleiten. Ich nickte, blieb aber weiterhin unentschlossen.
Ich wollte gerade aus seinem Auto steigen, als ich Dori sah. Sie stand zwischen zwei Autos auf der anderen Straßenseite und starrte uns ungläubig aus versteinertem Gesicht an.
„Auch das noch“, entfuhr es mir. Brick seufzte bloß entnervt.
„Ich hoffe, sie schüttet dir keine Säure ins Gesicht“ sagte er spöttisch.
Ich stieg mit wackeligen Knien aus. Warum zum Teufel fühlte ich mich ihr gegenüber schon wieder schuldig?
Ich ging auf die Eingangstür neben dem Blumenladen zu und warf einen fragenden Blick zu Dori hinüber. Aber die hatte alles schon so interpretiert, dass ich weiterhin die Verräterin an ihrer großen Liebe war. Sie sah mich mit solch wuchtiger Enttäuschung an, dass ich beinahe zurück prallte, schüttelte tief getroffen den Kopf, wirbelte herum und stapfte dramatisch von dannen.

Was für eine traurige, alberne Vorstellung. Aber ich hatte ernsthaftere Probleme, um mich weiterhin von Doris Ego beeindrucken zu lassen. Gleichzeitig wurde mir bewusst, wie einsam ich war. Die einzigen Verbündeten, die ich hatte, waren zwei schwule Antiken-Forscher.
Ich schloss meine Wohnung auf und sah, dass das Gesetz der Unausweichlichkeit während meiner Abwesenheit ganze Arbeit geleistet hatte. Ein Wasserrohrbruch hatte die halbe Wohnung überschwemmt, das Parkett war aufgequollen und die Tapete wellte sich an den Wänden. Nach einem nervenaufreibenden Treffen mit meinem Vermieter zog ich noch am Nachmittag aus. Ich durfte meine Kartons und Koffer vorübergehend bei Emilie in einen Lagerraum stellen und machte mich sofort auf in Richtung Kunsthistorisches Museum, wo ich auf Robert warten wollte, der, wie er mir gesagt hatte, bis um acht Uhr abends arbeitete.
Ich hasste es, auf einmal von anderen Menschen abhängig zu sein. Was würde ich denn mit meinem Leben anfangen, wenn ich erst einmal im Gästezimmer dieses illustren Paares saß? Was, wenn die beiden sich irgendwann an meiner Anwesenheit stören würden? Und außerdem – wenn das, was Clemens mir erzählt hatte, stimmte, dann war das Haus kein sicherer Unterschlupf für mich. Was, wenn irgendetwas Schlimmes passierte, damit ich vor Verzweiflung doch den Weg nach Griechenland wählte? Was, wenn meine Weigerung, mich dem Unterweltgott auszuliefern eine weitere Katastrophe zur Folge hatte? Ich konnte doch nicht ewig so weiter machen. Ich wollte wieder glücklich sein! Wieder zuhause in meinem eigenen Leben, so wie noch vor wenigen Monaten. Ich sehnte mich so sehr nach diesem Zustand zurück, dass sich in mir alles zusammen krümmte und ich mitten auf der Straße in Tränen ausbrach. Ich war immer glücklich gewesen, trotz des Verlustes meiner Mutter. Es war ein Grundgefühl, das immer da gewesen war.
Wirklich, Mara? fragte eine Stimme in mir. Redest du dir da nicht gewaltig was ein, um nicht zugeben zu müssen, dass du schon immer eine Nussschale auf dem Ozean warst?

Ich drängte den Gedanken weg und ließ mich in der Grünfläche vor dem Museum auf einer Bank nieder. Mein Herz klopfte wie wild. Es war erst 18.00 und bis zu Roberts Feierabend waren es noch zwei Stunden. Ich überlegte, ob ich zu ihm gehen sollte, als ich auf einmal Dori aus dem Haupteingang kommen sah. Sie sah geschäftig aus und trug einen Stapel Bücher in beiden Armen. Da fiel mir wieder ein, dass Dori ja gerade ein Praktikum in der Antiken-Abteilung des Museums machte. Wahrscheinlich begegnete sie der wahren Liebe von Clemens Brick jeden Tag.
Der Anblick meiner ehemals besten und einzigen Freundin zerriss mir fast das Herz. Und ohne darüber nachzudenken, indem ich einfach nur einem starken inneren Impuls folgte, stand ich auf und trat auf sie zu. Ihr erster Blick motivierte mich nicht gerade dazu, sie anzusprechen. Sie starrte mich feindselig an und blieb stocksteif stehen, als wäre ich eine Wespe, von der man hofft, dass sie bald das Interesse verliert. Aber ich zwang mich dazu, ihren Blicken standzuhalten.
„Dori", sagte ich und sah sie eindringlich an.
„Geh mir aus den Augen, du Schlange!", zischte sie.
„Ja, gleich. Aber erst musst du mir zuhören."
„Ach, muss ich das?", giftete sie.
„Ja. Es ist nämlich nicht so, wie du denkst. Du trägst da etwas mit dir herum, was eine gewaltige Lüge ist. Und noch dazu eine lächerliche Lüge. Und ich möchte das jetzt bitte klären mit dir. Du bist meine Freundin. Wir sind das einander schuldig."
„Sonst noch was?!", blaffte sie.
„Lass es mich bitte erklären. Danach kannst du mich meinetwegen weiter zum Teufel wünschen. Aber bitte hör mich jetzt an!"
Anstatt einer Antwort, sah sie genervt in eine andere Richtung, blieb aber stehen. Also sprach ich es aus: „Dori, was du über Professor Brick und mich glaubst ist Unsinn. Wenn du die Wahrheit sehen könntest, wüsstest du, dass deine Vorstellung völlig absurd sind."
„Ach ja? Dann leugnest du also, dass du was mit ihm hast?"

„Nein. Da gibt es nichts zu leugnen. Dein Angebeteter hätte mich nämlich – wenn es stimmen würde, was du mir unterstellst – von der Bettkante gestoßen und sich ganz schnell nach dem Menschen umgedreht, der dieses Bett in Wirklichkeit mit ihm teilt."
Meine Güte, wie gestelzt ich mich anhörte! Aber es war ja auch kein einfacher Sachverhalt, den ich ihr da erklären wollte.
„Was kommt denn jetzt?!", stieß sie hervor. „Eine neue Lügengeschichte?"
„Dori, Clemens Brick ist schwul. Er lebt seit sieben Jahren mit einem Mann zusammen."
Doris Kopf fuhr herum. Sie blinzelte mich angriffslustig an. „Willst du mich verspotten, Mara?!"
„Nein. Bestimmt nicht. Du bist so von ihm besessen, dass du es nicht siehst. Und zugegeben, er wirkt jetzt auch nicht gerade wie ein klassischer schwuler Mann."
„Du lügst doch!"
„Nein, Dori. Bitte schau doch endlich hin! Clemens ist unerreichbar für dich. Aber aus Gründen, die dich eigentlich entspannen könnten. Du vergeudest dein Leben, wenn du ihm weiter hinterher schwärmst. Und du machst unsere Freundschaft kaputt."
„Und woher willst du das so genau wissen?", fuhr sie mich an. „Wieso weißt ausgerechnet du das und niemand sonst?"
„Er hat es mir eben gesagt."
„Und warum seid ihr zwei euch so nah, dass er *dir* das sagt?"
Ich seufzte. „Das ist eine lange Geschichte."
Dori schnaubte und packte ihren Bücherstapel fester. Ihr Gesicht war rot angelaufen und ihre Augen huschten ungläubig zwischen mir und der Museumsfassade hin und her.
„Ich weiß, dass du mir nicht glaubst", fuhr ich fort. „Du denkst vielleicht, ich erzähle dir das, damit ich in Ruhe hinter deinem Rücken weiter das tun kannst, was du mir da unterstellst."
„Verdammt nah dran, Mara. Verdammt nah dran!"

„Eben nicht.“ Ich hätte sie gerne in den Arm genommen oder geschüttelt, aber sie hatte eine derart gepanzerte Ausstrahlung, dass es wohl besser war, ich wahrte den Abstand.
„Dori, wohin ist unsere Freundschaft so schnell verschwunden?“, fragte ich leise. „War das überhaupt eine?“
Sie schnaubte bloß und schien angestrengt nachzudenken.
„Wenn du einen Beweis dafür willst, dann frag doch Professor Robert Weldemann“, schlug ich vor. „Bei dem machst du doch dein Praktikum, oder?“
Sie nickte widerwillig. „Ach, und der weiß es, oder was?“
„Weldemann ist mit Brick zusammen, Dori. Sie lieben sich.“
Das war zu viel für Dori. Von einem Moment auf den nächsten schien sie zu schrumpfen. Sie schlug die Augen nieder und schüttelte den Kopf. Ihre feindselige Energie war in sich zusammen gefallen und sie hatte keine Kraft mehr, sich gegen die Wahrheit zu stemmen. Wahrscheinlich tauchten in ihrem Kopf gerade Vorstellungen auf, die das heroische Bild ihres edlen Ritters zerstörten.
„Das muss ich mir erst nochmal überlegen...“, sagte sie tonlos.
Dann wandte sie sich um und hastete zur Straßenbahnhaltestelle davon. Sie tat mir leid. Aber gleichzeitig war ich erleichtert, dass ich zumindest an dieser Front endlich Klarheit geschaffen hatte. Ich wusste zwar nicht, ob Dori es schaffen würde, über ihren Schatten zu springen und wir einfach ein neues, erwachseneres Kapitel unserer Freundschaft aufschlagen konnten. Aber zumindest hatte ich meinen Teil dazu beigetragen, dass sie wieder klar sehen konnte.
Ich überlegte gerade, ob ich Robert Bescheid sagen sollte, dass ich Doris Schwärmerei für seinen Liebsten zerschlagen hatte, als sich der Haupteingang zum Kunsthistorischen Museum erneut öffnete und jemand auf den Treppenabsatz trat.

Kapitel 12

Mir blieb für ein paar Sekunden das Herz stehen. Ich erkannte ihn sofort.
Melas.
Ich blinzelte und wartete, ob die erhabene Gestalt an der Treppe verschwinden würde. Aber das tat sie nicht. Der geheimnisvolle Mann aus Athen stand dort zwanzig Meter entfernt von mir und sah so beeindruckend und ... ja, unnormal aus, dass ich mich bemühen musste, ihn nicht mit offenem Mund einfach anzustarren. Er trug sein dunkles, silbriges Haar eigentümlich verschlungen, wie ich es noch nie bei einem Mann gesehen hatte. Seine hünenhafte Gestalt war in einen langen, schwarzen Mantel gekleidet, der edel und gleichzeitig lässig an ihm herab floss. Der schwarze Samtkragen des Mantels rahmte seinen langen, kraftvollen Hals auf eine Weise ein, die mich an ein altes Gemälde erinnerte. Nichts an ihm wirkte, als würde es in das Wien des Jahres 2018 passen, geschweige denn überhaupt in eine menschliche Umgebung. Gleichzeitig strahlte er bei aller Wunderlichkeit etwas Müheloses, Ungezwungenes aus. Als würde er sich um sein Outfit keinerlei Gedanken machen.
Schlagartig kam meine Erinnerung an den Abend in Athen zurück. Es war unglaublich, aber sein Anblick hatte ein Fenster in meinem Bewusstsein geöffnet, durch das ich auf einmal wieder klar sehen konnte, dass ich mir den geheimnisvollen Mann keineswegs eingebildet hatte. Plötzlich durchkreuzte ein Wort meine Gedanken. Ein Wort, das Professor Brick gesagt hatte, als er mir von den Eigenschaften des Hades erzählt hatte.
Der Unsichtbare.
Ich betrachtete die majestätisch aufragende Gestalt auf den Stufen und wusste nicht, was ich tun sollte. Ich war außerstande, einfach unbefangen auf ihn zuzugehen. Was hätte ich denn sagen sollen? Oh, hallo Melas, du hier in Wien?

Doch im nächsten Moment lief Melas die Stufen der Eingangstreppe nach unten und etwas Eigenartiges geschah. Er ließ seinen Blick über das Areal zwischen dem Kunsthistorischen und dem Naturhistorischen Museum schweifen, über die kunstvoll gestutzten Büsche und die Bänke, über die Menschen. Über mich. Als ich gerade glaubte, er hätte mich nicht erkannt, hielt er mitten in der Bewegung inne. Sein Blick schweifte zurück und richtete sich auf mich.

Wie soll ich beschreiben, was in diesem Moment mit mir passierte?

Die Zeit schien sich zu verlangsamen, während ich wie versteinert unter dem Blick dieser dunklen Augen dastand und auf irgendeine Art der Erlösung wartete. Die Welt um mich herum versank in Bedeutungslosigkeit und alles was ich noch wahrnahm, war das feine Lächeln, das sich auf Melas` Gesicht ausbreitete. Es war kein Lächeln der Überraschung. Eher ein wissendes, beinahe triumphierendes Lächeln, als hätte er fest mit dieser Begegnung gerechnet.

Dann lief er weiter die Stufen herunter und kam auf mich zu, ohne seine Schritte zu beschleunigen, den Blick fest auf mich gerichtet. Ich blinzelte und hätte gerne mein Herz verlangsamt, denn es schlug so heftig in meiner Brust, dass ich es mit der Angst zu tun bekam. Wie war es möglich, dass dieser Mann eine so heftige Reaktion in mir hervorrief?

„Mara“, sagte er zur Begrüßung und meinen Namen aus seinem Mund zu hören machte mich einfach nur fertig. Ich schaffte es nicht, irgendetwas zu erwidern oder zu tun. Ehe ich reagieren konnte, spürte ich schon meine Hand in der Seinen, die er galant an seine Lippen führte und einen Kuss darauf hauchte. Hätte Dori mich in diesem Moment gesehen, sie hätte begriffen, wie abgrundtief absurd ihre Verdächtigungen wegen Brick waren.

„Ich hatte so sehr gehofft, dir in Wien zu begegnen“, sagte Melas. „Wenn auch nicht so zwischen ... wie sagt man? Tür und Angel. Es freut mich sehr.“

„Mich ebenfalls“, erwiderte ich und gab mir alle Mühe, dass meine Worte nicht wie ein schmachtendes Hauchen klangen. Meine Hand lag immer noch in seiner und er machte keine Anstalten sie loszulassen.

„Was machen Sie ... was machst du hier?“, fragte ich und deutete auf das Museum.
Melas lächelte gelassen. „Oh, du weißt doch, ich habe eine Affinität zu Museen. Ich habe berufliche, aber auch private Interessen an diesem Haus.“
Er warf einen unergründlichen Blick auf den Haupteingang und wandte sich mir wieder zu. In seinen Ausdruck hatte sich etwas Ernstes geschlichen.
„Du bist seit unserer Begegnung verändert“, sagte er und ließ seine Augen langsam über mich gleiten. Sein Mustern hatte nichts Unangenehmes. Im Gegenteil. Ich wünschte mir, noch öfters auf diese Weise angesehen zu werden. So wertschätzend und gleichzeitig fragend, als gäbe es an mir ein kostbares Geheimnis, das enthüllt werden wollte.
„Naja, Wien ist eben nicht Athen“, wich ich aus, weil ich die Befürchtung hatte, dass der Stress der letzten Monate mich irgendwie hässlich gemacht hatte.
„Du bist überaus blass und etwas mager, wenn ich mich erdreisten darf, das festzustellen.“
Wie altmodisch er spricht, dachte ich und erschauderte wohlig.
„Ich hatte eine etwas aufreibende Zeit“, untertrieb ich. Ich wünschte mir in diesem Moment nichts sehnlicher, als diesem fremden Mann alles zu erzählen, ihn einen tiefen Blick in meine Seele tun zu lassen. Die Fragen, die ich ihm gerne stellen würde, klangen in meinem Kopf jedoch mehr als absurd. Hatte ich wirklich geglaubt, dass Melas irgendetwas mit meinem Zustand zu tun hatte? Er mochte zwar aussehen wie der Held eines düsteren Fantasy-Epos, aber er war eindeutig ein Mensch und vor der Kulisse des Museums wirkte er auch nicht mehr ganz so unirdisch wie vor der nächtlichen Kulisse der griechischen Tempel.
Melas nickte nachdenklich und hielt meinen Blick fest. Dann atmete er tief ein und sagte:
„Meine Liebe, so sehr es mich freut, dir so unverhofft wieder begegnet zu sein, so sehr bedaure ich es, mich gleich schon wieder verabschieden zu müssen.“

Ich sagte nichts, sah ihn nur fragend an.
„Ich würde nichts lieber tun, als unsere Begegnung in dieser bezaubernden Stadt noch weiter zu vertiefen. Ich erinnere mich sehr gerne an unseren besonderen Abend zurück."
Melas sah mich auf eine Weise an, die mich schwindeln ließ. „Geht mir genauso", sagte ich leise.
„Es ist mir heute Abend jedoch leider nicht möglich, da ich eine Verabredung habe."
Wie auf ein Stichwort hin erschien in diesem Augenblick am obersten Treppenabsatz eine elegant gekleidete schlanke Frau mit einem tizianroten Pagenschnitt, der ein wunderschönes Gesicht einrahmte. Die Frau kam mir vage bekannt vor. Sie war irgendeine junge, aufstrebende Kuratorin des Museums, über die bisweilen in der Presse berichtet wurde.
„Aber ich werde noch eine Weile in Wien sein", sagte Melas.
„Oh ... ja ... natürlich", stammelte ich und erschrak über die massive Enttäuschung, die sich an meinem Herzklopfen brach. Mit absurder Erleichterung sah ich, dass die Frau auf der Treppe nach ihrem Handy griff und noch einen Anruf entgegen nahm. Das verschaffte mir ein kleines bisschen mehr Zeit mit Melas. War es nicht erbärmlich, wie ich zu ihm aufschaute mit einer zitternden Hoffnung in der Brust und einer namenlosen Sehnsucht nach...
Plötzlich, als hätte er meine Gedanken gelesen, legte Melas seine Hand an meine Wange und sah mir tief in die Augen. Wollte er, dass ich hier mitten auf dem Platz vor allen Leuten in Ohnmacht fiel? Ich war mir sicher, dass er meinen Puls bis in seine Fingerspitzen fühlen konnte.
„Du fragst dich, warum ich nicht um deine Nummer bitte, damit wir uns verabreden können, nicht wahr?", sagte er mir auf den Kopf zu.
Ich nickte und rettete mich in ein schiefes Lächeln. Bitte lass uns doch einfach verschwinden, dachte ich. Seine Hand lag kühl und fest an meiner Wange und ich schmiegte mich ein klitzekleines bisschen hinein, ohne dass es allzu auffällig aussah. In meiner Brust tat sich eine noch tiefere Sehnsucht auf.

„Das wird nicht nötig sein", erwiderte er. „Denn ich bin mir ganz sicher, dass wir einander wieder sehen werden."
„Ich ... ich freue mich darauf", gab ich zurück.
Langsam, ganz langsam ließ er seine Hand zurück gleiten, wobei sein Daumen über die Seite meines Halses nach unten strich. Ich erzitterte unter dieser scheinbar beiläufigen Berührung, bei der er mich jedoch mit einem angedeuteten Lauern ansah. Mein Herz schlug noch schneller und dort, wo seine Hand mich gestreift hatte, breitete sich ein elektrisierendes Kribbeln aus. Dann war der Moment vorüber. Die schöne Kuratorin steckte ihr Handy ein, entdeckte Melas und kam die Treppe herunter. Er nickte mir noch einmal zu.
„Auf bald, Mara."
Sein Abschiedslächeln entblößte eine Reihe schneeweißer Zähne, die seinem Gesicht auf einmal etwas leicht Räuberisches gaben. Mir viel wieder auf, dass seine Eckzähne ungewöhnlich ausgeprägt waren und ich musste an all die Vampirromane denken, die ich als Teenager zusammen mit Dori gelesen hatte.
Melas wandte sich um und ging zu der Frau und ich ließ zu, dass eine Woge der Enttäuschung über mir zusammen brach. Schlagartig war der Zauber vorüber und ich sah nur noch ein außergewöhnlich elegantes, interessantes Paar, das gemeinsam zur anderen Seite des Platzes schlenderte. Melas hatte die Kuratorin ebenfalls mit einem Handkuss begrüßt und sie war unter seinem Blick errötet, überspielte ihre Entzückung aber, in dem sie geschäftig drauf los plapperte. Sie entfernten sich in Richtung Ring und ich kam mir albern vor, ihnen so hinterher zu starren. Doch dann, kurz bevor sie meinen Blicken entschwanden, wandte Melas noch einmal den Kopf und sah mich an. Und das wissende Lächeln unter seinen dunklen, ruhigen Augen gab mir eine seltsame Sicherheit. Als würde in seinem Blick ein Versprechen liegen.

Kapitel 13

Nach dieser Begegnung fühlte ich mich so schwach und wackelig, dass ich beschloss, im Museumscafé eine Kleinigkeit zu essen und mich dann bei Robert Weldemann zu melden, damit der mich wieder zurück in die Sicherheit des Häuschens im Wiener Wald brachte.

Doch ich kam nicht dazu. Ich war gerade auf der Toilette im Untergeschoss als mein Handy vibrierte. Agnes. Ich drückte den Anruf weg. Doch kurz darauf kam eine SMS mit der Nachricht: „Hallo Mara, du solltest bitte herkommen, wenn möglich. Deinem Vater geht es sehr schlecht und wir müssen gemeinsam beschließen, was die nächsten Schritte sind. Bitte, ich brauche dich jetzt. Agnes."

Mir brach der Schweiß aus. Schlagartig drängte sich Besorgnis in mein immer noch erregtes Herzklopfen. Wenn Agnes solche Worte fand, dann musste es wirklich schlimm um meinen Vater stehen. Oder wollte sie sich nur bei mir einschmeicheln? Fiel dieses Hilfegesuch nicht in die gleiche Kategorie wie das generöse Herumwedeln mit einem Fünfhunderteuroschein?

Sie schien meine Zweifel vorauszusehen. Denn als ich kurz darauf in einer Straßenbahn in Richtung Ottakring saß, kam eine weitere SMS. „Bitte, Mara, ich weiß, dass du mir nicht traust, aber mir ist es wirklich ernst. Ich weiß nicht mehr weiter und will keine Fehler machen."

Das hörte sich wirklich schlimm an. Was war da nur los? Ging es meinem Vater so schlecht, dass sie erwog, ihn in eine Psychiatrie einliefern zu lassen? Der Gedanke verursachte mir Übelkeit. Wie sollte ich mit dieser Situation umgehen? Das alles überforderte mich völlig und als ich aus der Straßenbahn stieg und den Weg zu meinem Elternhaus einschlug, fühlten meine Beine sich wie Styropor an. Mein Hals war eng und hinter meiner Stirn zog ein ganz neues Gefühl der Angst ein. Angst um meinen Vater.

Agnes erwartete mich bereits in der Tür, als hätte sie durch das Küchenfenster meiner Ankunft entgegen geharrt. Sie sah furchtbar aus. Ganz anders als bei

meinem letzten Besuch. Sie war verweint und fahrig und zog mich in eine zittrige Umarmung.
„Es tut mir Leid, Mara, es tut mir alles so Leid“, stammelte sie und bugsierte mich in den Flur.
„Was ist los? Was ist mit ihm?“
Sie stieß ein tiefes Seufzen aus. „Er schläft jetzt. Gott sei Dank!“
„Aber ...“
„Jetzt komm erst mal rein. Willst du auch eine Tasse Tee? Ich habe gerade welchen gemacht, weil ich irgendwas zur Beruhigung brauchte. Sonst trinke ich ja nie welchen, aber jetzt...“ Sie huschte in die Küche und goss mit unsicheren Bewegungen Tee aus der bauchigen, geblümten Kanne ein, die ich als Kind so geliebt hatte.
„Agnes, was ist los?“, drängte ich.
„Kind, es ist schrecklich. Ich erzähle es dir gleich. Komm, wir setzen uns erst einmal.“
Sie trug die Teetassen ins Wohnzimmer und ließ sich ermattet auf dem Sofa nieder. Vorsichtig setzte ich mich neben sie. Sie drückte mir die Tasse in die Hand und hielt sich an ihrer eigenen wie an einem Stück Treibholz fest, das sie vor dem Ertrinken bewahren sollte.
„Ich habe das völlig unterschätzt mit ihm“, sagte sie und starrte mich aus ihren verweinten Augen mit der verschmierten Mascara an. „Ich glaube, dein Vater braucht professionelle Unterstützung. Er hatte vorhin einen so schweren depressiven Schub, dass mir angst und bange wurde. Ich glaube, er will sich umbringen.“
„Wo ist er jetzt?“, fragte ich und trank einen Schluck Tee. Die heiße Flüssigkeit tat ihre zuverlässige Wirkung und ich beruhigte mich ein wenig. Das alarmierte Gefühl in meinem Innern legte ich und ich begriff, dass das hier – so tragisch es auch war – vielleicht eine Chance war für einen Neuanfang zwischen mir und Agnes. Erleichterung mischte sich in meine Besorgnis.

„Ich habe ihm etwas zum Schlafen gegeben und ihn ins Bett gebracht", seufzte sie. „Ich sage dir, ich war kurz davor, ihn abholen zu lassen, aber das kam mir falsch vor, verstehst du?"

Sie legte ihre Hand auf mein Knie und sah mich flehentlich an. „Du bist seine Tochter und ich kann das nicht ohne dich entscheiden. Bitte entschuldige, wenn ich in der Vergangenheit so hart und unfreundlich war. Ich wollte mich nie zwischen dich und ihn und eure Trauer um deine Mutter drängen."

„Schon gut, Agnes, schon gut", beschwichtigte ich. „Bist du sicher, dass er schläft? Kann er sich nichts antun?"

„Nein, er schläft wie ein Baby und im Schlafzimmer sind keine gefährlichen Gegenstände. Aber wir müssen uns jetzt einig sein und beratschlagen, wie es mit ihm weitergeht."

„Ja. Klar..."

Schlafen, dachte ich. Das wäre jetzt gar keine so schlechte Idee.

Schlagartig war nämlich auch ich hundemüde. Wahrscheinlich war alles einfach viel zu viel für mich gewesen. Ich hatte in den vergangenen Tagen fast gar nicht geschlafen und jetzt überwältigten mich Sorge und Erleichterung gleichzeitig.

Plötzlich verschleierte sich alles vor meine Augen und die Müdigkeit nahm bedrohliche Züge an, denn ich konnte mich nicht mehr gegen sie wehren. Die Tasse fiel mir aus der Hand. Agnes stand auf. Ich sah noch, wie sie mit zufriedener Miene auf mich herab schaute, sich die Mascara weg wischte und zur Terrassentür ging.

Ich wollte etwas sagen, aber meine Zunge lag wie ein Stein in meinem Mund. Alles verlangsamte sich, wurde schwer und undeutlich. Das Letzte was ich wahrnahm, war ein Mann, der vom Garten ins Wohnzimmer trat. Wie hieß er noch gleich? Frederic soundso... ein lächerlicher Name für einen, der aussah wie ein Mafiakiller.... Ich wollte noch ein Lachen ausstoßen, aber irgendetwas zog mich nach unten in die Schwerkraft der Müdigkeit. Dann spürte ich nichts mehr.

Ich erwachte von einem Rumpeln und davon, dass mein Kopf immer wieder unsanft gegen eine harte Fläche stieß. Erst langsam baute sich die Realität um mich herum wieder zusammen. Ich lag im Laderaum eines Transporters und war gefesselt. Irgendjemand fuhr mit hoher Geschwindigkeit über eine unebene Straße und bei jedem Schlagloch knallte mein Kopf gegen die Seitenwand des Laderaums. Ich lag auf dem Boden, eingekeilt zwischen zwei Kisten und mit einem dünnen Nylonseil fest verschnürt. Oder das alles war ein Traum. Denn warum sollte Agnes mich betäuben und .... Nein, das war zu absurd.
Ich schwebte in einer verlorenen Schleife meines Bewusstseins, mein Kopf war schwerelos und hohl und ich musste meine ganze Aufmerksamkeit aufs Atmen richten. Das war schwer genug.
Irgendwann bremste das Fahrzeug. Ich hörte Türen schlagen und Schritte, die um den Transporter herum nach hinten kamen. Die Klappe wurde aufgerissen und im trüben Schein einer vereinzelten Laterne erschienen die Umrisse von zwei Männern. Ich wurde gepackt und nach draußen gezerrt. Ich hätte ja geschrien, aber erst jetzt merkte ich, dass ein Klebestreifen über meinen Mund geklebt war. Also doch kein Traum.
Schlagartig erwachte die Panik in mir. Ich zappelte und stemmte ich gegen das Seil und gegen den Griff des bulligen Mannes, der mich hochhob und einfach davon schleppte. Ich schrie hinter meinem Knebel und lauschte erschrocken den hohen Lauten meiner Angst, die niemand hören würde, das wusste ich. Denn das, was ich von meiner Umwelt erfassen konnte, sagte mir, dass ich umsonst schrie. Es war eine öde, weite Buschlandschaft mit den dunklen Umrissen eines Bahndammes in der Ferne. Stromkabel an vereinzelten Masten, die in den Nachthimmel ragten. Über mir stand ein Sternenhimmel aus gestochen scharfen, eisweißen Punkten im unendlichen Schwarz des Alls. Die Ruinen eines Hauses direkt vor uns. Das war keine Landschaft, die nach der Nähe zu Wien aussah. Es roch nach Herbst, nach Nüssen und trockenen

Gräsern und Schafen. Mein erster Gedanke war, dass wir auf ungarischem Boden sein mussten.

Agnes hatte mich betäubt und diesen Männern ausgeliefert und die hatten mich in die ungarische Wildnis gebracht um mich dort ... ja, was eigentlich? Was passierte hier mit mir?

Der bullige Mann trug mich wortlos durch die Gegend, während der andere ihm mit einer Taschenlampe den Weg leuchtete. Äste schlugen mir ins Gesicht und ich konnte nichts gegen die Angst in meinem Innern tun. Das Gefühl war so schrecklich, dass ich mir sogar wünschte, die beiden würden kurzen Prozess machen.

Vor meinen Augen tauchten dunkle Schemen aus der Nacht auf. Mauerreste, schiefe Dächer, Zäune. Ein verlassenes Gehöft irgendwo im Nirgendwo. Und dann ein schabendes Geräusch, Stein auf Stein. Ein leises Ächzen. Und die seelenlose, ungerührte Geduld des Mannes, der mich trug. Plötzlich wurde ich abgesetzt und der Klebestreifen wurde von meinem Mund abgerissen. Jemand zerrte an meinen Fesseln und ich bekam ein wenig mehr Bewegungsfreiheit, aber nur in den Beinen. Wackelig versuchte ich auf dem Boden Halt zu finden, wurde aber weiter gezerrt.

Im nächsten Moment wurde ich von hinten hochgehoben und über den Rand einer Mauer gehalten. Vor mir war Dunkelheit. Mein Kopf schaffte es nicht, die Einzelheiten rechtzeitig zusammenzubauen. Vielleicht verzögerte sich das Erkennen auch, um mich zu schonen. Denn das da unter mir, war keine Mauer, sondern ....

Ich fiel und es war zu spät.

Hatten diese beiden Typen mich gerade in einen Brunnen geworfen?

Schon klatschte ich auf der Wasseroberfläche auf. Meine Knie schrammten schmerzhaft über die steinernen Wände. Ich riss den Kopf hoch, rang um Atem und sah etwas, was so schrecklich war, dass ich am liebsten gestorben wäre. Einen Anblick, den ich aus einem japanischen Horrorfilm kannte.

Ein runder Stein, der über den Rand der Brunneneinfassung geschoben wurde und sein schnarrendes Echo in die Tiefe zu mir schickte. Ein kleiner werdender Ausschnitt des sattblauen Nachthimmels, vielleicht war da auch noch der ein oder andere Stern. Dann Dunkelheit. Absolute, vollendete, kompromisslose Dunkelheit. Und unter mir ein nasser, eiskalter Abgrund. Der Moment der schrecklichen Erkenntnis implodierte in meinem Kopf, dann peitschte mich die Todesangst hoch. Ich schrie mir die Lunge aus dem Leib, strampelte in dem schwarzen Wasser, spürte schleimige Blätter und Moosfäden an meinen Händen. Meine Fantasie schlug Kapriolen, gespeist aus den unzähligen Horrorfilmen meiner Jugendzeit. Was, wenn hier unten auch noch andere ....

Ich spürte den Schmerz in meinen aufgeschlagenen Knien, der sich auf meinen ganzen Körper übertrug. Alles war nur noch Schmerz und Angst, ich bekam Wasser in den Mund und hustete und nirgendwo ein Mauervorsprung, an dem ich mich hätte abstützen können. Meine Handgelenke waren straff gefesselt. Man hatte mir nur die ausweglose Sinnlosigkeit gelassen, mit den Füßen zu strampeln.

Agnes, du bösartige Schlange, hast du dir das ausgedacht? Ist dir klar, wie lächerlich das ist? Dieses giftige Klischee einer Stiefmutter, die...

Die ihre ungeliebte Stiefmutter dazu bringt, in den Brunnen zu springen, um die Spindel herauszuholen, ertönte in diesem Moment die ferne, unbeteiligte Stimme von Clemens Brick.

Stiefmutter. Brunnen.

Ich hielt die Luft an. Meine Beine erlahmten. Die Kälte kaperte meine Zellen, meinen Widerstand. Eine Welle von Verstehen waberte durch meinen erlahmenden Verstand. Ein Funke von Sinn leuchtete wie ein Stern in meinem Todeskampf.

Und dann... hörte ich den Ruf.

Zuerst war es nur ein sanftes Sirren in meinem Kopf, das mir beruhigend versicherte, dass ich jetzt aufhören konnte zu kämpfen. Ein geflüstertes Versprechen, das ich nicht verstand. Alles nur Einbildung. Mein Geist lehnte sich auf und wollte nicht akzeptieren. Ich versuchte noch einmal zu schreien und mit den Füßen Halt zu finden. Mein Kopf formte bizarre Bilder von

physikalischen Wundern. Ein gefesselter Mensch, der sich, nur auf die Kraft seiner Beine gestützt an den Brunnenwänden aufwärts stemmt, den Brunnendeckel mit seinem Kopf aufschiebt und ins Freie krabbelt. Komm schon, Mara, das geht vielleicht, versuch es wenigstens....
Doch das eisige Wasser drang in meinen Mund und in meine Nase und ich hatte nicht mehr genug Kraft, erneut aufzutauchen und zu atmen. Ich werde hier unten sterben, dachte ich und mein letztes Aufbäumen hatte nur zur Folge, dass ich mit dem Kopf gegen Stein stieß und Blut in meinem Mund schmeckte. Ein unendliches Bedauern ergriff mich. Das sollte es jetzt gewesen sein, mein sogenanntes Leben? Entsorgt in einem Brunnen?
Meine Angst ebbte ab und machte einer tiefen Traurigkeit Platz und wie ein Kind begann ich nach meiner Mutter zu rufen.
Und dann, machtlos geworden gegen Schwäche, Kälte und Schock, gab ich mich hin. Ich ließ zu, dass das Wasser sich über meinem Kopf schloss und die Tiefe des Brunnens mich einsaugte. Ganz allmählich breitete sich etwas Tröstliches in mir aus und ich verstand in einem bis dahin unzugänglichen Winkel meines Seins, warum das Wasser in den letzten Monaten so eine hypnotisierende, anziehende Wirkung auf mich ausgeübt hatte.
Der Ruf...
Meine Gedanken leerten sich. Da waren keine Hoffnungen mehr, keine Sehnsucht und kein Bedauern mehr. Ich war alleine mit der Ausweglosigkeit. Doch Sterben ist nicht wie Einschlafen, erst Recht nicht in einem dunklen Brunnenschacht. Meine Lungen brannten, mein Hirn pulsierte, mein Herz raste und alle Zellen schreien nach Sauerstoff. Ich öffnete den Mund und atmete das Wasser ein, weil mein Körper mich dazu zwang. Und dann, in dem Moment, der alles Erträgliche überstieg, spürte ich auf einmal, wie etwas meine Beine berührte. Ja, da war ganz eindeutig eine Berührung, die mit festem, sicherem Griff nach mir packte und mich nach unten zog.
Normalerweise wäre das eine Vorstellung, die an Grauenhaftigkeit nicht zu überbieten war. Aber ich empfand nichts als Geborgenheit. Etwas nahm sich meiner an und zog mich zu sich. Fort von Todeskampf und Schmerzen in

einen Zustand von Gnade. Ich glitt durch das dunkle, eisige Wasser tiefer und tiefer und hatte gleichzeitig das Gefühl, auch tiefer in mich selbst gezogen zu werden. Ich öffnete die Augen. Das Wasser glitzerte wie Pech und drang in einem fast heiteren Glucksen in mein Ohr. Ein gleichmäßiges Geräusch, als würde ein Ruder ins Wasser getaucht.
Dann nichts mehr.

Kapitel 14

Tiefe Ruhe umfing mich. Ich blinzelte. Über mir spannte sich ein samtschwarzer, unendlicher Himmel mit Myriaden von Sternen, die eigenartige Ornamente am Firmament bildeten. Ganz anders als die Sternbilder, die man auf der Erde kennt.
Die Erde ...
Das hier war nicht die Erde.
Es war eisig kalt und roch nach einer Mischung aus verbranntem Holz, brackigem Wasser und etwas, das mich vage an Weihrauch und vertrocknete Blumen erinnerte. Riesige schwarze Vögel schwebten lautlos unter dem Himmel und aus den Wolken am Horizont glommen Blitze wie von einem Wetterleuchten. Nebel wogte um mich herum. Die Stille war makellos.
Ich war so schwach, dass ich mich nicht rühren konnte und meine Augen fielen immer wieder zu. Ich hatte keine Schmerzen. Aber ein bitteres Gefühl absoluter Verlorenheit floss durch meine Zellen.
Doch dann veränderte sich die Atmosphäre um mich und ich zwang mich, die Augen zu öffnen. Ich spürte die Gegenwart von etwas Namenlosem. So mächtig, dass ich es nicht einordnen konnte. Nur mit allergrößter Mühe konnte ich meine Augen offen halten und sah eine Gestalt, die aus dem Nebel

auf mich zukam. Eine hoch aufragende, schwarze Gestalt, die sich mit langsamen Schritten näherte, neben mir niederkniete und sich über mich beugte. Der Anblick überwältigte mich so sehr, dass ich die Augen schließen musste.

Ein riesenhaftes, dunkles Wesen, in dessen Gegenwart ich mir klein und zerbrechlich fühlte. Und dennoch ging von der Gestalt etwas aus, das eine eigenartige Geborgenheit in mir auslöste. Als würde es mir ohne Worte mitteilen, dass ich nun keine Angst mehr haben musste.

Ich spürte, wie eine kalte, kraftvolle Hand meinen Nacken anhob und eine andere sich unter meinen Rücken schob. Als wäre ich eine Puppe, wurde ich mit Leichtigkeit hochgehoben und davon getragen. Die schiere Macht des Wesens schüchterte mich so ein, dass ich mich nicht zu regen wagte. Seine langsamen, ruhigen Schritte erzeugten einen Widerhall in meinem Innern, der meinen Herzschlag jedoch beruhigte und mich sonderbar wiegte, so dass ich mir vorkam wie ein Kind. Das Mäandern meiner widersprüchlichen Gefühle erschöpfte mich. Sollte ich vor diesem Geschöpf nun Angst haben? Oder mich dem Gefühl der Sicherheit hingeben? Dem Verlangen nachgeben und mich an diesen Körper schmiegen, der mich trug? Ich entschied ich für Letzteres, weil es einfacher war und sich gut anfühlte und hauchte ein leises „Danke“ in den wabernden Nebel, der über mein Gesicht strich.

Die Gestalt lächelte. Ich sah es nicht, hörte es aber in meinem Kopf. Und dann eine dunkle, weiche Stimme über mir, die sagte: „Ich habe dir zu danken.“

Warum das denn, dachte ich irritiert.

„Weil ich über dreitausend Jahre auf dich gewartet habe und nun bist du hier“, las das Wesen meine Gedanken.

„Ich will aber gar nicht hier sein!“, stieß ich in einem plötzlichen Aufbäumen von Widerwillen hervor, riss die Augen auf und starrte in ein Gesicht, das auf mich herab blickte und in seiner Schönheit und Fremdheit unmenschlich wirkte. Seine Augen waren wie zwei dunkle Wasserflächen, an deren Grund silberne Münzen schimmern. Die Andeutung eines Lächelns. Und Züge, die

so makellos waren wie bei einer Marmorstatue. Sein Blick nahm mich gefangen und meine Gedanken stürzten in einen Abgrund.
„Du musst keine Angst haben“, versicherte mir das Wesen.
„Ich habe aber Angst“, wisperte ich, was aber nicht ganz stimmte. Denn neben meiner Angst zitterte auch wieder diese unerklärliche Sehnsucht. Sehnsucht nach dem sinnlichen und doch zugleich grausamen Mund, der mich anlächelte. Ich kannte diesen Anblick. Das alles war mir vertraut, denn es war nicht lange her, dass mich dieser Mund angelächelt hatte.
„Das wird vergehen“, erwiderte das Wesen gelassen. „Schlaf.“
Er beugte sich tiefer und berührte mit seinen Lippen meine Stirn. Sein Kuss elektrisierte meine Haut. Das Gefühl zuckte wie ein Sternenwirbel durch meinen Körper. Seine Augen hielten mich fest und beobachteten meine nahende Ohnmacht. Ich hörte ihn noch etwas sagen, vielleicht bildete ich mir die Worte aber auch nur ein. „Wenn du erwachst, werde ich bei dir sein.....“
Mein Kopf sank über seinem Arm zurück und ich verschwand in einem dunklen Nichts.

Ich erwachte in einer sonderbar klingenden Stille. Als würde irgendwo in einer riesigen Halle ein Instrument gespielt, dessen Widerhall aus weiter Ferne an mein Ohr drang. Um mich herum spürte ich seidene, weiche Stoffe, die mich mit einem Gefühl von Sauberkeit und Frische einhüllten. Ich fühlte mich erholt und irgendwie neu. Als wäre ich aus einem langen Genesungsschlaf erwacht. Als ich die Augen öffnete, konnte ich meine Umgebung jedoch nicht mir dem eigentlich guten Gefühl in meinem Innern in Einklang bringen.
Es war dunkel und weit und die Konturen, die sich aus der Finsternis schälten, schüchterten mich ein wenig ein. Ich lag in einem Bett, das diesen Namen nicht wirklich verdient hatte. Es war ein riesiges, weites Gebilde aus geschnitztem, schwarzem Holz, von dem mit Ornamenten bestickte Vorhänge herab flossen, die sich sacht in einem leichten Windhauch bewegten. Wie

schleierhafte Wesen, die um mich herum einen rätselhaften, lockenden Tanz aufführten.
Ich setzte mich auf. Der Betthimmel verschwand über mir in unsichtbaren, verdunkelten Höhen. Ich saß zwischen Kissen und Polstern, die mit edlen Stoffen bezogen waren. Allmählich gewöhnten sich meine Augen an die Finsternis und schafften es, die wenigen, kaum merklichen Lichtquellen für sich zu nutzen. Ich sah, dass hinter den Vorhängen ein diffuser, silbriger Schein war, in dem die Laken und Kissen wie matte Seide schimmerten. Vorsichtig zog ich einen der Vorhänge zur Seite und sah vor mir eine gigantische Halle, deren Wände in schwindelerregend hohe Gewölbe übergingen. Zwischen dicken Säulen und weit gespannten Arkaden standen schlanke, metallene Ständer, die Kohlebecken trugen. Aus ihnen glomm das diffuse Licht und zarte Rauchschwaden kräuselten sich in die Dunkelheit. In der kalten Luft lag ein Geruch, der mich entfernt an eine Kirche erinnerte. Stein, Wachs, Weihrauch. Aber hier war noch etwas Fremdartiges dabei, das ich noch nie zuvor gerochen hatte.
Ein zartes, melodisches Vibrieren hing zwischen den gigantischen Säulen und Arkaden, das den überwältigenden, brutalen Eindruck der Architektur etwas abmilderte.
Ich schob meine Füße aus dem Bett und setzte sie auf den Steinboden. Erst jetzt fiel mir auf, dass ich in ein Gewand gehüllt war, das dem der Bettvorhänge gar nicht unähnlich war. Ein lose fallendes, farbloses Kleid, das jedoch einen komplizierten und überaus eleganten Faltenwurf aufwies, den ich noch bei keinem Modeschöpfer auf der Welt gesehen hatte.
Auf der Welt...
Das hier war nicht die Welt.
Schlagartig fiel mir alles wieder ein und die tiefe Ruhe, die mich umfangen hatte, brach in sich zusammen. In der nächsten Sekunde war ich wieder das verlorene, orientierungslose Geschöpf, das nicht wusste, was mit ihm geschieht. Wo um Himmels Willen war ich hier? Was war das für ein Ort? Wie war ich hier her gekommen und ... und war ich tot?

Erschrocken betastete ich meinen Körper, meinen Kopf, mein Gesicht. Alles fühlte sich normal an. Bis auf die Tatsache, dass die Kälte, die ich durchaus fühlen konnte, nicht in mich zu dringen schien. Ich war nur in ein dünnes Gewand gehüllt und barfuß und um mich herum herrschten vielleicht 7 Grad, allerhöchstens. Und dennoch fror ich nicht.
Vorsichtig und mit klopfendem Herzen machte ich ein paar Schritte und sah mich um. Die Halle verlor sich vor mir in finsteren Weiten, ein Ende der Gewölbe war nicht in Sicht. Links von mir, neben dem Bett ergoss sich ein hellerer Lichtschein. Ich wandte mich dorthin, schaute um die Ecke. Und erschrak bis ins Mark.
Dort erhob sich eine riesige Steintreppe, die die Ausmaße einer Stadiontribüne hatte. Mit unendlich vielen unterschiedlich hohen, verschachtelten Stufen aus kalt schimmerndem Marmor, die ebenso wie die Gewölbe in lichtlosen Höhen verschwanden. Und im unteren Bereich der gigantischen Treppenanlage saß zwischen flackernden Räucherschalen auf einem thronartigen Gebilde aus Polstern und Kissen – er.
Er saß dort in gelassener Pose zurückgelehnt, eine Hand auf dem angewinkelten Knie abgestützt und betrachtete mich. Sein silbrig schwarzes Haar fiel unter einer schlichten, metallisch glänzenden Krone offen herab. Sein strenges, bleiches Gesicht war unbewegt und unter den wie gemeißelt erscheinenden Brauen lagen zwei basiliskenhafte Augen. Der Blick hätte eine absolut niederschmetternde Wirkung auf mich gehabt, wäre da nicht auch dieser sinnliche Mund gewesen, auf dem ein kaum merkliches, Lächeln zu liegen schien. Vielleicht irrte ich mich aber auch, denn die Dunkelheit ringsum lastete schwer auf meinen Sinnen. Gehüllt in einen nachtschwarzen Mantel und ein antik wirkendes Gewand, barfuß, die Handgelenke und den Hals mit archaischem Silberschmuck verziert, stand außer Zweifel, dass er hier der König war. Nein, kein König.
Ein Gott.
Alles an ihm strahlte eine gebieterische Ruhe aus. Und wie er so majestätisch auf den Stufen saß und mich ansah, empfand ich den intensiven Wunsch, auf

den Boden zu sinken und meinen Kopf zu neigen. Sein Anblick überwältigte mich so sehr, dass ich aufhörte zu denken. Ich wusste nur eines. Ich musste ... nein, ich wollte mich diesem Wesen unterwerfen. Nichts anderes schien Sinn zu machen. Ich folgte dem Impuls und ging auf meine Knie, senkte den Kopf und legte beide Hände flach auf den Boden. Im nächsten Augenblick fuhr ein Vibrieren durch die Luft wie das Echo empörter Flügelschläge. Dann ein Rascheln ganz in meiner Nähe und zwei Hände, die mich mit sanftem Nachdruck packten und hoch zogen. Ich hatte keine Wahl. Ich musste aufsehen, musste dem Geschöpf in die Augen sehen, auch wenn diese Aussicht mich vor Furcht beinahe zerspringen ließ. Er stand nun direkt vor mir. Ich sah den muskulösen Körper unter der schwarzen Wildseide seines Gewandes. Sein edles Äußeres stand in einem krassen Kontrast zu der Aura gleichzeitiger Rohheit, die ihn umgab. Ich schnappte nach Luft und wollte zurück weichen. Doch er packte meine Schultern und hielt sie fest. Seine Augen leuchteten vor dunkel sprühender Energie Dann ließ er mich dann los, ergriff mein Kinn und hob mein Gesicht an.

„Eine Königin wirft sich nicht auf den Boden, Mara."

Seine Stimme war leise und sanft und erfüllte dennoch die finsteren Gewölbe wie mit Donnergrollen. Ich begegnete dem ruhigen, dunkel glühenden Blick und mir stockte der Atem. In diesen Sekunden hatte irgendeine verschüttete Sehnsucht tief in meinem Innern es bereits begriffen. Aber mein Verstand glaubte es noch nicht.

Das da vor mir war Melas.

Ich erkannte seine Stimme, seinen Blick. Und doch war er es nicht. Dieses Wesen war nicht menschlich. Er war uralt, das sah ich jetzt, und gleichzeitig ganz jung. Auf seinem Gesicht wechselten sich die Jahrhunderte ab, ohne dass ich diesen Eindruck hätte irgendwie beschreiben können. Da lag eine steinerne Strenge und Gnadenlosigkeit unter den dunklen Bögen seiner Augenbrauen, aber auch etwas Weiches, Wehmütiges wie von einem sterbenden Tier. Eine stolze Sinnlichkeit und eine zynische Härte, Resignation und Entschlossenheit, Ruhe und Aufruhr. Alles zusammen. Unbegreiflich und doch vollkommen

sichtbar. Wunderschön und grausam zugleich. Geschmeidig und statuenhaft. Mehr, als eine menschliche Seele erfassen oder verarbeiten konnte.
Er war Hades. Der Gott der Unterwelt.
Ich sank stumm vor ihm in mich zusammen, weil die Wucht des Begreifens mich mit schlagartiger Erschöpfung erfüllte. Er ergriff mich, bevor ich den Boden berührte, hob mich hoch und trug mich zu der großen Treppe, wo er mich auf einem weichen Polster absetzte und sich neben mir nieder ließ. Eine marmorweiße Hand ergriff die meine, sein Kopf neigte sich herab und er legte seine Lippen an meine Haut. Augenblicklich wurde ich ruhiger, als würde von dieser Berührung eine vertraute Energie ausgehen.
„Ruhig, Mara", sagte er. „Du bist hier so sicher, wie ein Mensch nur sein kann. Beruhige dich."
Diese Berührung – ich kannte sie. Melas hatte mich bei unseren wenigen Begegnungen mit einem altmodischen Handkuss begrüßt. Diese Geste wirkte nun aber nicht galant, sondern ehrerbietig. Wie auf den alten Bildern von Rittern, die einer holden Dame ihre Gunst schenken. Ich kannte auch den sonderbaren Geruch nach Weihrauch und modrigen Steinen, der hier überall in der Luft lag. Die majestätische Gestalt vor mir strahlte eine unerschütterliche Ruhe aus, während seine kühlen Finger begannen, den Verlauf meiner Adern nachzuzeichnen, was mich zutiefst verwirrte und ... erregte. Dann spürte ich seinen Atem an meinem Hals.
„Sieh mich an, Mara."
Zaghaft hob ich den Kopf und erstarrte, als ich sein Gesicht direkt vor mir sah. Melas ... oder Hades saß dicht vor mir und strich sanft über meine Schläfe. Seine Augen sahen aus wie Obsidian. Diese Augen schienen mich zu fesseln und mir fiel schlagartig wieder ein, dass ich nach jenem Abend in Athen verzweifelt versucht hatte, mich wieder an sie zu erinnern, dass mir diese Erinnerungen aber immer weiter entglitten und schließlich verschwunden waren.
„Wie fühlst du dich?", fragte er leise.

„Ich fühle mich gut“, sagte ich betont gefasst, wie um mich selbst davon zu überzeugen. „Aber auch fremd und ... und verwirrt, was hoffentlich nicht verwunderlich ist.“ Meine Stimme klirrte fast in der Weite der Halle. „Was ist passiert? Und wo bin ich hier?“

„Du wurdest von den Freunden deiner Stiefmutter entführt und in einen Brunnen geworfen. Erinnerst du dich daran?“

Ich nickte, schob die Erinnerung an dieses Grauen jedoch gleich wieder fort. Irritiert schaute ich in die Finsternis zwischen den Säulen und suchte nach eine Anzeichen eines Fensters, eines natürlichen Lichts. Ich hatte keine Ahnung, wie viel Zeit vergangen war.

„*Wo* bin ich hier?“, wisperte ich erneut. Ich fühlte mich auf eine merkwürdige Art und Weise sicher. Aber gleichzeitig glomm in meinem Bewusstsein die Ahnung von Endgültigkeit und Düsternis, von etwas, das ganz und gar nicht für menschliches Ermessen vorgesehen war. Melas sah mir meine Besorgnis an.

„Du bist an jenem Ort, von dem der Professor dir erzählt hat. Weißt du noch? Du wolltest es nicht glauben, weil in deiner Welt niemand mehr von diesen Gefilden hier spricht.“

„Der Unterwelt?!“, stieß ich hervor.

Er nickte und vertiefte erneut seinen Blick in meinen Augen, schob mir eine Haarsträhne über der Stirn zurück und lächelte beruhigend. „Du magst es die Unterwelt nennen, aber es gibt viele Namen für mein Reich. Du wirst ihm einen Namen geben, der dir besser gefällt, wenn du erst einmal seine Königin bist.“

„Warte“, bat ich. „Bin ich tot?“

Er antwortete nicht und sah mich forschend an, als wollte er es meiner Fantasie überlassen, mir selbst zu erklären, was geschehen war, nachdem ich in den Brunnen gestürzt war.

Dann war es also wahr, was der Professor erzählt hatte und ich war über den Tod im Wasser in das Reich des Hades gelangt, so wie das Mädchen im Märchen der Frau Holle. Ich war zwar nicht auf einer Wiese aufgewacht, sondern in einer postapokalyptischen Umgebung mit schwarzen Riesenvögeln am Himmeln, Nebel und Dunkelheit. Aber dann war er aufgetaucht und hatte mich in diese palastartige Halle getragen und in das schöne Bett gelegt. Ich spürte meinen beschleunigten Herzschlag. Der Gedanke daran, wie nah er mir dabei gewesen sein musste, verwirrte mich zutiefst und entfachte meine Sehnsucht von Neuem.

„Bin ich tot?“, wiederholte ich meine bange Frage.

„In der Sphäre der Menschen bist du es gerade. Aber deine Seele kann nicht sterben. Dein wahres Sein habe ich von der Schwelle des Todes weggeholt und zu mir gebracht. Du bist durch deinen Sturz in jenem griechischen Tal, in das der Professor dich geführt hat, meine Verlobte geworden. Wäre das nicht geschehen, dann wärst du in diesem Brunnen gestorben und verwest.“ Er schloss kurz die Augen und schüttelte den Kopf, als würde ihm diese Vorstellung unerträgliche Pein bereiten. „Aber weil ich dich zuvor auserwählt hatte, konnte ich dich hinüber bringen, ohne dass du unwiederbringlich stirbst.“

Ich sah ihn zitternd an und das Grauen, das ich durchlitten hatte, kam mit einem Schlag wieder. Melas erkannte meinen Schmerz, ergriff meine Hände und hielt sie fest. „Du bist hier, um dich von diesem Frevel zu erholen, Mara. Du hast lange geschlafen. In der Welt der Menschen einen ganzen Monat. Bei euch ist es nun später Herbst, es ist kalt und die Blätter fallen zu Boden. Aber bis der Frühling kommt, haben wir viel Zeit, meine Liebe. Viel Zeit, um deine Fragen zu beantworten.“

Er beugte sich herab und küsste meinen Scheitel, was ich willenlos geschehen ließ. Dann erhob er sich und nahm von einer Marmorstufe eine silberne Karaffe und goss mir ein Glas mit Wasser ein. Das Gefäß sah aus, als käme es aus einer Vitrine in einem Museum für antike Geschichte. Das spärliche Licht erzeugte grünliche Reflexe in den verschlungenen gläsernen Ornamenten.

„Wasser aus dem Fluss Lethe“, sagte er und reichte es mir mit einer ehrfurchtsvollen Geste.

„Wenn du es trinkst, wird sich wohltuendes Vergessen über dich senken und du wirst ruhig werden. Wir wollen doch deiner Stiefmutter nicht den Triumph gönnen, dass sie deinen Geist mit ihrer Untat vergiftet. Die Zeit ihrer Strafe wird kommen, Mara. Aber jetzt geht es nur um dich. Trink."
Er ließ seinen unergründlichen Blick auf mir ruhen. Rasch hob ich das Glas an die Lippen, um mich von seinen undurchdringlichen Augen abzulenken. Das Wasser erfrischte und belebte mich sofort wieder und die Erinnerung an meine Entführung rückte in unerreichbare Ferne. Agnes war nur noch ein zuckender Schatten am Rand meiner Wahrnehmung.
Während ich trank, sah ich mich um. Meine Augen hatten sich soweit an die Finsternis ringsum gewöhnt, dass ich nun etwas mehr erkennen konnte. Ich sah nun, dass in den dunklen Höhen der Gewölbe Wolken schwebten und dass auch dort Vögel auf und ab flogen, deren Gefieder im schwachen Licht aus den Kohlebecken wie gesponnenes Silber schimmerte. Es schien, als würden diese Vögel auf etwas warten und geduldig ihre Kreise ziehen, bis etwas geschah, das ich nicht erfassen konnte. Die Leere der Halle wurde nur unterbrochen von dem großen Bett, in dem ich gelegen hatte. Der Fußboden war nicht an allen Stellen mit nacktem Stein ausgelegt. Ich erkannte auch wunderschöne glasierte Fliesen mit eingebrannten Ornamenten, dicke orientalische Teppiche und zwischen den Säulen Eisenstreben, an denen weitere Vorhänge hingen. Der ganze Ort strahlte trotz seiner einschüchternden Größe auch etwas Heimeliges und vor allem unerhört Luxuriöses aus. Ich ließ das Glas sinken und sah die Gestalt neben mir an.
„Wer bist du?", fragte ich.
Ich hatte mehr und mehr das Gefühl, dass meine Sprache nicht ausreichte, um die Fragen zu formulieren, die mir auf der Zunge brannten. Wie redete man mit einem solchen Geschöpf? Und was noch viel wichtiger war – warum redete ich überhaupt mit ihm? Warum warf ich nicht das Glas zu Boden und rannte davon?

„Du würdest nicht weit kommen“, las er meine Gedanken und schüttelte lächelnd den Kopf. „An diesem Ort gibt es keinen Notausgang. Es sei denn, ich will es so.“
Ich zuckte zusammen und er hob beschwichtigend die Hand. „Aber du wolltest gerade wissen, wer ich bin. Obwohl du es bereits weißt, nicht wahr?“
Er nahm mir das Glas ab und ergriff meine Hand. Es tat so gut, von ihm umfasst zu werden, auch wenn es bloß meine Finger waren. Wie sehr verwirrte mich doch dieser Wunsch, dass er mich umarmte und an sich zog und ...
Doch ich gestattete mir diese Träumereien nicht, denn meine gleichzeitige Furcht vor diesem Wesen und die unendliche Fremdheit an diesem Ort übertönten meine leise singende Sehnsucht. Ich wollte dieser Sehnsucht eigentlich folgen und mich in die Situation fallen lassen, denn eines stand fest – ich fühlte mich nicht unwohl dabei. Aber mein Verstand und meine drängenden Fragen hielten mich wie in einem Panzer gefangen.
„Du fragst dich, ob ich der bin, der dir in Athen begegnet ist“, sagte er.
Ich nickte. „Du bist ihm ähnlich. Und doch ...“
„Ich bin Melas. Aber nicht mehr in menschlicher Gestalt. Melas, der Schwarze, ist nur eine Manifestation meines Wesens und der, der sich am besten in die Menschenwelt einfügt. In den alten Zeiten hätte sich dieser Teil meines selbst niemals in der Welt der Deinen zeigen können, er wäre viel zu sehr aufgefallen und mit Dingen in Verbindung gebracht worden, die den Menschen Angst machen. Dem Satan, oder wie diese Figur bei euch auch immer heißen mag. Aber in der heutigen Zeit, mit all ihren finsteren Paradiesvögeln konnte sich Melas unbehelligt unter die Menschen begeben.“
„Unauffällig warst du nicht gerade“, meinte ich.
„Nun, diese Freude sei mir gegönnt“, gab er mit einem angedeuteten Schmunzeln zurück. „Ich habe nicht immer Lust, mich in Unsichtbarkeit zu hüllen.“
„Also, wenn du nicht Melas bist, dann bist du ...?“

„Ich bin der, von dem dein Professor dir erzählt hat. Der, den man gemeinhin Hades nennt. Jene Figur, die du in dem Museum bewundert hast. Aber ich habe mich dir als Melas gezeigt, weil ich denke, dass diese Gestalt dir am wenigsten Angst einjagt. So hoffe ich zumindest. Ich habe viele Gesichter. Aber all die anderen würdest du nicht ertragen. Also bitte verzeih diese Maskerade. Ich bin der, der du willst, das ich bin." Er deutete zu den dunklen Gewölben empor. „Ebenso wie dieser Ort das ist, was die Menschen wollen, das er ist. Du magst es die Unterwelt nennen, die Hölle, das Jenseits. Aber in Wahrheit ist es das Reich der Seele und hat unendlich viele Gesichter."

Ich ließ mich langsam nach hinten gegen ein Kissen sinken, weil mein Kopf sich mit einem Mal so leicht anfühlte, als würde er sich von meinem Hals lösen und zu diesen Vögeln hinauf schweben. Die namenlose, fantastische Weite überforderte mich.

Melas musterte mich mit ernstem Blick. „Du musst dich noch eine Weile erholen, Geliebte. Du warst schwer verletzt und bist immer noch nicht wieder ganz hergestellt. Es kostete mich meine ganze Heilkraft damit du wieder gesund werden konntest. Du solltest noch eine Weile schlafen", sagte Melas leise und eindringlich. „Wenn du dich erholt hast, werde ich dir dieses Reich und seine Wunder zeigen." Er strich mir zärtlich über die Stirn und das gefiel mir mehr, als mir lieb war. „Es sei denn, du fühlst dich dazu nicht bereit."

„Warum sollte ich nicht dazu bereit sein?", fragte ich leise. Wie bitter sich meine Stimme anhörte. Und wie wild sich der Widerwillen erneut in meiner Brust regte.

„Nun, eine junge Frau, die gerade in einem Brunnen gestorben ist, alleine mit dem Gott der Unterwelt, in unendlicher, fremder Finsternis – es liegt nur zu nahe, dass dir diese Vorstellung kein Vertrauen einflößt."

„Gut erkannt", murmelte ich und war froh, dass ich doch auf eine einigermaßen menschliche Art mit diesem Wesen kommunizieren konnte. Ich zwang mich, ihn anzusehen und so zu sprechen, als würde da ein ganz normaler Mensch vor mir sitzen. „Natürlich wäre ich jetzt lieber in meiner Wohnung in Wien und würde aus dem Fenster in die Herbstsonne schauen.

Du nimmst hoffentlich nicht an, dass ich mich in dieser Dunkelheit hier wohl fühle.“

„Nein. Aber ich verspreche dir, dass du erkennen wirst, dass es auch hier Licht gibt. Ich werde es dir zeigen. Wenn du es mir erlaubst, werde ich dafür sorgen, dass du dich hier trotz Dunkelheit wohl fühlst.“

Ich hätte ihm gerne versichert, dass ich mich eigentlich schon lange nicht mehr so wohl gefühlt hatte, auf so eine sonderbare Weise sicher und geborgen. Wie eine Erinnerung an den ozeanischen Frieden, bevor ich geboren wurde. Aber meine Angst und der Widerstand meines Geistes ließen es nicht zu, dass das angenehme Gefühl wirklich bei mir ankam.

„Das wird noch ein wenig dauern“, las er meine Gedanken. „Du bist ein Menschenkind, das bei vollem Bewusstsein auf der anderen Seite weilt. Das ist eine Erfahrung, die deinen Geist überfordert und mit Angst erfüllt. Aber ich verspreche dir, das wird vorüber gehen.“

Mit einem Mal war ich sehr müde. Meine Augen wurden schwer und ich konnte sie kaum noch offen halten. Ich hörte das weit entfernte Krächzen der Vögel hoch über mir.

„Und wer werde ich dann sein?“, fragte ich schwach.

„Du wirst ganz sein, Mara. Wenn du es zulässt, wirst du eine Königin sein. Und du wirst mein sein.“

Plötzlich war ich wieder ein Kind, das an der Hand meiner Mutter durch das Museum der Hofburg in Wien gelaufen war. Das Staunen beim Betrachten des großen Portraits von Kaiserin Elisabeth mit ihren langen Haaren, dem kostbaren Kleid mit den aufgestickten Diamanten, der Krone und ihrer Schönheit, die mich damals so beeindruckt hatte.

„Na, wärst du auch gerne so wie sie?“, hatte meine Mutter mich geneckt und mir später im Museumsshop eine kleine Spielzeug-Krone gekauft. Ich lächelte bei dieser Erinnerung und ein eigenartiger Gedanke formte sich in meinem Kopf. Meine Mutter. Eigentlich müsste Hades doch wissen, wo sie jetzt war, oder?

Ich wollte ihm diese Frage stellen, aber meine Zunge gehorchte mir nicht mehr und eine seidene Dunkelheit glitt über mich.
„Natürlich weiß ich das", raunte Melas und ich spürte, wie er sich über mich beugte und meinen Kopf auf den Kissen bettete. „Ich werde dir alles zurückgeben, was du glaubst, verloren zu haben."

Kapitel 15

Als ich das nächste Mal aufwachte, lag ich in einem Boot und glitt unter einem tiefschwarzen Nachthimmel dahin. Über mir funkelten wieder die herrlichen Sternbilder, die wie aufgestickte Perlen in der Weite des Firmaments saßen. Die Schönheit dieses Anblicks setzte ein friedliches Gefühl in mir frei, so dass ich nichts anderes wollte, als einfach nur da zu liegen und dieses erhabene All zu betrachten. Doch ich spürte, dass ich nicht alleine war. Ich richtete mich auf und sah eine Gestalt, die am Bug des Bootes stand und ein langes Ruder ins Wasser tauchte. Der Fährmann. Irgendetwas sagte mir, dass diese mythische Gestalt wohl nicht zur gesprächigsten Sorte gehörte und blieb still hinter ihm sitzen. Dieser Mann war nicht hier, um mit mir zu plaudern.
Ich ließ mich über das endlos weite Gewässer rudern. Es war kalt, aber ich fror nicht. In meinem Kopf herrschte eine Klarheit wie nach einem erfrischenden Bad im Meer. Ich weiß nicht, was mit mir geschehen war, aber ich befand mich nicht länger in einem Zustand der Furcht und des Widerwillens. Ich war mit dem völlig selbstverständlichen Wissen aufgewacht, dass ich ... tja, in der Unterwelt war. Und irgendwie wunderte ich mich nicht länger darüber.
Ich hatte mein Hiersein in einem mir bis dahin unbekannten Winkel meines Seins akzeptiert und angenommen. Und diese Hingabe an das Unglaubliche

sorgte dafür, dass ich entspannter war, als es in dieser völlig verrückten Situation normal gewesen wäre.
Was nicht bedeutete, dass ich gerne hier war. Ich betrachtete staunend die dunkle, sternenbeschienene Landschaft ringsum und bekam allmählich ein Gefühl für die Natur dieses Ortes. Und jedes Detail, das sich mir enthüllte, löste Sehnsucht nach meinem eigenen Leben in mir aus. Nach meiner kleinen Wohnung in Wien und der Herbstsonne, die auf mein Bett schien. Nach den frischen Blumen, die Emilie mir einmal in der Woche brachte. Nach Dori, wie sie mit mir über den Naschmarkt schlenderte, um ihre Lieblingsoliven zu kaufen. Nach dem Essen in dem vietnamesischen Imbiss in meiner Straße. Nach der ganzen chaotischen, lebendigen Buntheit des menschlichen Lebens. Hier war alles anders.
Ich hatte schon einige Bilder gesehen, die die Vorstellung der Künstler zeigten, wie es in der Unterwelt auszusehen hatte. Eine bedrohliche Ödnis mit Elementen von Grauen. All das sah auch ich jetzt. Das Boot trieb durch ölig dunkles Wasser und an den Ufern konnte ich dahin treibende menschliche Leichen sehen. An Uferhängen krochen ausgemergelte Gestalten umher, die in zerfetzte Gewänder gehüllt waren. Auf den ausgebrannten Ruinen an Land hockten riesige schwarze Vögel und eine unheimliche Tristesse hing in der Luft.
Sonderbarerweise blieb ich aber von all dem unberührt. Ich empfand eine distanzierte Gelassenheit beim Anblick der felsigen Landschaft und der fernen Mauerkronen, die aussahen wie von einer ausgebrannten, geplünderten Stadt. Das alles berührte mich kaum. Es war, als wüsste ein Teil von mir bereits, dass das alles entweder nicht echt war, oder aber dass es einen tiefen Sinn ergab. Die gequälten Menschen jedoch erregten Mitleid in mir und die Aussichtslosigkeit ihrer Lage setzte mir zu. Aber auch dieses Gefühl sank irgendwie abgekapselt, wie ein Insekt in Bernstein eingeschlossen durch meine Empfindungen, während dieser träumerisch trägen Fahrt.
Irgendwann erhob sich vor dem Boot eine Insel aus dem Wasser. Ich erschrak.

Ich kannte diesen Anblick. Es war eine aus dem Wasser ragende Felsformation, die mit hohen Zypressen bestanden war. Kubische Steinquader bildeten eine Art Hafeneinfahrt. An den Hängen der Felsen zeichneten sich die Umrisse von Grüften und Mausoleen ab und zwischen den Zypressen führte ein schmaler Weg hinein in die Dunkelheit. Das Ganze war mir so vertraut, dass ich beinahe das Gefühl hatte, nach Hause zu kommen, ehe mir einfiel, woher ich diese Szenerie kannte.
Es war alles genau so wie auf dem Bild *Die Toteninsel* von Arnold Böcklin. Mein Vater hatte eine Reproduktion dieses Gemäldes in seinem Arbeitszimmer hängen gehabt. Mich hatte die düstere, erhabene Ruhe, die von den Zypressen und von der weiß verschleierten Gestalt in dem Boot vor der Insel ausgegangen war, schon als Kind fasziniert und rätselhaft angezogen. Ich weiß noch, dass ich meinen Vater mit Fragen zu der Bedeutung dieses Bildes gelöchert und er mir von der verborgenen Symbolik darin erzählt hatte. Dann war meine Mutter gestorben und er hatte das Bild nicht länger ertragen und auf den Dachboden verbannt.
Und jetzt hielt ich auf genau diese Insel zu, in einem Boot, hinter dem Fährmann der Unterwelt. Er steuerte das Boot zwischen die Steinquader, hielt vor einer aus dem Wasser ragenden Treppe und bedeutete mir auszusteigen. Ich verließ das Boot und betrat die Stufen, die weiß aus dem Schatten der riesigen Zypressen herum aufleuchteten. Schon legte der Fährmann wieder ab und ließ mich auf der Insel zurück. Obwohl diese einsamen, düsteren Gestade mich in ihren Bann zogen, flößten mir die marmornen Grüfte nun auch Unbehagen ein. Was sollte ich hier? Was erwartete mich hier?
Ich betrat das Steinplateau oberhalb der Treppe und den Weg, der zwischen die Zypressen führte. Der weiße Kies unter meinen Füßen knirschte leise und ein sanfter Windhauch fuhr zwischen die Falten des altertümlichen Kleides, das ich noch immer trug. Ich ging weiter. Es war unheimlich still. Die Insel war größer, als es gerade noch den Anschein gemacht hatte. Die Zypressen-Allee führte in sanften Windungen durch eine Landschaft voller Grüfte und Gräber. Deren Architektur war fremdartig und archaisch, wie bei den antiken

römischen Gräbern in Pompeji, die ich bei einem Schulausflug in der Oberstufe gesehen hatte. Streng, abweisend und beeindruckend.
Seltsamerweise empfand ich plötzlich eine Art Frieden der Situation gegenüber, als wäre ich durch eine dämpfende Schicht von allem getrennt, was mir gerade noch bedrückend vorgekommen war. Vielleicht war das alles nur Einbildung, dachte ich. Trugbilder, die mich heimsuchten, während ich vielleicht immer noch in diesem Brunnen steckte und noch nicht ganz tot war. Oder von Narkosemitteln verursachte Halluzinationen, während ich gerade in einem Krankenhaus lag.
Ganz langsam sickerte die Erinnerung an das, was geschehen war, wieder zurück in mein Bewusstsein. Beim Gedanken an Agnes und ihre Tat empfand ich jedoch nichts als Gleichgültigkeit. Den Gedanken an meinen Vater verdrängte ich. Ich konnte nur hoffen, dass er in seinem Zustand nicht merkte, dass ich verschwunden war. Nur die Erinnerung an Melas, wie er sich vor dem Kunsthistorischen Museum zu mir geneigt und meinen Hals gestreichelt hatte, erfüllte mich mit Sehnsucht und einem diffusen Verlangen, das mich zutiefst verwirrte.
Der Weg endete und vor mir tauchte ein marmornes Pavillon auf, eines, wie es in den Parks von Schönbrunn zu finden ist. Die weiße Kuppel und die schlanken Säulen sahen überaus einladend aus. Ich betrat das kleine Gebilde und ließ mich auf einer der steinernen Bänke am Rand nieder.
Ich schaute in die Dunkelheit zwischen den Zypressen. Von einigen der Gräber ging ein zartes Leuchten aus, als würden hinter den Fenstern ewige Lämpchen brennen.
Plötzlich überkam mich ein sonderbares Gefühl, das mir bereits vertraut war. Ein sanftes Beben schien in der Luft zu liegen und ich glaubte zu wissen, was gleich passierten würde. Angestrengt starrte ich ins Dunkel der Baumschatten, konnte aber nichts erkennen. Und doch spürte ich, dass ich mir das, was da gerade unsichtbar auf meine pochende Sehnsucht antwortete, nicht einbildete. Denn in der nächsten Sekunde löste sich aus den Schatten unter den Zypressen eine dunkle Gestalt und kam mit langsamen Schritten auf mich zu.

Melas.
Mein Puls beschleunigte sich. Ich wusste nicht, ob sein Erscheinen mich einfach bloß erschreckte, oder ob ich in Wirklichkeit vor Überraschung und Freude zusammenzuckte. Ich wusste nur eins – dieser Mann, dieser Gott, oder was auch immer er war, löste etwas in mir aus, das ich noch nie zuvor gefühlt hatte.
Er trug nicht mehr jene gebieterisch anmutende Gewandung wie bei unserer letzten Begegnung; auch die Krone war fort. Es war wieder genau die Gestalt, die ich in Athen im Museum und bei der Ausgrabungsstätte gesehen hatte. Leger, schwarz und elegant. Er kam mit einem unergründlichen Gesichtsausdruck auf mich zu, betrat den runden kleinen Bau und zögerte beim Eintreten, als müsste er um Erlaubnis bitten zu mir zu kommen.
Ich saß wie gebannt da und konnte nichts anderes tun, als ihn anzuschauen. Seine Augen lagen ruhig und fragend auf mir und dann löste er sich von den Säulen und ließ sich neben mir nieder. Seine direkte Anwesenheit ließ ein wohliges Schaudern durch mich fließen. Er betrachtete mich mit einem erfreuten Lächeln. „Wie ich sehe, bist du wieder voll und ganz erholt, Mara. Und ich glaube auch zu spüren, dass dir dieser Ort hier mehr zusagt als die Halle im Palast."
„Ja, es gefällt mir hier", sagte ich und das war nicht gelogen. Dann erzählte ich ihm von dem Gemälde im Büro meines Vaters. „Wie eigenartig, dass es hier genau so aussieht wie auf dem Bild. Ich habe mir damals immer gewünscht, dass ich diesen Ort einmal in echt sehe."
Er hob die Hand, berührte mich seitlich an der Stirn und strich scheinbar beiläufig über meine Wange hinab, bis zu meinem Halsansatz. Unwillkürlich schloss ich die Augen und lauschte meinem schnellen Herzschlag. Seine Berührung, der sonderbare Geruch nach Weihrauch und Steinen, den er verströmte, seine warme, dunkle Stimme, entfernte mich von allem, was ich jemals in der Nähe eines Mannes empfunden hatte. Nur dass das hier eben kein Mann war.

Sondern Melas, der Schwarze. Manifestation des Hades. Unfassbar. Wie konnte ich so etwas auch nur ansatzweise genießen?
„Hast du es noch nicht gemerkt?“, fragte er und ließ seine Hand auf meinem Unterarm ruhen, der schlaff in meinem Schoß lag. Irgendwo in den Wipfeln der Zypressen schrie ein Vogel. Ich sah auf und begegnete seinem unergründlichen Blick aus den wundersam schimmernden Augen, die tief in meine Seele zu blicken schienen.
„Was gemerkt?“, fragte ich.
„Dass du diesen Ort hier mit deinen eigenen Vorstellungen und Wünschen gestaltest. Diese Insel war zuvor nicht hier, auch ich betrete sie heute zum ersten Mal. Und ich war entzückt, als ich erkannte, wo sie ihren Ursprung hat. Diese malerische kleine Insel ist hier, weil du es wolltest. Weil du sie sehen willst, seit du ein Kind bist.“
Ich senkte verlegen den Kopf. „Was sagt das wohl über mich aus? Andere Kinder wollen bunte Einhörner und Disneyland sehen. Ich wollte die Toteninsel von Arnold Böcklin sehen.“
Melas lachte leise. „Du denkst, du bist morbide?“ Er sah mich mit einem kleinen Lächeln an. „Nun, diese Eigenschaft machte es mir leichter, dich anzulocken.“
„Anzulocken?“
„Diese frühe Empfindung machte dich zu einer perfekten Wahl“, sagte er leise. „Für mich. Ich weiß schon sehr lange, dass du hier her kommen wirst und ich habe mich jeden einzelnen Tag auf unsere Begegnung gefreut.“
Ich versuchte, in der Dunkelheit sein Gesicht zu erkennen, aber alles was ich sah, waren seine metallisch schimmernden Augen.
„Ich hoffe, ich werde all das bald verstehen“, wich ich aus und ignorierte das sehnsuchtsvolle Beben im meiner Brust.
„Das wirst du. Aber jetzt ist es Zeit, dir das Wichtigste zu sagen, was du über diesen Ort wissen musst. Und über mich.“
Ich sah ihn gespannt an.

„Ich will, dass du weißt, dass du nicht aus Zwang hier bist. Es gibt geheimnisvolle Gesetze, die du noch nicht verstehst. Gesetze über das Leben und den Tod und die Sphäre dazwischen. Du sollst wissen, dass ich dich hier nicht mit Gewalt festhalte, so wie ich es einstmals bei Persephone versucht habe."

Persephone. Ich hoffte, dass er mir eines Tages über sie erzählte, denn ich wurde das Gefühl nicht los, dass sie der Schlüssel war, damit ich die Geschehnisse wirklich begreifen konnte. Er nickte und lächelte sanft, als hätte er erneut meine Gedanken gelesen.

„Mara, wenn du nicht hier bleiben willst, weil es dir zu sehr zusetzt, dann werde ich dich freigeben."

„Ich dachte Hades lässt niemanden zurück aus seinem Reich", sagte ich, ein wenig zu flapsig vielleicht. „Und ich habe nun mal leider nicht das Talent von Orpheus."

„Du hast aber ganz andere Talente, meine Liebe. Hör mir zu. Du bist mir wichtig. Unsere Begegnung ist wichtig. Mehr als du dir jetzt vorzustellen vermagst. Und um es einmal in den Worten der Menschen auszudrücken: Ich will es diesmal nicht versauen."

Er verzog amüsiert seinen sinnlichen, strengen Mund und ich musste über diesen Kontrast ebenfalls schmunzeln.

„Also, das bedeutet, dass ich bei dir eine Ausnahme machen werde, Mara. Wenn dich dein Hiersein nur traurig macht und du nichts als Qual empfindest, wenn du kein Interesse an der Enthüllung der Mysterien hast, weil sie dich überfordern, wenn du dich mit jeder Faser nach der Welt der Menschen zurück sehnst, dann werde ich dafür sorgen, dass du gehen kannst."

„Und wie soll das gehen?", fragte ich. „Ich dachte, ich bin tot?"

„Nein, du wurdest entrückt. So wie in den alten Heiligengeschichten, die du vielleicht kennst. Wenn ich es will, kann ich deinen gesunden Körper jederzeit an jeden beliebigen Ort der Erde zurück schicken. Dann allerdings wirst du gewisse Schwierigkeiten haben, in dein altes Leben zurückzufinden. Denk an deine Stiefmutter."

Seine Augen verengten sich und für einen Moment erschien ein sardonischer Ausdruck darauf, der mich schaudern ließ.
„Wenn du dich dazu entschließen solltest, hier zu bleiben, sozusagen als eine Art - wie sagt ihr Menschen dazu?"
„Probezeit?"
„Ja. Eine Probezeit. Wenn du die Zeit, in der es auf der Erde Winter ist, bei mir bleibst, wirst du erst wieder zurückkommen, wenn es dort wieder Frühling wird. So wie einst Persephone. Und dann, Mara, dann wird dein Leben in jeder Hinsicht eine absolut erstaunliche Wendung nehmen."
Er sah mich mit einem weichen, entspannten Blick an und legte den Kopf schief. Ein eigenartiger Anblick, der in einem hinreißenden Kontrast zu seinem strengen, düsteren Äußeren stand. „Ich will nur, dass du weißt, du hast eine Wahl. Du wirst in jedem Fall unverletzt in dein Leben zurückfinden."
Ich betrachtete nachdenklich seine bleichen Hände und dachte angestrengt nach. Eine Probezeit in der Unterwelt? In Gesellschaft dieses erhabenen Wesens, das meine Furcht Stück für Stück in immer haltlosere Sehnsucht verwandelte? Und das im Austausch für mein Leben, das momentan wirklich nur noch aus Scherben bestand? Warum eigentlich nicht?
„Ich denke, ich werde es auf einen Versuch ankommen lassen", sagte ich und erschrak vor meinen eigenen Worten.
Melas hob mein Kinn an und sah mich an. „Du ahnst nicht, wie sehr mich das freut. Dieser erste Schritt ist der Beginn von etwas ... nun, du wirst es sehen."
„Und was ... was mache ich nun hier?"
„Du bist frei, alles zu erkunden, was du willst. Natürlich nur an meiner Seite. Diese Welt ist zwar nicht gefährlich, kann aber bisweilen sehr beängstigend sein. Und ich verspreche dir, ich werde nichts tun, wozu du nicht bereit bist. Wenn du in meinem Palast lebst und schläfst, bedeutet das nicht, dass ich nachts plötzlich vor deinem Bett stehe. Es sei denn, du wünschst dir das."
Er begleitete seine Worte mit einem sanften Lächeln, so dass ich mir nicht sicher war, ob er sie ernst gemeint hatte. Es überschauerte mich so sehr, als würde eine Springflut mein Inneres ins offene Meer reißen. Hier in diesem

stillen Pavillon inmitten all der Dunkelheit empfand ich eine fast willenlose Bereitschaft, mich diesem Wesen vollkommen auszuliefern.
Melas löste mit seinem Lächeln, hinter dem ich erschrocken seine ausgeprägten Eckzähne aufblitzen sah, eine verzehrende Begierde und eine flatternde Erregung in mir aus. So sehr, dass der Gedanke, wieder zurück in mein Leben zu gehen, in immer weitere Ferne rückte. Ich spürte ein ahnungsvolles Zittern in meiner Brust und das intensive Wissen von Unausweichlichkeit. Was, wenn mich mein Hiersein auf eine Art und Weise veränderte, dass ich mich selbst nicht wieder erkannte? Was, wenn das hier eine Falle war?
Melas strich mir wieder über meine Stirn und schüttelte den Kopf. Meine wild zappelnden Bedenken mussten ihm vorkommen wie lästige Fliegen. Er wirkte in seiner majestätischen Unwirklichkeit so elegant und wissend, so zurückhaltend und vorsichtig. In seinen Blicken und in jeder Geste seiner schlanken, weißen Hände lag jedoch eine unheilvolle Überlegenheit, vor der ich mich fühlte wie ein kleiner, zerbrechlicher Nachtfalter.
„Soll das heißen, wenn du mich zu Beginn des Frühlings wieder gehen lässt, werde ich im nächsten Herbst wieder in irgendeinen Brunnen geschleift um erneut bei dir zu landen?“, fragte ich.
„Das denkst du wirklich?“, entgegnete er.
„Wenn du erst einmal zurück in deiner Welt sein wirst, wird dein Leben ganz neue Wendungen nehmen. Und es wird im kommenden Herbst deine ganz eigene Entscheidung sein zurückzukommen.“
„Und wenn ich das nicht will?“, fragte ich.
Melas stand auf und reichte mir die Hand. „Du wirst es wollen. Dafür werde ich schon sorgen.“
Und bei diesen Worten legte er seine Hand in meinen Nacken, zart und dennoch unnachgiebig und sah er mit einem Blick auf mich herunter, der mich innerlich zerspringen ließ vor dunklen, erregenden Ahnungen.

Kapitel 16

Und so begann ich meine „Probezeit“ in der Unterwelt, oder der Anderwelt, wie er sie nannte.
Ich bekam schnell eine Ahnung davon, dass der labyrinthisch verzweigte Palast der einzig feste und unveränderliche Ort in diesem Reich war. Alles, was sich außerhalb seiner Mauern befand, veränderte sich von Tag zu Tag und hatte sehr viel mit meiner eigenen Stimmung zu tun. Und der Vorstellung, die ich Zeit meines Lebens vom Jenseits gehabt hatte. Ich erfuhr, dass das Bild, das sich mir bot, dieser lebensfeindliche, düstere Ort eigentlich nur in meiner Fantasie existierte und dass sie von der Religion und Jenseitsvorstellung meiner Kultur gespeist wurde. Melas erzählte mir, dass es das Paradies als festen Ort nicht gab, sondern dass das Leben selbst das Paradies war und dass die Menschen sich ihr eigenes Jenseits erschufen. „Wenn du denkst, dass es die Hölle ist, dann wird es die Hölle sein“, sagte er. „Und wenn du glaubst, dass es ein karibischer Strand mit Kokospalmen und Blumenmädchen ist, dann wirst du nach deinem Tod an genau diesem Strand landen.“
„Das heißt ...“
„Das heißt, dass es diesen Ort hier bereits in deiner Vorstellung gab. Die Dunkelheit, die Traurigkeit, die Leere.“
Ich schwieg betroffen. Es stimmte. Ich hatte immer furchtbare Angst vor dem Tod gehabt. Weil ich stets geglaubt hatte, dass mich im Jenseits etwas Schreckliches erwartete. Ich war beeinflusst von dem, was man in einer katholisch geprägten Gesellschaft eben so dachte über das Jenseits. Ich war

zwar nie wirklich gläubig gewesen. Aber mein inneres Bild über das Jenseits war eben nie ein Strand mit Kokospalmen gewesen.
Daher bevorzugte ich es, im Innern des Palastes zu bleiben, wo ich in den ersten beiden Tagen – falls es eine derartige Zeitrechnung hier überhaupt gab – umher wanderte und mit wachsender Faszination alles auf mich wirken ließ. Der Palast sah aus wie eine gigantische Version der alten minoischen Bauten auf Kreta und manchmal hatte er auch Ähnlichkeit mit einer römischen Basilika. Die Hallen waren durch endlose Arkadengänge miteinander verbunden, zwischen denen geometrisch angelegte Gärten lagen, die an mittelalterliche Kreuzgänge erinnerten. Die Pflanzen und Blumen schienen grün und farbenfroh zu sein, weil es aber keine Sonne gab, die darauf schien, konnte ich nur die satt glänzenden, silbrigen Lichtreflexe auf Blüten und Blättern sehen. Die Mauern und Gewölbe waren so weitläufig und riesenhaft, dass ich an die Geschichten von H.P. Lovecraft denken musste, in denen die versunkenen Stätten der Großen Alten beschrieben wurden, die allesamt beängstigend monumentale Ausmaße und gigantische, monströse Formen hatten. Auch hier, in Hades´ Palast, wechselten sich heimelige kleine Alkoven und verschwiegene Haine mit bedrohlichen Weiten ab. Zwischen den Wandelhallen erstreckten sich riesige quadratische Wasserbecken, zu denen breite Marmorstufen hinabführten und auf deren Wasseroberfläche Seerosen mit schwach glimmenden Blüten dahin trieben. Ich konnte auch sonderbar leuchtende und scheinbar uralte Fische sehen, die immer wieder aus der Tiefe aufstiegen und die Wasserfläche mit ihren kupferfarbenen Leibern durchbrachen. Ab und an regnete eine gleißend helle Sternschnuppe zwischen den Dächern herab. Wenn ich durch die schattigen Arkadengänge wandelte, wurden meine Schritte wie ein hundertfaches Echo von den Mauern zurück geworfen. In der Luft lagen die Rauchschwaden der Räucherbecken, die überall aufgestellt waren. Ein ferner Gesang ertönte bisweilen und manchmal sah ich auf den Stufe an den Wasserbecken durchscheinende Gestalten stehen. Überhaupt hatte ich mehr und mehr das Gefühl, nicht mehr ganz alleine zu sein. Ein paar Mal hörte ich zarte Schritte hinter mir, konnte aber niemanden

entdecken. Manchmal entschwand gerade eine geisterhafte Gestalt wie ein Nebelhauch um eine Ecke oder hinter einer Säule.
Melas begleitete mich auf diesen Streifzügen nie. Er schien es vorzuziehen, dass ich diesen Ort für mich alleine erkundete und obwohl ich immer für mich war, spürte ich doch seine Anwesenheit. Der Palast atmete sein Wesen und seine Präsenz. Über allem lag etwas Träumerisches, Verwunschenes und zugleich Kraftvolles, beinahe Brutales.
Ich genoss es, alleine durch das Labyrinth der Hallen und Gärten zu streifen. Gleichzeitig spürte ich ein untergründiges, aber starkes Verlangen nach ihm. Aber er drängte sich mir nicht auf. Nur am Abend gesellte er sich zu mir und geleitete mich zu einem der verwunschenen Plätze der Palastanlage, wo ein für moderne menschliche Geschmäcker fremdartiges, opulentes Mahl gedeckt war. Auf silbernen Etageren und in kostbaren Schalen lagen gefüllte Früchte, herrliches Gebäck, aufwändige Pasteten und köstlich gewürzte Fische. Und wie ein immerwährendes Symbol lagen zwischen den Speisen aufgebrochene Granatäpfel, deren Kerne im spärlichen Licht wie Blutstropfen schimmerten.
Zuerst glaubte ich, dass Melas keine der Speisen anrühren würde. Aber auch er schien körperliche Bedürfnisse zu haben und es bereitete ihm offensichtliches Vergnügen, mit mir zu essen. Er versicherte mir auch immer wieder, dass diese Speisen keine Fallen waren, die mich auf immer an die Unterwelt banden, so wie es in den Mythen und Märchen erzählt wurde.
„Für dich gelten andere Regeln, Mara“, sagte er.
„Und du?“, fragte ich. „Du isst auch? Seit wann hat ein Gott Hunger?“
Er lachte leise und scheinbar amüsiert über meine Vorstellungen, wie ein Gott wohl zu sein hatte. „Du vergisst, dass ich dir in meiner menschlichsten Version gegenüber sitze“, sagte er und zupfte an seinem schwarz seidenen Hemdsärmel, um mir dies zu verdeutlichen. „Ich kenne alle menschlichen Bedürfnisse. Auch ...“, bei diesen Worten beugte er sich ein wenig vor, griff nach einer Feige und sah mich dabei mit aufblitzendem Verlangen an, „... auch den Hunger.“

Seine Worte verwirrten mich immer mehr. Jedes Mal, wenn ich bei ihm war, wob er ein kaum merkliches Gewebe aus Worten, Gesten, Blicken und beiläufigen Berührungen um mich, das mich verzauberte und mir immer mehr eine Ahnung von dem großen Geheimnis vermittelte, das ihn umgab. Er hüllte sich in beinahe allem, was er sagte in eine rätselhafte Doppeldeutigkeit. Wie Zaubersprüche, die etwas Magisches, aber ebenso Bedrohliches verbargen, das ich einfach nicht verstehen konnte. Gleichzeitig herrschte zwischen dem Herrscher dieses Reiches und mir, seinem Gast, eine gewisse Distanz. Es war, als würde Melas auf ein Zeichen meinerseits warten, das es ihm gestattete, diese Distanz zu überwinden, um endlich zum Wesentlichen vorzustoßen. Was auch immer das war...

Ich sehnte mich mit jedem Tag mehr nach seiner Anwesenheit und fragte mich, was ich tun konnte, damit er seine behutsame Zurückhaltung aufgab. Wenn ich nachts aus unruhigen, enigmatischen Träumen erwachte, hatte ich das Gefühl, als würde seine Präsenz irgendwo zwischen den Schatten der Bettvorhänge schweben. Als hätte er sich eben noch über mich gebeugt, um dann beim ersten Anzeichen von Erwachen zurück ins Zwielicht der Dämmerung zu gleiten.

Ich sage Dämmerung, weil es den Anschein hatte, als würde sich die Dunkelheit des Palastes mit jedem Tag ein wenig lichten. Das dichte Dunkel einer ewigen Nacht schien sich hier und da zu einer Art frühem Morgengrauen aufzuhellen. Vielleicht war das aber auch nur meine veränderte Stimmung, da ich mich in Hades´ Palast immer heimischer fühlte.

Eines Abends erwartete er mich zwischen den Säulen eines Arkadengangs und reichte mir seine Hand. „Möchtest du das Abendessen heute ein wenig verschieben?“, fragte er mit einem erwartungsvollen Lächeln.

„Ich habe mich schon gefragt, ob es noch mehr Geheimnisse gibt, die mir gezeigt werden sollen, außer die Künste deines unsichtbaren Küchenpersonals“, sagte ich.

Melas schmunzelte und zog die Augenbrauen hoch. Es tat gut, zu wissen, dass ich mich in seiner Gegenwart wie ein normaler Mensch verhalten konnte. Dass es hier trotz der einschüchternden Dunkelheit Raum für eine gewisse, wenn auch nur verbale Leichtigkeit gab.
„Oh, es gibt so viel mehr, was du noch entdecken wirst, Mara“, versicherte er mir. Dann sah er mich mit einem forschenden Blick an. „Sag mir, von allen Dingen, die dich interessieren, welches willst du am meisten erforschen? Was ist es, was du am drängendsten erfahren willst?“
Ich sah ihn eine Weile fragend an und sagte das Erste, was mir einfiel.
„Erzähl mir von Persephone“, bat ich.
Ich fand, es war nun endlich an der Zeit, dass er mir erklärte, warum er glaubte, dass ich dieses unfassbare Erbe antreten sollte.
Melas nickte langsam und schloss für einen Moment die Augen. Ich hatte schon die Befürchtung, meine Frage wäre zu forsch gewesen. Immerhin handelte es sich hier – nach schlicht menschlichem Ermessen – um eine wohl nicht ganz schmerzfreie und dramatische Liebesgeschichte. Es ging um die verflossene Königin dieses Reiches. Was ging mich diese tragische Dame überhaupt an?
„Sie geht dich eine Menge an“, las er meine Gedanken. „Ich bin froh, dass du diese Frage jetzt schon stellst. Komm mit. Ich werde dir etwas zeigen.“
Ein wenig beklommen folgte ich ihm. Er verließ den Arkadengang und lief mit mir durch einen der stillen Gärten, ehe er vor einem Torbogen stehen blieb und eine dicke, metallbeschlagene Tür öffnete. Dahinter lag ein dunkler Korridor, in den er mich nun hinein bat. Dann ergriff er meine Hand und führte mich zielsicher durch die intensive Dunkelheit, als könnten seine Augen wie bei einem nachtaktiven Tier den Weg erkennen. Sein Griff löste sich ein wenig und er bedeutete mir, stehen zu bleiben. Ich war ein wenig außer Atem geraten und meine Furcht vor dem Unbekannten war in diesem stockfinsteren Nichts ringsum wieder angestiegen. Jetzt sah ich, dass Melas mit einer kleinen Geste seiner Hand eine Fackel entzündete, die in einer

Wandverankerung steckte. Als das silbrige Feuer den Gang erhellte, neigte er den Kopf und schaute mich an. „Vertraust du mir?“, fragte er.
Mein Herz stolperte. Ich sah zu ihm auf und nickte. Ja, ich vertraute ihm. Warum, das wusste ich selbst nicht.
Der Gang endete in einer Treppe, die in einem quadratischen Geviert in die Tiefe führte. Eine Vielzahl ineinander verschachtelter, mit kunstvollen Reliefs verzierter Stufen führte konzentrisch hinab und endete weit unter uns in einem runden Brunnen, dessen schwarze Wasserfläche wie eine Pupille zu uns hinauf zu starren schien.
„Ich weiß, dass es nicht sonderlich angenehm anmutet, dort hinab zu steigen“, sagte Melas. „Aber ich bin bei dir, und es wird dir nichts passieren.“
Ich nickte wieder. Mir fiel ein, dass ich eine derartige Treppe schon einmal gesehen hatte. Bei einer Reise durch Indien, die ich nach dem Abitur zusammen mit meinen Eltern gemacht hatte. Dort gab es in einigen Staaten sogenannte Stepwells. Stufenbrunnen, über die die Leute bis herunter zum Grundwasserspiegel steigen und ihr Wasser schöpfen konnten. Ich war damals sehr fasziniert von diesen komplizierten Konstruktionen gewesen und bekam gar nicht genug von den Besichtigungen der Brunnen. Viele von ihnen waren verfallen und nicht mehr sicher gewesen, die Stufen überzogen von Moosen und Flechten. Und in der Tiefe, wie eine geheimnisvolle Verheißung, das tiefgrüne, schlammige Wasser.
Wie eigenartig. Dass auch dieser Ort hier genauso aussah wie etwas, das ich bereits einmal gesehen hatte. Ich wandte den Kopf und Melas nickte mir mit einem wissenden Lächeln zu.
„Ja, du hast diesen Ort bereits in deiner Vorstellung erschaffen, Mara. Bist du bereit, noch einmal in die Tiefe zu steigen?“
Anstatt einer Antwort machte ich den ersten Schritt. Auf einmal war die Anziehung dieses dunklen Wassers unausweichlich. Melas nahm meine Hand wieder fester und gemeinsam stiegen wir die Stufen herab. Der Schein der Fackel warf bizarre, tanzende Schatten über die Steinkanten. Über allem lag eine höhlenartige Stille. Trotz Faszination spürte ich jedoch mein eigenes

unterdrücktes Zittern und den Widerhall meiner Herzschläge. Mit jeder Stufe, die ich an seiner Hand in die Tiefe stieg, legte sich meine Aufregung jedoch mehr und mehr und eine träumerische Ruhe breitete sich in mir aus. Ein Gleichmut, der nichts erwartete und nichts mehr hinterfragte.

Der Druck seiner Hand wurde stärker. Dann waren wir unten angekommen. Ich wagte einen Blick nach oben und sah nichts als Schwärze. Auf einmal schwindelte mir. Ich hatte das Gefühl, an einem Ort angekommen zu sein, der nicht weiter entfernt sein konnte von allem, was ich hätte benennen können. Ein Ort jenseits aller messbaren Dinge. Melas bemerkte mein Zittern und bedeutete mir, mich auf eine der untersten Stufen direkt am Rand des Brunnens zu setzen.

„Schau auf das Wasser“, sagte er leise. „Versuche, ruhig und gleichmäßig zu atmen. Schau auf das Wasser.“

Was geschah hier mit mir? Versuchte er mich zu hypnotisieren? Plötzlich strahlte der Brunnen etwas Feindseliges, Bedrohliches aus. Verdammt, ich hatte langsam genug von diesen schwarzen Wasserlöchern! Nachdem, was ich erlebt hatte, konnte er doch nicht ernsthaft verlangen, dass ich ...

„Vertrau mir“, raunte er leise und seine Hände legten sich auf meine Schultern, schwer und beruhigend. „Atme ganz ruhig und vertraue. Du bist hier vollkommen sicher.“

Ich gehorchte und nahm ein paar tiefe Atemzüge und dann umgab mich auf einmal etwas zutiefst Mystisches, Unirdisches. Ich ließ zu, dass meine Angst der Neugierde wich, die ich gleichzeitig empfand. Unter dem Eindruck, dass sich die Atmosphäre ringsum plötzlich verschob und einem Ansturm sonderbarer, namenloser Bilder, die aus meinem Bewusstsein stiegen, musste ich die Augen schließen.

Als ich sie wieder öffnete, stand am Rand des Wassers direkt mir gegenüber eine junge Frau. Sie war hochgewachsen und schlank und in ein ganz ähnliches Kleid gehüllt wie ich. In ihren altertümlich aufgesteckten Haaren lag ein Kranz aus vertrockneten Blumen, die ihre hohe Stirn wie eine Krone bekränzten. In ihrem blassen, wunderschönen Gesicht war eine solche

Traurigkeit, dass es mir das Herz zusammen schnürte. Sie stand barfuß am Rand der Brunneneinfassung und tastete mit ihrem nackten Fuß nach dem Wasser. Ich musste mich gar nicht erst fragen, wer diese Frau war. Ich wusste es.

Persephone.

Die Antwort stand ganz klar vor meinem geistigen Auge. Und mit dieser Gewissheit sah ich jetzt ihre geballte Traurigkeit und die Abschiedsstimmung, die sie wie ein flirrendes Seufzen umgab. Gleichzeitig lag in ihren großen, wunden Augen auch eine solche Entschlossenheit, dass mein Mitleid für sie in den Hintergrund trat. Persephone sah auf, schaute mich mit einem auffordernden, wilden Blick an und machte einen Schritt vorwärts. Dann stürzte sie wie in Zeitlupe ins Wasser und versank darin, ohne dass die Oberfläche davon bewegt wurde. Mit angehaltenem Atem sah ich dem Entschwinden ihres hellen Körpers in der Dunkelheit nach. Eine Weile noch trieben ihre Haare und ein paar der Blumen auf dem Wasser. Dann war das ganze Bild verschwunden.

Ich wich zurück und blinzelte erschrocken. Melas streichelte meinen Nacken.

„Hast du sie gesehen?“, fragte er flüsternd. Ich nickte.

„Schau weiter hin“, forderte er mich auf.

Ich gehorchte. Und was ich dann sah war mir völlig unbegreiflich. Plötzlich materialisierte sich am gegenüberliegenden Brunnenrand eine weitere, sehr junge Frau. Sie war ebenfalls altertümlich gekleidet und blutete aus einer Wunde am Hals. Ihre langen Haare waren verfilzt und ihr Gesicht schmutzig. Auch sie stürzte sich entschlossen in das schwarze Wasser. Danach erschien ein junges Mädchen, fast noch ein Kind. Es war nackt und trug eine hölzerne Puppe mit sich. Ebenso wie die Frau ließ es sich ohne erkennbare Furcht in das Wasser sinken. Und so ging es immer weiter. Nacheinander und in immer schnellerem Wechsel erschienen immer mehr Frauen, kleine, große, junge alte, schöne und unansehnliche, fürstlich gekleidete und ärmliche, gebrechliche und gesunde, verwundete oder kranke. Sie alle strahlten eine feste Entschlossenheit aus, ehe sie sich in den Brunnen stürzten. Nach und nach veränderte sich die Kleidung der Frauen und näherte sich allmählich der Mode jüngerer Jahrhunderte an. Bis sie schließlich so gekleidet waren wie die Frauen des 20. Jahrhunderts. Irgendwann versank auch die letzte Frau im Wasser.

Ich hielt dieses verwirrende, rätselhafte Schauspiel nicht länger aus und rutschte ganz nah an den Rand des Brunnens, weil ich unbedingt sehen wollte, was unter der Wasseroberfläche vor sich ging. In der Luft hing auf einmal ein unheilvolles Vibrieren. Ich beugte mich tiefer über das Wasser und sah mit einem Mal eine weiß schimmernde Gestalt aus der Tiefe empor steigen. Plötzlich ergriff mich eine unbeschreibliche Furcht vor dieser weiteren und wie ich glaubte, letzten Frau. Ich wollte zurückweichen, aber etwas hielt mich an dieser Stelle fest und ich konnte nichts anderes tun, als dem immer näher kommenden Gesicht entgegen zu sehen. Dann wölbte sich das Wasser und der Kopf brach an die Oberfläche. Ich hielt den Atem an. Der Blick der Frau war unverwandt auf mich gerichtet, ein gelassener Blick, in dem aber auch eine unaussprechliche Verwunderung lag, ein Anflug von Angst und Verlassenheit und dann begriff ich, wer mich da aus dem Brunnen heraus ansah.

Ich.

Die Frau im Wasser war ich selbst.

Kapitel 17

Wie erstarrt betrachtete ich mein Ebenbild. Ich hörte nichts mehr, sah nichts mehr und nahm nichts mehr wahr. Nur noch eine unerträgliche Wehmut, die durch jede meiner Fasern schwang. Mir war, als würde ich erneut in den finsteren Abgrund des Wassers gezogen.

Als nächstes fühlte ich Hände, die mich vom Brunnenrand zurückzogen und zwei kraftvolle Arme mich umfingen und festhielten.
Ich saß mit fliegendem Herzschlag da, aber das Gefühl auswegloser Traurigkeit war, eben so wie die Frau, verschwunden. Alles, was ich wahrnahm, war der leicht modrige Geruch der feuchten Steine und jener unverwechselbare Duft nach Weihrauch und verbrannten Kräutern, Leder und Seide, der so charakteristisch für Melas war. Und so anziehend. Seine Hand strich beruhigend über meine Stirn. Ich blinzelte benommen.
„Was ... was war denn ... das gerade?“, stammelte ich.
„Das war die Wahrheit über dich selbst“, sagte er und ich fühlte seine starken Hände über meinen Hals und Nacken streicheln. Ich hätte mich seinen Berührungen, diesem sanften, einnehmenden Streicheln so gerne völlig hingegeben. Aber ich war viel zu aufgewühlt, um mich ganz in seine Geborgenheit fallen zu lassen.
„Wie meinst du das?“, wisperte ich und spürte dem Nachhall der überwältigenden Emotion nach, die der Anblick dieser Frauen in dem Brunnenloch in mir ausgelöst hatte. Plötzlich waren da nur noch Erschöpfung und das Bedürfnis zu vergessen. Das war zu viel für einen Menschen, so viel stand fest. Diesem Mysterium konnte man nicht gewachsen sein, erst Recht nicht ich.
Melas beugte sich seitlich über mich und sah mich forschend an, während seine Hand nach meinem Gesicht tastete. Er schien zu spüren, wie sehr mich das Ganze erschüttert hatte.
„Mara, das war zu intensiv für dich!“, stieß er ein wenig erschrocken hervor. „Verzeih... ich dachte, du hättest bereits eine Ahnung davon in dir getragen.“
Ungläubig schüttelte ich den Kopf. „Was denn für eine Ahnung?“, fragte ich und kam mir dumm vor. Ich erinnerte mich, dass ich als Kind manchmal versucht hatte, meinen Eltern morgens die immense Wichtigkeit meiner Träume klarzumachen, nur um in der Nacherzählung am Frühstückstisch zu merken, dass diesen Träumen jeder Sinn und jede Logik abhanden gekommen war, die ich beim Aufwachen noch gespürt hatte. So war es auch jetzt. Ich

wusste plötzlich nicht mehr, was mich eigentlich so aus der Bahn geworfen hatte. Es war nur eine Halluzination gewesen, die mich kurz ergriffen und mich dann wortlos und irritiert zurückgelassen hatte.

„Ich habe dich hier her geführt, um dir den wahren Grund für deine Anwesenheit zu zeigen. Ich dachte, du hättest in deinem bisherigen Leben bereits eine Ahnung davon gehabt, um was es geht“, sagte Melas mit ruhiger Eindringlichkeit. „Du bist ein sehr besonderer Mensch, weißt du das nicht? Ich glaubte, dass du bereit bist, weil du nun wahrlich keine junge Seele mehr bist. Es tut mir Leid, wenn dieses Wissen noch zu groß für dich ist. Bitte verzeih mir.“

„Wie kann ich bereit sein für diese ... Mysterien? Was war das überhaupt?“, stieß ich hervor.

„Das war eine Art Zeitraffer all deiner Leben“, sagte er. „Die Inkarnationen deiner Seele über die letzten drei Jahrtausende.“

„Was ...?“

Ich verstand es nicht. Und dennoch erzeugten seine Worte einen logischen Widerhall in mir. So, als wüsste ein Teil von mir ganz genau, was er mir sagen wollte.

„Dieser Ort und seine Gesetze sind ganz anders, als alles, was die Menschen bisher geglaubt haben. Deine Seele verzehrte sich danach, diese Erfahrung zu machen. Das hast du mir gesagt, als du damals von hier fortgegangen bist.“

„Wie bitte?!“ Ich verstand gar nichts mehr.

„Du, Mara, du bist Persephone.“

Ich wandte den Kopf und sah ihn an. Ihn so nah bei mir zu haben, jagte meinen Puls erneut hoch. Seine Augen schimmerten wie schwarze Steine in seinem blassen Gesicht.

„Du willst mich verunsichern“, flüsterte ich. „Um mich zu testen. Oder um mich in den Wahnsinn zu treiben, oder beides zusammen!“

„Nein, Mara. Etwas Derartiges ist mir völlig fremd.“ Er legte seinen Mund an meine Schläfe und sog den Duft meiner Haare ein. Und ich fühlte meinen Körper in seiner Umarmung entspannen und ruhiger werden.

„Es hat etwas mit dem Wasser zu tun“, sagte er leise. „Schon seit Urzeiten war es so, dass das Wasser eine durchlässigere Verbindung in andere Dimensionen des Seins erzeugt. Und du bist ein Mensch, der die Macht des Wassers schon immer gefühlt hat, nicht wahr? Schon als du ein kleines Mädchen warst, konntest du im Wasser etwas Besonderes fühlen; du kannst diese Verbindung herstellen. Erinnere dich.“

Ich schloss die Augen und dachte an die ersten Urlaube mit meiner Familie am Meer oder den dunkelgrünen Gebirgsseen in den Alpen. Ich weiß noch, wie beeindruckt meine Eltern waren, dass ich schon sehr früh schwimmen konnte und mit welcher Neugierde und Sicherheit ich jedes Gewässer erkunden wollte. Die Scheu der anderen Kinder vor tiefen, dunklen und kalten Seen kannte ich nicht. Meine Mutter hatte mir einmal erzählt, dass ich schon als kleines Mädchen stundenlang auf einem Felsen in der Brandung oder an einem Stein am Ufer eines Sees saß und aufs Wasser schaute, als wäre dort etwas, das nur ich sehen konnte.

Als würdest du meditieren, wie eine Erwachsene, hatte sie gesagt und mir für mein Zimmer ein großes Bild vom Meer gekauft und übers Bett gehängt. Nun wurde mir auch bewusst, dass ich diese Verbindung zum Wasser in den letzten Jahren immer mehr verloren hatte. Ich war zu einem Stadtmenschen geworden. Erst seit dem Unfall in Griechenland war die sonderbare Faszination für Wasser wieder zurückgekommen.

„Diese Gabe ist nicht besonders weit verbreitet, Mara. Viele Menschen überhören dieses zarte Geflüster der Seele. Du aber nicht, denn du warst schon sehr oft hier.“

„Ich glaube eher, dass mit meinem Kopf etwas nicht stimmt und ich mir das alles nur einbilde“, widersprach ich.

Melas veränderte seine Position und ließ mich los. Er setzte sich neben mich auf die Stufe und stützte seine Unterarme auf der Steinkante hinter ihm ab. Nachdenklich betrachtete er die schwarze Pupille des Brunnens mit seinem unbewegten, glatten Wasser. Ich glaubte schon, ihn verstimmt zu haben, aber er sah mich mit einem verhaltenen Lächeln an.

„Du bildest es dir nicht ein, meine Liebe“, antwortete er. „Vertrau deinen Instinkten. Die Seele weiß so viel mehr als die Menschen. Und je älter eine Seele ist, desto leichter gelingt ihr der Übergang. Dieses Reich gibt es seit Anbeginn der Zeit. Hier in der Anderwelt herrschen Gesetze, die den Menschen Angst machen, die aber völlig logisch sind. Hier entfaltet sich die wahre Logik des Lebens, nach der die Mystiker aller Jahrhunderte gesucht, aber immer nur eine Ahnung davon erhalten haben.“

Seine Stimme versetzte mich in eine eigenartige Stimmung. Ich hätte ihm ewig lauschen können.

„Mara, du und ich, wir kennen uns bereits seit vielen Jahrhunderten. Deine Seele kam, wenn der Tod sie vom Leben trennte immer hierher. Dies ist nicht das Jenseits. Sondern eine Station für die Seele, an der sie das gesammelte Wissen verinnerlichen und sich ausruhen kann. An der Wunden heilen und neue Kraft geschöpft wird. Eure Märchen und Mythen, alle Epen und Sagen handeln von diesem Ort. Du warst schon oft hier. Du kannst dich nur nicht erinnern.“

Ich starrte ihn fassungslos an. „Du meinst, alle Seelen ruhen sich hier aus, bevor sie ein neues Leben beginnen?“

„So ist es. Dies ist auch der wahre Grund für ein Déjà-vu. Du weißt Dinge, die nicht aus deinem jetzigen Leben stammen.“

Melas sah hinunter in das Rund des Brunnens, der ein solch unbegreifliches Geheimnis barg.

„Und was ist deine Aufgabe in diesem Reich?“, fragte ich, denn ich war außerstande, ihn nach jenem Detail seiner Worte zu fragen, das mich völlig überforderte und auch ziemlich einschüchterte.

Ich sollte Persephone gewesen sein? Meine Seele war dreitausend Jahre alt? Unvorstellbar. Mein Verstand kapitulierte vor dieser Information. Wenn das stimmte, wieso merkte ich davon nicht das Geringste?

„Ich beobachte“, beantwortete Melas meine Frage. „Auch wenn du das von einem Gott der Unterwelt nicht erwartest. Ich beobachte und beschütze diesen Raum, in dem die Seele zuhause ist. Was die Seelen der Menschen hier für

Erfahrungen machen, ist alleine ihre Angelegenheit. Ich bestrafe niemanden. Ich kann aber auch niemanden vor seiner Zeit ziehen lassen. Es gibt Seelen, die bleiben hier. Sie kehren nicht zurück."
Eine Weile schwiegen wir. Die Fackel lag während der ganzen Zeit auf einer der höheren Stufe und warf langsam zuckende Schatten und Lichtbänder über die Treppen. In diesem Lichtspiel sah ich Melas´ fremdartiges Profil ganz deutlich. Er sah nachdenklich und auch ein wenig traurig aus. Er senkte den Kopf und ich fühlte die Melancholie, die uns wie einen Mantel einhüllte.
„Bevor wir weitergehen, muss ich dich zuerst um etwas bitten", sagte er und wandte den Kopf. Sein Blick war sehr ernst. „Wenn du hier bleibst und wir einander mehr Zeit widmen, wird dir auffallen, dass ich sehr distanziert bin und gleichzeitig kurz davor, diese Distanz zwischen uns einzureißen."
„Das ist mir schon aufgefallen", murmelte ich mit neu erwachender Sehnsucht nach absoluter Nähe.
„Dafür gibt es einen Grund. Es gibt zwischen dir und mir eine lange und sehr schmerzvolle Geschichte, an die du dich nicht mehr erinnerst, weil deine Seele sie in diesem Brunnen hier zurück gelassen hat. Du hättest nicht als Mensch so lange frei über die Erde wandeln und dich entfalten können, wenn du gewusst hättest, dass du ... nun, einmal Persephone warst."
Seine Stimme war nur noch ein Raunen. Seine Augen hypnotisierten mich und mir wurde klar, dass der Abstand, den ich gerade noch zu fühlen geglaubt hatte, nun schlagartig schwand. Er näherte sich mir wieder und legte seine Hand in meinen Nacken. Wie ich es liebte, wenn er das tat. Wie ich es liebte, seine große, feste Hand dort zu spüren. Diese Berührung machte mir das Kräfteverhältnis zwischen uns auf eindringliche Weise klar und genau darin lag etwas, das mich vor Verlangen zittern ließ.
Die Melancholie des Wassers wurde weicher und ich konnte allmählich einen Raum in mir fühlen, in dem sich Melas´ Antworten entfalten konnten.
In dem Moment, als sein Mund sich mir näherte, war es, als würde ich mich an etwas Bedeutsames erinnern. Kurz bevor er mich mit seinen Lippen berührte, hielt er inne.

„Ich will dir keine Angst machen, Mara. Dir wird nichts passieren, wenn du in meiner Nähe bist. Aber es könnte sein, dass die Erinnerungen an das, was geschehen ist, dich mit Abscheu erregen. Ich verspreche dir, dass die Zeit kommt, in der du verstehen wirst, dass ich damals nicht anders konnte. Dass ich das Ungeheuer in mir bändige kann. Aber bis es so weit ist..."
Seine Hand hielt mich mit ruhiger Bestimmtheit fest. „Bis es soweit ist, bitte ich dich, geduldig zu warten. Darauf, dass du wirklich bereit bist für ... mehr. Ich werde dich jetzt einmal küssen, damit du spürst, wie es sein könnte. Aber du entscheidest, wie es weitergeht, wenn du erst einmal weißt, was damals geschehen ist."
Wie betäubt nickte ich. Als er mich küsste, war es, als würde ein Teil von mir in diesen dunklen Brunnen sinken und irgendwo in der Tiefe ein Geheimnis betasten, ohne dass es sich mir jedoch in seiner ganzen Natur zeigte. Sein Kuss war sanft, aber auch fordernd, was mich zunehmend willenlos werden ließ.
Seine Lippen berührten mich auf eine Art, die ich nicht kannte. Und diese Gewissheit, dass es ein alter, mächtiger Gott war, der da seine Lippen auf die meinen legte, machte mich augenblicklich zu seiner Gefangenen. Ich wollte nichts anderes mehr, als diesen Moment bis in alle Ewigkeiten.
Melas zog mich an sich und hielt mich fest. An meiner Brust spürte ich seinen harten, triumphierenden Herzschlag. „Wie sehr ich das herbei gesehnt habe", flüsterte er und wiederholte damit genau das, was auch ich dachte. Ich konnte seine eigenartig spitzen Zähne an meinen Lippen spüren und wie mein Körper in seiner Umarmung immer weicher wurde. Zögerlich streckte ich meine Hände nach ihm aus und umfasste seine Unterarme, die sich hart unter dem dünnen Stoff seines Hemdes abzeichneten. Plötzlich erregte mich die Vorstellung, ihn intensiv und vollständig zu spüren so sehr, dass mir ganz schummrig wurde.
Dabei wäre es jetzt eindeutig an der Zeit gewesen, dass mein menschlicher Verstand die Rettungsleine gezogen hätte. Wie kam ich denn dazu, mir von diesem rätselhaften Finsterling derart sonderbare Andeutungen machen zu

lassen, ohne meinen Kopf einzuschalten und mich zu fragen, ob ich nicht einfach in einer Wahn-Welt dahin trieb.

Aber Melas umfing mich nun mit solcher Leidenschaft und gab mir das Gefühl, etwas unendlich Wertvolles zu sein, das er seit Jahrhunderten an seine Seite zurück sehnte. Und doch strahlte seine Nähe immer noch etwas Düsteres aus. Aber es war genau diese düstere Macht, die in mir eine drängende Sehnsucht erzeugte. Eine Sehnsucht danach, von ihm auf die feuchten Steinstufen gepresst und verschlungen zu werden. Aber dies hier war kein Moment zwischen Mann und Frau, wo gewöhnliche Warnzeichen blinken. Denn Melas war kein Mann. Er war der verdammte Gott der Unterwelt. Und er hatte es mit Leichtigkeit geschafft, mir in einer Dimension jenseits von Vernunft zu vermitteln, dass meine menschliche Vorsicht hier wirkungslos, ja lächerlich war.

Langsam löste er sich von mir und hob den Kopf. Für eine Sekunde ließ das Fackellicht seine Augen überirdisch aufleuchten und in diesem Augenblick sah ich den dunklen, uralten Gott in ihm ganz deutlich.

„Empfindest Angst?“, flüsterte er.

„Ein wenig“, gestand ich.

Er küsste meinen Hals mit neuem Verlangen, das mein Inneres erregt beben ließ. Dabei war er jedoch immer noch so behutsam, so voll gebändigter Kraft, als würde er sich selbst zurückhalten, um mich nicht zu überfordern.

Dann gab er mich frei und küsste sachte meine Stirn. „Du wolltest mir eine Frage stellen, Liebes“, sagte er sanft.

„Wird es immer so sein, wie jetzt?“, fragte ich. „Ich genieße es ... aber es ist auch so erschütternd. Als wäre da noch etwas anderes in mir, das auf deine Nähe reagiert.“

„Ich weiß. Es tut mir leid, dass ich dich erneut damit konfrontieren muss. Beschreib mir das Gefühl“, bat er.

Wie sollte ich etwas aussprechen, was ich mir selbst kaum einzugestehen wagte. Auf einmal wusste ich, dass mir von diesem Geschöpf einmal unbeschreibliche Gewalt angetan worden war. Und ich erschauerte kalt in

meiner Brust, als mir das klar wurde. Und dennoch war da etwas in mir, das sich nach einem Molekül dieser brachialen Macht sehnte. Ich war zu verwirrt, um es auszusprechen und spürte nun auch noch das Blut in meine Wangen schießen. Melas, der zweifellos meine Gedanken lesen konnte lächelte zurückhaltend und betrachtete hingerissen mein Gesicht. „Sag es", forderte er.
„Erzähl mir erst von Persephone", bat ich erneut.
Melas schaute in Richtung des Brunnens. „Nein, Mara. Du bist noch nicht soweit. Für heute sind es genug Geheimnisse." Er sah mich um Nachsicht bittend an. „Ich muss dich noch ein wenig schonen. Wie gesagt, ich will es diesmal nicht verderben."
„Aber ich will es verstehen!", drängte ich.
Hades wandte sich ab und schüttelte bestimmt den Kopf. „Das Einzige, was du verstehen musst, ist dass ich damals das Wesen der Liebe völlig missverstanden habe. Ich habe ein Geschöpft geraubt, als wäre sie eine Truhe voller Münzen, und habe auch noch erwartet, von ihm geliebt zu werden. Und diesen Fehler, das weiß ich genau, diesen Fehler werde ich nicht wiederholen."
„Aber wenn du sagst, dass du aus Fehlern lernst ... warum zwingst du mich dann, hier zu sein?"
„Ich habe dich nicht gezwungen", sagte er und ich erschauerte vor der Tiefe seines Blicks.
Ich dachte eine Weile nach und spürte dem Gefühl der Geborgenheit nach, das Melas trotz all der Rätselhaftigkeit in mir auslöste. „Sag mir, wer ich jetzt gerade bin. Bin ich überhaupt Mara? Oder bin ich nur eine Verkörperung deiner verflossenen Königin?"
Ich erschrak unter einer scheinbar beiläufigen Berührung seines kleinen Fingers an meinem Handgelenk.
„Du wirst es herausfinden, meine Liebe. Und dadurch gibt sie mir die Chance, eine uralte Schuld zu begleichen."
Seine Worte waren nicht dazu angetan, das Mysterium auch nur im Geringsten zu durchleuchten. Vor meinem Geist türmten sich immer weitere Fragen auf.

Gleichzeitig begriff ich verwundert, wie angenehm es sich anfühlte, Teil dieses Rätsels zu sein.
„Was für eine uralte Schuld?", fragte ich zögernd.
Melas stieß ein leises Lachen aus. „Mara, ich rufe dich seit vielen hundert Jahren immer wieder zu mir. Aber ich hatte nie die Gelegenheit, das Unrecht wieder gut zu machen, das ich dir angetan hatte, damals." Er strich sanft über meine Lippen. Dann kam er näher und flüsterte: „Ich habe dich gerufen, um dir zu zeigen, was ich Persephone damals nicht zeigen konnte. Und ich wäre unendlich reich beschenkt, wenn du mir diese Chance gewähren würdest."
Was willst du mir zeigen, dachte ich. Doch dann spürte ich wieder seinen behutsamen und doch so verzehrenden Kuss, seine Hände, die an meinem Rücken aufwärts wanderten und in mein Haar glitten. Erneut hatte ich das Gefühl, wieder hinab in einen dunklen Brunnen gezogen zu werden, aber diesmal war das Wasser warm und angenehm und ich fürchtete mich nicht länger davor. Ein Teil von mir schien sich zu erinnern und eine Ahnung stieg in mir auf:
Hatte Hades so lange auf mich gewartet, damit ich freiwillig wieder zu seiner Königin wurde?

Kapitel 18

Nachdem er mich von dem Brunnen wieder hinauf in den Palastgarten geführt hatte, hatte ich erwartet, dass irgendetwas geschehen würde. Irgendetwas, was den Kuss und die Nähe noch übertreffen würde. Aber nichts dergleichen geschah. Oben angekommen, war das Einzige, was ich jetzt noch tun wollte, schlafen. Hades geleitete mich zu meinem Bett, doch entgegen meiner immer noch flackernden Hoffnung, er würde dort bei mir bleiben, entfernte er sich. Als ich zwischen den Kissen lag, konnte ich jedoch spüren, dass er sich auf den thronartigen Stufen auf der anderen Seite der Halle niedergelassen hatte. Ich fühlte mich bewacht und beschützt und fiel in einen tiefen Schlaf.

Den nächsten Tag verbrachte ich in einem träumerischen, nachdenklichen Zustand. Da war einerseits die unglaubliche Wahrheit über mich selbst, die ich erst einmal begreifen und verdauen musste. So sehr mein Verstand auch seine Schwierigkeiten damit hatte, so sehr wusste ich doch in den Tiefen meines Seins, dass es wahr war. Dass die Wahrheit über unsere Leben viel komplexer und doch auch viel einfacher war, als alles, was uns die Religionen glauben machen wollten.

Ich kann es kaum beschreiben, aber es war, als würde mir das geheime Wissen über die Essenz des Lebens, nachdem alle spirituellen Richtungen der Menschheit so intensiv suchten, mir in dieser Sphäre mit jedem Atemzug zuteil. Aber ich hätte nicht sagen können, was ich eigentlich erfuhr oder wusste. Da war eine seltsame Heiterkeit, die sich darüber wundert, warum es jemals so kompliziert gewesen war.

Je mehr ich mich diesem unbeschreiblichen Zustand hingab und aufhörte zu hinterfragen, desto mehr schien sich auch meine Umgebung zu verändern. Beim Blick aus den Palastfenstern hinaus auf die Landschaft sah ich, dass sie doch nicht ganz so öde und schrecklich war wie am Anfang. Ab und an schien zwischen den tiefhängenden Wolken eine Art scheue Sonne hervor zu scheinen. Und manchmal meinte ich im Gefieder der schwarzen Vögel, die in den Gärten landeten, schimmernde Farbreflexe von Smaragdgrün und Gold wahrzunehmen. Auch im Palast selbst schien sich etwas von der schweren Finsternis zu heben und einer Art schummrigem Licht Platz zu machen, das aussah wie das Licht kurz vor dem Sonnenaufgang.

Und dann war da diese Sehnsucht, die Hades in mir entfacht hatte und der ich nichts entgegen zu setzen hatte. Sie allein war es, die meine Verwirrung übertönte. Trotz allem, was ich erfahren hatte und was nun wie ein dräuendes Gewitter über meinem Gemüt lag, hatte seine Gegenwart mich nun derart verzaubert, dass mich dieser Zauber von allem anderen ablenkte.

Der Abstand, den er immer noch zwischen uns aufrecht hielt, dieses höfliche Warten machte mich verrückt. Ich weiß nicht warum, aber ich wartete voller Anspannung auf etwas, irgendetwas, das diesen Abstand verringern konnte und wusste nicht, was es war.
Er begrüßte mich am nächsten Abend ehrerbietig und voller Freude. Aber da war auch eine Flüchtigkeit, die mich irgendwie beunruhigte, ja, frustrierte. Dann fiel mir wieder ein, was er mir an dem Brunnen gesagt hatte: Dass er mich nur einmal küssen würde und dass es an mir war, zu bestimmen was nach diesem Kuss kommen mochte. Allerdings hatte er mir auch versprochen, mir von Persephone zu erzählen, machte an diesem Abend aber keine Anstalten, das Thema anzusprechen.
Bereitete es ihm Pein, über seine verflossene Königin zu reden? Und hatte er Persephone solche Gewalt angetan, dass er sich mir gegenüber derart zurück hielt?
Nach dem wenigen, was er mir über sich und seine Welt angedeutet hatte, hielt ich es für sehr wahrscheinlich. Beim Gedanken daran, was er getan hatte, um Persephone - aus deren Seele sich meine eigene entwickelt hatte - zu beherrschen, schauderte ich vor kaltem Unbehagen. Aber gleichzeitig war da auch ein Hauch von Erregung.
Während wir durch den stillen, verwunschenen Garten spazierten, spürte ich seine Hand, die sich sacht auf meinen Rücken legte und als ich den Kopf wandte, sah ich ein Lächeln auf seinem Gesicht, das ich nicht deuten konnte. Dann wurde mir wieder bewusst, dass ihm meine Empfindungen ja nicht verborgen blieben, dass er wahrscheinlich genau spürte, wie sehr ich mit diesem Verlangen in meinem Innern rang. Plötzlich war mir dieser Zwiespalt in mir ziemlich peinlich. Ich war sogar fast wütend auf dieses erhabene, wissende Geschöpf neben mir, vor dessen uralten Augen mein Seelenleben wie unter einem Mikroskop sichtbar war.
Hades blieb stehen und sah mich an. „Nehme ich da gerade eine gewisse Verdunkelung deines lichten Gemüts wahr?“, fragte er. Wäre er ein normaler Mensch gewesen, ich hätte einen leichten Spott in seiner Stimme vermutet,

aber er sah mich ohne jede Ironie an. Seine ruhige Überlegenheit dämpfte meine Verärgerung jedoch nicht im Mindesten. Hauptsächlich war ich über mich selbst verärgert, aber ich wusste keinen Ausweg aus diesem Dilemma. Wie machte man einem Unterweltgott diese kleinen menschlichen Regungen klar? Wie sollte ich ihm sagen, dass ich mich mit jeder Faser meines Körpers nach ihm sehnte, während er das alles selbst schon wusste, aber gleichzeitig auf ein Zeichen von mir wartete?

Ich schwieg und sah zu ihm auf.

„Wie schön es aussieht, wenn dieser rote Hauch deine Wangen überzieht", stellte er fest. Ich wandte den Kopf ab.

„Sag mir, was in dir vorgeht, Mara", bat er.

„Als ob du das nicht ganz deutlich sehen könntest", warf ich ihm vor. Woher nahm ich eigentlich die Dreistigkeit, so mit ihm zu sprechen?

„Ich sehe es an der Oberfläche. Aber in seiner Tiefe bleiben mir deine Regungen verborgen", beteuerte er. „Ich kann deine Gedanken lesen, ja, aber das bedeutet nichts. Gedanken sind nicht die Wahrheit."

Ich warf ihm einen fragenden Blick zu. „Dann weißt du nicht, was ich gerade fühle?"

Er schüttelte lächelnd den Kopf. „Ich kann es erahnen. Ein bisschen Menschenkenntnis lässt sich nicht vermeiden als Gott der Unterwelt."

Sein Schmunzeln versöhnte mich ein wenig. „Ich habe gerade daran gedacht, was du mir gestern gesagt hast. Dass ich dir ein Zeichen geben soll, wie es ..."

Weiter kam ich nicht. Sein durchdringender Blick ließ die Worte in meinem Mund versiegen. Er neigte seinen Kopf zu mir und strich langsam an meinem Arm abwärts zu meinem Handgelenk, wo er seine Finger an meinem Puls verharren ließ. Himmel, wie sollte man unter solchen Umständen nur einen klaren Gedanken fassen?

„Dass ich dir ein Zeichen geben soll, wie es ... was?", echote er leise.

„Wie es zwischen uns weitergeht...", wisperte ich, schlagartig wie hypnotisiert von seiner Nähe. Da war es wieder. Dieses Gefühl, als würde etwas an mir ziehen, mir aus dunklen Tiefen lockend zurufen. Und dann blitzten in diesem

Moment auch noch die irritierenden Spitzen seiner Zähne hinter seinen sinnlichen Lippen auf und ich musste meine ganze Selbstbeherrschung aktivieren, um nicht wie ein hysterisches Püppchen in Ohnmacht zu fallen.
„Ich bin verwirrt", sagte ich. „Ich hatte, als wir uns in der menschlichen Welt begegnet sind, das Gefühl, dass da etwas war. Zwischen mir und dir."
„Und diesen Eindruck hast du nun nicht mehr?", fragte er.
„Doch. Aber anders. Komplizierter."
„Es ist gar nicht so kompliziert", wandte er ein. Ringsum lag der Garten in dämmriger Stille. „Du musst dir nur deiner Gefühle zu dem Ganzen hier bewusst sein. Du musst wissen, ob du die Idee, mir noch näher zu kommen..." bei diesen Worten verdunkelte sich seine Stimme zu einem Raunen und seine Augen verengten sich „...nicht zu gewagt findest."
„Nein", sagte ich. „Diese *Idee* ist mir keineswegs zu gewagt. Ich weiß nur nicht..."
„Du weißt nur nicht, was meine Distanz zu bedeuten hat", las er dankenswerterweise meine Gedanken. Ich nickte. Mein Herz begleitete die wachsende Spannung der Atmosphäre mit immer heftigeren Schlägen.
„Meine Distanz wird bestehen, so lange ich das Gefühl habe, dich schützen zu müssen."
„Schützen? Vor wem oder was denn?"
Er lächelte sanft und ergriff eine lose Haarsträhne neben meinem Ohr. „Vor mir." Sein Blick wurde nachdenklich und ernst. „Vor mir, weil ich die Wirkung kenne, die ich auf dich ausübe. Als wir uns in deiner Welt begegnet sind, habe ich diese Wirkung bewusst eingesetzte, weil ich dich anziehen wollte, dich faszinieren und dafür öffnen wollte, mein Reich zu betreten. Aber das war eine Manipulation."
„Warte!", bat ich. „Was hast du eigentlich während der Woche mit mir gemacht, an die ich mich nicht erinnern kann?", fragte ich beklommen.
Hades lächelte ein wenig spöttisch. „Ich habe dich nicht irgendwo gefangen gehalten und mich an dir vergangen, falls du das meinst."
„Das meinte ich nicht!"

„Diese Woche war eine Art Übergangszeit, in der deine Seele das Unvermeidliche begriffen und sich dazu entschieden hat, diesen Weg einzuschlagen. Deine Seele hat durch unsere Begegnung in Athen erkannt, wer ich bin. Wer du bist. Sie weilte während dieser sieben Tage in einer Art Zwischensphäre und du lagst während dieser Tage einfach nur schlafend in deinem Hotelzimmer. Manchmal bist du aufgestanden, hast etwas gegessen und getrunken und bist dann wieder eingeschlafen. Dein Körper funktionierte auf Autopilot, wie es in eurer Sprache wohl heißt. Aber deine Seele war in diesen Tagen hellwach und bereitete sich auf unsere Begegnung in meiner Welt vor. Deinem menschlichen Bewusstsein war das jedoch in keinster Weise klar. Deine Seele hat dich jedoch gesteuert. Alles, was danach geschah, geschah, damit du loslassen und in meine Welt sinken kannst. Außer das mit Agnes, das wusste nicht einmal ich." Er sah mich eindringlich an. „Verstehst du, Mara? Deine Seele sandte dir diese Bilder von tiefen Brunnen und flößte dir diese unausweichliche Faszination für alles ein, was mit Wasser zu tun hatte. Sie steuert dich. Immer. Aber in diesem Fall ganz besonders. Weil sie weiß, dass sie hier in der Anderwelt etwas unendlich Wichtiges erfahren und lernen wird. Und deswegen musste sie dich zwingen. Der Scherbenhaufen, als den du dein Leben bezeichnest, ist in Wahrheit ein überaus fruchtbarer Humus für alles, was du danach erfahren wirst."
Ich blinzelte und nickte wie in Trance. Ich verstand, was er mir da sagte. Aber die Konsequenz seiner Worte überstieg dennoch alles, was mein Geist bis dahin erfassen konnte.
Melas führte mich vom Weg fort auf ein Rasenstück und bedeutete mir, mich in das weiche, silbrig schimmernde Gras zu setzen.
„Ich will, dass du weißt, dass dies alles trickreiche Verführungen waren, an deren Folgen du mit deiner Persönlichkeit nicht aktiv beteiligt warst", fuhr Melas fort und sah mich forschend an. „Aber nun musst du das alles wissen, um aus freien Stücken deine eigene Entscheidung zu treffen."
„Welche Entscheidung?", wisperte ich.

Melas beugte sich vor und legte seine Hand an meinen Hals, als wüsste er genau, wie sehr ich das liebte. Seine Berührung elektrisierte mich. Was erwartete er denn? Sollte ich bei diesen verführerischen, innigen Gesten etwas anderes wollen als ihn?
„Ob du ganz mein sein willst oder ob du vor diesem Schritt Abstand nimmst“, sagte er. „Ob du willst, dass es weitergeht. Du weißt was ich damit meine, nicht wahr?“ Sein Gesicht war dicht vor meinem und ich spürte die flirrende Energie seines Verlangens. Ich nickte wie betäubt und schloss die Augen in Erwartung, dass er mich küssen würde. Aber seine Lippen berührten die meinen nur flüchtig, was alles nur noch schlimmer machte.
„Ich will es“, flüsterte ich. „Ich will dir nah sein.“
Melas streichelte meinen Hals, wanderte über meine Schultern abwärts zu meinen nackten Armen und ließ seine Hand in der Beuge meines angewinkelten Schenkels liegen, nah bei meinem Schoß.
„Um diesen Schritt frei entscheiden zu können, musst du noch etwas wissen“, sagte er leise, fast bedauernd. „Ich habe dir versprochen, ehrlich zu sein und dich nicht zu manipulieren. Deswegen ist dein Verlangen aber vielleicht dennoch getrübt.“
Ich sah ihn erstaunt an. „Warum sollte es das sein?“
„Weil du noch nicht alles weißt.“
Ich wusste auf einmal, was er mir sagen wollte. „Du meinst die Geschichte von dir und Persephone?“, fragte ich scheu, denn ich spürte, dass ich dünnes Eis betrat.
Melas nickte. „Ja. Unsere Geschichte, Mara.“
„Dann bitte erzähl sie mir. Ich kann mir nicht vorstellen, dass sie so schrecklich ist, dass ich mich danach anders entscheiden sollte.“
„Und selbst wenn“, wandte er ein. „Es hätte keinerlei negative Auswirkungen auf dein Leben.“
„Aber ich...“, begann ich, bremste mich aber sofort wieder, weil ich mir vorkam wie ein gieriges Kind. Unüberlegt. Und der wahren Tragweite der

Situation nicht angemessen. Nur in Gedanken vollendete ich den Satz und hoffte, dass auch er ihn hörte: „Aber ich will dich!"

Melas´ Geschichte

Über meine Herkunft kannst du in den antiken Mythen viel erfahren, aber nicht alles entspricht der Wahrheit die nur meinesgleichen kennen. Ich bin der Sohn des Kronos. Er selbst war das Ergebnis der Paarung von Himmel und Erde. Ein Titan. Ein Abkömmling des ältesten Geschlechts der Götter. Aber eigentlich wird es seiner Natur eher gerecht, wenn du ihn als einen der ersten Urmächte dieses Universums bezeichnest. Kronos bekam die Prophezeiung, dass einer seiner Söhne ihn entmachten würde, also verschlang er mich nach meiner Geburt. Danach verschlang er meinen Bruder Poseidon und anstelle unseres Bruders Zeus einen Stein, da er Zeus nicht habhaft werden konnte. Es gibt noch andere Geschichten, die andere Versionen dieses Mythos erzählen, aber diese Variationen sind nicht wichtig.

Was folgte, war ein Jahrtausende dauernder Krieg zwischen den ersten Göttern und ihren Söhnen und Töchtern. Eine unvorstellbare universelle Umwälzung, die neue Kinder hervorbrachte. So zum Beispiel die Göttin Aphrodite, die entstand, weil mein Vater seinen Vater entmannte und aus dem Samen und seinem Blut, das als Schaum auf dem Meer landete, entwuchs etwas derart Wundervolles wie die Göttin der Liebe. Ich wurde in diesen Krieg zwischen den Göttern hinein geboren und kannte von Anfang an nichts anderes als dies. Du musst wissen, es war kein wirklicher Krieg, so wie er in den Geschichten dargestellt wird, sondern eine fundamentale Grundordnung aller Elemente, aller Energien und Prinzipien des Universums. Alte, lebensfeindliche Absolutheit, wie sie nach dem Urknall herrschte wurde abgelöst durch differenziertere Formen. Nach dem Sieg teilten wir die bis dahin bestehende Welt unter uns auf. Zeus bekam den Himmel, Poseidon das Meer und ich das, was übrig geblieben war. Die Unterwelt. Der Olymp und die Erde waren ein Bereich, an dem wir alle wirksam sein konnten. Das alles sind jedoch nur Geschichten, die symbolisch für die Kräfte des Universums stehen.

Ich war nicht unzufrieden, dass ich von nun an die Unterwelt verkörpern und bewahren sollte. Warum auch? Für mich war diese Sphäre ein wertfreier, neutraler Ort. Ich hinterfragte den Tod nicht, denn er war etwas Unausweichliches. Es war mir eine Ehre, Herrscher über diesen Ort zu sein. Zu Beginn beobachtete ich nur, dass alles Leben durch den Tod in mein Reich sank, sich dort erholte, Atem schöpfte und von neuem begann. Das war nichts Schlechtes, sondern etwas Logisches und ich erfreute mich an diesem Schauspiel. Dann veränderten sich jedoch die Umstände meiner Regentschaft. Irgendwann wurde mir bewusst, dass ich im Universum eine Sonderstellung einnahm, die den anderen Göttern zunehmend verhasst war. Meine göttlichen Geschwister und die ersten Menschen entwickelten eine abgrundtiefe Abscheu und Angst und ich verstand nicht, warum.

Du musst wissen, nachdem erst einmal das Grundlegende im Weltengefüge durch den ersten Krieg geregelt und geordnet war, kam ein neuer Faktor hinzu, der die Wirklichkeit gestaltete. Der Mensch. Die ersten Menschen sahen die Welt so, wie sie war. Aber mit jedem neuen Namen, jedem neuen Versuch, die Gesetze des Lebens zu beschreiben, brachten sie etwas von ihrem Unverständnis und ihrer Angst vor dem Tod mit und prägten so das Bild der Welt. Diese ersten Menschen erschufen ihre Götter nach ihrem Ebenbild und so nahmen wir nach und nach diese erfundenen Gesetze an und ließen sie wirken, weil die Menschen es ja so wollten. Götter sind in ihrem Kern immer gleich. Aber in jenem Bereich, der mit den Menschen interagiert, sind wir wie sie. Und damals waren wir unfertige Ideen der jungen, unvollkommenen Menschheit. Wir alle wussten nichts von der wahren Göttlichkeit, der selbst wir dienten.

Dem Leben.

Und diese wahre Urkraft, die keinen Krieg und kein Kräftemessen braucht, entsandte ihre eigenen Göttinnen auf die Erde. Eine davon war Demeter.

Aber soweit sind wir noch nicht. Die alten Mythen erzählen in vielen Punkten die Wahrheit. Die Götter waren wie die Menschen und kannten nichts als Raub, Vergewaltigung, Mord, Heimtücke, Eifersucht, Stolz und Niedertracht. Es war eine Wechselwirkung, alles erhielt einander aufrecht und jeder nahm es für gegeben. Weil die Menschen das Geschenk des Lebens schon früh missverstanden hatten, bekamen sie im Gegenzug auch immer mehr Angst vor dem Tod. Das wiederum beeinflusste ihre Vorstellungen, wie es in meinem Reich auszusehen hatte. Niemand kam auf den Gedanken, dass das Leben ein ewiger Kreislauf ist und dass die Seele unsterblich und frei ist. Die Menschen hielten krampfhaft am Leben fest und betrachteten alles, was nicht das Leben war als Bedrohung, Bestrafung und Untergang. Und das ist bis heute so.

So kam es, dass ich mich über Jahrhunderte und Jahrtausende immer mehr jenem Bild annäherte, was man allgemein von mir hatte. Ich wurde hart und unbarmherzig. Ich genoss es sogar, von den Menschen als grimmiger, gnadenloser und unbeugsamer Herrscher wahrgenommen zu werden. So kam es, dass aus meinem Reich ein Ort der Finsternis wurde. Zuvor war es einfach nur eine mystische Sphäre der Formlosigkeit und der unbegrenzten Möglichkeiten gewesen. Aber sie verwandelte sich immer mehr in Richtung der menschlichen Vorstellungen und ich ebenso.

Ich versank in erbarmungsloser Dunkelheit und empfand ein sadistisches Vergnügen dabei zuzusehen, mit welchem Bangen die Menschen starben und dann gemäß ihres Glaubens hier einen Ort des Grauens vorzufinden. Ihren Seelen war das gleichgültig, diese verstanden ja, dass sie danach einfach in ein neues Leben geboren wurden. Aber du musst wissen, die Seelen bringen immer auch Reste der menschlichen Energie mit und diese Energien gestalten mein Reich.

Erst zu dieser Zeit wurde mir bewusst, dass ich mich äußerlich von den anderen Göttern unterschied und mir fielen meine absonderlichen Zähne auf, die mich eher wie ein Raubtier aussehen ließen als wie einen Gott mit menschlichen Zügen. Ich wusste plötzlich nicht mehr, ob ich diese Fangzähne schon immer gehabt hatte oder ob sich dieses Merkmal erst im Laufe der Zeit ausgebildet hatte, in der die Menschen mich durch ihre Abneigung und Furcht formten. Am Anfang hasste ich diese tierhafte Abnormität. Aber mit der Zeit wurden diese Eckzähne für mich ein stolzes Attribut meiner Überlegenheit und ich sah in ihnen die Bestätigung, dass ich für meine Sphäre geschaffen war und es gar nicht anders sein konnte.

Ich war ein eitler Gott, ebenso wie meine Geschwister. Aber mir baute man keine Tempel. Man huldigte und opferte mir nicht. Alles, was ich von den Menschen kannte, war Angst und Abscheu. Und damit wollte ich mich nicht abfinden. Ich wollte ein Stück dieses Lebens an mich reißen, worin mich mein unnatürliches Gebiss nur bestätigte. Ein Löwe kümmert sich auch nicht um die Angst seiner Beutetiere sondern macht sie sich zu Nutze.

Die anderen Götter vereinigten sich untereinander, verliebten sich in Menschen oder Nymphen. Zeugten Nachkommen und feierten das Leben in seinem simpelsten Urprinzip. Der Liebe.

Nicht dass die Menschheit je eine Ahnung vom wahren Wesen der Liebe gehabt hätte. Damals wie heute war es so, dass Liebe missverstanden und missbraucht wurde. Ein Mann wollte eine Frau haben und setzte alles daran, sie zu bekommen, koste es was es wolle. Der Besitz eines anderen Menschen, seine Verfügbarkeit und alle angenehme Gefühle, die damit verbunden waren, wurden als Liebe bezeichnet. So sah auch ich es.

Als eines Tages mein Blick zum ersten Mal auf Persephone fiel, war es um mich geschehen. Das Mädchen verkörperte für mich alles, was fernab von meinem finsteren Reich lebte und was die Menschen so liebten. Helligkeit, Freude, Schöpferkraft, Fruchtbarkeit, Licht und Leichtigkeit. Ich sah sie durch das Wasser eines Baches, als sie sich gerade hinab beugte, um ihr Gesicht zu waschen. Ihr dunkles Haar berührte die Wasseroberfläche und ich konnte einen Blick auf ihre Schönheit werfen. Ihre mädchenhafte Unschuld gepaart mit hoheitsvoller Vollkommenheit nahmen mich gefangen. Natürlich war mir sofort klar, wer sie war. Sie war eine Tochter Zeus, ein Kind der Demeter, eine junge Göttin.

Ich saß, unerkannt von ihr in der dunklen Tiefe und betrachtete sie, wie durch ein Glasdach von unten, wie sie ihre Arme in das Wasser des Baches tauchte, wie die Spitzen ihrer Brüste die Oberfläche bewegten, als sie sich tiefer beugte. Und ich sah ihre hellgrünen Augen, die wie Lichter über dem Wasser schwebten. Ich war zutiefst fasziniert von ihrem Anblick und empfand gleichzeitig etwas, was ich noch nie zuvor gefühlt hatte. Sehnsucht und Hunger. Nach ihr.

Natürlich wäre es mir ein Leichtes gewesen, aufzusteigen, sie zu packen und einfach nach unten zu zerren. Aber sie war die Tochter Zeus´ und ihre göttliche Herkunft nötigten auch mir ein Mindestmaß an Respekt ab. Also fragte ich Zeus, ob er mir Persephone zur Frau geben würde. Zeus wäre ein schlechter Vater gewesen, hätte er einfach eingewilligt. Er wusste, dass seine Tochter niemals freiwillig in die sonnenlose Unterwelt gehen würde. Er willigte weder ein noch stimmte er zu. Und weil ich glaubte, er wäre mir wegen meiner Rolle im Kampf gegen die alten Götter verpflichtet, interpretierte ich seine Haltung als Zustimmung. Heute weiß ich, dass mein Urteilsvermögen geblendet war von meinem Hunger nach diesem Mädchen. Von meiner ins Abseits gedrängten Rolle des Bösewichts, der nur Ablehnung und Furcht erfährt. Ich dachte, ich wäre im Recht mir Persephone zu nehmen. Also wartete ich einen günstigen Zeitpunkt ab, als sie gerade auf der fruchtbaren Ebene von Nysa Blumen pflückte. Ich stieg aus meinem Reich empor, was ich bis dahin noch nie getan hatte und beobachtete sie eine Weile. Ich empfand nicht den geringsten Skrupel bei meinem Plan. Persephone wanderte wie ein Traumgebilde über die Wiese. Sie trug ein weißes Gewand, ihr Haar war über und über mit Blumen besteckt und sie strahlte eine Schönheit aus, die nur die Menschen kennen, wenn sie in einen heiteren Frühlingsmorgen blicken. Es war etwas Heiliges an ihr, was ich nicht hätte berühren dürfen, aber mir war das gleichgültig.

Ich zeigte mich ihr in meiner ganzen düsteren Macht zwischen zwei Lorbeerbäumen am Rand der Wiese. Das Mädchen erschrak und ließ ihre Blumen fallen. Sie sah sofort, wen sie vor sich hatte. In den Mythen wird erzählt, dass ich sie einfach überfiel und raubte. Aber das ist nicht die ganze Wahrheit. Ihre Schönheit und göttliche Natur dämpfte die räuberische Energie und ich wollte dieser jungen Göttin galant klar machen, dass sie meine Auserwählte war. Du kannst dir einen jungen, unerfahrenen Mann deiner Welt vorstellen, der zum allerersten Mal eine Frau anspricht und glaubt, sein romantisches Abenteuer wäre ihm sicher. Und dann stößt er an die Grenzen seiner eigenen Wahrnehmung und merkt, dass die Wirklichkeit nicht so funktioniert, wie er es gerne hätte.

Persephone war entsetzt von meinem Ansinnen. Sie wich zurück und wehrte mich ab. „Niemals werde ich mit dir gehen!“, rief sie. „Siehst du nicht, dass dies hier meine Welt ist? Ich kann nicht deine Frau werden!“

„Du kennst mich doch gar nicht“, wandte ich ein. „Denkst du, mein Reich birgt keine Schönheit und keine Wunder?“

Sie sah mich ungläubig an, als wäre ich ein Wahnsinniger, der die Realität verdreht.

„Schönheit und Wunder?“, echote sie. „Du siehst nicht so aus, als hättest du das Recht über Schönheit und Wunder zu sprechen.“

Ich blieb gelassen, auch wenn mich ihre Unverfrorenheit bis aufs Blut reizte. Ich wusste, was sie meinte, denn während dieses ganzen Gesprächs starrte sie furchtsam und gleichzeitig seltsam fasziniert auf meine Eckzähne. Zweifelsohne hatte sie nie ein Wesen wie mich gesehen.

„Persephone, auch ich wusste von den Wundern des Frühlings nichts, ehe ich dich erblickt habe. Denkst du nicht, es verhält sich andersherum genau so?“

„Das kümmert mich nicht. Ich werde nicht mit dir gehen! Du bist ein Scheusal, das niemals auch nur einen Fuß auf die Erde setzen dürfte. Geh wieder zurück in die Unterwelt und lasse mich in Frieden!“

Ich war erstaunt von ihrem Mut. Sie zitterte zwar am ganzen Körper aber genau das machte sie noch anziehender für mich. Gleichzeitig begann in meinem Innern eine uralte, gnadenlose Wut hoch zu steigen. Wie konnte es dieses leichtfüßige Mädchen wagen, mich zu Recht zu weisen? Wieso beugte sie sich mir nicht, so wie sich alle Menschen beugten, wenn ihre Zeit gekommen war? Ihr Widerstand stachelte meine dunkle Seite, vor der alle Menschen solche Angst hatten, noch weiter an. Ich trat auf sie zu und packte ihre Arme. Persephone begann, nach ihrem Vater Zeus um Hilfe zu schreien. Doch Zeus ignorierte ihre Hilfeschreie. Auch diese Unterlassung seine Tochter zu retten, interpretierte ich als Zustimmung.

Ich ertrug den Abscheu nicht länger, der mir da entgegen schlug und überwältigte Persephone. Sie war sehr zart und zerbrechlich und wurde ohnmächtig, als ich sie zu Boden drückte, um ihren Widerstand zu brechen. Ich nutzte ihre Bewusstlosigkeit aus, hob sie hoch und trug sie von der Wiese fort in mein Reich.

Aus heutiger Sicht ein ziemlich steinzeitliches Verhalten, ich weiß. Und ich sollte es bitter bereuen.

Was danach geschah, ist allgemein bekannt, aber nur ein Symbol dafür, wie die Menschen die Jahreszeiten interpretierten. Persephones Mutter Demeter war außer sich vor Gram und suchte ihre Tochter zehn Tage lang. Nur der Sonnengott Helios und die geheimnisvolle Hekate hatten ihre Schreie gehört. Von Hekate erfuhr Demeter schließlich, dass ihre Tochter geraubt wurde, wusste aber nicht von wem. Der Sonnengott war es schließlich, der ihr enthüllte, dass ich es war, bei dem ihre Tochter nun weilte. Er wollte Demeter beruhigen, weil ich immerhin ein Gott war und Herrscher über ein Drittel der Welt. Aber Demeter war entsetzt über die Entführung ihrer Tochter und dass keiner der Götter eingegriffen hatte. Sie war so fassungslos, dass sie der Welt der Götter den Rücken kehrte, den Olymp verließ und als alte Frau durch die Welt zog. In ihrem Gram hinderte sie alle Pflanzen am Wachsen. Die Welt überzog sich innerhalb kürzester Zeit mit Ödnis und Verfall. Den Menschen drohte der Hungertod. Es war eine Katastrophe. Und ich trug die Schuld daran.

Was mir damals aber weder bewusst war, noch mich großartig kümmerte. Ich fühlte mich im Recht und widmete meine ganze Aufmerksamkeit meiner Beute. Persephone verbrachte die ersten Tage in der Unterwelt in einem todesähnlichen Zustand und fand nur langsam wieder zu sich. Als sie schließlich begriff, wo sie war und dass es für sie keine Rückkehr in die Welt gab, verfiel sie in Trauer und Entsetzen und flehte mich an, sie gehen zu lassen.

Aber ich blieb unbeugsam und machte sie gefügig, was mir nicht schwer fiel, denn sie fürchtete sich so sehr vor meiner dunklen Übermacht, dass sie lieber ihren Willen brechen ließ, als durch ihr Schreien und Weinen meinen Zorn heraufzubeschwören. Sie war auch viel zu erschöpft, um sich noch weiter zu wehren.

Es bereitet mir bis heute Pein, darüber zu sprechen.

Zur gleichen Zeit starben in der Welt reihenweise die Menschen und das fiel mir auf. Irgendwann begriff ich, dass es Demeter war, die in ihrem Schmerz den Menschen ihre Lebensgrundlage entzog. Es starben so viele an Hunger, dass es irgendwann sogar dem selbstgefälligen Zeus auffiel. Er wunderte sich, dass ihn auf dem Olymp keine Opferrauchschwaden aus den Tempeln erreichten und dann begriff er, dass die Menschen aus Schwäche und Entkräftung nicht länger den Göttern opfern konnten.

Da sandte er den Götterboten Hermes zu mir in die Unterwelt und begann über ihn mit mir zu verhandeln. Hermes machte mir klar, dass die Menschheit kurz vor ihrer Ausrottung stand und das leuchtete mir in meiner Verblendung ein. Es ging Zeus jedoch nicht um die Menschen, sondern um das Wohl der Götter. Sie würden in Sinnlosigkeit versinken, wenn es niemanden mehr gab, der ihre Macht zu spüren bekam. Hermes fand wohlgewählte Worte und bat mich, Persephone frei zu lassen. Ich dachte aber gar nicht daran. Gleichzeitig fiel mir jedoch auf, dass ich mich an dem Mädchen, seit sie bei mir war, auch nicht mehr erfreuen konnte. Sie war bleich und leblos und weinte oft. Ihre Schönheit war nur noch ein Schatten. Wie ein Gespenst schlich sie umher, den Schleier tief in ihr Gesicht gezogen. Ihre liebliche

Unschuld war grauer Bitterkeit gewichen und wenn ich mich ihrer bemächtigte, lag sie wie eine Puppe unter mir. Eine Weile hatte ich eine sadistische Freude daran, sie zu unterwerfen und meine Übermacht spüren zu lassen. Doch dann fiel mir wieder ihr heiteres, schönes Gesicht ein, das sich über den Bach gebeugt hatte, als ich sie zum ersten Mal erblickt hatte.
Von dieser herrlichen, lichten Schönheit war nichts mehr zu sehen. Ihre Entführung war zwar geglückt, aber ich stand nun vor der Frage, was das alles überhaupt für einen Sinn gemacht hatte. Ich hatte ein Gespenst zur Frau. Ich sah, wie sehr sie litt. Und in meiner Brust tat sich ein winziger Spalt auf, durch den eine Regung strömte, die ich nicht kannte. Mitgefühl. Ich wollte nicht, dass sie litt. Nicht um meinetwillen. Ich spürte, dass ich mich, indem ich sie gefangen hielt, an einem heiligen Urprinzip des Seins versündigte. Das machte mich nachdenklich. Ich war nicht bereit, sie völlig aufzugeben. Aber ich ersann einen Plan, wie es mir gelingen konnte, Persephone weiter zu behalten, aber ebenso die schöne Fruchtbarkeitsgöttin wieder zurück zu gewinnen, in die ich mich ursprünglich verliebt hatte.
Also willigte ich in Zeus Forderung ein und sagte Persephone, dass ich sie frei lassen würde. Sie war mittlerweile so geschwächt, dass sie ihrer Freude kaum Ausdruck verleihen konnte. Ich heuchelte Besorgnis und gab ihr ein paar Granatapfelkerne aus den Palastgärten zu essen. Wohlwissend, dass diese ihr Schicksal besiegeln würden. Dann ließ ich sie frei.
Ihre Mutter Demeter hatte sich in der Zwischenzeit wieder als Göttin zu erkennen gegeben und das Korn sprießen lassen und die Menschen errichteten ihr sofort einen Tempel. Das Wiedersehen mit ihrer Tochter war ein Grund für solche Freude, dass innerhalb kürzester Zeit überall neue Pflanzen aus der Erde kamen.
Doch um sich zu versichern, ob ihre Tochter nun für immer bei ihr bleiben würde, fragte Demeter Persephone, ob sie in der Unterwelt auch nichts zu sich genommen hatte. Persephone erzählte ihr von den Granatapfelkernen. Und schon verfiel Demeter wieder in Verzweiflung, denn sie wusste, was das

bedeutete. Sie fand jedoch bald eine Lösung, die genau das erzielte, was ich gewollt hatte.

Persephone konnte, weil sie in der Unterwelt von der Speise der Toten gegessen hatte, nicht dauerhaft in der Oberwelt bleiben. Sie durfte von nun an acht Monate bei ihrer Mutter sein und musste die restlichen vier Monate ihren Platz an meiner Seite einnehmen. Während dieser Zeit war Demeter traurig. Alles verdorrte und spross erst von neuem, sobald Persephone wieder nach oben steigen durfte.

Ich war zufrieden. Denn ich sah nun auch, dass Persephone mit dieser Regelung nicht so unglücklich war, wie es den Anschein hatte. Als sie nach acht Monaten zu mir zurückkam, war sie scheu und ängstlich, war aber wieder in ihrer alten Schönheit erblüht, die mich sofort gefangen nahm. Sie fürchtete sich immer noch und wich vor mir zurück aber die Aussicht nur für eine gewisse Zeit im Jahr bei mir zu bleiben, tröstete sie.

Und nicht nur das. Es schien, als würde sie dadurch, dass sie mir nicht mehr vollkommen ausgeliefert war, nun etwas in mir sehen, was sie zuvor nicht hatte sehen können. Als würde ihre nur zeitweise Gefangenschaft in ihr die Bereitschaft wecken, sich der Dunkelheit hinzugeben. Sie hatte zuvor nur das Lichte, Liebliche gesehen und sich für die finstere Seite des Seins verschlossen. Und nun erkannte sie, dass sie diese unbekannte Sphäre reizte, lockte und faszinierte. Am Anfang wandelte sie noch schüchtern durch mein Reich und schien auf irgendetwas zu warten. Ich empfand ihr gegenüber keine übergriffigen Besitzansprüche oder räuberischen Gelüste mehr. Nur noch einen tiefen Respekt vor ihrer Tapferkeit und der sonderbar verhüllten, mystischen Weisheit, die sie ausstrahlte. Etwas umgab sie, was ich nicht deuten konnte. Ich ließ sie in Ruhe und bedrängte sie nicht. Die Vorstellung, dass diese junge Göttin hier etwas entdecken könnte, was sie wirklich zur Königin machen würde, war mir nun viel angenehmer als das alte Spiel der Unterwerfung.

Eines Tages badete Persephone in einem tief liegenden Becken der Quelle Arethusa, deren weit verzweigte Wasserarme bis an die Grenzen der

Unterwelt reichten. Das Wasser dieser uralten mythischen Quelle speist übrigens auch jenen Brunnen, an dem du deine vielen vorherigen Leben gesehen hast. Ich ahnte schon, dass das Bad in diesem geheimnisvollen, abgelegenen Gewässer irgendetwas mit ihr machen würde. Zumal in dieser Quelle eine mächtige Nymphe lebte, die viel mehr über die Verbindung der Ober- und Unterwelt und den in der Erde verborgenen Übergangszonen wusste, als jeder Mensch und jeder Gott.

Als Persephone zurückkam, sah ich sofort, dass sich etwas in ihr verändert hatte.

Ihr Gewand hing nass an ihrem Körper, so dass ich ihren wunderschönen Körper wie gemeißelt darunter erkennen konnte. Ihre tropfenden Haare rahmten ihr helles, seltsam wildes Gesicht ein. Sie ging aufrecht und ohne Schleier und ihr Ausdruck war nicht länger der eines scheuen Gastes. Sie hatte in diesem Moment all ihre mädchenhafte, liebliche Zartheit gegen die strenge, erhabene Würde einer Königin getauscht. Ich betrachtete sie hingerissen aber auch verwundert. Schon wieder löste sie in mir etwas aus, das ich bis dahin nicht gekannt hatte. Ein Teil von mir hätte sich am liebsten ihr zu Füßen geworfen. Der andere Teil jedoch verlangte Rechenschaft für die Aura namenloser Weisheit, die sie zuvor nicht umgeben hatte.

Ich war der Herrscher dieses Reiches und sie schien auf einmal über etwas Bescheid zu wissen, dass mir verschlossen blieb. Der alte eifersüchtige Gott meldete sich erneut, aber Persephone ließ nicht zu, dass ich mich zu blinder Herrschsucht aufschwang. Sie trat auf mich zu und legte ihre kleine, vom Wasser ganz kalte Hand auf meine Brust und sah mir offen in die Augen. Aus ihrem Blick war jede Furcht verschwunden. „Hades“, sagte sie, „es wird Zeit.“

Ich sah sie fragend an. Aber sie sprach nicht weiter.

Und dann begann sie mich nach allen Regeln der Kunst des Amors zu umgarnen. Sie hatte sich durch das Bad in der mysteriösen Quelle von einer jugendlichen Fruchtbarkeitsgöttin in eine vor dunkler Energie bebende Königin verwandelt. Ihr Hunger faszinierte und besorgte mich gleichzeitig.

Auf einmal hatte ich Bedenken, diesem Wesen all das geben zu können, was sie nun so vehement einforderte. Und damit meine ich nicht Sex.
In dieser Hinsicht hatte sich alles geändert. Von einer duldsamen Sklavin hatte sie sich in eine wissende, verführerische und überaus anspruchsvolle Frau verwandelt, die mir erst durch diese Kräfteverschiebung klar machte, wie wundersam und herrlich diese Vereinigung sein konnte. Ja, Vereinigung. Ich hatte es zuvor als Macht-Akt und reine Befriedigung begriffen, als Möglichkeit, meine Wut abzukühlen. Aber als ich nun sah, wie sie sich in unserem Bett gebärdete wie ein wildes Tier, mal anschmiegsam und weich, mal fordernd und lenkend, da wurde mir bewusst, was ich bis dahin verpasst und falsch verstanden hatte.
Sonderbarerweise schienen meine unnatürlichen Fangzähne sie nun nicht mehr abzuschrecken. Am Anfang sah ich noch Angst in ihrer Lust aber dann flehte sie mich an, sie während dem Liebesspiel zu beißen, was ich mir kaum gestatten konnte, aus Angst, sie zu verletzen. Doch sie forderte mich immer mehr heraus und irgendwann wagte ich es, sie vorsichtig zu beißen, ohne ihr allzu großen Schaden zuzufügen. Ich erschauderte vor der abgrundtiefen Lust, mit der sie meine animalische Seite willkommen hieß.
So wurden die vier Monate, in denen sie bei mir war, zu einem Fest der Sinne. Aber Persephone verlangte auch von mir, dass ich sie in alle Mysterien des Totenreiches einweihte. Sie wollte in jeden Bereich der Unterwelt herabsteigen, sogar in den Tartaros, wo es sogar für mich gefährlich werden kann. Sie wollte herausfinden, welche Seelen in das selige Elysium kamen und warum. Und wieso andere als gequälte Gespenster an den Ufern des Styx gefangen waren. Sie stellte mir hunderte von Fragen und saugte jedes Detail meines Reiches begierig auf. Dabei hatte ich stets den Eindruck, als würde sie insgeheim ein ganz anderes Geheimnis ergründen, worüber sie jedoch nicht sprach. Sie entdeckte und feierte ihre eigene dunkle Seite mit solcher Lust, dass ich manchmal vor der Intensität ihres Wesens zurückwich und mich fragte, wer in unserer weltabgewandten Dunkelheit der eigentliche Herrscher war. Persephone schien in meinem Reich nichts Trauriges zu sehen. Sie blühte

regelrecht auf und schien hier etwas zu finden, was ihrem Wesen eine neue Facette verlieh.
Ich war Persephone so verfallen, dass ich dem nahenden Abschied mit wachsender Unruhe entgegen sah. Was mich verwunderte, ja sogar verunsicherte, war die Tatsache, dass Persephone ihre Rückkehr in die Oberwelt ohne Ungeduld erwartete. Sie war ganz ruhig, als wäre dieser Wechsel zwischen den Welten nun ihr ureigener Rhythmus. Sie verlor jedoch kein Wort darüber, dass sie mich vermissen würde und dem Ende der acht Monate an der Seite ihrer Mutter entgegen harren würde, um wieder mit mir vereinigt zu sein. Die hungrige, verzehrende Leidenschaft unserer Nächte und die Vertrautheit zwischen uns ließ mich jedenfalls anderes erwarten. Ich war maßlos enttäuscht, dass Persephone ihren Abschied von mir auf eine sachliche, beiläufige Weise vollzog. Wie eine Königin stieg sie wieder in ihre Welt auf und ließ mich, den machtvollen Unterweltgott, voller Verlustängste, Zweifel und brennender Sehnsucht zurück.
Während ihrer Zeit in der Oberwelt beobachtete ich Persephone so oft ich konnte durch Gewässer und Brunnen. Sie war wieder ganz so, wie ich sie kennengelernt hatte. Der leibhaftige Frühling. Und ich vermisste sie so sehr, dass ich in meinem dunklen Reich auf einmal eine unerträgliche Einsamkeit empfand.
Ich versank in dumpfes Brüten über die unangenehme Verletzlichkeit, die ich nun in mir spürte und kämpfte wie einst gegen die Titanen nun gegen dieses neue Gefühl. Aber es gelang mir nicht, mich davon zu befreien. Ich mäanderte hin und her zwischen verzweifelter Sehnsucht und glühender Wut auf Persephone. Denn was mich so verunsichert hatte, war nicht ihre Abwesenheit; ich wusste ja, dass sie zurückkommen würde. Ich war verunsichert, weil Persephone irgendwie ... wie sagt ihr Menschen dazu? Ihr eigenes Ding durchzog. Sie schien in meinem Reich etwas gefunden zu haben, was außerhalb meiner selbst stand. Das entfachte meine alte Eifersucht. Ich war neidisch auf etwas, von dem ich nicht einmal den Namen kannte.

Meine Erbärmlichkeit spiegelte etwas wieder, was wohl alle Menschen kennen und weswegen so viele Kriege entbrannt sind. Und die stille, geheimnisvolle Weisheit meiner Königin faszinierte und ängstigte mich zugleich.
Mit welcher Ungeduld und Beklommenheit erwartete ich ihre Rückkehr am Ende des Sommers. Doch als Persephone zurück kam und sehnsuchtsvoll in meine Arme sank, sah ich keinen Grund mehr für meine Sorge. Sie war unverändert und zeigte nichts, was meine Eifersucht bestätigt hätte. Im Gegenteil. Ihre Innigkeit war ungebrochen und wir verschlangen uns gegenseitig wie zwei ausgehungerte Tiere, kamen tagelang nicht voneinander los und waren so sehr aufeinander fixiert, dass mein Verstand bereits neue Möglichkeiten ersann, wie ich die Trennung wieder aufheben konnte, um Persephone immer bei mir zu behalten. Doch etwas sagte mir, dass dies eine Katastrophe gewesen wäre und alles zerstört hätte. Ich wollte Persephone am liebsten immer spüren, immer an meiner Seite wissen, aber ich musste mich den Gesetzen beugen.
So ging es nun über viele Jahrhunderte. Dann spürte ich mit der Zeit eine Veränderung zwischen uns. Persephone wurde flüchtiger und nachdenklicher. Manchmal streifte sie tagelang durch die Gefilde der Unterwelt, ohne sich mir zu zeigen und kostbare Zeit verstrich, in der ich sie hätte haben können, es aber nicht konnte. Ich wurde ärgerlich und stellte sie zur Rede.
Persephone begegnete meiner aufgewühlten Verfassung mit ruhigem Stolz, der mich nur noch weiter verunsicherte. Ich kannte sie so nicht und ich hätte alles getan, ihr dieses Geheimnis, das mit ihr schwang, zu entreißen. Und dann eröffnete sie mir ganz plötzlich etwas, das mich völlig unvorbereitet traf.
„Hades, es wird Zeit“, sagte sie, so wie bei ihrem ersten bewussten Abstieg in die Unterwelt. Aber diesmal ging es nicht um ihre Hingabe. Und ich begriff mit wachsender innerer Kälte, dass ich irgendeine sehr wichtige Lektion nicht verstanden hatte, dass ich etwas absolut Essenzielles meines eigenen Seins einfach verpasst hatte.

„Hades, ich kann nicht länger deine Königin sein", sagte sie. „Ich war es lange genug. Und diese Regentschaft in deinem Reich hat mich dazu befähigt, auch in jenem Reich eine Königin zu sein, in dem ich es noch nicht bin."
„Wo?", fragte ich verwirrt.
„In der Welt der Menschen. Aber nicht in ihrer äußerlich sichtbaren Welt, sondern in der Welt ihrer Vorstellung. Ihrer Vorstellung über das, was nach dem Tode kommt. Ihrer Vorstellung über die Seele."
Bei diesen Worten war es, als würde sich aus den lichtlosen Tiefen der Unterwelt ein befreites, erleichtertes Seufzen erheben.
„Hades, in dieser Welt liegt ein furchtbares Missverständnis vor", fuhr sie fort. „Die Menschen sehnen sich nach einem Leben nach dem Tod, aber sie sind blind für ihre eigene Unsterblichkeit. Sie begreifen nicht, dass ihre Seelen nicht sterben können."
„Das weiß ich doch alles!", sagte ich.
„Ja, du weißt es. Aber du hast bisher nie etwas getan, um es den Menschen mitzuteilen", erwiderte sie und das zarte Mahnen in ihrer Stimme machte mich wütend. Ich musste mit aller Macht an mich halten, um nicht etwas Unüberlegtes zu tun.
„Du bist der Gott der Unterwelt. Du hütest diesen so unermesslich wichtigen Ort. Aber du nimmst es einfach hin, dass dein Reich von den Menschen als eine Hölle wahrgenommen wird, ein Ort der Verzweiflung. Es ist ein Tempel der Seele, aber die Menschen glauben, es ist ein Ort des Grauens. Du hast zugelassen, dass die Menschen in Angst sterben und nicht mit Neugierde und Vertrauen."
„Wie kannst du es wagen!", schleuderte ich ihr entgegen. Aber Persephone blieb gelassen und begegnete meiner Wut mit einem offenen, furchtlosen Blick.
„Ich wage es, weil ich es weiß. Seit über 1000 Jahren streife ich nun durch die Unterwelt und habe mittlerweile alles gesehen, beobachtet, verstanden und erfasst, was es zu erfassen gibt. Ich habe das Geheimnis gelüftet."
„Das ist nun wahrlich nichts Besonderes, für das du dich rühmen kannst!", zischte ich.

Persephone lächelte. „Und warum bauen mir die Menschen dann Schreine und Heiligtümer, in denen nicht mehr die Fruchtbarkeit verehrt wird, sondern die Unsterblichkeit der Seele?"

„Was?", rief ich erstaunt aus. Das war mir neu.

„Hades, die Menschen ahnen, dass es da mehr gibt, als sie sehen und glauben können. Sie ahnen, dass es mit meinem immer wiederkehrenden Abstieg in die Unterwelt eine höhere Bewandtnis hat, als nur den Wechsel von Sommer und Winter. Sie spüren, dass es nicht nur um die Jahreszeiten der Natur geht, sondern um die Jahreszeiten der Seele. Natürlich sind sie noch nicht in der Lage, dieses Mysterium voll zu erfassen. Aber sie werden es. Und erst dann ist diese Welt vollkommen."

„Du redest wirr!", warf ich ihr vor, drückte damit aber nur aus, dass ich selbst wirr war. Ich verstand nicht, was sie mir da sagen wollte.

„Hades, die Menschen machen so viele schreckliche Dinge. Die Geschlechter kennen nur Trennung und Bedürftigkeit und nennen es Liebe. Sie morden und führen Krieg und ich weiß, dass es noch schlimmer werden wird. Und das alles nur aus einem Zustand der Angst heraus. Ihre unermessliche Gier wird von ihrer Angst vor dem Tod gespeist. Sie glauben, sie müssten sich anstrengen, um jemand zu sein, dabei sind sie doch schon das Beste, was man werden kann. Menschen haben so viel mehr Möglichkeiten als Götter."

„Ach ja, und welche?"

„Sich selbst zu erfahren. Sie sterben, ihre Seelen bleiben eine Weile hier und entscheiden sich für das nächste Leben. Sie wandern zwischen Leben und Tod hin und her. Hast du es nicht beobachtet, Hades? Beschäftigst du dich nicht mit deinen Gästen?"

Sie warf mir einen verständnislosen Blick zu und deutete auf die Weiten der verschlungenen Klüfte, Berge, Schluchten und Haine meines Reiches. „Hast du nicht gesehen, dass Seelen sich ihre Leben aussuchen? Sie wollen es besser machen als im vorangegangenen Leben. Wollen lernen und wachsen. Sie suchen sich Aufgaben und Herausforderungen aus und lenken das Leben der Menschen immer dort hin, dass sie diese Erfahrungen machen können. Und so leidvoll diese Erfahrungen auch manchmal sein mögen, es geht doch immer nur darum, dass der Mensch lernt, dass er sich keine Sorgen machen muss. Er ist frei und unsterblich. Nur der Körper stirbt. Aber daran hängen die Menschen so sehr und deswegen haben sie Angst. Und deswegen kann die Seele in deinem Reich, Hades, niemals genug Weisheit sammeln, dass die Menschen es auch nur ansatzweise glauben. Sie ahnen es nur vage. Und ich, Persephone, bin ihnen in dieser Ahnung ihr stärkstes Symbol."

Sie sah mich mit festem, unerschütterlichem Blick an und mir fiel nichts mehr ein, mit dem ich sie hätte unterbrechen können. Denn tief in mir wusste ich, dass sie Recht hatte. Aber es beschämte mich so sehr, dass ich den Gedanken nicht vertiefen wollte. Ich hatte mein Reich immer nur verwaltet. Die äußeren Umstände geschaffen und mich von der Welt formen lassen. Hatte dieses finstere, abstoßende Bild, was mir die Menschen in ihrer Unwissenheit gegeben hatten, sogar genossen und gelebt. Weil es sich mit meiner eigenen Unsicherheit so gut paaren ließ.

Aber Persephone, die aus einer weiblichen, lichten Sphäre kam, hatte sich nicht damit begnügt, nur die Königin über dieses traurige Gebilde zu sein. Sie hatte unermüdlich geforscht, um den geheimen Urgrund, den Sinn zu finden. Sie hatte in der Vereinigung mit mir nach der Gemeinsamkeit gesucht. Um sie den Menschen zu bringen, damit die das große Ganze besser verstanden. Und nun saß sie vor mir und legte mir den gefundenen Schatz vor, den ich völlig ignoriert hatte.

„Dann geh doch und lass dir in deinen Tempeln huldigen!", fuhr ich sie an. „Aber glaube nicht, dass ich dich einfach so gehen lasse. Du gehörst mir."

Persephone lächelte. „Hades, ich habe dir nie gehört. Hast du das etwa geglaubt?" Das sanfte Mitleid in ihrer Stimme macht mich rasend vor Zorn. „Ich habe immer nur mir selbst gehört. Und dem Leben. Ich habe mich in deinem Reich eingefunden, weil mir die Stimme des Lebens gesagt hat, dass nur ich diese wichtige Aufgabe übernehmen kann. Ich habe mich dir anheim gegeben, um zu lernen und zu wachsen. Das ist es nämlich, was die Hauptaufgabe der Seele ist."

„Du bist eine Göttin! Du hast doch überhaupt keine Seele!“, erinnerte ich sie spöttisch.

Persephone legte den Kopf schief und lächelte so bezaubernd, dass das Feuer meiner Wut zu einer schwach züngelnden Flamme zusammen schrumpfte. Denn ich ahnte, was sie mir als nächstes sagen würde.

„Noch nicht“, sagte sie leise.

„Was soll das heißen?“, fragte ich und konnte dem bedrohlichen Abgrund meiner Verlustangst, nicht länger ausweichen. Ich wusste, dass diese stolzen Worte Persephones Schwanengesang waren.

„Hades, ich werde meine Göttlichkeit ablegen“, fuhr sie fort. „Ich werde das Symbol der unsterblichen Seele, das die Menschen als Mythos verehren, Wirklichkeit werden lassen. Ich werde ein menschliches Wesen und ich werde so oft leben, bis ich mich selbst als das erfahre, was ich als Göttin längst weiß. Dass ich unsterblich bin und nichts mich jemals beschädigen kann. Ich gehöre dem Leben. Nicht dem Tod.“

Wortlos und innerlich bebend sah ich sie an. Sie legte ihre kleine Hand in meine und sah mich eindringlich an. „Und du, Hades, wirst der Hüter meiner Seele sein. Ich werde dir meine Seele immer wieder geben, wenn ich in der Welt gestorben bin und bitte dich, auf sie acht zu geben. Wenn du mich liebst, was du nicht müde wirst, mir immer wieder zu sagen, dann musst du mich gehen lassen.“

Ich war sprachlos und fühlte mich geschlagen, wie nach einer Schlacht. Ja, ich empfand eine schmähliche Niederlage. Als hätte mich dieses zarte, stolze Geschöpf innerlich auf die Knie gezwungen und mir alle meine Waffen abgenommen. Und du weißt, wie verletzte Männer sind. Sie neigen nicht zu Weisheit und Weitsicht. Und ein verletzter Gott ist noch schlimmer. Ich wurde so wütend, dass ich mich wieder in den Hades zurück verwandelte, der Persephone rücksichtslos geraubt und an sich gerissen hatte. Der gewalttätige, machtbesessene, unversöhnliche und gnadenlose Hades.

Ich packte Persephone am Hals und schleuderte sie zu Boden. Dann stürzte ich mich auf sie und starrte sie mit der geballten Wut meines noch schlafenden

Bewusstseins an. Mit einem Mal wollte ich lieber für alle Zeiten verlassen und einsam sein, als meine Königin freiwillig gehen zu lassen. Und so ließ ich mich zu einem Schritt hinreißen, der in der Welt der Götter ein unverzeihlicher Frevel ist und der seit dem grausamen Kampf gegen die alten Götter nie mehr geschehen ist.

Ich tötete sie.

Ich tat das, nach was es mich in diesem Moment einfach gelüstete. Ein Akt der Rache und Vernichtung, ein Symbol meiner Übermacht und jenes Wunsches, der schon lange in mir schwelte: Ihr etwas zu entreißen. Und wenn es schon nicht das Geheimnis war, das ich so verlachte weil ich es nicht verstand, dann wenigstens ihr Leben. Wie ein Löwe, der sich auf ein Kalb stürzt, begrub ich sie unter mir, riss ihren Kopf zur Seite und schlug meine Zähne in ihren Hals. Beim Liebesspiel hatte sie es herausgefordert mit sanfter Gewalt gebissen zu werden. Aber mich hatte an diesem Spiel eher das räuberisch Vernichtende gereizt, das immer noch so stark in mir präsent war und dem ich auf diese Weise lustvoll Ausdruck geben konnte. Und nun wurde das, was Persephone so genossen hatte, zu ihrem Todesurteil. Denn nun hielt ich mich nicht länger zurück und biss tief in ihren Hals, bis mir ihr warmes, süßes Blut in den Mund strömte. Aber anstatt entsetzt innezuhalten, als mir bewusst wurde, wie schwer ich die Frau, die ich angeblich so liebte, verletzt hatte, saugte ich diesen Strom von Blut wie ein Verdurstender in mich auf. Persephone zuckte unter mir und bäumte sich auf, was mir eine verworfene Form der Lust bescherte, die selbst ich noch nicht kannte. Ich war blind für meine eigene Tat und löste mich in einem Rausch aus Verlangen, Hunger und allmählich gestillter Wut auf. Irgendwann kam kein Blut mehr und ich löste meinen Mund von ihr.

Was ich sah, ließ mich versteinern. Persephone war tot. Nur noch eine weiße, leblose Hülle. Was mich aber am meisten entsetzte war ihr Gesicht. Darauf lag ein überirdisches Lächeln. Wissend. Triumphierend.

Und da begriff ich, dass ich genau das getan hatte, was sie hatte erreichen wollen. Es gibt für Götter nicht viele Möglichkeiten, ihre Göttlichkeit abzustreifen und eine menschliche Seele dafür zu erlangen. Und mein

Gewaltakt hatte genau das bewirkt. Sie war als Göttin gestorben, um als Mensch zu leben.

Entsetzt betrachtete ich ihren toten Körper. Ihr Blut auf meinen Lippen schmeckte plötzlich wie Gift, meine mörderische Lust versank in einem Strom der Reue.

Wie soll ich meinen Zustand beschreiben? Ich war außer mir vor Trauer. Ich würde Persephone nicht wieder zum Leben erwecken können. Und ich wusste auch nicht, ob ihr Plan aufgehen würde und sie zu einer jener Seelen wurde, die in meinem Reich herumschwirrten. Ich wusste nur eins. Ich würde ihren Anblick nicht länger ertragen.

Also hob ich ihren Körper auf und trug ihn zu jenem tiefen Brunnen, den man nur über tausend Treppenstufen erreichte und übergab sie dort dem ewigen Wasser. Sie trieb noch eine Weile an der Oberfläche und sank langsam in die Tiefe; ihr Gesicht lächelte sogar noch unter Wasser. Mir war, als würden unsichtbare Hände sie greifen und nach unten ziehen. Dann war sie verschwunden.

Ich saß noch lange am Rand des Brunnens und starrte in die Finsternis. Es dauerte eine Ewigkeit, bis ich die Ausmaße meiner Tat begriffen hatte. Und mit der lähmenden Erkenntnis kam mir auch zu Bewusstsein, was ich schon davor hätte begreifen können. Ich war eines Gottes nicht würdig. Ich war nur ein Narr, der grübelnd und besorgt in der Finsternis hockt und auf seine Königin gewartet hatte, wie ein Kind auf seine Mutter. Ich war so alleine und innerlich so leer, dass ich Persephone dazu benutzt hatte, diese Leere zu füllen. Anstatt aus mir selbst heraus stark zu sein und in der Zeit ohne sie mein Dasein kraftvoll auszuleben, hatte ich mich in Sehnsucht und Unvollständigkeit geflüchtet und mir eingebildet, dieser zehrende Hunger in mir wäre Liebe. Um dann beim ersten Zeichen von Veränderung wie ein tödlicher Blitz zuzuschlagen.

Ich war vernichtet von meiner Selbsterkenntnis.

Dies war eine Zeit, in der die Angst der Menschen vor dem Tod noch stärker und die Unterwelt noch dunkler und bedrohlicher wurde. Ich weiß nicht mehr, wie viel Zeit verging, bis ich mich wieder erheben und zurück in meinen Palast gehen konnte. Ich war voller Scham und Schuld und fragte mich, ob wohl irgendein anderer der Götter mir Trost spenden konnte. Aber niemand nahm Kenntnis von meinem Zustand und niemand zog mich zur Rechenschaft. Nicht einmal Demeter. Dies brachte mich auf den Gedanken, dass sie vielleicht von den Plänen ihrer Tochter gewusst und ihre Durchführung gutgeheißen hatte. Dass sie es begrüßte, wenn ihre Tochter zum Symbol der unsterblichen Seele geworden war.

Nach einer gewissen Zeit beruhigte ich mich einigermaßen und begann nachzudenken. Ich wollte nicht länger der Hades sein, der ich war. Ich wollte den Menschen und den Göttern nicht länger einen Grund geben, mich derart zu verabscheuen. Persephone hatte Recht gehabt. Ich hatte meine Macht nicht genutzt, um den Menschen die Angst vor dem Tod zu nehmen, sondern hatte nur blind und stolz regiert. Eine Weile noch redete ich mir ein, dass die Schuld in der Art lag, mit der die Menschen mich wahrnahmen. Aber das letzte bisschen Würde, das mir noch geblieben war, sagte mir, dass ich mich nicht länger belügen durfte. Und dieser Rest Würde sprach mit Persephones Stimme. „Es wird Zeit, Hades. Es wird Zeit.“

Von diesem Tag an versuchte ich mein Reich mit anderen Augen zu sehen. Ich begann, ebenso wie sie, die kommenden und gehenden Seelen zu beobachten und zu verstehen, was sie ausmachte. Ich lernte mehr über den Antrieb, mit dem sie sich die Herausforderungen ihrer künftigen Leben suchten. Bald schon konnte ich alles auf einen einzigen Nenner bringen. Die Seelen hatten nur ein Ziel. Sich in immer wieder neuen Variationen ihrer selbst zu erfahren. Ein unendlich vielseitiger Kosmos verschiedenster Schicksale und Biografien. Und sie wollten die Erfahrungen ihrer menschlichen Leben mit dem Wissen der Seelen decken, was aber keiner einzigen gelang. Nach wie vor sanken die Seelen erschöpft und gepeinigt in die Unterwelt, um sich vor den tragischen Lebensläufen zu erholen. So viele Menschen starben unter qualvollen Umständen. Einsam. Ohne je wirklich die Herrlichkeit des Lebens ausgeschöpft zu haben. Es war ein ständiger Kampf. Die Seelen der

Menschen, die sich in meinem Reich erholten, nahmen sich fest vor, in ihrer nächsten Inkarnation die Fehler des vorigen Lebens zu vermeiden, oder aber an ihnen zu wachsen. Aber oft geschah nur eine peinvolle Wiederholung des gleichen Themas. Wenn diese Seelen wiederkamen, hatten sie meistens etwas ganz Ähnliches erlebt.

Ich begann, genau diesen Umstand zu studieren. Es interessierte mich brennend, warum die Seelen in diesem Kreislauf gefangen waren. Dabei fiel mir auf, dass sie durch den Tod die Energien mit in die Unterwelt nahmen, die in ihrem Leben am prägendsten waren. Und genau diese Energien nahmen sie auch mit in ihr neues Leben und waren so gezwungen, das Gleiche immer und immer in unendlichen Variationen zu erleben. Wenn also ein Mensch extreme Verletzungen oder Demütigungen erlebt hatte, beeinflusste das die Seele so sehr, dass sie diese Erfahrungen wie Pech an sich kleben hatte.

Du fragst dich gewiss, worin der Sinn liegen mag, eine solche Erfahrung zu machen. Nun, ich kann dir nur sagen, was ich beobachtet habe. Um den Menschen daran zu erinnern, dass nichts jemals stirbt. Dass alle Seelen miteinander verbunden sind und nichts jemals verloren geht, sondern nur seine Gestalt ändert. Wie ruhig und friedlich könnte man leben, wenn man das vor Augen hätte? Vielen ist das gelungen. Aber dem weit größeren Rest der Menschheit nicht.

Ich sah nun meine Aufgabe darin, meinen Gästen in ihrer Zeit bei mir einen Raum zu geben, in denen sie möglichst gut heilen konnten von ihren menschlichen Traumata. Aber die Religionen der Menschen stifteten zu viel Verwirrung und machten zu viel kaputt. Um ehrlich zu sein, vertiefte ich mich in das Studium der Seelen jedoch auch noch aus einem anderen Grund.

Ich wollte sie wieder finden.

Ich wollte jene Seele finden, die sich Persephone ausgesucht hatte. Der Gedanke, dass sie wahrscheinlich irgendwo in meiner Nähe war, machte mich ganz unruhig.

Eines Tage fiel mir die Seele einer jungen Frau auf, die gerade erst gestorben war. Sie sank durch die lichtlosen Höhen über den Palastgärten und ich sah sofort, dass sie in ihrem Leben fürchterlich gelitten hatte. Sie war eine Sklavin in Griechenland gewesen und hatte irgendetwas getan, was die Missgunst ihrer Herrin erregt hatte. Sie hatte die junge Frau immer wieder gequält. An den Verletzungen ihrer letzten Bestrafungen war sie schließlich gestorben. Die Seele dieser Frau war nicht mehr als ein Windhauch. Sie hatte eine solch niedrige Energie, als wäre sie selbst in diesem Gespensterreich nur ein zarter Nebel. An ihr haftete eine solch hartnäckige Schwingung von trauriger Verwirrung, dass sie sich beinahe auflöste. Du musst wissen, wenn es einer Seele nicht gelingt, im Totenreich genug Kraft zu schöpfen, um erneut ins Leben zu gehen, dann bleibt ihr nichts anderes übrig, als hier in der Unterwelt auf ewig herum zu wandern.

Die Seele der jungen Frau tat mir unendlich leid. Das war insofern sonderbar, da ich normalerweise keinerlei Emotionen für meine Gäste empfand und ihr Kommen und Gehen ohne innere Rührung betrachtete. Doch bei dieser war es anders. Ich hatte das Bedürfnis, dieser Seele die nötige Kraft zu geben, damit sie wieder in den ewigen Kreislauf eintreten konnte.

Ich nahm die junge Frau unter meine Obhut, obwohl sie so durchscheinend war, dass ich sie kaum wahrnehmen konnte. Ich zeigte ihr einen Ort zum Ausruhen und Nahrung, ließ sie in der heiligen Quelle der Arethusa baden und gab ihr einen winzigen Funken meiner göttlichen Energie, um ihre Kraft neu zu entzünden. Es war so, wie wenn Menschen ein halb totes Katzenbaby finden und sich gegen seinen Tod stemmen.

Sie schaffte es, sich zu erholen und kam in ein neues Leben. Doch schon kurze Zeit später, nach nur vierzehn Jahren, erkannte ich die Seele meines Schützlings wieder, als ich gerade über den großen See ruderte. Sie trieb müde strampelnd im Wasser und war kurz davor unterzugehen. Ich holte sie aus dem Wasser und brachte sie in den Palast. Ihr Schicksal war beinahe deckungsgleich mit ihrem vorigen Leben. Auch diesmal war sie eine Leibeigene gewesen, hatte die Familie ihrer Herrschaft erzürnt und war zur Strafe ausgepeitscht worden. Die Wunden hatten sich entzündet und sie war gestorben. Ich musste erneut meine Macht spielen lassen, um die Seele des Mädchens aufzurichten.

So ging es gewiss noch fünf oder sechs Mal. Dann musste ich länger auf ihre Rückkehr in die Unterwelt warten.

Währenddessen nahm ich mir zu Herzen, was Persephone gesagt hatte, was ich aber erst jetzt in die Tat umsetzen konnte. Ich kümmerte mich um meine Gäste. Ich suchte alle Seelen, die so schwach und kraftlos waren wie diese eine, und davon gab es eine Menge. Ich sammelte sie in einem besonderen Bereich der Unterwelt, wo es nichts gab, was ihnen Angst machte. Ich sorgte für eine freundlichere Stimmung ohne allzu große Finsternis und gab ihnen ein wenig göttliche Hilfestellung, damit sie ihren Weg alleine wieder zurück fanden. Später erfuhr ich von Menschen, die aus dem Nest gefallene Vögel aufsammelten, aufpäppelten, damit sie wieder stark für die freie Natur wurden. Es gefiel mir, dass ich etwas tat, das auch in der Menschenwelt seinen Ausdruck hatte. Und ich war mir sicher, dass Persephone es genau so gemeint hatte. Diese neue Sicht auf meine Wirksamkeit löste eine tiefe Zufriedenheit in mir aus.

Als ich diese eine besondere Seele das nächste Mal sah, war sie gerade mit 25 gestorben, weil ein Feuer eine Werkstatt ergriffen hatte, in der sie gearbeitet hatte. Ich sah, dass die Seele nicht mehr ganz so schwach und durchlässig war und spürte das tapfere Flackern, als sie beschloss, im nächsten Leben Freiheit und Freude zu erleben. Es machte mich irgendwie froh, zu sehen, wie sie Kraft schöpfte und mutig in ein neues Leben ging, obwohl mich dieser Prozess bisher nie sonderlich berührt hatte. Ich wusste jedoch nicht, warum ausgerechnet sie es tat.

Nach einigen hundert Jahren, nachdem diese eine Seele gewiss vierzig Mal bei mir gewesen war, spürte ich, dass sie etwas anders machte, als die anderen Seelen. Sie reifte schneller als die anderen. Ihre Inkarnationen verliefen in Rhythmen, die ich bei den anderen nicht beobachtet hatte. In den ersten Jahrhunderten ging es ihr darum, sich trotz immer wiederkehrender Gefangenschaft innerlich frei zu fühlen.

Und als ihr das gelungen war und sie nach einem letzten Leben als Sklavin einen gewaltfreien Tod gestorben war, wurde sie in eine wohlhabende Familie geboren und musste keine niederen Arbeiten mehr verrichten. Doch im nächsten Zyklus ihres Daseins trat ein neuer leidvoller Faktor auf. Sie hatte immer wieder einen hartherzigen, rücksichtslosen Vater, der sie klein hielt, mit bösartigen Männern verheiratete, die sie unterdrückten, vergewaltigten und demütigten. In diesem Kreislauf gefangen, kämpfte ihre Seele darum, etwas zu entwickeln, das Männer nicht unterdrücken konnten. Sie entdeckte erneut ihre innere Freiheit und löste sich aus diesem Kreislauf.
Im nächsten Leben hatte sie dann schließlich keinen Vater mehr, sondern wuchs in einem Waisenhaus auf, wo sie sich gegen kaltherzige Frauen behaupten musste. Und so ging es immer weiter. Sie stellte sich in ihren unendlich vielen Leben allen Themen, denen sich die Menschen eben stellen müssen und schraubte ihre seelische Energie wie in einer endlosen Wendeltreppe immer weiter nach oben. Langsam, mit vielen Rückschlägen, aber unermüdlich und ohne aufzugeben. Hatte sie ein Thema erlöst, begegnete es ihr nie wieder und wenn doch, dann zerbrach sie nicht danach. Hatte sie das Joch gewalttätiger Männer abgeschüttelt, begegneten ihr im nächsten Leben liebevolle und gutmütige Männer. Hatte sie das Leid erfahren, die eigenen Kinder zu verlieren, fand sie im nächsten Leben Umstände vor, die ihr erlaubten vor ihren Kindern zu sterben. Und hatte sie menschliche Niederungen wie Neid und Missgunst, Hass und Habsucht, Hartherzigkeit und Gnadenlosigkeit verkörpert und sich von diesen Gefühlen befreit, wurde sie in ein Leben geboren, in dem sie Liebe und Empathie, Verständnis und Versöhnlichkeit entwickeln konnte. Sie erlebte alle Schattierungen des menschlichen Seins.
Irgendwann fiel mir auf, dass die wachsende Energie dieser Seele etwas beinahe Strategisches hatte und begriff schließlich: Diese Seele war da, um einen Beweis anzutreten. Um eine Hoffnung zu symbolisieren. Ihr haftete etwas Atemloses, Drängendes an, denn sie kam nie wirklich zur Ruhe wenn sie in der Unterwelt weilte. Wie ein gespannter Bogen konnte sie ihren

Wiedereintritt ins Leben kaum abwarten. Ihre Kraft war unermüdlich aber auch etwas gehetzt, als würde sie eine merkwürdige Sportart betreiben. Und dann, als ich mich wieder einmal fragte, warum sie so ganz anders war als die anderen Seelen, wurde es mir bewusst.

Diese Seele war Persephone.

Als ich das verstand, war es um meine Ruhe geschehen. Ich hatte sie in den vielen Jahrhunderten immer wieder bei mir gehabt und sie nicht erkannt. Wie war das möglich?

Schlagartig befand ich mich wieder in diesem aufgewühlten, sehnsuchtsvollen Zustand, den ich während ihrer achtmonatigen Abwesenheit von der Unterwelt immer empfunden hatte. Und es machte mich traurig, zu wissen, welches Leid diese Seele als Mensch immer wieder ausgesetzt war. Gleichzeitig beeindruckte mich ihre Tapferkeit unendlich. Denn mittlerweile taten andere Seelen es ihr gleich, aber es waren damals nur sehr wenige. Die Menschen verehrten Persephone immer noch in ihren Tempeln, während ihre Göttin als Mensch mitten unter ihnen weilte.

Ich wollte ihr unbedingt sagen, dass ich sie erkannt hatte. Dass ich nun alles begriff, was sie mir damals versucht hatte zu sagen. Und dass es mir Leid tat, was ich ihr angetan hatte. Aber es war, als würde zwischen mir und ihr eine gläserne Trennwand verlaufen. Ich konnte mich dieser Seele zwar nähern, aber sie sah mich nicht, nahm mich nicht wahr und hörte meine Worte nicht. Wie auch? Bei den anderen war es ja genauso. Die Unterwelt ist ein unpersönlicher Ort.

Es musste doch eine Möglichkeit geben, mit ihr zu sprechen! Ich hatte das tiefe Bedürfnis mein Verbrechen an Persephone wieder gut zu machen. Aber sie entglitt mir immer wieder und gab sich ihrem atemlosen Tanz aus Tod und Wiedergeburt hin, viele weitere Jahrhunderte lang. Ich konnte nichts anderes tun, als ein besonderes Auge auf sie zu haben und sie während ihrer Zeit in der Unterwelt besonders gut zu führen. Ich stellte ihr den Palast zur Verfügung, was ich noch für keinen meiner Gäste getan hatte und umhegte sie mit meiner Präsenz, in der Hoffnung, sie würde erkennen, wer sie einmal

gewesen war. Aber entweder interessierte es sie nicht, oder es war schlichtweg nicht möglich, sie unsere alte Verbindung sehen zu lassen. Und was hätte es geändert?
Ich wusste nur eines. Diese Seele war nicht im Mindesten glücklich.
Wenn ich die Summe ihrer vielen Leben betrachtete, hatten sie aus immer wiederkehrenden Kämpfen bestanden. Es schien, als hätte immer irgendetwas gefehlt, damit sie jenes allumfassende und tiefe Lebensglück erfuhr, nach dem so viele Menschen strebten. Das zu sehen, tat mir so leid, dass ich nicht aufhören konnte, nach einer Möglichkeit zu suchen, dieser Seele die Augen zu öffnen.
Mehrere weitere Jahrhunderte vergingen und meine mittlerweile über alles geliebte Seele verwirklichte sich mal als Königin, Hure, Nonne, Mutter, Tochter, Ärztin, Künstlerin, Ehefrau, Bettlerin. Alle Archetypen, die man sich nur denken kann. Aber immer wieder landete sie zwischendurch in einem Leben, in dem sie etwas tat, was sie schon seit beinahe 3000 Jahren tat.
Sie war immer wieder eine Näherin gewesen.
Von den Herrscherpalästen des minoischen Griechenland, den Nähstuben des alten Rom über die mittelalterlichen Seidenspinnereien, den pompösen Schneider-Werkstätten in Versailles und den vorindustriellen Webereien, den Modeateliers Frankreichs und den ausbeuterischen Nähfabriken Englands.
Immer wieder hatte sich diese Frau als Schneiderin betätigt.
Und in diesen hunderten Leben als Schneiderin hatte sie wiederholt eine Erfahrung gemacht, die sich immer auf ähnliche Weise wiederholte.
Sie war durch ihre besonderen Fähigkeiten überaus begehrt gewesen und hatte sich oft ausbeuten lassen, um zu gefallen. Und wann immer es ihr zur Abwechslung gelungen war selbständig zu arbeiten, war sie mit ihren Auftraggebern aneinander geraten, denen ihre Entwürfe zu extravagant waren oder zu ungewöhnlich. Sie musste immer wieder erleben, dass sie sich durch irgendein Missverständnis, eine Laune oder einen ungünstigen Umstand in eine Lage manövrierte, in der sie Ausgrenzung und Ohnmacht erfuhr. Oft wurde ihre Arbeit geringschätzt oder man warf ihr Dekadenz vor. Sie

scheiterte regelmäßig an den Anforderungen ihrer Umwelt oder brachte sich in stürmischen Zeiten mit zu gewagten Ideen selbst in Gefahr.
Mir fiel dieser Umstand auf und ich fragte mich, warum meine Geliebte wiederholt diese Erfahrung machen musste. Oder wollte? Irgendetwas schien sie noch lernen zu wollen, es aber nicht zu können. Jedenfalls hatte sie es bislang noch kein einziges Mal geschafft, ein Leben völlig ohne Bevormundung, Unterdrückung, Abhängigkeit oder Verschuldung zu führen. Von Glück ganz zu schweigen.
Ich hätte ihr gerne geholfen, ich wusste nur nicht wie.
Mir kam der Gedanke, dass diese Seele sich vielleicht nur an das erinnern müsste, was Persephone gesagt hatte. An das Spiel der Unsterblichkeit. Daran, dass sie einmal eine Göttin gewesen war. Vielleicht war dies das fehlende Glied, das sie zur Vollständigkeit brauchte. Und dann war da noch meine Sehnsucht nach ihr.
Mittlerweile waren alle antiken Tempel, in denen Persephone und den anderen Göttern gehuldigt worden war, nur noch archäologische Ausgrabungsstätten und niemand glaubte mehr an einen Ort wie die Unterwelt.
Vor neunundzwanzig Jahren kam meine Geliebte zum letzten Mal hier her. Sie war gerade als 76jährige Frau an Krebs gestorben und hatte ein, nach äußeren Maßstäben gemessen, erfolgreiches und erfülltes Leben gehabt. Als Frau eines amerikanischen Textilmagnaten hatte sie nach dem 2. Weltkrieg ein Vermögen mit Kaufhausmode verdient, die jedoch auf den Rücken armer Menschen genäht wurden, die für ihren Erfolg bis aufs Blut ausgebeutet worden waren. Zeitungen hatten sie interviewt, sie war das Symbol der erfolgreichen Geschäftsfrau gewesen. Eine strahlend schöne, aber harte Frau ohne jedes Gefühl für Dankbarkeit oder Demut. Am Ende ihres Lebens wurde sie von der Presse wegen der rücksichtslosen Arbeitsbedingungen ihres Konzerns angegriffen und behauptete im Fernsehen, nur die Marionette ihres Mannes gewesen zu sein, der sie ein Leben lang aus dem Hintergrund gesteuert hatte. Kurz darauf starb sie verbittert und von der Welt gemieden.

Als meine geliebte Seele nach diesem Leben wieder in mein Reich kam, merkte ich ihr zum ersten Mal seit beinahe 3000 Jahren eine große Müdigkeit an, die jenem Zustand glich, in dem sie ganz am Anfang in der Unterwelt aufgetaucht war. Als hätte sie keine Kraft mehr, immer wieder in das Spiel einzusteigen. Da beschloss ich, einzugreifen.

Ich beschloss, die Verkörperung meiner Geliebten lebend zu mir zu holen, um sie all das wissen zu lassen, was ihre Seele wusste, ihr menschlicher Verstand aber immer wieder vergaß. Außerdem wollte ich ihr endlich die Gelegenheit geben, von der alten Wunde zu heilen, die ich ihr zugefügt hatte. Ich war mittlerweile fest davon überzeugt, dass ich der Schlüssel zu ihrem Unglück war. Denn es gab einen Zusammenhang zwischen den Erfahrungen ihrer Leben und dem, was ich ihr angetan hatte. Ich hatte sie für ihre eigenen Pläne mit dem Tod bestraft. Ich hatte sie dafür bestraft, etwas zu tun, was nur mit ihr selbst zu tun hatte und nichts mit meinen Wünschen. Und genau dieses Dilemma erlebte sie immer und immer wieder und konnte sich nicht daraus befreien. Und ich konnte es mir nicht länger anschauen. Ich musste endlich eingreifen.

Also passte ich den Moment ab, als meine geliebte Seele sich erschöpft aber tapfer in ein neues Leben aufmachte und beobachtete dieses neue Leben von Anfang an.

Ich stellte zu meiner Überraschung fest, dass dieses Mädchen namens Mara, als hätte es von meinem Plan gewusst, ganz besondere Eigenschaften entwickelte. Eigenschaften, die es darauf vorzubereiten schienen, eines Tages ohne zu sterben in die Unterwelt zu steigen. Die intensive Faszination für Wasser. Die Offenheit für geheimnisvolle Themen. Innere Tiefe. Und als sie eine junge Frau wurde, zeichnete sich auch bei ihr der Weg als Schneiderin ab.

Diesmal würde ich sie wissen lassen, was sie wissen musste. Ich wollte ihr endlich ermöglichen, sich zu verwirklichen und glücklich zu sein. Damit, so hoffte ich, wäre meine Schuld beglichen, ein Jahrtausende währender Lernprozess auch für mich beendet und eine Annäherung an Persephone

endlich wieder möglich. Und damit die Chance für das, was ich damals so dramatisch missverstanden und kaputt gemacht hatte. Echte Liebe.
Ich richtete meine Aufmerksamkeit für eine Weile auf die Welt der Menschen und arrangierte alles so, dass du endlich zu mir kommen kannst, Mara. Ich benutzte den Professor und deine Freundin Dori und ließ sie dich zu mir führen. Es war viel, viel komplizierter als die Entführung auf der Blumenwiese. Aber anders hätte es nicht funktioniert. Und nun bist du endlich wieder bei mir, Geliebte.

Kapitel 19

Ich betrachtete Hades schweigend unter dem silbrigen Licht der Sterne. Nachdem er seine Geschichte beendet hatte, wirkte er ermattet und ein wenig beklommen. Er sah mich forschend an und in seinen Augen flackerte zum ersten Mal ein Funken von etwas Ungewissem. Ich war überwältigt von seiner Erzählung. Zu überwältigt, um etwas zu sagen. Um ihm zu zeigen, dass ich keinesfalls abgestoßen oder entsetzt war, legte ich meine Hand auf seinen Oberschenkel und er ergriff sie und hielt sie. Wir saßen eine Weile so da. Schweigend, nachdenklich. Ich war dankbar, dass er nichts sagte. Die Stille des Gartens hüllte mich mit Geborgenheit ein; ich hätte ewig so sitzen können. Nur das leise Plätschern der Brunnen und der ferne Flügelschlag der Vögel begleitete dieses tiefe, einvernehmliche Schweigen. Ich wusste, dass alles, was ich gehört hatte, wahr war. Dass ich all das erlebt hatte. Es war so unfassbar wie wunderschön. Ja, ich erkannte in dem mystischen und dennoch so logischen Sinn dieser Geschichte eine Schönheit, die sich nicht in Worte fassen ließ. Allmählich überwältigte mich die Müdigkeit. Ich ließ mich gegen Hades sinken. Er legte die Arme um mich und zog mich an seine Brust. Ich schmiegte mich an ihn und schloss die Augen. Eine seltsame Scheu breitete sich trotz der Nähe zu ihm in mir aus und ich hätte einen Blick aus seinen magischen Augen jetzt nicht ertragen. Hades hielt mich und streichelte meinen Rücken, spielte mit meinen Haaren und ließ seinen ruhigen Atem über meine Wange streichen. So schlief ich ein. Im Traumdämmer spürte ich noch, wie er mich hoch hob und mich in den Palast trug.

Als ich aufwachte, herrschte in meinem Kopf eine Klarheit, die ich noch nie zuvor empfunden hatte. Und ich war mir meiner Gefühle für Melas nun vollauf bewusst. Ich wusste jetzt, woher diese dunkle, mächtige Anziehung kam. Und dass ich nichts lieber wollte, als mich ihr hinzugehen. Bei der Erinnerung an das, was er mir über sich und Persephone erzählt hatte, durchschauerte es mich vor Verlangen. Aber auch Furcht. War ich als Mensch überhaupt in der Lage, einem Gott zu begegnen? Körperlich? War das nicht mehr, als ein Lebewesen ertragen konnte? Die Vorstellung löste eine erregende Erwartung in mir aus, in der auch eine seltsame, lustvolle Furcht lag.

An einem Abend herrschte in den Höhen der Palastgewölbe eine Art Sturm. Die Vögel flogen aufgeregt hin und her und etwas Unruhiges, Drängendes lag in der Luft. Ich wusste nicht, was ich tun sollte und wanderte ziellos und in der Palastanlage umher. Plötzlich sah ich in einem der großen Wasserbecken wieder das Boot mit dem Fährmann treiben. Er ruderte am Ufer auf und ab und schien auf etwas zu warten. Im nächsten Moment erschien Hades in einem der naheliegenden Arkadengänge und kam langsam aber entschlossen auf mich zu. Ich sah seiner erhabenen, dunklen Gestalt entgegen und auf einmal stieg in mir die Frage hoch, wie ich mein Leben jenseits dieser Welt jemals wieder aufnehmen sollte.

Hades trug an diesem Abend wieder seine königliche Gewandung, seine archaische Krone und einen langen, kostbaren Mantel. Er begrüßte mich wie

immer mit einer Ehrerbietung, als wäre er ein niederer Gefolgsmann und ich die Königin. Dann küsste er mich sanft und sah mich forschend an.
„Wie geht es dir?“, fragte er.
„Du meinst nachdem ich gestern diese haarsträubende, unglaubwürdige und völlig verrückte Geschichte gehört habe, die du mir bestimmt nur erzählt hast, um anzugeben?“, neckte ich ihn.
Zu meiner Überraschung stieß er ein befreites Lachen aus. In diesem Lachen lag so viel Erleichterung. So viel Freude.
„Hast du geglaubt, ich würde schreiend davon rennen, nach dieser Erzählung?“, fragte ich.
„Ich habe jedenfalls nicht erwartet, dass du es so schnell akzeptierst“, erwiderte er. „Täusche dich nicht. Es kann sein, dass es noch eine Weile dauert, ehe du es vollkommen verinnerlicht hast.“
„Das kümmert mich nicht.“
„Was dann?“, fragte er.
„Ich will, dass du weißt, dass ich keineswegs ... nun, abgestoßen bin durch das, was du mir erzählt hast. Von dem, was zwischen dir und Persephone passiert ist.“
„Nein? Es erschreckt dich nicht?“ Melas sah mich ungläubig an.
„Doch, irgendwie schon. Aber es ist vorbei und ich verstehe durch deine Erzählung die Ursachen. Ich danke dir für deine Ehrlichkeit.“
Er senkte den Kopf und lächelte zögerlich. „Das freut mich“, sagte er leise. „Ich bin vor allem erleichtert, dass du auf dieses eine gewisse Detail nicht mit Furcht reagierst.“
„Welches Detail?“, fragte ich.
Statt einer Antwort entblößte er dezent die Spitzen seiner Eckzähne. Eine Mischung aus Lust und Angst jagte durch meinen Kreislauf und er hob wissend die Augenbrauen.
„In deiner Welt sind diese Abnormitäten Gegenstand von Schwärmerei, so viel habe ich schon mitbekommen“, sagte er mit einem leicht irritierten Unterton, als könnte er diese Tatsache nicht so recht nachvollziehen.

„Du meinst Vampire?“, fragte ich. Das Wort und das Genre, welches es beschrieb, kamen mir angesichts seiner düster strahlenden Selbstverständlichkeit plötzlich ein wenig albern vor.
Hades nickte und deutete ein Stirnrunzeln an. „Ich ahnte schon, dass du in diese Richtung denkst.“
„Bist du ... ein Vampir?“, fragte ich mit einem Zittern in der Stimme.
Hades schüttelte langsam und nachdenklich den Kopf. „Nein. Nicht im klassischen Sinn wie ihr Menschen ihn versteht. Aber ich bin verantwortlich für die Entstehung dieses Geschöpfs in der Fantasie der Menschen.“
Ich sah ihn erstaunt an. „Wie meinst du das?“
„Meine Zähne waren nie dazu da, Menschenblut zu trinken, um mich davon zu ernähren. Sie waren einfach eine Ausstattung meines Wesens, ein Attribut meiner Welt. Die Menschen haben den Tod immer als Räuber wahrgenommen. Und Persephone wurde als Symbol der unsterblichen Seele verehrt. Irgendwie muss die Vermählung dieser beiden Topoi in die menschlichen Ängste eingeflossen sein. Blut und Unsterblichkeit. Tod und Ewigkeit.“
Er sah mich forschend an, als wollte er sicher gehen, dass ich ihm folgen konnte. Ich lauschte ihm gebannt und fasziniert.
„Ihre Ängste und Sehnsüchte und das Wenige, das sie über den Tod ahnten, erschufen dieses Wesen, das ihr Menschen Vampir nennt“, fuhr er fort. „Du findest dieses Motiv in allen Weltkulturen. Den Blutsauger. Den dunklen Verführer. Aber er fand seinen Weg erst in die Geschichten der Menschen, nachdem ich Persephone durch meinen Biss getötet und dadurch die Unsterblichkeit ihrer Seele freigesetzt hatte.“
Ich nickte zaghaft. Diese Erklärung war absolut schlüssig. Und sie war nicht im Mindesten dazu angetan, mein Verlangen nach ihm zu mindern. Im Gegenteil.
„Mara, ich weiß, dass du dieses Detail reizvoll findest“, sagte er mit einem zweideutigen Lächeln und bedachte mich mit einem leise mahnenden Blick.

„Ich habe vor einer Weile erstaunt festgestellt, dass die Menschen keine Angst mehr vor dem haben was ihr Vampir nennt. Im Gegenteil. Es ist jetzt Gegenstand eurer Fantasien und Träumereien."

Ich nickte wie in Trance „Tja, ein paar Leute haben ziemlich gute Bücher über das Thema geschrieben", murmelte ich und dachte an jene drei Jahre in meiner Jugend, als ich selbst wie besessen von diesem Thema gewesen war und alles verschlungen hatte, was von Vampiren handelte.

Hades warf mir einen lauernden Blick zu. „Nun, ich wollte dir nur zu verstehen geben, dass ich in dieser Hinsicht keine Scheu habe. Dir auf diese Weise nah zu sein. Aber nicht jetzt, Mara. Bis ich dir diese Art der Nähe antue, warten noch andere Erfahrungen auf dich."

Wieder nickte ich und war erfüllt von Ahnungen, die sowohl unheil- als auch verheißungsvoll waren. Danach hing Schweigen über uns wie eine Wolke und ich wusste nicht, was ich sagen konnte, um meiner Sehnsucht Ausdruck zu verleihen. Ich bemerkte einen Schleier der Melancholie, der auf einmal Hades` Gesicht überzog.

„Was ist los?", fragte ich. „Stimmt etwas nicht?"

„Im Gegenteil. Es ist besser, als ich jemals zu hoffen gewagt hätte, meine Liebe."

„Aber warum ...?"

„Du willst wissen, warum ich dich jetzt nicht zurück zu deinem Bett führe, so wie ich es am liebsten tun würde?", raunte er und ergriff mein Kinn, um mich in einer Mischung aus Innigkeit und Härte zu küssen.

„Ja", wisperte ich. „Du liest meine Gedanken..."

Er löste sich von mir und sah mich mit festem Blick an.

„Mara, deine Zeit in meinem Reich ist bald abgelaufen", eröffnete er mir.

Ich erschrak. „Was? Aber es waren doch allerhöchstens drei oder vier Wochen."

„Du hast diese Zeit so kurzweilig erlebt, weil du sehr mit dir selbst beschäftigt warst. Aber in deiner Welt sind bereits Monate vergangen. Nur noch wenige Wochen und der Frühling kommt.

Ich sah ihn fassungslos an und Wehmut breitete sich in mir aus. Hades nahm meine Hand und deutete auf das Boot. „Ich dachte, du hast vielleicht Interesse daran, die Welt außerhalb des Palastes noch einmal mit neuen Augen zu erkunden."

„Ich ... ich habe gerade gar nicht den Kopf für diese Welt", wich ich aus.

„Oh, das wirst du aber gleich", sagte Melas und geleitete mich die Stufen zum Ufer herab. „Sie ist nämlich von großem Interesse für dich. Es ist die Welt der Träume und der Vergangenheit. Du kannst dort Fenster zur Geschichte deiner Seele finden."

Er half mir, in das Boot zu steigen und wir ließen uns auf zwei niedrigen gepolsterten Sitzen einander gegenüber nieder.

„Möchtest du einen Blick auf eines deiner vergangenen Leben erhaschen, Mara?"

Mich schauderte. Vor Schreck und erstaunter Aufregung.

„Warum ... warum sollte ich das tun? Ist das ... irgendwie wichtig?", stammelte ich beklommen.

„Ja, das ist es. Du wirst bald wieder in deine Welt zurückkehren. Und dafür möchtest du vielleicht ein wenig Hilfe und Unterstützung. Durch etwas, das deine Seele bereits weiß, das du aber als Mensch völlig vergessen hat. Und das ist der eigentliche und ursprüngliche Grund, warum dein Leben in der letzten Zeit so aus dem Gleichgewicht geraten ist."

„Und was ist dieser Grund?", fragte ich.

„Du wirst es sehen", sagte er und der Fährmann lenkte das Boot durch einen steinernen Torbogen in einer mit Moos überwucherten Mauer durch ein kurzes Tunnel nach draußen auf einen weiten See. Schon bald tauchte die Landschaft auf, die mir anfangs so deprimierend und traurig erschienen war. Jetzt wirkte das Ufer und das Land dahinter nicht mehr wie nach einem verheerenden Krieg oder einer Seuche. Es sah eher aus wie eine stille, verlassene Herbstlandschaft. In den halb entlaubten Bäumen schimmerte der dunkelrote Abglanz einer nicht sichtbaren Sonne und in der Luft lag etwas Heimeliges. Ich betrachtete verwundert die veränderte Landschaft und begriff, dass sie meine eigene innere Veränderung spiegelte. Während der ganzen Fahrt lag Hades` ruhiger, forschender Blick auf mir. Ich konnte nicht aufhören an das zu denken, was er mir gerade offenbart hatte. Über den Ursprung des Vampir-Mythos. Das alles erzeugte ein unheilvolles und betörendes Beben in meiner Brust, als würde eine alte, unerwiderte Sehnsucht auf einmal wieder wachgeküsst.

Gleichzeitig fühlte ich mich irgendwie zurück gestoßen und isoliert, denn Hades machte keine Anstalten, mein dunkles Sehnen in irgendeiner Weise zu erwidern. Spielte er mit mir? Oder gab es tatsächlich wichtigere, bedeutsamere Dinge, die ich erfahren musste?

Irgendwann hielt der Fährmann auf ein flaches Ufer zu, von dem niedrige, breite Stufen zu einer gigantischen Palastanlage empor führten. Hades erhob sich und half mir beim Aussteigen. Ich folgte ihm. Kaum hatten wir das Ufer betreten, war mir, als würde ich durch eine Luftschleuse treten. Kurz darauf war der See verschwunden, das Boot war fort und ich stand neben Melas auf einem mit prächtigen Eichen bewachsenen Berg. Unter uns erstreckte sich eine fruchtbare, weite Ebene an deren Horizont ich einen riesigen Wald erkennen konnte. Als ich mich umdrehte, ragten vor uns die Palastmauern auf. Es war helllichter Tag, gleißendes Sonnenlicht ließ die hellen Mauern erstrahlen und um uns herum wuselte es nur so von Menschen. Ein Schäfer trieb eine Herde Schafe durch ein Tor ins Freie, Handwerker schleppten Holzstangen und Eimer mit Sand, ein Marktstand bot Kohlköpfe und Orangen feil, Kinder spielten mit einem kleinen Hund und Frauen liefen mit Tonkrügen und Körben umher. Alle trugen sehr altertümlich Gewänder und Frisuren. In der Luft lag der Geruch von Gewürzen und verkohlendem Holz, Vieh und fremdartigen Düften, die ich noch nie zuvor gerochen hatte.

Kapitel 20

„Wo sind wir hier?“, fragte ich erstaunt.

„Das ist der Palast eines Königs in der Nähe des heutigen Bordeaux“, sagte Melas, der dicht an meiner Seite stand. Ich begriff, dass die anderen Menschen uns nicht sehen konnten. „Wir befinden uns gerade in Frankreich, im Jahre 1080. Und dort drinnen wartet jemand auf dich, der dir einen wichtigen Impuls für dein aktuelles Leben geben kann.“ Er strich mir aufmunternd über die Wange und lächelt so unbefangen, dass ich Mut fasste und neugierig wurde.

Melas nahm meine Hand und führte mich ins Innere des Palastes.

Wie soll ich die unglaublichen Dimensionen, die schlichte und doch so beeindruckende Pracht der Räume beschreiben? Dieser Ort war heutzutage wahrscheinlich eine Ruine oder eine Touristenattraktion.

Und ich spazierte hier einfach herein und wanderte zwischen den Bewohnern umher. Sah ihre Gesichter, die mit denen der späteren Menschen kaum vergleichbar waren. Beobachtete ihre Geschäftigkeit, die völlig ohne Hast aber von einer sonderbaren inneren Würde getragen war. Roch den versengenden Geruch der offenen Feuerstellen, auf denen Fleisch gegrillt wurde und lauschte dem fremdartigen Klang einer Laute. Melas führte mich durch die Gänge und Höfe, als wäre er hier zuhause. Ich fühlte mich an seiner Seite absolut sicher, aber meine Aufregung steigerte sich bis ins Unerträgliche. Was war es, was ich hier sehen sollte?

Schließlich blieb er vor einer hohen Trennwand aus durchbrochenem Holz stehen, hinter der Stimmen ertönten.

„Hast du den Mut, da hinein zu gehen?“, fragte er.

„Was ist dort?“, flüsterte ich atemlos.

„Du bist dort, Mara. Du findest in diesem Raum eines deiner vergangenen Leben. Geh hinein und hab keine Angst.“ Er drückte meine Hand.

„Und du?“, fragte ich.

„Ich werde hier sein und auf dich warten. Dir kann nichts geschehen."
„Können die Menschen da drin mich sehen?", fragte ich.
„Geh hinein und schau selbst", meinte er mit einem geheimnisvollen Lächeln.
Ich blickte vorsichtshalber an mir herunter und dachte, dass ich mit meinem ebenfalls sehr altertümlichen Kleid hier wohl nicht sonderlich auffallen würde.
Melas beugte sich herunter und berührte meine Stirn sachte mit seinen Lippen.
„Freu dich, meine Liebe. Dies ist etwas, was ihr Menschen „Rückführung" nennt, die ihr bei kostspieligen Scharlatanen erleben wollt und doch nur in der Verstrickung eurer eigenen Konditionierungen landet. Du erlebst das hier wirklich, Mara. Geh."
Ich nickte und nahm einen tiefen Atemzug. Mein Herz klopfte zum Zerspringen. Melas gab mir einen sachten Stoß und ich trat hinter die Trennwand.
Dahinter lag ein kleinerer Raum mit einer Öffnung in der Decke. Ein Sonnensegel blähte sich dort im leichten Wind. Der Raum war aus grobem Stein gemauert und völlig schmucklos. Auf großen breiten Tischen an den Wänden lagen Stoffballen und Körbe voller Garn. Etwa ein halbes Dutzend Frauen saß in der Mitte des Raumes im Kreis und arbeitete an einem Gewand aus smaragdgrüner Wildseide. Zwei weitere Frauen schnitten mit großen, silbernen Scheren die Stoffe von den Ballen und legten sie in Falten. Eine andere stickte winzige Perlen auf einen losen Ärmel.
Ich blinzelte. Und begriff mit einem Gefühl von Freude und Überraschung, wo ich hier gelandet war. Einer Nähstube. Einer frühmittelalterlichen Schneiderei. Wo Frauen jenes jahrtausendealte Handwerk ausübten, dem auch ich nachging.
Ich stieß ein ungläubiges Lachen aus.
Die Frau mit der Schere sah auf und entdeckte mich. Ich erschrak. Aber die Frau lächelte bloß knapp, winkte mich heran, reichte mir ein Stück Stoff und sagte:
„Gut dass du kommst. Nimm das und nähe die Bänder ein. Die Königin kommt in Kürze und will das Gewand anlegen lassen. Beeil dich."

Sie sprach in einer längst untergegangenen und vergessenen Sprache. Und doch verstand ich jedes Wort. Ich nickte, nahm den Stoff und ein Körbchen mit Garn und Bändern und ließ mich etwas abseits von den anderen Frauen auf dem Boden nieder. Und dann nähte ich zu meiner unendlichen Verwunderung etwas zusammen, von dem ich nicht einmal wusste, was es überhaupt war. Ohne Anleitung, ohne Hilfe. Und meine Finger schienen einfach zu wissen, was sie taten, als wäre mir diese uralte Nähtechnik vollkommen vertraut. Die Bewegungen gingen mir so selbstverständlich von der Hand, als hätte ich nie etwas anderes getan.

Ich genoss diese Arbeit so sehr, dass ich völlig darin versank und jeden einzelnen Handgriff, jeden Stich, das Gefühl der feinen Nadel und die Haptik des kostbaren Stoffes ganz bewusst wahrnahm. Dann fiel mir wieder ein, was Hades gesagt hatte: Dass hier in diesem Raum jemand auf mich wartete. Ich sah auf und betrachtete die leise plaudernde und konzentriert nähende Frauengruppe. Ich musste gar nicht lange suchen, um zu sehen, wen er meinte. In der Runde der Frauen saß eine, welche die anderen offenbar anleitete. Eine vielleicht dreißigjährige, kleine und etwas füllige Frau mit wunderschönen, pechschwarzen Haaren, die auf eine komplizierte Weise aufgesteckt waren. Sie trug ein schlichtes, dunkelblaues Gewand ohne jeden Schmuck, Ledersandalen und einen silbernen Armreif. Ihr Gesicht war älter als bei den heutigen Frauen in diesem Alter. Aber aus ihren großen, braunen Augen, dem breiten Mund und ihre hohen Wangenknochen sprach eine solche edle Würde, dass sie mir erschien wie eine Königin. Sie nähte mit achtsamen Bewegungen und ihr Lächeln, wenn sie mit den anderen Frauen sprach, war liebevoll und ruhig. Aus jeder ihrer Blicke und Gesten sprach ein natürlicher, genügsamer Stolz wie bei einer Katze und ich erschauerte, als ich begriff, wer diese Frau war.

Ich.

Sie lebte gerade eines meiner vergangenen Leben. Im Palast eines Königs im frühmittelalterlichen Frankreich, als Schneiderin.

Ich konnte es nicht fassen. Ohne mit dem Nähen aufzuhören, saugte ich jede Regung der Frau wie ein Schwamm auf. Sie sah aus dem Fenster, betrachtete den Stand der Sonne und sagte etwas zu den anderen. Ich verstand jedes Wort. Anscheinend nähten sie gerade an einem kostbaren Gewand für die Königin des Palastes, die in Kürze kommen und das Gewand anprobieren sollte.
Ein Nebengemach wurde rasch ausgefegt, wo eine riesige Scheibe aus poliertem Kupfer als Spiegel fungierte. Eine Dienerin streute Blumen auf den Boden, eine Karaffe Wasser wurde gebracht und die Vorsteherin der Näherinnen nahm mir meinen Ärmel ab und nähte ihn in Windeseile an das Gewand. Ich konnte nicht genug von ihrem Anblick bekommen und genoss auch die Gegenwarte der anderen Frauen sehr.
Dann entstand ein kleiner Aufruhr und jemand meldete das Nahen der Königin.
Meine Seelenverwandte stand ohne Hast auf und breitete das wunderschöne Gewand über ein Holzgestell, ähnlich einer Kleiderpuppe. Während die anderen Frauen rasch ihre Kleidung und Haare ordneten und mit nervösen Blicken auf die Herrin warteten, war sie ganz entspannt und sah lieber aus dem Dachfenster auf das tanzende Sonnensegel, anstatt erwartungsvoll auf den Eingang zu schauen. Vielleicht war sie ja eine Vertraute der Königin, dachte ich.
Als diese schließlich erschien, tat ich es den anderen Frauen nach und sank unterwürfig auf den Boden, um sie zu begrüßen. Meine Seelenverwandte jedoch neigte nur ihren Kopf und faltete die Hände über der Brust. Die Königin war eine beeindruckend schöne Frau, hatte aber einen harten Zug um die Lippen. Sie sah genau so aus, wie ich mir die bösen Königinnen im Märchen immer vorgestellt hatte. Sie trug ein weißes Gewand aus bestickter Wildseide, einen Gürtel aus getriebenem Gold und lange rote Bänder, die in ihre Haare geflochten waren. Dann beobachtete ich die Prozedur der Anprobe. Man geleitete die Königin in das Nebengemach und zog einen Vorhang zu. Ich musste schmunzeln und dachte an die Umkleidekabinen moderner

Kaufhäuser. Nach einer Weile erschien sie in ihrem Untergewand, damit die Näherinnen das Gewand passgenau abstecken konnten.
Doch ich sah sogleich, dass die Königin unzufrieden war. Das Kleid war zwar ein Ausbund an majestätischer Schönheit, wie man es sich prächtiger nicht vorstellen konnte, aber etwas daran gefiel der adeligen Frau nicht. Ich wusste nicht was es war, aber nach einer Weile scheuchte sie mit einem verärgerten Ausruf die Frauen weg, die alle wie Mäuse in die Ecken huschten und beschämt zu Boden schauten. Eine der Jüngeren zitterte sogar vor Furcht.
Nur meine Seelenverwandte nicht. Sie stand ohne jedes Zeichen von Angst vor der Königin und sah sie offen an, was diese noch weiter zu frustrieren schien. Ich merkte schnell, dass sie eine jener Frauen war, die mit sich selbst unzufrieden sind oder an irgendeiner Art von Mangel litten und andere dafür verantwortlich machten. Und auch die Schneiderin schien das zu spüren. Man besprach, wie man das Kleid umgestalten sollte, sie machte der Königin Vorschläge, doch diese begann an dem Stoff zu zerren und bellte in den Raum, dass ihr die Farbe nicht gefalle. Es sollte ein purpurnes Kleid sein.
„Herrin, ihr habt diese Farbe bestellt", wagte sich die Schneiderin vor. „Ihr selbst habt es bei dem arabischen Seidenhändler bestellt. Und das Grün ist wunderschön bei euren Augen."
„Ihr schmeichelt mir nur!", zischte die Königin. „Ich will aber ein Kleid, das meiner Gestalt schmeichelt. Ich will es ausziehen!"
Als hätte sie Schlangen auf der Haut, eilte sie in das Nebengemach. Die erschrockenen Näherinnen kamen kaum hinterher, sie aus dem Kleid zu befreien. Kaum war sie wieder in ihre eigenes Gewand gehüllt, riss sie den Vorhang zur Seite, warf das smaragdgrüne Kleid auf den nächsten Tisch, als wäre es nur ein Lumpen und rauchte zur Tür heraus. Die Näherinnen waren bleich geworden und sahen sich beklommen und ängstlich an.
Nur sie nicht. Die Schneiderin sprach ein paar beschwichtigende Worte, nahm mit beinahe liebevoller Geste das verschmähte Kleid und legte es sorgsam zusammen.

Während die anderen anfingen zu lamentieren und sich offenbar schuldig an dem ganzen Dilemma fühlten, sah ich bei ihr nicht das kleinste Zeichen von Scham oder Frust, Angst oder Erniedrigung.
Die Schneiderin war zurück gewiesen worden. Eine zeitaufwändige, komplizierte Arbeit war von der Königin einfach abgelehnt worden und alles war umsonst gewesen. Aber meine Seelenverwandte sah es offenbar ganz anders. Sie wickelte das Kleid in ein dünnes Stück Stoff, verschnürte es und legte es in eine Truhe. Aus allen ihren Gesten sprach immer noch eine tiefe Würdigung für ihre Arbeit und eine Liebe für das, was sie da genäht hatte. Ihre Arbeit war durch die Ablehnung in keinster Weise entwertet worden. Im Gegenteil. Es war, als hätte die Schneiderin dieses Kleid gar nicht genäht, um dafür anerkannt zu werden. Als hätte sie das Kleid für sich genäht. Nicht um es zu tragen. Sondern, um sich an der Arbeit ihrer Hände und ihres Könnens zu erfreuen.
Ich war fassungslos vor Staunen.
In diesem Moment warf mir meine Seelenverwandte einen Blick zu und deutete ein Nicken an, als wollte sie sagen: „Na, hast du die Lektion verstanden?“
Oh ja, und ob ich sie verstanden hatte! Diese Frau war genau so, wie ich gerne gewesen wäre. So ruhig und entspannt, so voller Selbstvertrauen und Würde. Sie lebte in einer viel gefährlicheren, unberechenbareren Welt als ich und hatte doch etwas Wesentliches verstanden. Sie lebte etwas, das ich nicht leben konnte. Sie kämpfte wahrscheinlich mit den gleichen, wenn nicht sogar schlimmeren Konflikten als ich. Aber ihre innere Haltung war eine ganz andere.
Diese Frau würde niemals vor einer Assistentin von Tessa Kranach zu Kreuze kriechen und hätte bei einer Zurückweisung einen kalten Schweißausbruch, Panik und Zukunftsängste bekommen. Sie hätte sich wahrscheinlich gar nicht erst bei Tessa Kranach beworben. Diese Frau würde niemals das Instagram-Profil ihres Ex-Freundes verfolgen und bei Bildern von ihm und einer hübschen neuen Freundin Magenschmerzen bekommen. Diese Frau würde

sich niemals zur Handlangerin ihrer unreifen Freundin machen und sich von ihr wegen einer dummen Laune anschreien lassen. Diese Frau würde auf keinen Fall zulassen, dass irgendeine geldgierige Schlange ihren Vater einsperrte. Diese Frau war vollkommen unabhängig und frei von der Zustimmung anderer, obwohl sie in sehr engen Strukturen lebte. Sie ruhte in sich und war sich ihres Wertes als Mensch absolut bewusst. Sie war die wahre Königin.

Und ich war sie gewesen.

Ich schaute in den Spiegel meines eigenen Seins.

Ich zeigte mir gerade selbst, durch diese alltägliche Szene, was ich 1000 Jahre später nicht mehr wusste.

Es war unglaublich. Mir schwindelte bei dieser Erkenntnis. Es war, als hätte ich gerade einen unermesslich kostbaren Schatz entdeckt. Die Dankbarkeit trieb mir Tränen in die Augen. Am liebsten wäre ich aufgestanden und hätte die Frau umarmt und ihr gesagt, dass ich es verstanden hatte. Aber im nächsten Moment spürte ich eine Berührung an meiner Schulter. Ich zuckte zusammen und sah mich um. Hades stand hinter mir, zog mich hoch und führte mich aus dem Raum. Ich warf noch einen Blick zurück, wollte noch einmal in das stille, stolze Gesicht meiner selbst schauen, aber die Schneiderin blickte wieder hinauf zu der Öffnung in der Decke, wo das Sonnensegel in einer Kaskade von Licht und Schatten mit sich selbst tanzte.

Als ich kurz darauf eng an Melas geschmiegt in dem Boot saß und der Fährmann uns zurück über den See ruderte, wurde ich allmählich ruhiger.

„Was ist aus ihr geworden?“, fragte ich. „Was wurde aus dieser Frau?“

„Sie ist nur wenige Tage nach dieser Szene hingerichtet worden“, sagte Melas schlicht.

Ich machte mich von ihm los und starrte ihn voller Entsetzen an. „Was?! Aber warum das denn?“

Melas zog mich wieder zu sich und legte beruhigend einen Arm um mich.

„Ich habe dir doch gesagt, dass sie immer wieder Schwierigkeiten mit ihren Herrschaften bekam. Diese Frau, ihr Namen war Alheyt, nahm das Kleid, das die Königin verschmäht hatte mit in ihre Behausung und versteckte es dort. Sie war sehr stolz auf ihre Arbeit und sah nicht ein, das Kleid einfach in einer Truhe verschwinden zu lassen. Sie wartete ein paar Tage ab und eines Nachts, holte sie das Kleid heraus und zog es an. Sie wollte das Ergebnis ihrer Arbeit am eigenen Körper fühlen, wollte spüren, wie es sich anfühlte ein solch kostbares Gewand zu tragen, was ihr sonst niemals erlaubt gewesen wäre. Sie lief eine Weile in ihrem Zimmer auf und ab; es war eine mondhelle Nacht und die smaragdgrüne Seide schimmerte so schön, dass ihre Augen nicht genug davon bekamen. Doch das war ein großer Fehler. Denn jemand beobachtete sie durch das Fenster und verriet es der Königin. Du musst dir vorstellen, es war ein unvorstellbarer Frevel, was Alheyt getan hatte. Obwohl die Königin das Kleid abgelehnt hatte, stand es ihr in keinster Weise zu, das Kleid an sich zu nehmen oder gar selbst zu tragen.

Die Königin erzürnte das so sehr, dass sie Alheyt gefangen nehmen und einsperren ließ. Man warf ihr Hochmut und Verrat vor. Es war jedoch so, dass die Schneiderin der Königin ohnehin seit langem ein Dorn im Auge war. Du fragst warum? Nun, aus genau dem Grund, aus dem du sie gerade so bewundert hast. Alheyt trug etwas in sich, was die Königin selbst gerne gehabt hätte und mit ihr viele, viele andere Menschen. Die Liebe zu sich selbst. Diese Würde, die auch Persephone an sich gehabt hatte.

Diese Haltung war den Menschen vollkommen fremd und kam ihnen verdächtig vor. Und du weißt ja, wie Menschen sind. Wenn sie etwas nicht einordnen können, wollen sie es zerstören, unterwerfen und beherrschen, damit es ihnen nicht gefährlich werden kann. Deswegen nahm die Königin diesen Akt des Hochmuts zum Anlass, die Schneiderin hinrichten zu lassen. Sie wurde vor den Mauern des Palastes enthauptet, in dem smaragdgrünen Kleid, das sie selbst genäht hatte."

Ich starrte Melas fassungslos an. Eine überwältigende Traurigkeit trieb mir die Tränen in die Augen. Was für eine schreckliche Geschichte. Melas strich mir

beruhigend über den Kopf, wie einem Kind, das sich vor einem Märchen fürchtete.
„Verstehst du nun den Kreislauf, dem deine Seele immer wieder ausgesetzt ist? Durch ihre göttliche Herkunft und ihre hohe Energie, durch ihre Würde und Erhabenheit landete sie immer wieder in Situationen, in der ihr diese Erhabenheit zum Verhängnis wurde."
„Aber ich verstehe das nicht!", warf ich ein. „Diese Frau hatte eine so schöne, starke Ausstrahlung! Heutzutage würde man sie doch niemals für ihre innere Haltung ausstoßen. Zumindest nicht in dem Teil der Welt, wo ich lebe. Die Menschheit ist doch so viel weiter gekommen als im Mittelalter! Wieso stoße ich heute immer noch an solche Grenzen? Warum immer noch?"
„Weil deine Seele diese Erfahrung so oft gemacht hat, dass sie die Energie der Ablehnung durch die Menschen irgendwann nicht mehr loswurde. Sie klebte wie Pech an ihr. Sie machte die Erfahrung, dass das Wissen um ihre eigene Unsterblichkeit sie immer wieder das Leben kostete. Und deswegen vergaß sie als Mensch dieses Wissen. Die Angst vor der immer wiederkehrenden Bestrafung verselbständigte sich und begann, die göttliche Würde dieser Seele immer weiter zu verleugnen, um zu überleben. So konnte sich dein wahres Wesen niemals wirklich entfalten und du bist immer wieder in solchen Situationen gelandet. Du bekommst zwar mit jedem Leben eine neue Chance, aber mittlerweile ist die Angst vor Ablehnung so existenziell, dass du aus diesem Teufelskreis nicht mehr aussteigen kannst."
Ich nickte. Allmählich verstand ich.
„Deswegen habe ich mir schon wieder so eine Autoritätsperson wie Tessa Kranach gesucht", murmelte ich. „Ihr Name in meinem Lebenslauf wäre gleichbedeutend mit einer Anstellung bei einer Königin."
Melas nickte. „Du beginnst zu verstehen, meine Liebe."
„Und deswegen bekam ich solche Panik, als ich dann doch abgelehnt wurde", zog ich weiter meine Schlüsse. „Weil irgendetwas in mir glaubt, es wäre ... ich weiß nicht ... der Untergang. Deswegen bin ich so verzweifelt in der Suche nach einem neuen Job, anstatt auf mein Talent zu vertrauen. Deswegen heule

ich einem Typen hinterher, weil ich geliebt werden will. Deswegen lasse ich Agnes gewähren. Weil ich Angst habe, dass sie über mein Leben bestimmen kann."

„Und genau mit dieser Angst hast du ihr auch die Macht über dein Leben gegeben", sagte Melas. „Du weißt ja, was sie mit dir gemacht hat."

Ich stieß einen ungläubigen Laut aus. „Das ist einfach unfassbar!"

„Ja, das ist es. Und ich bin sehr froh, dass du die Zusammenhänge nun endlich begreifst."

„Aber was soll ich tun, wenn ich wieder in meiner Welt bin? Wie kann ich meine Probleme lösen?"

Melas lächelte geheimnisvoll. „Du wirst es wissen, wenn du wieder dort bist. Denk immer an das, was dich an Alheyt so beeindruckt hat. Denk daran, dass du nichts zu verlieren hast."

Ich nickte und betrachtete die sanft gekräuselte Wasserfläche des Sees. Ja, das war es. Das Vorbild, nachdem ich mich immer gesehnt hatte, abgesehen von meiner Mutter. Plötzlich fühlte ich etwas wie einen kraftvollen Schubs in meinem Innern und konnte es auf einmal kaum noch erwarten, wieder in mein altes Leben zurück zu kehren und noch einmal von Neuem zu beginnen. Angefüllt mit dieser unfassbaren Energie, die durch mich hindurch floss wie ein zweiter Pulsschlag. Als hätte Melas meine Gedanken gelesen, lächelte er mich vielsagend an. „Es dauert nicht mehr lange, Geliebte. Ich bringe dich jetzt an einen Ort, von dem aus du zurück in dein Leben gelangen kannst."

Ich sah ihn widerstrebend an. „Ich würde so gerne noch hier bleiben."

„Ich hatte gehofft, dass du das sagst. Aber ich verspreche dir, du wirst wieder zu mir zurückkommen."

„Wie? Wie soll ich das machen?"

Kapitel 21

Er antwortete mit einem undurchdringlichen Blick und bedeutete dem Fährmann anzulegen. Wir befanden uns in einem Kanal zwischen zwei hohen, mit Moosen bewachsenen Mauern. In der Höhe beschatteten dicht belaubte Baumkronen die Passage. Kaum ein Lichtstrahl drang zu uns herab. Plötzlich war mir kalt und ein eigenartiges Unbehagen bemächtigte sich meiner. Als würde die Luft Abschied atmen. Ich war aber nicht im Mindesten bereit, mich ausgerechnet jetzt von dieser Welt zu trennen. Der Fährmann hielt an einem Vorsprung, hinter dem ein Durchgang in der Mauer war. Hades stieg aus und reichte mir wortlos die Hand. Ich ließ mich von ihm aus dem Boot ziehen und betrat einen dunklen Gang. Beklommen folgte ich ihm eine Weile durch die Finsternis, ehe er an einem weiteren Durchgang stehen blieb und mir die Hand reichte.

„Komm, ich will dir den schönsten Teil des Palastes zeigen“, sagte er und führte mich in eine runde Halle, die wie eine unterirdische Kirche anmutete. Einige ebenfalls runde Nischen gingen vom Hauptraum ab und schienen in weitere Hallen zu führen. Der Boden und die Wände waren mit wunderschönen schwarzen und goldenen Mosaiken ausgelegt, die sich zu einem einzigen, herrlichen Ornament verschlangen. Blattwerk, Ranken und Blüten überzogen die Wände und schimmerten wie Goldmünzen am Grund eines dunklen Sees. Ein diffuses Licht schien zwischen den Mosaiken hindurch zu scheinen und tauchte den Raum in ein zartes, geheimnisvolles Leuchten. In der Luft lag ein feiner Geruch nach Wintergrün, der mich an eine besonders gute Badelotion denken ließ. Und tatsächlich. Vor mir führten drei geschwungene, flache Stufen in ein tiefer liegendes Becken, das sich bis weit in die Dunkelheit hinein erstreckte. Der hintere Teil der Halle war von dem goldenen Schimmer unberührt und lag dort wie ein wartender Schatten. Dampf stieg von der Wasseroberfläche auf und von einigen gekachelten Podesten am Rand ließen goldene Hähne heißes Wasser in das Becken fließen. Staunend sah ich mich um und betrachtete das Meisterwerk der Mosaiken.

„Warum hast du diesen Ort denn bisher versteckt gehalten?“, fragte ich.

Melas bedachte meine Begeisterung mit einem liebevollen Lächeln.

„Nun, du hast bisher nicht den Anschein erweckt, als wolltest du ein Bad nehmen", erwiderte er schmunzelnd.
„Ich wusste nicht, dass die Unterwelt Plätze von solcher Annehmlichkeit bietet."
„Denk daran, du erschaffst dir diese Ort selbst", erinnerte mich Melas und jetzt wurde mir klar, dass dieses Bad große Ähnlichkeit mit den herrlichen alten Jugendstil-Bädern der Jahrhundertwende hatte. Die goldene Dunkelheit strahlte etwas überaus Sinnliches aus. Ich warf Melas einen fragenden Blick zu und sah verlegen zu Boden, als ich den verhalten amüsierten Zug um seine Mundwinkel sah. Die Atmosphäre war auf einmal zum Bersten aufgeladen mit Erwartung und erwachendem Begehren. Melas machte eine einladende Geste in Richtung des Beckens.
„Möchtest du?"
Ich zögerte und knetete hinter meinem Rücken ein Stück meines Kleides, als würde es mir dabei helfen, eine Entscheidung zu treffen. Es erschien mir außerordentlich seltsam, mich hier vor ihm auszuziehen und nackt ... Ich dachte den Gedanken nicht zu Ende. Denn im selben Moment wurde mir bewusst, wie absurd mein verschämtes Zögern an diesem Ort war. Erst Recht nach allem, was ich über mich und das große Ganze erfahren hatte. Ich war schließlich eine Königin und neben mir stand ein Gott. Hier war menschliches Schamgefühl so lächerlich wie überflüssig. Außerdem löste die Vorstellung, was in diesem Raum alles geschehen konnte, in dieser warmen, sinnlichen Stimmung, einem neuen Schub erregter Sehnsucht in mir aus. Ich sah ihn eine Weile an. Dann schlug ich die Augen nieder und begann, die Bänder an meinem Kleid zu lösen. Mein Herz begann schneller zu klopfen. Ich spürte seine Blicke über meinen Körper wandern und musste kurz mit dem Gefühl kämpfen, mich wie ein junges, unsicheres Mädchen zu fühlen. Doch dann begann ich es zu genießen, mich langsam vor ihm zu entkleiden. Ich fand in den Zustand machtvoller Weiblichkeit, die seit jeher in einem solchen Anblick liegt: Sich Stück für Stück einem Mann zu offenbaren, der in bewundernder Stille da steht und wartet.

Mein Kleid fiel an mir herab und landete auf dem Boden. Ich trat zur Seite und schaute auf. Wie soll ich seinen Blick beschreiben?
Hades betrachtete mich so, wie ich es mir bei keinem Mann jemals hätte vorstellen können. Es war nicht nur Entzücken und Bewunderung. Es war etwas Wissendes in seinem Blick. Und ich fühlte mich jenseits meiner Nacktheit in der Tiefe meines ganzen Seins vollkommen gesehen.
„Weißt du, wie wunderschön du jedes Mal bist, wenn du eine weitere innere Schwelle überschreitest?", sagte er. Er machte eine Geste, als wollte er meinen Anblick für die Ewigkeit einfangen.
„Du machst es mir nicht gerade schwer, das zu tun", erwiderte ich leise. „Ich fühle mich in deiner Nähe sehr wohl. Sehr sicher. Sonst ..."
„Sonst würdest du dich zieren?", fragte er in einem neckenden Tonfall und kam, langsam und gelassen wie eine Raubkatze auf mich zu.
„Ich bin in meiner Welt ... ganz anders", sagte ich und schluckte.
„Oh nein. Du bist auch dort absolut bezaubernd. Aber hier, meine Liebe, scheinst du es auch wirklich zu wissen."
Er legte seine Hand an meine Wange und ich versank in seinem dunklen, glühenden Blick. Es war ein eigenartiges Gefühl, ganz nackt vor ihm zu stehen, während er immer noch in seiner königlichen Pracht gekleidet, unnahbar und erhaben vor mir aufragte. Ich wurde mir meiner Verletzlichkeit vor diesem Wesen erneut bewusst.
„Danke, dass du mich gezwungen hast, mich neu kennenzulernen", wisperte ich und versuchte, mein Zittern ein wenig im Zaum zu halten, was mir aber kaum gelang. Ich war mir sicher, dass meine Herzschläge in dem gekachelten Gewölbe ein Echo bildeten.
Ich war atemlos vor Anspannung und obwohl ich ihn gerne berührt hätte, stand ich wie gelähmt vor ihm und genoss nur seinen über mich wandernden Blick. Dieser Blick war beinahe fühlbar, wie eine unendlich zarte Berührung von Seide. So unerträglich, dass ich den schlagartigen Impuls verspürte, mich in Sicherheit bringen zu müssen.

Ich trat vor ihm zurück und näherte mich dem Wasser. Ich stellte mir vor, wie die Szenerie auf ihn wirken musste und empfand meine Schönheit auf einmal wie ein schützendes, machtvolles Schild. Doch vor was suchte ich Schutz? Nicht vor ihm, so viel stand fest. Ich wollte, dass er mir in dieses warme Becken folgte. Ich wollte, dass er mich umschlang und mit mir in dem dampfenden, dunklen Wasser versank.

Doch mir kam der Verdacht, dass Hades diesen unerträglichen Moment, ganz dicht am Rand des Unausweichlichen zu stehen noch ausweiten würde, dass er diese köstliche Distanz noch weiter aufrecht erhielt. Weil er wusste, dass ihm die Ewigkeit gehörte. Weil er es genoss, mit meiner menschlichen Ungeduld zu spielen. Ich wich langsam in das Wasser zurück und ließ mich tiefer sinken. Ich genoss die Berührung des warmen Wassers, das mich einhüllte. Meine Schenkel, meine Scham, meine Taille, wie es sich um meine Brüste schloss und ich schließlich bis zum Hals von der wundervollen Hitze umschlossen wurde. Hades betrachtete mich reglos und schien jede kleinste Bewegung von mir tief in sich einzusaugen.

Dann hob er beide Hände und legte seine Krone ab. Ich erkannte mit einer Mischung aus Freude und Schrecken, dass auch er begann, sich zu entkleiden. Langsam, abwartend und unerträglich geduldig. Sein schwerer Mantel glitt zu Boden. Als er die Bänder an seinem Gewand löste, hielt ich den Atem an. Mein Herz schien Druckwellen in das Wasser zu senden und tief in meiner Brust wurde das Beben immer stärker. Hades kam nun auf den Beckenrand zu, nur noch mit einer weit fließenden Hose bekleidet, die bis zur Mitte seiner Oberschenkel reichte und die er nicht abstreifte.

Der Moment, ihn zum ersten Mal ohne seine schwarzen Gewänder zu sehen war mehr als ich ertragen konnte. Sein mächtiger, marmorweißer Körper glich einer antiken Statue, die mit menschlichem Leben erfüllt war. Seine nackte Haut zu sehen, ihn ohne seine majestätischen, abweisenden Gewänder zu sehen, berührte mich sonderbar. Fast meinte ich einen Hauch Verletzlichkeit in der Makellosigkeit seiner unsterblichen Gestalt zu erkennen. Eine tiefe, bis dahin ungeahnte Innigkeit entspann sich zwischen uns, als er in das Becken stieg und langsam auf mich zukam. Ich sah ihm entgegen und gab mich seinem Anblick hin. Meine Brustwarzen verhärteten sich unter Wasser, je näher er kam.

Hades zögerte, als er vor mir stand. Dann zog er mich unvermittelt an sich, umschlang mich und ergriff mit seinem Mund meine Lippen zu einem Kuss, der so voll innigem Hunger war, dass mir klar war: Dieser Kuss würde in das Unausweichliche münden. Ohne etwas zu sagen, gab er mir zu verstehen, dass die Distanz zwischen uns schlagartig vorbei war. Durch den letzten Rest seines Gewandes konnte ich seine Härte spüren.

Ich überwand meine Scheu, streckte unter Wasser die Hände nach ihm aus und berührte ihn. Ich hatte ihn zuvor noch nie berührt, zu groß war meine Scheu vor ihm gewesen. Ihn nun aber zu spüren, seine Muskeln unter der glatten Haut, machte mich schwindelig vor Verlangen. Seine starken Arme umschlangen mich mit gezügelter Kraft, aber es fühlte sich so an, als könnte er mich jederzeit unter Wasser ziehen. Ich erwiderte seinen Kuss mit solchem Hunger, dass mir der Atem versiegte und mein Herz in meinen Ohren immer lauter hämmerte.

Hades Hände umfassten meine Taille, er drängte mich sanft gegen den Rand des Beckens und drückte mich gegen die gekachelte Mauer, bog meinen Kopf nach hinten und begann, meinen Hals zu küssen.

Plötzlich fiel mir wieder ein, was er mir erzählt hatte. Über den Akt gnadenloser Wut, in dem er Persephone ausgelöscht hatte. Die Erinnerung an dieses Bild löste eine Welle der Furcht in mir aus, die mein Herz umspülte, mein Verlangen aber in neue Höhen trieb.

„Du willst, dass ich das auch mit dir mache?“, las er raunend meine Gedanken und versenkte seinen durchdringenden Blick in mich. Seine dunklen Augen sprühten vor Verlangen. Ich musste nicht antworten, er wusste ohnehin, wie es um mich stand. Unter Wasser ergriff ich seine Lenden und ließ meine Finger über die gemeißelten Höhen seiner Muskeln gleiten. Ihn so nah zu spüren, so direkt und ohne die höflichen, verbalen Ausweichmanöver, machte mich wahnsinnig vor Sehnsucht. Ich wollte ihn, und umschlang ihn mit beiden

Schenkeln, presste ihn an mich und erschauderte vor der schieren Macht seines Körpers. Mein eigenes Drängen machte mir selbst fast ein wenig Angst. Das hier war pur, es war echt und ursprünglich. Es war der Urgrund aller Lust. Und ich wollte mich in dieser Lust verlieren. Ich wusste zwar nicht, ob ich dem allem gewachsen war, aber es war mir egal. Alle menschlichen Regungen in dieser Hinsicht erschienen mir banal und verkrustet, schwächlich und verkehrt.

„Bitte ... bitte nimm mich", flüsterte ich an seiner von warmen Wassertropfen bedeckten Brust. Ich hörte ein Grollen tief in seinem Innern, wie von einem schlafenden Tiger. Und dann spürte ich seine Hände, die sich abwärts schoben und meine Brüste umfassten.

„Warum denn so ungeduldig", erwiderte er mit einem rauen, leisen Lachen. „Du weißt doch, uns gehört die Ewigkeit."

Ich wand mich unter seinen Liebkosungen und trank seinen nächsten Kuss, wie ein Elixier, das mich davor bewahrte, den Verstand zu verlieren. Atemlos verfolgte ich das Abwärtswandern seiner Hand, die zwischen meine Schenkel glitt und meine Blüte direkt, aber unendlich sanft ergriff, als wollte er sie pflücken. Ich stöhnte leise und presste mich gegen die Wölbung seines angespannten Arms. Überall diese geschmeidige Härte um mich herum, diese unerträgliche Anspannung. Ich schloss die Augen und gab mir Mühe, das zarte Tasten zwischen meinen Beinen auszuhalten.

„Mach die Augen auf", flüsterte er und ich gehorchte.

Hades sah mich mit seinen Obsidian-Augen an und ein leises Lächeln spielte um seine Mundwinkel. Der selbstvergessene Genuss in seinem Gesicht löste eine neue Welle der Hingabe in mir aus und ich wollte untergehen in dieser unglaublichen Innigkeit. Ich biss mir auf die Unterlippe und vergaß erneut, zu atmen.

„Sie mich an, Mara", sagte er und hielt meinen Blick fest, als müsste er mich davor bewahren, unterzugehen. Was auch geschehen wäre. Denn im nächsten Moment schob sich sein Finger zwischen meine Blütenblätter und drang langsam und zielgerichtet in mich ein.

Ich schrie vor Lust auf und drückte meinen Kopf gegen seine Brust. Seine Berührung war jenseits von allem, was ich bis dahin an Lust erlebt hatte. Ganz langsam, aber mit versengender Intensität spielte seine Hand mit meiner Mitte, löste sich, drang wieder ein, während sein Daumen meine empfindlichste Stelle umkreiste. Ich verfiel in einen schweren, keuchenden Atem. Hades ergriff mit der anderen Hand mein Kinn, hob meinen Kopf an und küsste mich. Seine Hand zwischen meinen Schenkeln wurde härter, fordernder. Ich riss den Kopf zurück und starrte ihn an.

Plötzlich erschienen mir seine unheimlich spitzen Zähne noch ausgeprägter und dieser Anblick lähmte mich vor unaussprechlichem Begehren. Es war der reine Brandbeschleuniger und ich hielt es nicht mehr aus. Ich küsste ihn und tastete mit der Zungenspitze nach seinen Zähnen.

„Bitte“, wisperte ich zwischen den Küssen und krallte meine Hände in seine Schulterblätter, während seine Finger in mir kleine, stoßende Bewegungen vollführten. Tränen traten in meine Augen.

„Weißt du, was du dir da wünschst?“, flüsterte er. „Bist du sicher, dass es das ist, was du zum Abschied spüren willst?“

„Ja, ich will es“, stieß ich hervor, ehe mich die Bedeutung seiner Worte einholte. Moment mal, Abschied? Was hatte er da gerade gesagt?

Doch ehe ich mich von ihm lösen und ihn fragend ansehen konnte, passierte es.

Hades beugte sich über mich und zog meinen Kopf an den Haaren sanft, aber nachdrücklich nach hinten. Meine Kehle spannte sich, so dass ich kein Wort heraus brachte. Seine Lippen strichen über meinen Hals, küssten mich, leckten über meine Haut und dann biss er zu.

Mein Schrei löste sich aus meinem Mund, flog zu der Rundung des Gewölbes hoch, hallte dort mehrstimmig wie ein flirrender Chor zurück und verschwand irgendwo in der Dunkelheit. Hades` Zähne waren mit unnachgiebiger Härte in mein Fleisch gedrungen, aber seine Lippen lagen samtweich, beinahe liebevoll darüber und saugten begehrlich an mir. Mein Kopf umwölkte sich. Ich spürte nur noch ihn. Meine Wahrnehmung schrumpfte auf zwei Dinge. Das eruptive

Beben in meiner Blüte, dieses süße, machtvolle Zerbersten in Lust und die bittere Ohnmacht, die sich meiner bemächtigte, als mir klar wurde, dass er tatsächlich mein Blut trank. Dann sterbe ich jetzt eben, dachte ich noch. Das hier werde ich auf keinen Fall überleben und es ist gut so.
Aber schon im nächsten Moment löste sich sein Mund von meinem Hals und er sah mit seinen nächtlichen Augen auf mich herunter. Seine Brust hob und senkte sich heftig atmend, aber seine Aura war ganz ruhig. Hoheitsvoll und gebieterisch. Mein Blut glitzerte an seinen Lippen und tropfte auf meine Brust. Ich spürte das Zerspringen jedes Tropfens wie eine kleine Explosion. Mit flackerndem Blick, zuckend und geschwächt von dieser ungekannten Intensität sah ich zu ihm auf. Ich wollte etwas sagen, fragen, aber ich war wie gefangen in einem Vakuum aus Hingabe und erlösender Entspannung. Ich sank schwer in seine Arme, die mich unter Wasser festhielten.
„Mara, hab keine Angst“, flüsterte er und zog mich vom Rand weg in die Mitte des Beckens. Warum sollte ich Angst haben, dachte es in mir. Doch dann sah ich, wie er mich immer weiter in Richtung der Dunkelheit zog, die wie ein wartender Schatten über dem hinteren Teil des Bades lag.
„Du bist nun wieder mein“, sagte Hades und umfasste meinen Hinterkopf mit sanftem Griff. „Und du bist auch wieder dein. Dir kann nichts mehr passieren.“
Ich hätte gerne gefragt, was diese rätselhaften Worte bedeuten sollten, aber ich konnte nicht sprechen. Ich lag im warmen Wasser, spürte mein Zittern verebben und in einen gelösten, schlafähnlichen Zustand abdriften. Hades zog mich immer weiter vom dem goldenen Licht fort. Immer weiter in die Dunkelheit. Ich sah, wie sein weißes Gesicht sich mit Schatten füllte, wie seine leuchtenden Augen nur noch wie zwei diffuse Schemen über mir standen, spürte seine beschützenden Hände und noch einmal seinen Kuss.
„Du wirst mich wieder finden, Geliebte. Aber nun ist deine Zeit gekommen.“ Ein Hauchen auf meiner Stirn. „Hab keine Angst. Du bist nicht alleine. Ich werde immer in deiner Nähe sein.“

Und dann, mit einem letzten durchdringenden Blick, drückte er mich unter Wasser. Die Wärme umschloss mich wie eine Umarmung und obwohl mein Verstand sich gegen das, was geschah, wehrte, wusste ich doch: Das hier passierte, weil es passieren musste. Alles hatte seinen Sinn. Dennoch stiegen die Wehmut, die Gegenwehr, die sich aufbäumende Sehnsucht wie ein Schwarm erschrockener Vögel in meinem Bewusstsein auf, flatterte aufgeregt umher und verlor sich in tausend Richtungen, ohne dass ich einem von ihnen hätte folgen können.

Bitte schick mich noch nicht fort, dachte ich verzweifelt. Ich will bei dir bleiben. Nicht jetzt. Bitte...

Aber meine Schwäche hielt mich gefangen und ich spürte nur noch seine harten Hände, die mich mit sanfter Gewalt unter Wasser festhielten. Da war ein Vibrieren im Wasser wie von herzzerreißendem Abschiedsschmerz. Und dann, ganz plötzlich, schien es, als würde sich alles um mich herum in ein warmes Nichts auflösen. Eine Strömung umspülte mich wie tausend sanfte Hände und für einen kurzen Moment tauchte vor mir das Bild von Nymphen auf, die einen am Wasser ruhenden Wanderer ergriffen und in ihr nasses Reich ohne Wiederkehr zogen. Lieblich, aber unausweichlich.

Dann war da nur noch die Dunkelheit meiner Seele, die mich wie eine Mutter an sich nahm und wegführte.

Kapitel 22

Ich durchbrach die Wasseroberfläche und rang nach Atem. Helle Lichtblitze schossen durch meinen Kopf. Sofort ergriff mich eine solche Kälte, dass ich meinte, zu erfrieren. Gleichzeitig wusste ich aber, dass diese Kälte mir nichts würde anhaben können. Ich riss die Augen auf und sah nichts als Chaos, das ich in keinen Zusammenhang bringen konnte. Ich wusste weder, wo oben und unten war, noch wo mein Körper aufhörte, geschweige denn wo ich mich befand. Ich strampelte orientierungslos und mit einem Anflug von Panik im kalten Wasser ehe meine Füße Halt auf etwas Glitschigem fanden. Im nächsten Moment drang eine Stimme an mein Ohr und jemand packte meinen Arm und zog mich aus dem Wasser. Jetzt wurde es noch kälter. Ich blinzelte gegen das Durcheinander in meinem Kopf an und bekam allmählich so etwas wie eine Wahrnehmung.

Wald. Hellblauer Himmel. Raschelndes Laub. Vogelstimmen.

„Mara! Ich hab ich!“, schrie jemand an meinem Ohr, etwas zerrte an mir und schneidend kalte Luft drang wie ein Messer in meine Verwirrung. Schlagartig wusste ich, wo ich war.

Es war der kleine Teich am Teufelsstein im Wienerwald. Um mich herum ein aus dem Winterschlaf erwachender, noch kahler Wald und Professor Clemens Brick, der gerade seinen Mantel auszog und ihn um meine nackten Schultern legte. Ich zitterte vor Kälte, spürte aber tief in mir eine intensive Wärme, die mich wohl daran hinderte, zu erfrieren. Ich blinzelte gegen die Strahlen einer niedrig stehenden Sonne und dann ins Gesicht des Professors, der sich mit besorgtem Gesicht über mich beugte.

„Mara, was für ein Glück, dass ich gerade zufällig hier war!“, stieß er hervor.

„Das war ... kein Zufall“, erwiderte ich mit klappernden Zähnen.

Mein Kopf drehte sich und ich konnte keinen klaren Gedanken fassen. Das einzige Gefühl, das ich greifen konnte, war Dankbarkeit. Alles um mich herum, die Kälte, das spätwinterliche Licht, aber vor allem der strahlend blaue Himmel erfüllten mich mit so viel Lebendigkeit, dass mir vor Freude die Tränen in die Augen traten. Ich war wieder da.

Um die übrigen Empfindungen, die noch in meinem Innern aufstiegen konnte ich mich jetzt nicht kümmern. Sie lagen wie hinter einem Schleier getrennt von mir.

Jetzt galt es mich wieder ins Trockene zu bringen, was Clemens Brick mit zielgerichteter Effizienz in die Hand nahm. Er zog alles aus, was er selbst

nicht brauchte, wickelte mir seinen Schal um, setzte mir die Mütze auf und gab mir seine Socken, schlüpfte mit nackten Füßen zurück in die Schuhe und brachte mich zu seinem Auto, das zum Glück nicht weit weg stand, ohne meine Hand loszulassen. Dankenswerterweise sprach er nicht. Er schien zu spüren, dass dafür noch nicht die Zeit gekommen war.
Wortlos und benommen folgte ich ihm und saugte alle Details meiner Umgebung wie neugeboren in mich auf. Die Schneeglöckchen am Wegesrand. Die Amseln in den Bäumen. Die weggeworfene Wanderkarte in einem Mülleimer am Parkplatz. Ferne Kirchenglocken. Meine Welt. Aber ich kam mir vor wie nach einem sehr langen Flug ohne Zwischen-Stop. Meine Beine fühlten sich wie Watte an, die Empfindungen kamen irgendwie verzögert. Wen wundert das, sagte ich mir. Du warst gerade 4 Monate in der Unterwelt. Der Gedanke amüsierte mich irgendwie. Für alle anderen Gedanken und Gefühle war ich noch nicht bereit.
Brick drehte die Heizung im Wagen auf Höchsttemperatur und fuhr so schnell er konnte in sein Wochenendhaus. Als Erstes ließ er in heißes Bad einlaufen und versorgte mich in der Zwischenzeit mit einer Decke. Ich war dankbar für die Wärme, die allmählich wieder in meine Glieder kam. Aber ich hielt es nicht lange aus in der warmen Badewanne. Zu drängend, zu überwältigend kamen die Erinnerungen an das zurück, was ich vor meiner Rückkehr erlebt hatte.
Hades.
Ich sträubte mich regelrecht gegen diese Gedanken, es war einfach zu viel für mich. Später, dachte ich. Später. Ich bin noch nicht soweit.
Clemens brachte mir einen frischen Bademantel. Er hatte eine Kanne Tee und eine Suppe gekocht, die er mir nun in seinem Arbeitszimmer auf dem Sofa servierte.
„Ich kann dir nicht alles erzählen“, sagte ich. „Noch nicht.“
„Natürlich nicht. Ich bin ja selbst erst mal damit beschäftigt, mich nur zu wundern. Das ist wirklich unglaublich.“

Und dann erzählte er mir, dass er seit einer Viertelstunde an diesem See gestanden hatte, um die ersten Sonnenstrahlen zu genießen, als ich plötzlich wie aus dem Nichts im Wasser aufgetaucht war. Wie etwas, das aus der Tiefe hochgeschossen kam. Wie umsichtig von Hades, mich genau an dieser Stelle zurück in meine Welt treten zu lassen, dachte ich. Während ich dankbar und auch etwas gierig die Suppe aß, die besser schmeckte als alles, was ich zuvor gegessen hatte, berichtete Clemens mir von den Ereignissen der letzten Monate.

„Als ich nichts mehr von dir gehört habe, dachte ich mir, dass du einen Weg gefunden hattest, dem Ruf zu folgen", sagte er und schüttelte dabei immer wieder ungläubig den Kopf. „Du hattest deine Sachen bei der Blumenverkäuferin nicht abgeholt und niemand wusste, wo du warst. Als ich Dori auf dem Campus sah, fragte ich sie nach dir, aber sie wusste auch nicht, wo du warst. Sie war zu meiner Überraschung ganz vernünftig; ganz anders als noch im letzten Sommer. Sie erzählte mir von eurem Streit in Griechenland und ihren Anschuldigungen. Jedenfalls glaubte sie, dass du verreist warst und Abstand bräuchtest, weil du in letzter Zeit Schwierigkeiten gehabt hättest. Sie machte sich nicht direkt Sorgen um Dich, aber sie schien dennoch ein wenig nervös zu sein.

Ich war mir mittlerweile sicher, dass du bei ihm warst. Bei Hades. Ich habe jeden einzelnen Tag der letzten vier Monate in Anspannung verbracht, Mara. Ich fuhr zu der Blumenhändlerin, um deine Sachen zu holen und erfuhr bei dieser Gelegenheit, dass sie kurz davor war, dich bei der Polizei als vermisst zu melden. Zum Glück schaffte ich es, ihr dieses Vorhaben auszureden. Ich tischte ihr eine haarsträubende Lüge auf und erzählte, dass du längere Zeit verreist warst, um den Kopf frei zu bekommen. Emilie glaubte mir zuerst nicht und fragte mich, warum du ihr dann nicht Bescheid gesagt hättest. Ich erfand weitere Ausflüchte und bat sie, dich auf keinen Fall als vermisst zu melden, weil dir das nach deiner Rückkehr nur noch weitere Schwierigkeiten bescheren würde und konnte sie letztendlich überzeugen. Ich hatte einen Schweißausbruch nach dem anderen. Denn wie konnte ich sicher sein, dass du wirklich wieder kommen würdest? Ich machte mir große Sorgen. Aber ich versuchte gleichzeitig, mich mit dem Gedanken zu trösten, dass du in seiner Obhut warst."

Ich stellte meinen Teller weg und sah Clemens an. Auf einmal fühlte ich mich diesem Mann unendlich verbunden. Ich beugte mich vor und umarmte ihn dankbar. Er klopfte in immer noch ungläubiger Erleichterung meinen Rücken.

Dann sagte ich: „Das hast du gut gemacht, Herr Professor. Seltsam, dass Agnes mich nicht als vermisst gemeldet hat. Das hätte zu ihr gepasst. So gerissen, wie sie ist."

„Wieso das denn?", fragte er verwundert.

Ich berichtete ihm, was sie mir angetan hatte und Clemens wurde kreideweiß.

„Das ist ja wie in dem Frau Holle Märchen", stieß er hervor.

„Ja, das dachte ich mir auch. Ich fühle mich fast gehemmt, ihr böse dafür zu sein. Sie hat mir schließlich einen Gefallen getan."

„Das ist versuchter Mord!", sagte Clemens empört und sprang auf.

Ich blieb jedoch ganz ruhig. Natürlich entsetzte mich die eiskalte Dreistigkeit von Agnes. Aber etwas in mir hinderte mich daran, mich von Clemens\` Aufregung anstecken zu lassen. Ich wusste ganz genau, dass ich einen Weg finden würde, Agnes zur Rechenschaft zu ziehen. Aber das würde warten müssen.

Clemens setzte sich wieder und sah mich eindringlich an. „Und ... was ist nun genau geschehen mit dir, Mara? Kannst du schon darüber sprechen?"

Ich schüttelte den Kopf. „Noch nicht. Gib mir noch ein paar Tage, okay?"

Er nickte, aber ich sah ihm seine brennende Ungeduld natürlich an.

Ich bezog wieder das Gästezimmer. Clemens bot mir an, Dori und Emilie Bescheid zu sagen, dass ich wieder da war. Ich willigte ein, bat ihn aber, den beiden zu sagen, dass ich noch Zeit für mich brauchte.

So verbrachte ich die nächsten Tage mit viel Schlaf, viel Stille und viel Zeit, um wieder in mir selbst anzukommen. Ich genoss diese Tage, die von keinem Gefühl der Unruhe gestört waren, von keinem drängenden Gedanken. Ich badete in dem Wissen, dass ich von nun an keine Fehler mehr machen konnte.

In den Momenten nach dem Aufwachen oder vor dem Einschlafen, geschah etwas Wundersames. Immer wenn ich in den träumerischen Zustand tiefer Schläfrigkeit glitt, spürte ich, dass ich nicht mehr allein war. Dann drang wieder etwas von der dunklen Geborgenheit, die ich in der Unterwelt erfahren hatte, in mein Bewusstsein und hüllte mich ein. Etwas schien mich in die Tiefen meines Bewusstseins zu ziehen, wo ich wieder einen Widerhall der Leidenschaft empfand, die ich mit Hades erlebt hatte, kurz bevor meine Zeit gekommen war.

Ich war immer noch nicht wirklich in der Lage, meiner Erinnerung an unsere letzte Begegnung voll und ganz zu begegnen. Es war zu verzehrend, zu erschütternd. Ich konnte immer noch nicht fassen, was er da mit mir gemacht, was er in mir ausgelöst hatte. Seine Küsse, seine Berührungen, sein Biss. Und das alles als Abschied und ohne es voll ausgekostet zu haben. Beinahe hätte ich wütend auf ihn sein können, dass er mich so voll von drängender Sehnsucht einfach wieder in meine Welt entlassen hatte. Aber einerseits war mir klar, dass es seine Taktik war, um sicherzugehen, dass ich mit ihm in Verbindung blieb. Und andererseits genoss ich den Zustand atemlosen Vermissens. Denn ich sehnte mich mit jeder Faser meines Körpers nach ihm und einer Weiterführung dieser leidenschaftlichen Innigkeit, die ich mit ihm erlebt hatte. Gleichzeitig blieb dieses Gefühl unterhalb meines Bewusstseins wie am Grund eines Sees. Es nistete sich in mir wie ein von Lebendigkeit pulsierender Schatz ein. Anders hätte ich auch nicht klar denken oder mein Leben wieder aufnehmen können.

Manchmal wachte ich nachts auf und glaubte, Hades würde sich über mich beugen. Aber natürlich war niemand in meiner Nähe. Nur die Stelle am Hals, wo er mich gebissen hatte, kribbelte und pulsierte.

Ich dachte ein wenig beklommen an die acht Monate, die nun vor mir lagen. Wie sollte ich es schaffen, mein Leben wieder aufzunehmen? Wie sollte ich mein neu gewonnenes Wissen anwenden? Wie sollte ich all dem begegnen? Ich wusste es nicht und konnte nichts anderes tun, als in dem Gefühl des Vertrauens Zuflucht zu nehmen, das ich seit meiner Rückkehr empfand.

Robert verwöhnte mich mit köstlichem Essen, was ich auch nötig hatte, denn ich war so abgemagert, als hätte ich vier Monate in einem Hungerloch verbracht. Ich bekam langsam wieder ein Gefühl für meinen Körper und fühlte mich nach vier Tagen endlich soweit, dass ich Clemens alles über meinen Aufenthalt in der Unterwelt erzählen konnte. Nun, fast alles.
Die Episoden von Intimität sparte ich aus.
Der Professor lauschte mir gespannt und unterbrach mich kein einziges Mal. Ich merkte jedoch bald, dass meine Ausführungen über die Seele und ihre Wanderungen seinen akademischen Horizont überstiegen und er mir in dieser Hinsicht kaum folgen konnte. Als Archäologe konnte er mit meinen Erzählungen außerdem nicht das Geringste anfangen, denn er konnte das alles ja nicht beweisen.
„Glaub mir bitte, Clemens", sagte ich, „jede Mal, wenn er mit mir gesprochen hat, habe ich mir gewünscht, du wärst da. Aber ich weiß auch, dass mir diese Geschichten wieder entschlüpfen werden, je länger ich wieder hier in unserer Welt bin. Es gibt Geschichten, die sind nicht länger für die Ohren von Menschen bestimmt."
Clemens nickte und lauschte weiter, solange, bis ihm keine Fragen mehr einfielen, die er mir noch hätte stellen können.
„Und was machen wir nun mit deiner vermaledeiten Stiefmutter?", fragte er irgendwann. „Ich muss immer wieder daran denken, dass sie versucht hat, dich in einem Brunnen zu ertränken. Wir können ihr das doch nicht durchgehen lassen."
„Uns wird schon etwas einfallen", sagte ich und wusste nicht, woher ich diese Gewissheit eigentlich nahm.
Clemens und Robert boten mir an, mich in dem kleinen Gästezimmer häuslich einzurichten, bis ich wusste, wie es weitergehen würde und diesmal nahm ich das Angebot dankbar an. Ich schaffte meine Koffer und Umzugskisten in das Zimmer und packte aus. Beim Anblick meiner geliebten Nähmaschine und der alten Schneiderpuppe überkam mich die nervöse Gewissheit doch noch nicht

ganz bei mir angekommen zu sein. Ich hätte so gerne genäht, aber ich wusste nicht was und wie.
Ich dachte an Alheyt und das smaragdgrüne Gewand, das sie das Leben gekostet hatte.
Und dann ganz plötzlich, als hätte mir jemand ein Bild vor die Augen gehalten, wusste ich, was ich tun würde.

Kapitel 23

Ich packte die eilig zusammen gerafften Sachen aus, die ich in den schwierigen Wochen im Sommer zusammen genäht hatte und verteilte sie im Zimmer. Gar nicht mal so schlecht, was dabei herausgekommen war. Die Kleider und Oberteile waren ein Erguss meines ganzen Einfallsreichtums und zeigten mir, dass da eine unerschöpfliche Quelle von Kreativität in meinem Innern war. Die sogar dann noch sprudelte, wenn es mir eigentlich nicht gut ging. Damit konnte man vielleicht keine Tessa Kranach beeindrucken, aber das hatte ich auch gar nicht mehr vor.
Ja, ich fühlte beim Gedanken an meine verpasste Chance bei ihr eine sonderbare Dankbarkeit. Da war der starke Impuls, mich nicht länger auf derartige Lichtgestalten zu verlassen, um in ihrem Abglanz groß zu werden. Ich würde die Sache selbst in die Hand nehmen.
Der Tatendrang, der mich auf einmal ergriff, war so stark, dass ich sofort am nächsten Tag zur Tat schritt.
Ich lieh mir von Clemens Brick Geld und versprach, es ihm bald zurück zu zahlen. Auch diese Gewissheit, dass ich das können würde, kam tief aus einem unbekannten Teil meines Bewusstseins, den ich nun immer besser kennenlernte. Brick hatte keinerlei Zweifel, dass ich mein Versprechen halten würde und versicherte mir, mich in allen Belangen zu unterstützen. Er schien sich mir wie ein Vater verpflichtet zu fühlen, und dieses Gefühl tat gut.

Was allerdings nicht gut tat, war der Gedanke an meinen eigenen Vater. Ich musste wirklich dringend etwas unternehmen, um ihn aus Agnes` Klauen zu befreien.
Doch in mir wuchs bereits ein Plan, wie ich sie aus unserem Leben entfernen konnte. Und dieser Plan erforderte Zeit und Geduld.
Ich richtete mir im Gästezimmer eine eigene Nähwerkstatt ein. Bestellte Stoffe und alle sonstigen Materialien, die ich benötigte. Dann machte ich mich daran, Entwürfe zu zeichnen und Schnittmuster zu fertigen. Draußen vor den Fenstern wurde der Winter immer schwächer und in der ersten Aprilwoche schien zum ersten Mal den ganzen Tag die Woche. Die Vögel begannen lauter zu singen und an den Ästen wuchsen die Knospen. Ich öffnete die Fenster und ließ die kalte, frische und nach Erde duftende Luft ins Zimmer strömen. Ich arbeitete tagelang ununterbrochen und wie im Rausch. Es machte mir solche Freude und gab mir solche Kraft, dass ich einfach nicht aufhören konnte. An den Abenden saß ich mit Robert und Clemens beim Abendessen und teilte meine Pläne mit ihnen.
Clemens hatte seinem Lebensgefährten in der Zwischenzeit alles erzählt, weil es ihm zu anstrengend war, um das Thema ständig einen Bogen zu machen und Robert dadurch permanent anzulügen. Entgegen meiner Erwartung reagierte der jedoch völlig gelassen, als wäre es keine allzu große Sache, dass jemand mal eben vier Monate in der Unterwelt verbracht hatte.
„Ach, weißt du Mara, ich denke schon mein ganzes Leben, dass es viel mehr zwischen Himmel und Erde gibt, was wir uns erklären können. Es überrascht mich überhaupt nicht, dass manche Menschen das Privileg bekommen, in diese Sphären vorzustoßen."
Seine entspannte Haltung verunsicherte mich ein wenig. Wollte er mich verspotten? Aber mit der Zeit merkte ich, dass Clemens Partner ein Mensch war, für den extrem unwahrscheinliche Dinge absolut möglich waren. Er war in dieser Hinsicht wie ein Kind und schaute gerne hinter den Vorhang dessen, was als normal galt. Er hinterfragte nicht, war von diesen Dingen aber auch nicht so besessen und fasziniert wie Clemens. Der hatte nämlich begonnen,

meine Aussagen aufzuschreiben und mit wissenschaftlichen Noten zu versehen, die er sich aus Texten aller Weltreligionen und Abhandlungen über Mystik zusammen suchte. Er musste meine Erzählung dokumentieren und er fragte mich immer wieder, wie ich nach Ende der acht Monate gedachte, erneut zurück in die Anderwelt zu gelangen. Doch darüber machte ich mir noch keine Gedanken. Mein Fokus lag auf meinem gegenwärtigen Leben.
Ich entwarf meine erste eigene Kollektion, die Ende April fertig war. Ich hatte niemanden einen Blick auf das Ganze werfen lassen und machte aus der ersten Präsentation ein kleines Fest, zu dem neben meinen beiden Gastgebern auch Emilie und Dori eingeladen waren, die ich bei dieser Gelegenheit zum ersten Mal wieder sehen sollte.
Clemens´ Arbeitszimmer baute ich zu einem Modesalon um und hängte alle meine Stücke auf Kleiderbügeln an Schränke und Bücherregale, Lampenschirme und an die Vorhangstangen. Zusammen mit dem Schein der alten Lampen ergab sich ein faszinierendes Farbenspiel, welches das Zimmer in ein wunderschönes Licht tauchte. Robert hatte ein feines Mahl zubereitet und spielte auf seinem Plattenspieler Vintage-Jazz. Er freute sich sehr über dieses kleine private Ereignis und brachte sich selbst auf seine unnachahmlich liebenswürdige Art und Weise ein. Er baute außerdem seine Fotoausrüstung auf, um das Ganze festzuhalten.
Ich selbst trug an diesem Abend das Herzstück der Kollektion und zeigte mich den beiden Männern am Abend kurz bevor die beiden anderen Gäste eintrafen. Robert und Clemens blieb der Mund offen stehen, als ich die Treppe herunter kam.
„Jetzt wäre ich wirklich gerne eine Frau“, sagte Robert und strich ehrfürchtig über den Ärmel meines Kleides.
„Woher hast du denn diesen unglaublich raffinierten Schnitt?“, wollte er wissen. „Ich meine, ich bin zwar ein schwuler Mann, aber ich habe keine Ahnung von Mode. Und dennoch sagt mir irgendetwas, dass das hier ganz großes Kino ist, oder irre ich mich da?“

Ich lächelte und sah an mir herunter. Ja, das Kleid war wirklich etwas ganz Besonderes.
„Wie hast du das gemacht?“, wollte nun auch Clemens wissen. „Dieser komplizierte und gleichzeitig schlichte Schnitt? Lernt man so etwas auf der Modeschule?“
Ich wusste nicht, was ich sagen sollte. Dass ich dieses Kleid in der Unterwelt gesehen hatte? In den Händen einer frühmittelalterlichen Schneiderin namens Alheyt, die es für eine kaltherzige Königin genäht und damit ihr Todesurteil unterschrieben hatte? Diese Geschichte gehörte mir und ich konnte sie nur über meine eigene Interpretation dieses Kleides erzählen. Als ich wieder zu nähen begonnen hatte, hatte ich zuallererst das Aussehen dieses Kleides aus den Tiefen meiner Erinnerung geholt. Ich hatte einen Probeschnitt angefertigt und dann Stück für Stück mit Anklängen an zeitgenössische Mode verfeinert. Nicht dass es ein Kleid für jeden Tag gewesen wäre. Es war ein absolut extravagantes Stück, das mühelos auf den Laufstegen von Paris und Mailand hätte mithalten können. Aber soweit war ich noch nicht.
Die anderen Stücke meiner Kollektion waren schlichter, aber alle waren von dem inspiriert, was ich in Hades` Reich gesehen hatte. Die fließenden, antiken Faltenwürfe. Die fallenden, anmutigen Schnitte. Die besonderen Kragenformen und die Farben.
Ich betrachtete das Ergebnis meiner Arbeit ungläubig und voller Stolz. Niemals hätte ich mir vorstellen können, jemals so etwas zu nähen. Mein Selbstvertrauen wäre dazu gar nicht in der Lage gewesen. Meine Zellen vibrierten vor unbändiger Freude. Alheyt, dachte ich, diesmal werden wir es richtig machen, du wirst schon sehen.
Es klingelte an der Tür und Emilie und Dori kamen. Jetzt war ich doch ein wenig aufgeregt, denn ich wusste nicht, wie die beiden auf mich reagieren würden. Meine Sorge war jedoch ganz unbegründet. Emilie zog mich in eine feste Umarmung und küsste mich auf die Stirn.
„Ich wusste es“, sagte sie immer wieder. „Ich wusste, dass du wieder auftauchen wirst.“

Dori weinte, als wir uns begrüßten. Sie hatte sich furchtbare Vorwürfe und Sorgen gemacht.

„Es tut mir so leid, dass ich so eine gemeine Zicke gewesen bin“, sagte sie, als sie mich umarmte. „Himmel, ich dachte, du hättest dir was angetan, weil es dir so schlecht ging und ich war nicht mal für dich da, bloß weil...“

Sie sprach nicht weiter und sah verlegen zu Clemens Brick hin, der die Szenerie ebenfalls etwas unangenehm berührt verfolgte.

„Jetzt beruhigen wir uns alle mal schön wieder!“, verkündete Robert und brachte fünf Gläser Champagner. „Mara hat uns heute Abend nicht hier versammelt, damit sich hier jemand Vorwürfe macht.“

„Ich hoffe, du sagst uns, was diese unglaubliche Verwandlung zu bedeuten hat, Kind!“, sagte Emilie und betrachtete staunend mein Kleid und mich. „Du siehst aus, als hättest du in einem Jungbrunnen gebadet. Du strahlst so von innen heraus. Ich meine, nicht dass du früher eine graue Maus warst, aber ... “

Sie sprach nicht weiter und deutete nur mit ungläubigem Staunen auf mein Gesicht. Mir war die Verwandlung, die sie meinte, auch aufgefallen.

Mein Herz klopfte schneller. Wie sollte ich den beiden bloß sagen, was hätte gesagt werden müssen? Ich hob mein Glas und sah meine beiden Freundinnen lange an. Ich hatte mir lange Gedanken über das gemacht, was ich ihnen sagen sollte. Und mich schließlich dazu entschieden, ihnen die Wahrheit zu verschweigen. Sie würden das beim besten Willen nicht verstehen. Clemens hatte ja eine ganz andere Grundlage, aber Emilie und Dori würden glauben, ich hätte den Verstand verloren. Außerdem hatte Clemens der Blumenverkäuferin ja bereits erzählt, dass ich verreist war, um Abstand von meinem chaotischen Leben zu gewinnen. Ich konnte diese Notlüge nur noch weiter ausfüllen. Allerdings wollte ich ihnen nicht alles verschweigen, was ich erlebt hatte.

„Dori. Emilie. Danke, dass ihr gekommen seid. Ich weiß, dass ihr euch große Sorgen um mich gemacht habt und dass ihr jetzt eine Geschichte erwartet, die euch erklärt, wo ich in der Zwischenzeit war. Ich kann euch aber keine Geschichte erzählen, die ihr verstehen werdet. Deswegen bitte ich euch, mir zu vertrauen, wenn ich euch etwas sage, das ihr wahrscheinlich nicht erwartet habt. Ich weiß, dass sich das jetzt alles furchtbar geheimniskrämerisch anhört. Aber ich liebe euch und ich weiß, dass ihr mich auch liebt, auch wenn es nicht immer einfach war, das zu zeigen."

Ich zwinkerte Dori zu und hob mein Glas in ihre Richtung. Dori wurde rot und senkte den Kopf. Clemens Brick legte ihr aufmunternd die Hand auf die Schulter. Das wäre früher nicht möglich gewesen, ohne dass sie einen hysterischen Anfall bekommen hätte.

„Also, ich habe euch eingeladen, um mit euch einen Neubeginn zu feiern. Ich habe erkannt, dass ich auf eine Art und Weise gelebt habe, die nicht meiner wahren Bestimmung als Mensch entspricht. Und das hat ab sofort ein Ende. Ich will mit euch heute Abend die Mara feiern, die ich in Zukunft sein werde ... oh je, ich klinge ziemlich pathetisch, was?"

Clemens lächelte. „Macht nichts. Ich wüsste nicht, wie man das unpathetisch ausdrücken sollte."

„Bitte sprich weiter, wir hängen an deinen Lippen", munterte Robert mich auf. Ich war dankbar für die leichtfüßige Entspanntheit, die die beiden verbreiteten.

„Hat dein Verschwinden etwas damit zu tun?", fragte Dori.

„Ja", sagte ich. „Ich erzähle euch jetzt etwas, das euch wahrscheinlich ziemlich erschreckt. Aber ich will nicht, dass dieses Thema unseren Abend bestimmt. Ich will nur, dass ihr Bescheid wisst. Meine Stiefmutter Agnes hat versucht, mich umzubringen."

Ich gab mir alle Mühe, ruhig weiterzusprechen, was beim Anblick der entsetzten Gesichter gar nicht so leicht war.

„Sie hat mich von Anfang an gehasst und brauchte freie Bahn, um meinen Vater zu kontrollieren. Und weil ich ihre wahren Motive erahnt habe, hat sie mich von zwei Männern entführen lassen. Die haben mich in einen Brunnen geworfen, irgendwo draußen in der Pampa."

„Was?!", stieß Dori hervor. „Und wie ... wie bist du aus diesem Brunnen wieder heraus gekommen?"

Ich senkte den Kopf.

Clemens hob sein Glas. „Wir stoßen jetzt erst einmal auf dich an, Mara", half er mir aus diesem Moment der Verlegenheit. „Darauf, dass du noch unter uns weilst. Alles andere ist nicht so wichtig."
Emilie murmelte zustimmend, aber ihr Gesicht war ein einziges Fragezeichen. Wir stießen miteinander an und ich trank hastig einen großen Schluck Champagner.
„Ich weiß nicht, wie ich aus diesem Brunnen heraus gekommen bin", sagte ich und das war nicht einmal gelogen. „Ich kann mich bloß daran erinnern, dass ich irgendwann wieder draußen war, überall zerkratzt und verschrammt. Mein Kopf war verletzt und ich hatte keine Orientierung mehr. Im Morgengrauen kam ein Bauer vorbei und nahm mich mit. Ich schlief ein paar Tage lang in irgendeinem Haus, bis ich wieder klar im Kopf war."
Meine Güte Mara, dachte ich. Wusste gar nicht, dass du so ein Münchhausen bist. Aber es war wohl angebracht, ein wenig zu flunkern.
„Als ich wieder einigermaßen hergestellt war, fragte ich mich, was ich nun tun sollte. Ob ich zur Polizei gehen und Agnes anzeigen sollte."
„So wie du drein schaust, hast du genau das nicht gemacht", vermutete Dori.
Ich nickte.
„Was? Aber warum nicht? Warum hast du diese gemeine Schlampe nicht angezeigt?"
Ich machte eine besänftigende Handbewegung. „Wie ihr wisst, hatte ich zu dieser Zeit ziemliche Schwierigkeiten. Der Unfall in Griechenland, die Sache mit Marlon, der Verlust meiner Arbeit, die Mieterhöhung, das mit meinem Vater. Einfach alles. Ich dachte ja, dass es unmöglich schlimmer kommen konnte. Und dann versucht Agnes mich wie ein Katzenbaby zu ertränken. Wisst ihr, ich hatte im Haus dieser fremden Leute sehr viel Zeit nachzudenken. Warum das alles so aus dem Ruder laufen konnte und dann auch noch von so einer dramatischen Geschichte gekrönt wurde. Das war nicht mehr mein Leben, versteht ihr? Und irgendetwas sagte mir, dass es keine Lösung wäre, zur Polizei zu gehen und Agnes anzuzeigen."
Emilie und Dori schüttelten synchron den Kopf.

„Ich fragte mich, ob in den ganzen Ereignissen nicht eine Botschaft lag, die mich auf etwas Grundlegendes aufmerksam machen sollte."

„Und was sollte das sein?", fragte Dori.

„Dass ich mein Leben aus der Hand gegeben habe", erwiderte ich. „Versteht ihr, ich habe mein Glück immer im Außen gesucht und mich davon abhängig gemacht, dass immer alles gut läuft. Und die Sache mit meiner Mama hat mir echt einen Knacks gegeben. Seitdem bin ich irgendwie nicht mehr ich selbst. Ich hatte, nachdem ich aus diesem Brunnen wieder aufgetaucht war, das Gefühl, als hätte ich durch diesen Schock etwas erkannt. Also beschloss ich, eine Weile abzutauchen, mein Leben anzuhalten und mir an einem anderen Ort ein paar essentielle Gedanken zu machen."

„Na, dieser Ort kann ja nicht gerade schlecht gewesen sein, so blühend wie du davon wieder zurück gekommen bist", stellte Emilie lakonisch fest.

Clemens sah mit einem feinen, nach innen gerichteten Lächeln aus dem Fenster.

„Und wo war das bitte?", fragte Dori, immer noch ungläubig. „Indien?"

„Ja genau", ergriff ich dankbar ihr Stichwort. Das war überhaupt die beste Ausflucht. Ging man nicht genau aus solchen Gründen nach Indien? Um sich zu finden?

„Es war für mich eine sehr intensive, aber auch verrückte Zeit", sagte ich. „Ich bin mit dem Bus nach Wien zurück gefahren, habe schnell meinen Pass geholt, mir eine Reisetasche und ein paar neue Klamotten und ein Flugticket nach Neu Delhi gekauft, der noch am selben Abend ging. Ich habe mich mitten hinein ins Ungewisse gestürzt und mich vier Monate einfach treiben lassen. Ich habe mit voller Absicht etwas getan, was ich normalerweise niemals tun würde und genau das hat mir geholfen. In Indien hatte ich endlich mal Gelegenheit, mir die richtigen Gedanken über mein Leben zu machen. Agnes wollte mich tot sehen. Aber genau das Gegenteil ist eingetreten und ich werde jetzt alles unternehmen, um wirklich lebendig zu sein, auf allen Ebenen."

„Du lügst doch!“, sagte Dori mir auf den Kopf zu. „Du warst bestimmt im Koma und irgendjemand hat dich währenddessen gepflegt. Und dann bist du aufgewacht und hattest die Erleuchtung.“
„Glaub, was du willst, Dori“, sagte ich und hoffte, dabei souverän und entspannt auszusehen. „Jedenfalls bin ich wieder hier. Es tut mir leid, dass ich euch im Ungewissen gelassen habe. Aber ich finde es richtig gut, dass Agnes denkt, ich wäre tot. Ich konnte nicht das Risiko eingehen, euch zu sagen wo ich bin. Das hätte sie vielleicht herausgefunden. Und dann wäre mein Plan hinfällig gewesen.“
„Was für ein Plan?“, fragte Emilie.
„Das werde ich euch später erzählen. Aber ich habe euch nicht eingeladen, um euch mit dieser Geschichte zu belasten“, fuhr ich fort. „Ich will nur, dass ihr es wisst. Und damit ihr mir vielleicht ein bisschen helfen könnt, Agnes später zu überführen. Aber jetzt geht es erst einmal um etwas anderes.“
Und dann erzählte ich ihnen von meinen anderen, weitaus schöneren Plänen. Dass ich eine eigene Modelinie herausbringen und einen Internet-Shop auf einer beliebten Online-Plattform eröffnen wollte. Dass ich mich selbständig machen wollte und nicht länger vorhatte, einen der hart umkämpften Stellen in einem renommierten Modehaus zu bekommen.
Wir stießen erneut miteinander an und ich spürte erleichtert, wie die Stimmung sich etwas lichtete. Dori und Emilie waren zwar immer noch geschockt und rätselten über mein Verschwinden, aber die Neugierde auf das, was im Zimmer nebenan auf sie wartete, war so groß, dass sie ihre Fragen allmählich vergaßen. Ich war erleichtert, dass ihre Aufmerksamkeit sich auf das richtete, was ich ihnen eigentlich zeigen wollte. Agnes sollte an diesem Abend keinen Platz einnehmen in unserer Runde.
Schließlich öffnete Robert die Tür zum Arbeitszimmer, wo meine Schätzchen warteten. Ich weiß nicht, warum ich so nervös war. Es schien, als wäre diese Mini-Präsentation vor zwei Freundinnen eine Art Mikrokosmos, ein winziger Vorgeschmack auf etwas viel Größeres, für das ich bereit sein wollte.

Emilies Reaktion übertraf alle meine Erwartungen. Und auch Dori war völlig aus dem Häuschen beim Anblick der Stücke. Bislang waren meine Nähkünste, welche die beiden zu sehen bekommen hatten, nicht besonders außergewöhnlich gewesen. Ehrfürchtig staunend betrachteten sie die Kollektion, berührten ungläubig die Stoffe und schienen sich nicht satt sehen zu können.

„Und das hast du alles genäht?“, fragte Dori. „Ganz alleine?“

„Nun, ich hoffe, dass ich demnächst ein paar gute Schneiderinnen habe, die mir dabei helfen können“, erwiderte ich und konnte das Selbstvertrauen hinter meinen Worten kaum fassen. Wer sprach da? Die junge Frau, die bis vor kurzem noch in einer Änderungsschneiderei gejobbt hatte?

„Mara, diese Kleider sind unglaublich!“, rief Emilie. „Darf ich eins anprobieren?“

„Klar. Du bist ja schön schlank und kurvig zugleich“, sagte ich und ließ sie eins der Kleider auswählen. Auch Dori wollte eine der Blusen anziehen und Robert meinte, dass er sich als Mann benachteiligt fühlte.

„Ich werde auch mal was für dich schneidern, ganz bestimmt“, versprach ich.

Die beiden Männer zogen sich zurück und bereiteten das Abendessen vor, während Dori, Emilie und ich das Arbeitszimmer des Professors zur Umkleide umfunktionierten.

Dori hatte sich wohl niemals ausgemalt, einmal unter solchen Umständen im Dunstkreis ihres großen Schwarms zu sein und sah sich ab und zu immer noch etwas befangen um. Es tat gut, sie wieder mit neuen Augen zu sehen. So befreit und ausbalanciert und ohne Schnappatmung und kopflose Verliebtheit. Ich genoss es sehr, meine Stücke an den beiden Frauen zum Leben erwachen zu sehen. Ihre Rückmeldungen zu hören, die Begeisterung zu spüren und ein Gefühl dafür zu bekommen, wie das Ganze funktionieren konnte. Ich setzte mich in Clemens´ Sessel und betrachtete versonnen Emilie, die sich in einem dunkelblauen Kleid vor dem Spiegel drehte und Dori, die mit unendlicher Vorsicht die Knöpfe an einer zarten Bluse schloss. Wenn die beiden wüssten, woher die Inspiration für diese Kleidungsstücke kam. Wenn sie wüssten, was ich wusste.

Ich hätte den Moment gern für die Ewigkeit festgehalten und genoss ihn ganz bewusst. Irgendwo in der Tiefe meines Bewusstseins spürte ich einen zweiten Beobachter. Alheyt, die zufrieden und dankbar ihr Werk betrachtete.

Später beim Abendessen sagte Emilie: „Also Mara, dieses violette Kleid mit dem wasserfallartigen Rückenteil, das wäre was für meine Freundin Rebekka."

„Die aus dem Vorstand der Wiener Philharmoniker?", fragte ich.

„Ja, genau die. Sie würde sterben für so ein Kleid! Mach ein Foto, ich schicke es ihr. Die blättert dir locker 600 Euro dafür hin."

„Ja, und das ist es auf jeden Fall auch wert", meinte Clemens. „Wehe du verkaufst diese Sachen unter Wert!"

„Das wäre ein klassischer Anfängerfehler", wusste Robert.

„Und ich will ja mein Darlehen schnell wieder haben, das ich dir geliehen habe."

„Die werden dir diese Sachen aus den Händen reißen!", versicherte mir Dori.

Emilie versprach mir, Rebekka anzuspitzen und eine private Modeparty für sie und ihre wohlhabenden Freundinnen zu veranstalten. Mit Vorbestellungen für Maßanfertigungen. So, wie es in der Welt der Haute Couture eben lief, wie ich etwas überrumpelt feststellte. Und Dori kündigte an, eine Kommilitonin, die als Model arbeitete, für ein professionelles Fotoshooting anzuwerben.

Clemens und Robert hielten sich schmunzelnd zurück.

Es wurde ein heiterer, unbeschwerter Abend, an dem alle offenen, drängenden Fragen zu meinem Verschwinden plötzlich gar nicht mehr so wichtig waren.

Dori taute immer mehr auf und am Ende als alle schon ein wenig betrunken waren, umarmte sie Clemens Brick und sagte: „Jetzt bin ich froh, dass ich kein Mann bin."

Sie Sache mit Agnes kam nicht mehr zur Sprache. Ich weiß nicht warum, vielleicht war die Stimmung zu gut oder die anderen empfanden bei diesem Thema eine gewisse Scheu. Ich war nicht sonderlich traurig darüber. Ich fand, dass es ohnehin besser war, dass ich mich in dieser Sache ganz allein auf mich und meine neuen Instinkte verließ.

Spät in der Nacht - Dori und Emilie waren mit dem Taxi zurück in die Stadt gefahren und die beiden Männer schliefen - saß ich, in eine Decke gewickelt auf der Veranda und schaute in den dunklen, stillen Garten. Die kahlen Äste der Obstbäume zeichneten sich schwarz gegen den Nachthimmel ab. Die ersten Fledermäuse huschten unter dem Dach hervor und verschwanden in der Finsternis. Irgendwo schrie ein Uhu. In der kalten Luft lag ein Hauch von frühlingshafter Frische. Es war halb vier und ich verspürte keine Müdigkeit. Meine aufgekratzte, erleichterte Stimmung machte einer tiefen Ruhe Platz und ich tauchte zwischen zwei Gedanken in einen Zustand, den ich schon lange nicht mehr erlebt hatte. Stille. Und in dieser Stille hörte ich auf einmal seine Stimme:

„Mara... du kleine, wunderschöne Königin. Ich sehe dich."

Ich antwortete mit einem Lächeln.

„Danke", sagte ich leise vor mich hin und blickt in die Schwärze des Gartens. In meiner Brust reckte sich die Sehnsucht. Wenn er doch nur kommen würde, dachte ich. Wenn sich jetzt aus der Dunkelheit zwischen den Bäumen seine erhabene Gestalt lösen und auf mich zukommen würde. Wenn ich jetzt doch nur in seine rätselhaften, tiefen Augen schauen könnte.

„Ich vermisse dich", wisperte ich in die Nacht.

„Ich bin bei dir", antwortete es in meinem Innern und mein ganzer Körper pulsierte in einem intensiven Echo seiner Präsenz. Plötzlich war es, als würde er mich halten und küssen. Ich versank in seiner unsichtbaren Umarmung und dachte, dass er jeden Moment vor mir auftauchen würde. Mein Inneres spannte sich wie eine Saite. Ich wünschte es mir so sehr.

„Genieß es für dich alleine", hörte ich seine Stimme. „Koste diesen Moment aus. Er gehört nur dir."

Seine Worte sanken wie Samen in mein Bewusstsein, blieben dort und entspannten mich ein wenig. Ich wusste, was er meinte. Was war das für eine Freude, wenn man meinte, sie nur genießen zu können, wenn man sie teilte?

Dennoch, meine Sehnsucht nach ihm wurde so schmerzhaft, dass ich es kaum aushielt. Zum Glück war ich mittlerweile so müde, dass ich aufstand und ins Bett ging. Der Schlaf nahm mich an sich und dort fand ich endlich die Umarmung, nach der ich mich so gesehnt hatte.

Kapitel 24

Die nächsten Wochen waren angefüllt von intensiver Arbeit. Clemens organisierte die Hilfe seines Neffen, der ein kleines Genie in Sachen Programmieren und Grafischem Arbeiten war. Er baute mir eine wunderschöne Webseite und vernetzte sie mit allen wichtigen Plattformen, auf denen ich in Zukunft präsent sein würde. Robert hatte sich darum gekümmert, dass in einem Raum der Antikenabteilung im Kunsthistorischen Museum ein Fotoshooting stattfinden konnte, bei dem Doris Kommilitonin meine Kleider professionell und anmutig in Szene setzte. Während all dieser Tage nähte ich wie eine Besessene, um gerüstet zu sein für meine ersten Kunden.
Emilie hatte nämlich mit Hilfe ihrer Freundin Rebekka eine private Modeparty in deren Villa organisiert, zu der fünfzehn Frauen der Wiener Society erscheinen sollten. Zu meiner eigenen Überraschung war ich nur oberflächlich aufgeregt, obwohl mich eine solche Chance früher ziemlich eingeschüchtert hätte. Es war auch nicht gerade der Kreis von Damen, an den ich beim Entwerfen meiner Kollektion gedacht hatte. Aber ich ließ mich treiben und sah einfach neugierig dabei zu, wohin mein Leben sich entwickelte, ohne mich mit irgendwelchen sperrigen Gedanken dagegen zu stemmen.
Die kleine Präsentation in dieser erlauchten Runde wurde ein voller Erfolg. Sechs der Frauen bestellten Stücke aus der Kollektion und während die anderen mit Champagner und Kuchen im Salon saßen, nahm ich den Damen

in einem anderen Zimmer Maß, notierte Sonderwünsche, besprach die Preise und machte mich sofort an die Arbeit. Die Frauen waren begeistert, versprachen, mich weiterzuempfehlen und überschütteten mich mit Lob. Ich konnte es kaum glauben. Das Ganze musste ein Traum sein. Alles fühlte sich so mühelos und leicht an. Ich erkannte mich selbst nicht wieder. Ich sprach völlig zwanglos mit meinen so unvermutet aufgetauchten Kundinnen, als wäre es schon immer so gewesen. Dabei hätte ich mich noch vor ein paar Monaten vor diesen mondänen, extravaganten Damen minderbemittelt und unbedeutend gefühlt.

Aber jetzt spürte ich diese sonderbare innere Ruhe, die mich trug. Dieses Gefühl von stillem, wissendem Stolz.

Ich nähte wie eine Besessene, damit Mitte Juni alle bestellten Stücke fertig sein konnten. Die Kundinnen waren alle wunschlos glücklich und ich hatte fast 6000 Euro verdient. Einfach so. Es war unglaublich. Während dieser Zeit hatte Bricks Neffe meinen Internetshop eingerichtet und auch an dieser Front trudelten die ersten Bestellungen ein. Ich kam mit dem Nähen kaum hinterher. Vom vielen Sitzen an der Nähmaschine bekam ich tränende Augen und Rückenschmerzen, was mir allerdings nichts ausmachte. Ich war so erfüllt von meiner Leidenschaft, dass ich mich kaum nach einer Pause sehnte. Der Frühling war verregnet und kühl gewesen, verwandelte sich aber nun in einen strahlend schönen Frühsommer. Ich konnte die Wärme, das Licht, die wunderbaren Gerüche und die veränderte Stimmung in der Stadt jedoch kaum genießen, dafür saß ich zu lange an der Nähmaschine.

Die einzige Unterbrechung meiner Arbeit widmete ich einer anderen Sache, die mir genauso wichtig war. An drei Tagen in der Woche machte ich eine bewusste längere Pause und fuhr in die Innenstadt. Und dann machte ich mich auf den Weg zu meinem Elternhaus. Mein Plan stand fest. Ich würde mir Agnes´ Gewissheit, dass ich tot war, zu Nutze machen und mich ihr zeigen. Agnes war trotz ihrer Raffinesse eine ziemlich schlichte Person, das wusste ich. Sie las Horoskope und maß ihnen eine weitreichende Bedeutung für ihr Leben bei und mein Vater hatte mir einmal erzählt, dass sie abergläubisch wie

ein altes Weib war. Sie glaubte an Flüche und dachte, dass alle möglichen Dinge Unglück brachten. Sie versteckte diese tief verwurzelte Furcht vor den Unwägbarkeiten des Lebens zwar hinter einer Fassade aus Humor und Weltgewandtheit, aber ich wusste, dass sie über keinerlei wahren inneren Halt verfügte. Es sollte also ein Leichtes sein, sie zu verunsichern.
Während ich mich meinem Elternhaus näherte, fragte ich mich, wie Agnes` Persönlichkeit beschaffen sein musste, wenn sie einerseits Angst vor Flüchen und schlechten Omen hatte, andererseits aber kaltblütig einen anderen Menschen um die Ecke brachte. Wie vereinbarte sie diese Tat, wenn schon nicht mit ihrem Gewissen, dann aber mit ihrem ängstlichen Wesen? Hatte sie keine Sorge, dass mein Tod wie Pech an ihrem irdischen Glück kleben würde?
Mein Elternhaus lag in einer ruhigen Straße in einem bürgerlichen Villenviertel mit einer Allee aus Kastanienbäumen auf den Gehwegen. Für einen Moment empfand ich wieder das Gefühl von Heimat, wenn ich aus dem Fenster meines Kinderzimmers in das grüne Licht der Baumwipfel geschaut hatte. Die Zweige, die bei Sturm an den Fenstern gekratzt hatten und die glänzenden Kastanien, die ich im Vorgarten gesammelt hatte.
Trotz Entschlossenheit und dem Vertrauen, das ich in mein Vorhaben legte, klopfte mein Herz nun so aufgeregt wie vor einer wichtigen Prüfung. Langsam bog ich in die Straße ein und lief auf der gegenüberliegenden Seite auf das Haus zu. Agnes` Cabriolet stand in der Einfahrt, sie war also zuhause. Jetzt musste ich mich nur noch in guter Sichtweise von den Fenstern unter einen Baum stellen und einfach warten, dass sie mich entdeckte.
Doch das war gar nicht nötig. Im Näherkommen sah ich, dass Agnes mit einer Freundin auf dem Balkon stand. Dem Balkon im oberen Stockwerk, der zum Zimmer meines Vaters gehörte. Das konnte nur eins bedeuten.
Er war nicht mehr da.
Sein Zimmer war immer sein eigenes Reich gewesen und Agnes hatte keine Veranlassung, mit einer Freundin auf seinem Balkon zu stehen und zu rauchen, während er da war. Eine ungute Ahnung nagte in meiner

Magengrube. Dass sie dort oben stand, war ein Zeichen ihres Triumphs. Ihre Inbesitznahme dieses Hauses.
Ich musste mich beherrschen, nicht wutentbrannt zu ihr herauf zu schreien und nach dem Verbleib meines Vaters zu fragen. Aber ich musste in meiner Rolle bleiben. Ich näherte mich mit langsamen Schritten, betont schlafwandlerisch, so als ginge mich meine Umwelt nichts mehr an. Als ich auf der Höhe meines Elternhauses war, blieb ich stehen und sah zum Balkon hoch.
Agnes hatte mich bereits gesehen. Sie stand mit aufgerissenen Augen an der Brüstung und starrte zu mir herunter, während ihre Freundin ihr irgendetwas auf ihrem Smartphone zeigen wollte. Agnes nickte mechanisch und abwesend, blinzelte und verengte die Augen.
Ich konnte die angestrengten Überlegungen hinter ihrer Stirn förmlich hören. War ich es wirklich? Oder nur eine Sinnestäuschung? Jemand, der mir ähnlich sah?
Ich gab Agnes nicht genug Zeit, sich ein genaues Bild zu machen und lief langsam am Haus vorbei. Ich hätte gerne gesehen, wie sie auf diese Begegnung reagierte. Sicher zog sie ihre Freundin ins Haus und schloss die Balkontüren. Gewiss fragte sie sich, ob mit ihrem Kopf etwas nicht stimmte oder sie vielleicht einen Gin Tonic zu viel gehabt hatte. Oder ob ihr finsterer Freund und sein Helfer sie angelogen hatten und ich, so wie im Märchen von Schneewittchen gar nicht tot war.
Gut so.
Kaum war ich außer Sichtweite, eilte ich zur nächsten Bushaltestelle und fuhr zurück in die Innenstadt und von dort aus zurück ins Haus von Clemens und Robert.
„Wie findet man heraus, ob jemand gestorben ist, ohne sich verdächtig zu machen?“, fragte ich.
„Du meinst deinen Vater?“, wollte Clemens wissen.
Ich nickte und erzählte ihm von meinen Befürchtungen.
„Ich höre mich mal um“, versprach er mir.

Kurz darauf erfuhr ich, dass mein Vater in psychiatrischer Behandlung auf der Baumgartner Höhe war. Agnes hatte ihn dort kurz nach Weihnachten einliefern lassen. Ich fuhr am nächsten Morgen zu ihm. Er freute sich, mich zu sehen, schwebte ansonsten aber in einer formlosen, isolierten Sphäre, zu der ich keinen wirklichen Zugang hatte. Er war dünn geworden und noch mehr gealtert. Sein Arzt sagte mir jedoch, dass sein Zustand bei der Einlieferung viel schlimmer gewesen sei. Darüber hinaus war er zuversichtlich, dass er in absehbarer Zeit Fortschritte machen würde. Ich war unendlich erleichtert, ihn in professioneller Obhut zu wissen und nicht mehr in Agnes` Sphäre. Ich verbrachte so viel Zeit wie möglich mit ihm, ging mit ihm im Park spazieren, las ihm aus der Zeitung vor und brachte im Dinge mit, die er mochte. Ein Kaleidoskop, ein Säckchen Murmeln, seine Lieblingskekse. Er war wie ein hilfloses, verlorenes Kind und ich hatte das tiefe Bedürfnis, dieses Kind zu verwöhnen.

„Alles wird gut, Papa", versprach ich ihm und ich hoffte, dass ich dieses Versprechen einlösen konnte.

Kapitel 25

Ende Juli schließlich geschah etwas Unerwartetes, das mich völlig aus der Bahn warf.

Ich war gerade bei einer Freundin von Rebekka, der Frau aus dem Philharmoniker-Vorstand, um mit ihrer Tochter eine private Anprobe zu machen. Frau Obiger lebte mit ihrer Familie in einem schicken Penthouse, in einem Außenbezirk von Wien. Ich war gerade fertig mit der Anprobe und wurde von der Hausherrin gebeten, noch einen Kaffee mit ihr zu trinken. Sie

führte mich gerade einen langen, mit Gemälden ausstaffierten Flur herunter, als sie ganz beiläufig sagte: „Ach, Mara, da ist jemand, der Sie unbedingt kennenlernen will."
Sie öffnete die Tür zu der riesigen, mit der neuesten Technik ausgestatteten Küche, von der ein rundes, verglastes Speisezimmer abging. Ein Kaffeetisch war gedeckt.
Und dort, neben einer Vase voller Lilien, die einen schwülstigen Geruch verbreiteten, wartete eine Person, die mir alles andere als fremd war.
Ich erstarrte innerlich und kämpfte mit einem schlagartigen Schweißausbruch. Vielleicht wusste meine Auftraggeberin nichts über unsere Bekanntschaft, oder ihre Worte waren nur eine Floskel gewesen. Jedenfalls stellte sie mich wie eine Neuentdeckung vor, die sie ganz alleine gemacht hatte, ehe ich sie unterbrach, weil ich ihre Lobesreden unter diesen Umständen kaum ertragen konnte.
„Wir kennen uns bereits", sagte ich mit belegter Stimme, während ich beklommen auf Tessa Kranach zuging, die sich von ihrem Stuhl erhob und mich mit schief gelegtem Kopf anlächelte.
„Hallo Mara", sagte sie und reichte mir die Hand.
„Ach?", fragte die Frau mit gespielt empörtem Ausdruck im Gesicht. „Aber Tessa, Sie sagten mir, Sie hätten Interesse an diesem jungen Genie. Haben Sie mich herein gelegt?"
„Seien Sie nicht böse, Frau Obiger, ich wollte Sie nicht beleidigen. Es erschien mir nur passend, Mara nicht offiziell aufzusuchen."
„Warum?", fragte ich. „Was wird hier gespielt?"
Tessa machte eine beschwichtigende Geste in Richtung der Hausherrin.
„Geben Sie mir zehn Minuten mit ihr alleine, in Ordnung?"
Frau Obiger setzte ein erstauntes Lächeln auf und ließ uns alleine. Mit zitternden Knien setzte ich mich. Ich weiß nicht, warum in meinem Innern ein solcher Aufruhr stattfand. Diese Überraschung war ein bisschen viel für mich und riss mich aus dem Zustand der konzentrierten Ruhe heraus, in dem ich mich seit Wochen befand. Schlagartig verfiel ich in meine alten Muster und

die ängstliche Maschinerie in meinem Kopf lief auf Hochtouren. Hatte ich irgendetwas getan, das Tessas Ärger erregt hatte? Oh Gott ... hatte ich ... hatte ich etwa in meiner Kollektion ein paar Stücke, die unbewusste Plagiate ihrer eigenen Mode waren? War sie hier, um mir zu sagen, dass ich ihre Entwürfe klaute und versuchte, sie nachzuahmen?
Tessa musste mir meine Anspannung angesehen haben. Sie sah mich mit einem breiten Lächeln an, das ich mir nicht erklären konnte. Was tat sie hier?
„Du siehst besorgt aus, Mara“, sagte sie. „Warum freust du dich nicht? Du bist der aufsteigende Stern am Wiener Modehimmel. Und wenn du so weiter machst, kommt da noch viel, viel mehr.“
„Ich verstehe nicht ...“, sagte ich schwach und schaute Tessa an. So wie sie aussah, würde man nicht vermuten, dass sie eine der führenden Top-Designerinnen in Europa war. Sie trug nur eine hoch geschnittene Jeans und einen weißen, dünnen Pullover, Chucks und einen bunten Seidenschal. Aber ihr zeitloses, edles Gesicht unter dem schwarzen Pagenkopf kontrastierte mit ihrer zurückhaltenden Garderobe und machte aus ihre eine besondere Erscheinung, an welcher der Blick einfach hängen blieb, ohne dass man hätte sagen können, was eigentlich so anziehend an ihr war.
„Wir haben uns seit damals nicht mehr gesehen“, sagte Tessa. „Ich fand es außerordentlich schade, dass das mit uns nichts wurde.“ Sie schmunzelte und zog die Augenbrauen hoch. „Andererseits ist es ja wohl offensichtlich, dass dieses kleine Missverständnis nur Vorteile für Dich hatte.“
„Was genau meinst du damit?“, fragte ich, immer noch misstrauisch.
„Na, schau dich doch an, Mara. Was du machst ist der Hammer. Dieses Potenzial hättest du nicht freigesetzt, wenn du bei mir angefangen hättest, das ist klar.“
„Ich wollte dich nicht enttäuschen, Tessa, wirklich. Ich hatte eine etwas schwierige Zeit im Sommer. Ich wollte nicht, dass du meinetwegen...“
„Hörst du jetzt bitte auf, dich zu rechtfertigen!“, fuhr sie mich vehement aber lächelnd an. „Verstehst du nicht, was hier passiert?“
„Nein“, erwiderte ich mit klopfendem Herzen. „Was passiert denn?“

„Du passierst, Mara. Sieh doch einmal hin. *Ich* komme zu *dir*. Nicht umgekehrt. Das müsste dir so einiges über deinen Wert erzählen. Ich weiß nicht, was du im letzten halben Jahr gemacht hast, ob du bei irgendeinem geheimen Meister diese Entwürfe geklaut hast oder ob du dein Talent bis dahin einfach nur versteckt gehalten hast."

„Naja, ich hatte ein bisschen Zeit, in mich zu gehen", wich ich aus.

„Tja, die hättest du nicht gehabt, wenn du bei mir angefangen hättest."

„Ich hätte den Job trotzdem gerne gehabt", gab ich zu.

„Glaub ich dir. Aber ich bin nicht hier, um dir großzügig die Tür aufzuhalten, falls du das gehofft hast."

„Was willst du dann von mir? Warum hast du Frau Obiger gesagt, dass du mich kennenlernen willst?"

Tessa Kranach stieß ein lautes, ungläubiges Lachen aus. „Mara, dir ist offensichtlich nicht klar, was du für einen Ruf hast. Weißt du, was über dich gesagt wird? Dass du ein Wunderkind bist. Was sich übrigens keiner erklären kann, denn du bist ja bisher nicht wirklich in Erscheinung getreten. Aber ich bin nicht hier, um dich nach deinem Geheimnis zu befragen. Ich wusste immer, dass du sehr gut bist. Sonst hätte ich mich ja nicht für Dich interessiert."

„Und jetzt?"

„Also, jetzt habe ich aber wirklich lange genug um den heißen Brei geredet." Tessa lehnte sich zurück und musterte mich amüsiert, als wüsste sie irgendetwas, das ich noch nicht wusste. „Wie du weißt, ist Ende September wieder die Fashion Week in Paris. Und ich habe wieder eine Show im Grand Palais."

Ich lauschte ihr und hoffte, dass sie mir nicht ansah, wie meine Anspannung weiter wuchs. Eine seltsame Hoffnung reckte sich in meinem Innern.

„Warst du schon mal auf der Fashion Week dabei?", fragte sie.

Ich schüttelte den Kopf und formte in Gedanken die Worte: Aber ich würde wahnsinnig gerne einmal mit dabei sein.

„Gut, dann bist du von dem Chaos und dem ganzen heuchlerischen Schein noch nicht vergiftet. Du bist sicher eine Realistin, deswegen frage ich auch genau dich."
„Was ... was fragst du mich?"
„Also, hör zu. Du weißt ja, dass die großen Marken jedes Jahr einen noch unbekannten Modeschöpfer protegieren und ihm eine Show am Rand des ganz großen Zirkus ermöglichen. So ähnlich wie bei den Vor-Bands auf den Konzerten von Weltstars. Sehr viel Aufmerksamkeit, sehr viele Modeblogger und Presseleute, kurz gesagt: eine ganz große Chance."
Sie sah mich eindringlich an, als wollte sie, dass ich selbst darauf käme, was ihre Worte zu bedeuten hatten.
„Ich mache das seit fünf Jahren, dass ich junge Designer, die ich spannend finde, mit zur Fashion Week nehme und sie sich dort präsentieren lasse. Du weißt sicher selbst am besten was aus diesen Leuten wurde. Zwei von ihnen sind jetzt auf der Fifth Avenue in NY mit einem eigenen Laden. Mehr muss ich dazu nicht sagen. Und jetzt zu dir. Der Typ, dem ich dieses Jahr die große Chance geben wollte, lässt mich hängen. Er ist eine Koksnase vor dem Herrn und das bedeutet Ärger. Und den kann ich mir nicht leisten. Denn die Performance in Paris fällt natürlich auch auf mich zurück. Deswegen dachte ich mir... ja, warum eigentlich nicht du?"
„Ich?!" Meine Fassungslosigkeit raubte mir den Atem. Das musste ein Scherz sein. Aber Tessa Kranach sah nicht aus, als würde sie scherzen.
„Ja du, warum denn auch nicht. Glaubst du, ich würde dich in Betracht ziehen, wenn ich nicht von dir überzeugt wäre?"
„Aber wie ... wie hast du das überhaupt mitbekommen, dass ich..."
„Dass du hier innerhalb kürzester Zeit ein independent Label hochziehst mit Schnitten, die Alexander McQueen und Lagerfeld in den Kindergarten zurück schicken? Wirklich Mara, wie konntest du glauben, das mir das entgeht?"
Sie lächelte mich sonderbar triumphierend an.
„Du guckst mich an, als würde ich chinesisch sprechen", lachte Tessa. „Mara, das hier ist ein Angebot, von dem junge Designer nur träumen können. Ich

will, dass du mit deinen Entwürfen mit zur Fashion Week nach Paris kommst. Du bekommst deine eigene Show. Tausende werden Deine Kleider sehen."
„Aber wie soll ich das denn in der kurzen Zeit hinbekommen?", stieß ich hervor. „Tessa, ich fühle mich unendlich geehrt, aber ganz ehrlich- das überfordert mich total. Ich ... ich habe gerade mal meinen kleinen Internet-Store eröffnet, ich habe erst fünfzehn Stücke verkauft, ich komme ja mit dem Nähen kaum nach und jetzt ..."
„Mach dir darüber keine Sorgen. Ich helfe dir. Du bekommst aus meinem Team für die nächsten Monate zwei sehr fähige Schneidermeisterinnen an die Seite gestellt und du kannst in meinen Räumen nähen. Wo machst du das bisher? In einem kleinen Zimmer?"
Ich nickte.
„Das geht natürlich nicht. Du brauchst Platz und Licht und einen gut strukturierten Zeitplan. Wenn wir die Zügel ganz straff anziehen, schaffen wir das bis Ende September. Die Pressearbeit überlässt du meiner Abteilung, du musst dich um nichts kümmern. Wir brauchen noch mehr Fotos und Marketing, aber das übernehmen alles wir. Diese Shows laufen ja so ab, dass die großen, etablierten Marken den unbekannten Labels Starthilfe geben. An allen Fronten."
„Ist das jetzt wirklich dein Ernst?", fragte ich noch einmal.
„Aber ja. Du kannst dich freuen. Komm doch heute Abend bei mir im Atelier vorbei. Dann besprechen wir alles und trinken bei der Gelegenheit ein Gläschen, was meinst du?"
Ich nickte. „Danke, Tessa. Echt, das ist ... überwältigend."
„Sieh es auch als kleine Wiedergutmachung, dass meine Assistentin dich damals so abgeschüttelt hat."
„Sarah?"
„Ja, Sarah. Ich habe sie mittlerweile entlassen. Sie hat dich über meinen Kopf hinweg fortgeschickt, ohne mit mir Rücksprache zu halten. Ich hätte dich damals vielleicht trotzdem bei uns anfangen lassen. Aber weil sie so eine eifersüchtige Person ist, hat sie eigenmächtig gehandelt."

„Zu meinem Besten, wie sich jetzt herausstellt", murmelte ich.
„Oh ja. Schön, dass du das auch so siehst." Sie stand auf. „Also, ich muss los."
Sie kam auf mich zu, drückte mir ein Küsschen auf die Wange und ging zur Tür. „Bis heute Abend, Mara!"
Ich saß noch ein paar Minuten wie betäubt da und konnte nicht glauben, was da passiert war.
Kurze Zeit später kam Frau Obiger mit ihrer Tochter und einer kleinen Torte von einem Edel-Konditor und fragte, ob ich mich gut mit Tessa Kranach unterhalten hatte. Ich konnte nur benommen nicken und musste mich dazu zwingen, nicht völlig abwesend neben den beiden fröhlich plappernden Frauen am Kaffeetisch zu sitzen. Eine Stunde später verabschiedete ich mich und fuhr mit der Straßenbahn zurück in die Innenstadt.
Es funktioniert, dachte ich völlig entgeistert. Der Neuanfang in meinem Leben funktionierte und hielt Überraschungen bereit, von denen ich niemals zu träumen gewagt hätte. Ich schloss die Augen und lehnte den Kopf an die vibrierende Scheibe. Ich dachte an ihn. Die Vorstellung, dass er mich aus seiner Welt heraus beobachtete, versetzte mir einen sehnsuchtsvollen Stich in der Brust. Ja, ich war mit Hades verbunden. Aber was hätte ich darum gegeben, diese unglaubliche Neuigkeit wirklich mit ihm zu teilen. Er war so weit weg. Und bis zum Herbst würde noch so viel Zeit vergehen. In dieser Hinsicht hatte Tessas unfassbares Angebot sogar noch eine weitere positive Seite. Ich würde so beschäftigt sein, dass mir kaum Zeit blieb, mich nach ihm zu sehnen, mich in verzehrenden Träumereien zu verlieren und mich gedanklich wieder in die heimelige Dunkelheit der Unterwelt versetzen.
Am Abend kehrte ich wieder zu meiner ehemaligen Beinahe-Arbeitsstelle zurück und konnte immer noch nicht fassen, was mein Leben gerade mit mir machte. Ich stieß mit Tessa und ihren engsten Mitarbeitern an, kam aber kaum dazu, meine Freude voll auszukosten. Denn schon bald bekam ich eine erste wirkliche Ahnung davon, welch ein überwältigender Aufwand es war, eine Modenschau vorzubereiten. Ich fühlte mich trotz aufgeregtem Kribbeln nun

doch ziemlich überfordert. Aber Tessa meinte mit der Souveränität des absoluten Profis, dass ich gar keine andere Wahl hätte, als die gesteckten Ziele zu erreichen.

Kapitel 26

Und so stürzte ich mich mitten hinein in das kreative, aufreibende Chaos des Mode-Zirkus. Bevor ich mein eigenes kleines Atelier in Tessas Räume verlegte, leistete ich mir selbst gegenüber jedoch einen Schwur: Ich würde mich von der Arbeit nicht so vereinnahmen lassen, dass ich keine Zeit mehr für meine eigentliche Aufgabe finden würde.

Agnes weiter in die Enge zu treiben und den Kontakt zu meinem Vater aufrecht zu erhalten.

Und so vergingen die nächsten beiden Monate in einem strengen, fest gefügten Rhythmus. Ich stand um halb sechs morgens auf und nähte den ganzen Tag an den Stücken, die wir in Paris zeigen würden. Die beiden Schneiderinnen aus Tessas Team leisteten mir dabei gute Hilfe. Nebenher zwackte ich noch etwas Zeit ab, um mich um meine eigenen Aufträge aus meinem Internet-Store und meinen kleinen Kundenstamm in Wien zu kümmern.

Einmal in der Woche, immer zu unterschiedlichen Zeiten, aber immer wenn ich wusste, dass Agnes zuhause war, fuhr ich zu meinem Elternhaus und zeigte mich ihr. Manchmal stand ich nur an der gegenüberliegenden Straßenseite und schaute in ihr Küchenfenster. Ein anderes Mal lief ich an ihrem Auto vorbei, als sie gerade aussteigen wollte. Dann wieder ließ ich mich in der Nähe ihres Fitness-Studios sehen, wo sie immer dienstags und freitags ihren Pilates-Kurs hatte.

Jedes Mal war es so, als würde Agnes versteinern. Sie starrte mich an, ihr Gesicht erschlaffte und es schien, als würde hinter ihrer Stirn die Frage auftauchen, ob sie nicht einen riesengroßen Fehler gemacht hatte. Ich tat nichts. Sagte nichts. Ließ sie mich nur sehen und warf ihr einen vielsagenden Blick zu, bevor ich wieder verschwand und erschreckte sie jedes Mal beinahe zu Tode. Wenn ich sie beobachtete, sah ich, wie sie sich ängstlich umschaute, immer in Erwartung, mich irgendwo zu entdecken. Sie wirkte ausgelaugt und hohläugig und ihre Nerven ließen sie wohl allmählich im Stich. Ich bezweifelte, dass sie noch ruhig schlafen konnte und malte mir mit Vergnügen die unguten Gedanken aus, die an ihrem Verstand nagten. War ich nun tot und sie sah mich dennoch? Oder war ich gar nicht in diesem Brunnen gestorben? Und welche der beiden Varianten war nun schlimmer? Das Einzige, was mir Sorgen machte, war der dunkle, hünenhafte Mann, den ich schon einige Male hinter den Fenstern des Hauses gesehen hatte, der Typ den Agnes Frederic genannt hatte. Würde er auch glauben, dass ich ein Gespenst war?

Zweimal in der Woche fuhr ich raus in das Spital an der Baumgartner Höhe, um meinen Vater zu besuchen. Ich hatte mit den Ärzten und Pflegern ausgemacht, dass sie Agnes auf keinen Fall sagen durften, dass ich ihn besuchte. Dort erfuhr ich jedoch, dass Agnes sich kaum blicken ließ und meinen Vater das letzte Mal vor einem Monat besucht hatte. Wenigstens hatte sie dafür gesorgt, dass er in dieser wunderschönen, idyllischen Nervenheilanstalt aus Jugendstil-Zeiten untergebracht war. Ich hoffte, dass das viele Licht, die Helligkeit und die Harmonie des Ortes ihm guttun würden. Und ich täuschte mich nicht. Einige Wochen nach meinem ersten Besuch schien es ihm besser zu gehen. Er lächelte sogar ab und zu und machte auf mich einen wacheren Eindruck als noch im letzten Jahr. Vielleicht waren es gar nicht die Medikamente und Therapie-Gespräche, die ihm halfen. Vielleicht war es einfach nur die Abwesenheit von ihr.

Ich selbst gönnte mir keine Pause. Mir war klar, dass mein Lebensrhythmus in dieser Zeit alles andere als gesund war. Dass ich den Grundstein für ein Burn-out legte, wenn ich so weitermachte. Aber ich machte mir deswegen keine

Sorgen. Denn da gab es etwas, das mich vor der totalen Erschöpfung bewahrte. Spät abends wenn ich ins Bett sank und augenblicklich einschlief, schien es, als würde noch etwas anderes geschehen.
Denn wenn ich morgens aufwachte, fühlte ich mich erstaunlich frisch und erholt und hatte nicht die geringsten Schwierigkeiten, wieder voll in den aufreibenden Tages-Rhythmus einzusteigen. Und ich hatte jedes Mal ein wundersames Gefühl, das leider viel zu schnell von mir abglitt. Es war ein Gefühl, als wäre ich nicht aus dem Schlaf aufgewacht, sondern aus einem Zustand, der darüber hinausging. Als wäre mein Bewusstsein während der Nacht an einem ganz besonderen Ort gewesen, wo es sich vollständiger erholen konnte als im reinen Schlaf.
Auf meinem Kissen, im ersten Licht des Tages fühlte ich den träumerischen Nachhall aus einer versunkenen Welt. Und das Abgleiten in diese Welt, während ich schlief, stärkte und energetisierte mich so sehr, dass mir die anstrengenden Monate nichts anhaben konnten. Etwas füllte im Schlafen meine Speicher auf und machte mich zäh und weich zugleich. Wenn ich aufwachte war ich von der Gewissheit verzaubert, dass meine Seele in der Nacht bei ihm gewesen war. Dass sie sich jeden Morgen aus der Umarmung löste, nach der ich mich ununterbrochen verzehrte.

Anfang August gab Agnes im Garten meines Elternhauses eine kleine Party für ihre Freundinnen. Ich weiß nicht, ob sie das nur tat, um sich zu amüsieren, oder weil sie das dringende Bedürfnis hatte, sich abzulenken. Ich hatte sie an diesem Vormittag erneut an meine Gegenwart erinnern wollen, als ich sah, dass sie den Garten dekorierte und Girlanden aufhängte. Also beschloss ich, später wieder zu kommen.
Es gab auf der nördlichen Seite des Grundstücks einen schmalen, zugewachsenen Weg, der zur parallel liegenden Straße führte, wo er hinter einem Platz endet, auf dem ein Glascontainer stand. Als Kind war dieser geheime Weg fester Bestandteil meiner Spiele gewesen. Er lag verborgen

zwischen den hohen Eibenhecken und Gartenmauern, war dunkel und feucht und diente mir als Versteck für meine Schätze und meine Fantasie. Wenn er unpassierbar wurde, schnitt ich mit einer Schere aus Mamas Küche die Äste zurück und räumte im Frühling das alte Laub beiseite. Niemand wusste von ihm. Dieser Weg war mein eigenes Reich gewesen. Und ich war seit 13 Jahren nicht mehr dort gewesen.

An diesem Tag war es drückend heiß. Tessa hielt uns dazu an, irgendwo baden zu gehen und gab uns frei. Wir waren gut im Zeitplan. Während die anderen an den Donaustrand gingen, besorgte ich mir in Emilies Blumenladen eine kleine Heckenschere und machte mich auf den Weg zurück zu meinem Elternhaus. Ich passte einen günstigen Moment ab, um hinter dem Glascontainer im Dickicht der Hecken zu verschwinden ohne dass mich jemand entdeckte und nahm meinen alten Geheimweg wieder in Besitz.

Der untere Teil des Weges war noch einigermaßen passierbar. Doch auf Hüfthöhe wurde es schwieriger. Ich arbeitete mich mit der Heckenschere so gut es ging durch die Äste der Eiben und kam schließlich an eine Stelle, wo der Weg zwischen zwei Mauern hindurch lief und es einfacher wurde. Ich verschnaufte eine Weile und befreite meine Haare von Aststückchen und Eiben-Nadeln. Es war still zwischen den mit Moos bewachsenen Mauern. Nur ganz entfernt konnte ich die vorbei fahrenden Autos und die Laute aus den Gärten ringsum hören. Allmählich fühlte ich mich wieder in die Geborgenheit meiner Kindheit zurück versetzt. Als ich hier hinein gekrochen war und so getan hatte, als müsste ich mich vor bösen Rittern verstecken. Als ich die Hauptperson in meinem eigenen Abenteuerfilm gewesen war. Ich hätte nie gedacht, dass ich noch einmal hierher kommen würde. Ich fühlte mich unsichtbar, von der Welt isoliert. Beinahe ein wenig wie in der Unterwelt.

In meinem Rucksack war eine Wasserflasche und ein wenig Proviant und ich genoss es, in der Kühle dieses alten Verstecks zu sitzen und eine kleine Pause von meinem anstrengenden Alltag zu machen. Dann hörte ich irgendwann ein paar schrille Stimmen aus dem Garten meines Elternhauses. Agnes` Gäste waren erschienen. Langsam arbeitete ich mich weiter vor.

Ich hatte keine Ahnung, wie eine für Agnes typische Gartenparty aussehen mochte, aber ich konnte es mir lebhaft vorstellen. Gin Tonic, Salate, Pulled Pork und selbstgemachte Marinaden. Chillout-Musik und weiße Sitzpolster. Und Agnes zwischendrin mit einem ihrer Ibiza-Kleidchen und dem Goldschmuck, der auf ihrer vom Solarium gebräunten Haut schimmerte. Vielleicht war es gut, dass mein Vater nicht mehr hier war.
Langsam schnitt ich die Äste der Eiben ab und bahnte mir meinen Weg durch das Dickicht. Agnes wusste nichts von diesem Durchschlupf. Und wenn ich in ihrem Garten auftauchte, würde das ihren Glauben, dass ich sie als Geist heimsuchte, noch weiter befeuern. Und genau so war es auch.
Als ich eine halbe Stunde später – es dämmerte allmählich und die Stimmung im Garten war ausgelassen – zwischen den Hecken auf den Rasen trat, verwandelte sich die sommerliche Party in eine Szene aus einem Horror-Film. Das Entsetzen auf den Gesichtern der Frauen war perfekt.
Zwei von ihnen stießen einen spitzen Schrei aus, eine ließ ihr Glas fallen, eine andere stolperte rückwärts über einen Gartenstuhl. Agnes stand wie angewurzelt da und starrte mich an. Ich konnte mir vorstellen, was für einen Anblick ich bot. Eine junge Frau, über und über bedeckt mit Ast-Stücken und altem Laub, die völlig aus dem Nichts in der braven Gartenidylle auftauchte wie ein Wesen aus einer fremden Welt. Ich sah wohl nicht sonderlich bedrohlich aus, aber allein die Tatsache, dass ich plötzlich aus der Hecke kam, jagte den Damen einen gehörigen Schrecken ein. Mein Herz klopfte vor Aufregung und unbändigem Triumph. Ich zwang mich, ganz ruhig stehen zu bleiben und Agnes anzusehen. Was ich tat, war riskant. Wie schnell hatte eine der Frauen ihr Handy gezückt und die Polizei informiert.
Aber wenn ich es richtig erfasste, waren Agnes` Gäste momentan alle genauso versteinert wie sie selbst, standen nur da und starrten mich an, als würden sie sich ebenfalls fragen, ob ich ein Geist war. Ich nahm meinen ganzen Mut zusammen, nutzte die allgemeine Lähmung und machte ein paar langsame Schritte in den Garten hinein. Agnes zitterte jetzt wie ein Pudel im Winter. Ich ging auf sie zu und gab mir Mühe, dabei ganz unbefangen auszusehen. Ich

wusste, dass an meinem Äußeren eigentlich nichts Furchteinflößendes war und doch wichen sie alle zurück und starrten mich wie eine Erscheinung an. Ich ging auf den Tisch zu, an dem die Getränke standen und dachte mir eine Szene aus, wie sie wohl in einem Film stattfinden würde. Nahm mir eine Flasche Gin, goss ein wenig davon in ein bereitstehendes Glas, fügte einen Schluck Tonic Water dazu und hoffte, dass meine Hände nicht allzu verräterisch zitterten. Dann noch ein paar Eiswürfel. Ich hob das Glas, sah Agnes in die flackernden Augen und trank einen Schluck. Dann sagte ich etwas, das ich mir vorher nicht ausgedacht hatte. Es kam einfach aus meinem Mund heraus, als hätte es schon lange in mir darauf gewartet, ausgesprochen zu werden. Ich sagte das, was Persephone zu Hades gesagt hatte.

„Agnes. Es wird Zeit."

Das war zu viel für meine Stiefmutter. Das Glas rutschte ihr aus der Hand und sie taumelte rückwärts. Das schien auch für die anderen das Stichwort zu sein, auf das sie vielleicht insgeheim gewartet hatten. Von einer Sekunde auf die nächste brach unter den Gästen furchtsame Hektik aus. Die Frauen griffen nach ihren Handtäschchen und rissen Schals und Sommerjacken von den Stühlen, Gläser fielen um. Die Gäste verließen in fluchtartiger Hast den Garten und drängten über die Terrasse ins Wohnzimmer. Die Party war vorbei.

Nur Agnes stand immer noch bebend an der gleichen Stelle und sah mich mit einem seltsam flehentlichen Ausdruck in den Augen an. Sie war völlig fertig mit den Nerven. Beinahe tat sie mir Leid. Ich sah aus dem Augenwinkel, dass die Frauen sich wie eine Herde verängstigter Schafe hinter den Terrassenfenstern drängten und zu uns heraus schauten. Ich nahm noch einen Schluck, stellte das Glas ab und sah sie an.

„Agnes, wenn ich in einer Woche wiederkomme, hast du das Haus verlassen. Du willst nicht wirklich wissen, was passiert, wenn du dann noch hier bist, glaub mir."

Befriedigt registrierte ich, dass sie wie eine Puppe mechanisch nickte, obwohl meine Drohung völlig leer war. Wie sollte ich Agnes auch von hier vertreiben wollen? Den einzigen Hebel, den ich ansetzen konnte war ihre Angst vor mir.
„Du kannst ruhig deine Gäste wieder in den Garten bitten“, sagte ich noch, drehte mich um und ging wieder auf die Hecke zu. Ohne Eile, ganz langsam und betont schlafwandlerisch. Sollten sie ruhig alle denken, dass ich eine Erscheinung war.
Ich schlüpfte zurück in die dämmrige Geborgenheit der Eiben und lief hinter den Hecken den geheimen Weg zurück. Ich hatte keine Sorge, dass Agnes oder eine der anderen sich hier herein trauen würden um nachzusehen, woher ich gekommen war.
Als ich hinter dem Glascontainer wieder auftauchte, war die Sonne gerade untergegangen und über den Villen in der Nachbarschaft hing ein rosiges Zuckerwattelicht, die Amseln zwitscherten und nichts deutete darauf hin, dass nur wenige Meter entfernt ein Leben aus den Fugen geraten war.
Ich entfernte mich rasch in Richtung der nächsten Straßenbahnhaltestelle und fuhr zurück in Tessas Atelier, um dort eine Extraschicht einzulegen. Die Räume waren leer. Aus einem naheliegenden kleinen Park drang die Ausgelassenheit einer Grillparty durch die Fenster. Für einen Moment empfand ich ein wenig Wehmut, dass ich gerade nicht Teil von sommerlicher Unbeschwertheit war. Ich sehnte mich jetzt doch nach einer Pause und nahm mir vor, in den nächsten Tagen an einen See zum Schwimmen zu fahren. Beim Gedanken an die vertrauten Gefühle, die mich im Wasser jedoch unweigerlich überwältigen würden verwarf ich den Gedanken wieder.
Während ich mich auf die Arbeit an einem ziemlich komplizierten Kleid konzentrierte, dachte ich an Agnes. Erst jetzt wurde mir meine gewagte Aktion im Garten meines Elternhauses allmählich bewusst. War es nicht ziemlich riskant, was ich da vorhatte? Wenn ich in einer Woche dort auftauchen würde, was erwartete mich dann?
Es wäre für Agnes doch ein Leichtes, ihrem finsteren Begleiter Bescheid zu sagen, der dann nur auf mich warten und mich in einem zweiten Anlauf

beseitigen musste. Wenn er klug war, würde er sich diesmal keinen Brunnen aussuchen, um mich loszuwerden.
Ich musste äußerst vorsichtig sein und konnte mich nicht darauf verlassen, in diesem Haus völlig sicher zu sein. Wenn ich allerdings an Agnes` panisches, aufgelöstes Gesicht dachte, musste ich mir darüber wohl nicht allzu große Sorgen machen. Sie hatte ihre kaltblütige Überlegenheit verloren.

Kapitel 27

Als ich mich eine Woche später der Straßenecke vor dem Haus näherte, sah ich meine Hoffnung bestätigt. Vor der Tür stand ein Umzugswagen und zwei Möbelpacker trugen gerade die letzten Kübelpalmen aus dem Haus. Der Laderaum des Lasters war bereits vollgepackt mir Agnes` Möbeln. Sie selbst stand hektisch rauchend am Küchenfenster und schaute angespannt den letzten privaten Gegenständen hinterher, die das Haus verließen. Kurz darauf schloss sie mit fahrigen Bewegungen die Haustür ab und schob den Schlüssel unter irgendeinen Blumentopf auf der Treppe. Der Umzugswagen fuhr ab und wenige Minuten später näherte sich aus entgegengesetzter Richtung ein dunkelgrauer Mercedes. Der Blick auf den Mann hinterm Steuer jagte mir einen kalten Schauer über den Rücken. Agnes finsterer Freund Frederic. Der Kerl, der mich in einen Brunnen geworfen hatte und bei dem ich gar nicht wissen wollte, zu was er noch im Stande war.
Ich verharrte ganz still hinter der Werbetafel an der Straßenecke und sah dabei zu, wie Agnes in den Wagen stieg. Sie war bleich und aufgelöst und redete pausenlos auf Frederic ein, als der langsam in meine Richtung fuhr.
Das war der Moment, in dem ich allmählich begann, mir Gedanken darüber zu machen, ob ich in meinem Elternhaus überhaupt sicher war. Agnes räumte vielleicht nur zum Schein das Feld. Aber ihr Freund würde sich

möglicherweise persönlich davon überzeugen wollen, ob ich tatsächlich ein Geist war. Entgegen meines ursprünglichen Plans ging ich also erst eine Woche später in das Haus zurück und begann es wieder in Besitz zu nehmen. Ich hatte Emilie und Dori mitgenommen, weil es mir nicht behagte, dort allein zu sein.

Gemeinsam schafften wir meine wenigen Besitztümer dorthin und vertrieben die fremde Energie von Agnes. Emilie brachte Räucherutensilien mit und reinigte jeden Raum von ihrer Präsenz. Kurze Zeit später kam der Schlüsseldienst und während überall die Schlösser ausgetauscht und die Terrassentür neu gesichert wurde, lüfteten wir gründlich und stellten frische Blumen auf. Ich wusch die Kissenbezüge und Tagesdecken und warf stapelweise Illustrierte und Wohnmagazine weg, die Agnes gehortet hatte. Dori putzte die Fenster und spülte sämtliches Geschirr ab.

Mir ging es bei dieser Säuberungsaktion gar nicht so sehr um mich. Ich wollte einfach, dass dieses Haus wieder für meinen Vater bereit war, wenn er irgendwann wieder in der Lage wäre, die Baumgartner Höhe zu verlassen. Das hier war in erster Linie sein Zuhause und ich wollte, dass er seinen alten Platz wieder einnehmen konnte. Am Abend kamen Robert und Clemens vorbei. Wir bestellten Pizza und setzten uns mit ein paar Flaschen Sauvignon Blanc in den Garten.

„Und was machst du, wenn Agnes` Schergen heute Nacht vor deinem Bett stehen?“, fragte Dori halb im Scherz zwischen zwei Bissen Pizza.

„Darüber mache ich mir jetzt keine Gedanken“, sagte ich. „Sonst hätte ich gar nicht erst herkommen müssen. Ich will dass sie weiß, dass ich keine Angst vor ihr habe.“

Das war aber nur die halbe Wahrheit. Denn abgesehen von meiner Entschlossenheit hielt noch ein anderer Faktor die berechtigte Sorge vor Agnes` Freund auf Abstand. Es war einfach die sonderbare Tatsache, dass der Tod mir nicht länger Angst einjagte. Und ich mich auf unerklärliche Weise wie von einer unsichtbaren Hand beschützt fühlte.

Aber es geschah nichts, worüber ich mir hätte Sorgen machen müssen. Ich hatte meine Ruhe und fühlte mich nach wenigen Tagen in meinem alten Zuhause wieder vollkommen heimisch. So sehr ich die Gastfreundschaft von Clemens und Robert auch genossen hatte, es war nicht zu vergleichen mit dem Gefühl wieder die eigenen vier Wände zu bewohnen. Ich richtete mir mein altes Kinderzimmer wieder ein und funktionierte das Wohnzimmer zum Näh-Zimmer um. Bis mein Vater wieder hier einziehen konnte, würde es allerdings noch dauern. Und wenn er erst einmal wieder zurückkam, war das Haus immer noch groß genug für uns.
Ich fühlte mich wohl. Meine Freunde sorgten dafür, dass ich mich abends nicht alleine fühlte und auch ich ließ mich zu einer kleinen Gartenparty hinreißen, zu der ich Tessa und die anderen aus dem Atelier einlud.
Allmählich bekam ich wieder ein Gefühl dafür was es hieß, ein normales Leben zu führen.
Das Einzige, was mich mit Unruhe und Verwirrung erfüllte war der nahende Herbst. Was würde passieren, wenn der Sommer vorüber war? Der Gedanke an das nahende Wiedersehen mit Hades stürzte mich jedes Mal in einen Zustand schmerzhafter, verzehrender Sehnsucht und auch ein wenig Furcht. Je mehr Zeit seit meiner Rückkehr in meine Welt vergangen war, desto diffuser und zweifelnder wurden meine Gefühle zu Hades. Hatte ich das alles wirklich erlebt? Würde ich am Ende des Sommers tatsächlich wieder in die Unterwelt zurückkehren?
Was erwartete mich nach der Show auf der Pariser Fashion Week? Wurde von einem neuen Modelabel nicht erwartet, mit der Arbeit weiterzumachen, Aufträge anzunehmen und sichtbar zu bleiben? Wie sollte ich den Erfolg auf der Show damit vereinbaren, dass ich kurz darauf monatelang von der Erdoberfläche verschwand? Diese Gedanken erfüllten mich mit Sorgen, über die ich mit niemandem sprechen konnte.

Doch eine innere Stimme flüsterte mir zu, dass ich keine Angst haben musste. Dass sich alles so fügen würde, wie es für mich am besten war. Aber manchmal fiel es mir ziemlich schwer, auf diese Stimme zu hören.

Kapitel 28

Mitte September war es schließlich soweit.

Tessa und ihr Team arbeiteten auf Hochtouren und jetzt wurde es auch für mich konkret. Wir flogen schon eine Woche vor der Fashion Week nach Paris, um die letzten Vorbereitungen zu treffen. Ich hatte mich gefragt, welche Models meine Kreationen auf der Show zeigen würden, aber Tessa sagte mir, dass die Castings erst vor Ort stattfinden sollten. Ich hatte Mühe, mir alle Details und Zeitpläne zu merken und erschrak ein wenig vor der Hektik vor Ort, dem kühlen, geschäftigen Umgangston der Profis. Andererseits faszinierte es mich, mitten hinein geworfen zu werden in eine Welt, die ich nur von Modeblogs kannte. Einer Welt, von der ich als etwas Unerreichbares geträumt hatte.

Mir wurde einmal wieder klar, wie klein ich mich noch bis vor kurzem gefühlt hatte, das mir ein Eintritt in diese Welt als unmöglich erschienen war.

„Wo werden wir eigentlich wohnen?“, fragte ich Tessa in einer kleinen Pause während des Castings, denn ich hatte mir über unsere Unterbringung noch keinerlei Gedanken gemacht.

„Ach so“, sagte Tessa fahrig und studierte ihre Timeline. „Weißt du das nicht?“

„Nein. Irgendein Hotel?“

„Lass dich überraschen", erwiderte sie ohne aufzusehen.
Am frühen Abend, nach einem hektischen Tag fuhren ich mit unserem Team ins 7. Arrondissement, wo Tessa uns vor einem großen, goldenen Tor aussteigen ließ, hinter dem ein großer Hof lag, der von einem dreiflügeligen Stadtpalais eingerahmt wurde. In diesem Viertel der Botschaften, Ministerien und Museen reihte sich das Gebäude mit seinem schlossartigen Charakter perfekt ein. Ich betrat das verschnörkelte Tor mit ungläubigem Staunen. Tessa hakte sich bei mir ein.
„Endlich zuhause", sagte sie und unterdrückte ein Gähnen Und mit einem amüsierten Blick auf mich: „Na, nun guck nicht so, Mara. Glaubst du etwa, wir wohnen im Hotel während so einer wichtigen Woche?"
„Was ist das hier für ein Palast?", fragte ich, während die anderen eher unbeeindruckt ihre Koffer über das Kopfsteinpflaster zogen, was mir sagte, dass sie diese Art der Unterbringung schon gewohnt waren.
„Das ist die Stadtresidenz von einem Kerl namens Luis Bernard, von dem ich das ganze Jahr über nichts höre und der dann, immer pünktlich zur Fashion Week, plötzlich mein bester Freund sein will."
„Das heißt, du kennst diesen Luis gar nicht?", fragte ich verwirrt.
„Doch schon. Aber ich weiß nichts über ihn. Er ist irgendein schwerreiches Medienmogul-Söhnchen und hauptberuflich Erbe irgendeines Internet-Imperiums. Interessiert mich nicht sonderlich, wie der sich sein Geld verdient. Mich interessiert bloß, dass er mich und ein paar andere Designer bei sich wohnen lässt. Was soll er mit dem Riesenkasten auch sonst machen?"
Sie deutete belustigt auf den gigantischen Stadtpalast mit dem barocken Fassadenschmuck, den verschnörkelten Balkonen und den hohen Fenstern, hinter denen farbenfrohe Brokatvorhänge schimmerten. An den Seiten der großen Freitreppe standen große Hortensienkübel und einige in den Boden versenkte Lampen tauchten das Haus in goldenes Licht.
„Warte, bis du es von innen siehst", sagte Tessa.
„Und warum darf ich ...", stammelte ich. Ich war ein wenig überfordert von der unverhofften Pracht. „Ich meine ... dieser Luis kennt mich doch gar nicht."

„Ach Mara, hast du es immer noch nicht begriffen?“, sagte sie ein wenig ungeduldig. „Du bist mein Gast, mein Protegé. Ich will, dass diese Woche für dich unvergesslich ist und dass du dein Bestes gibt. Die Tage, die vor uns liegen werden unglaublich stressig. Und weil ich weiß, dass du kein Koks nimmst, wie so viele hier, brauchst du ein anderes Aufputschmittel. Du wirst schon sehen, diese Unterkunft hier wirkt Wunder auf die Nerven.“

Sie ließ mir den Vortritt auf der Treppe, wo ein Angestellter mir den Koffer abnahm. „Und jetzt sei still und genieße“, befahl sie mir noch und ich sollte bald sehen, was sie damit meinte. Denn angesichts der Pracht im Innern des Palastes verschlug es mir buchstäblich die Sprache.

Die alten Räume waren hervorragend restauriert und strahlten in einem frischen, zeitgenössischen Glanz. Die Wände zwischen marmornen Säulen und Bögen waren mit knallbunten Seidentapeten bespannt, auf denen verschlungene Fantasie-Szenen dargestellt waren. An den Decken hingen ausladende Kristall-Lüster und das Parkett war so glatt, dass man sich darin spiegeln konnte. Kostbare Teppiche wechselten sich mit minimalistisch kühlem Mobiliar ab, das einen spannenden Kontrast zu der altehrwürdigen Innenarchitektur bildete. Das Innere mit den weitläufigen Salons die auf einen großen, ummauerten Garten hinausgingen, wirkte wie ein exklusives Luxus-Hotel. Und es gab mindestens genauso viele Angestellte wie in einem Hotel, die uns zu den Zimmern führten und Essenswünsche entgegen nahmen. Von Luis, dem Gastgeber war nichts zu sehen, aber Tessa versprach, dass es später eine kleine Champagnerparty zur Begrüßung geben würde.

Ich erfuhr außerdem, dass es am Abend nach der Show eine große Party geben würde, zu der Größen der internationalen Modeszene, Stars und Prominente, Politiker und ausgesuchte Medienvertreter eingeladen waren, außerdem ein Star-DJ und drei Michelin-Köche. Und ich war mittendrin.

Ich konnte es immer noch nicht glauben und betrat fassungslos das riesige Zimmer im zweiten Stock, das ich in den nächsten zehn Tagen bewohnen würde. Ich wusste jetzt, was Tessa meinte. Mit dem ausladenden Kingsize-Bett, der edlen Badewanne, der eleganten Einrichtung und dem Blick auf die hohen Bäume im Garten würde ich hier einen willkommenen Ausgleich zu den stressigen Vorbereitungen für die Fashion Week finden. Die Annehmlichkeiten des Hauses übertrafen außerdem sämtliche meiner bescheidenen Erwartungen. Auf jedem Flur gab es in die Wand eingelassene Kühlschränke mit erlesenen Getränken und Weinen. Man konnte jederzeit beim Hauspersonal die raffiniertesten Speisen bestellen und am nächsten Morgen wartete im Hauptsalon ein fürstliches Frühstücksbuffet, während auf der Terrasse und im Garten die Tische gedeckt waren. Aus unsichtbaren Lautsprechern ertönte leise Musik, die auf die jeweilige Tageszeit angepasst schien.

Luis Bernard war ein etwas exaltierter, lauter Mann Ende dreißig, der mich nur flüchtig begrüßte. Tessa umarmte er hingegen so ausgelassen, als wäre er ihr engster Freund, was sie betont gelassen aufnahm. Luis war wohl ein ziemlich einsamer reicher Mann, der mit pompöser Geste für Gesellschaft in seinem Leben sorgte. Vielleicht wusste er aber auch einfach nicht, wohin mit seinem Geld. Bei der Champagnerparty am ersten Abend erzählte er von seinen Beziehungen zum saudischen Königshaus, seinem neuen Maserati und einem Privatkonzert mit Lady Gaga. Dabei klang er jedoch nicht im Geringsten prahlerisch. Das war einfach die Welt, in der er lebte und solange er uns so großzügig daran teilhaben ließ, sollte es mir Recht sein, auch wenn mich dieser sagenhafte Reichtum auch ein wenig einschüchterte.

Am ersten Abend fiel mir ein kleines Mädchen auf, das unbefangen durch die Räume tobte und dem man ansah, dass es noch keinerlei Begriffe von Reichtum hatte, geschweige denn sich davon einschüchtern ließ. Die Kleine war etwa fünf, hatte einen entzückenden blonden Pagenkopf und trug ein hübsches Kleid, das mit bunten Meerjungfrauen bedruckt war.

„Das ist die Tochter der Köchin“, informierte Tessa mich. „Ich habe sie letztes Jahr schon kennengelernt, nicht wahr Berenice?“ Sie lockte das Mädchen zu sich und Berenice begrüßte Tessa, indem sie sich an ihre Beine schmiegte und in Englisch drauf los plapperte. Ich weiß nicht warum, aber dieses kleine Mädchen zog meine Aufmerksamkeit an. Sie als einziges Kind in der Menge dieser geschäftigen, entzauberten Menschen zu sehen, für die das Leben vor allem ein Business ist, faszinierte mich. Ich ertappte mich dabei, dass ich ihr mit den Augen folgte und zu verstehen versuchte, warum sie mich so anzog. Vielleicht war es einfach nur der Kontrast der kindlichen Unschuld inmitten dieser verschwenderischen Pracht.

Sie war zwar „nur“ die Tochter einer Köchin, aber ich bezweifelte nicht, dass sie eine fantastische Kindheit hatte. Auch an den nächsten Tagen sah ich Berenice immer wieder. Sie wuselte beim Frühstück zwischen den Tischen hindurch, plauderte mit jedem und verteilte ihren kindlichen Zauber wie ein Parfum. Jeder fand sie zum Fressen süß, vor allem da sie für so ein kleines Mädchen erstaunlich mondän war, was an der internationalen Gästeschar des Hauses liegen musste. Auch ich freundete mich mit ihr an und bemerkte erstaunt, wie sehr es mich erdete, Berenice zu beobachten und mit ihr zu sprechen.

In der kommenden Woche lag meine ganze Konzentration auf den Vorbereitungen für meine erste eigene Runway-Show. Es tat gut, am Abend in das prunkvolle Refugium zurückzukehren, aber ich konnte die Wünsche, die man mir dort erfüllt hätte, nicht so recht genießen, weil ich so aufgeregt und gleichzeitig ausgelaugt war, dass ich kaum noch etwas essen, geschweige denn schlafen konnte.

Die konzentrierte, vertrauende Ruhe der letzten Monate war verschwunden und hatte einer nagenden Nervosität das Feld überlassen. Der tägliche Kontakt mit internationalen Modebloggern, Models und namenhaften Modeschöpfern überforderte mich zunehmend und obwohl Tessa mir versicherte, dass ich mich daran gewöhnen würde, wurde mir immer mulmiger zumute.

Wie sollte ich vor diesem Publikum bestehen? Ich war doch nur eine kleine Ein-Frau-Modemarke, die nicht einmal sagen konnte, woher sie ihre Inspiration nahm, ohne zu lügen.

Einige Fashion-Blogger wollten Vorab-Interviews mit mir führen. Ich erzählte ihnen, dass mich die griechische Mythologie und die Kleidung auf den antiken Fresken von Pompeji inspirierten, was von den Modebloggern mit hochgezogenen Augenbrauen aufgenommen wurde. Ich spürte, dass man mich für naiv und überspannt hielt und bekam eine Ahnung von der Arroganz, mit der die Neulinge in dieser Szene bedacht wurden. Ich war hier auf dem Prüfstand. In Paris musste man sich beweisen, oder man ging unter. Mein frisch gewonnenes Selbstbewusstsein versank immer mehr in Verunsicherung und Zweifeln. Tessa konnte mir keinen emotionalen Beistand leisten, denn sie war nun voll eingespannt in ihre eigene Show und obwohl sie eigentlich ein Profi war, steigerte sich auch ihre Aufregung.

Am Morgen des großen Tages war sie kurz angebunden und abwesend und ich hielt mich von ihr fern um ihr nicht auf die Nerven zu gehen. Die Rundum-Betreuung durch sie und ihre Assistenten beinhaltete verständlicherweise kein Händchenhalten an diesem wichtigen Tag.

Ich ging in den Garten, um noch ein wenig durchzuatmen. Der Garten hatte die Ausmaße eines Parks und war genau der richtige Ort, um den kühlen, strahlenden Herbsttag zu genießen und mich zu sammeln. Die Sonne ließ die Glasscheiben der Orangerie wie Goldplatten leuchten. In der Luft lag der Duft der langsam verwelkenden Rosen und am Rand des Teiches schnatterten leise die Enten. Ich setzte mich auf eine Bank unter eine große Platane und versuchte nicht an heute Abend zu denken, als Berenice über den Rasen auf mich zu gerannt kam. Sie kletterte auf die Bank und setzte sich dicht neben mich.

„Bist du aufgeregt?“, fragte sie.

„Ja, ziemlich. Guck.“ Ich zeigte ihr meine zitternden Finger.

Berenice schnappte sich meine Hände und versteckte sie unter ihrer Jacke. Sie sah mich mit ihren großen Augen an, die für ein so kleines Mädchen erstaunlich tief schienen.

„Aber was du machst, ist doch was Schönes, oder?“, fragte sie.

„Ja, sehr schön sogar.“

„Dann musst du zittern, weil du dich freust.“

Ich lachte leise. „Ja, da hast du Recht. Aber jetzt gerade ist die Aufregung einfach größer als die Freude, verstehst du?“

„Du musst nicht aufgeregt sein", sagte sie und klang so wissend dabei, so erwachsen, als wüsste sie besser als jeder andere, um was es hier ging. „Du liebst doch das, was du machst, also kannst du nichts verlieren, also musst du dich mehr freuen und nicht so aufgeregt sein."
„Du bist ein ganz schön schlaues kleines Mädchen", sagte ich und strich über ihre vom Wind zerzausten Haare.
„Danke", sagte Berenice artig und stolz zugleich, gab meine Hände frei und rannte wieder in den Garten zurück. Die kurze Begegnung mit der Kleinen ging mir noch eine Weile nach. Warum konnten wir uns diese natürliche Weisheit der Kinder, dieses bedingungslose Vertrauen in das Leben nicht bewahren? Und welcher seltsame Wind des Lebens hatte mir dieses Mädchen geschickt, um mich an das zu erinnern, was ich in den letzten Monaten so sicher und selbstverständlich gelebt hatte?

Kapitel 29

Tessas Show fand im berühmten Grand Palais statt und wurde ein voller Erfolg. Ich saß in der zweiten Reihe neben dem Laufsteg und konnte mich nicht satt sehen an ihren unglaublichen Kreationen, die eine Mischung aus Weiblichkeit und Strenge waren, aus Nostalgie und Minimalismus. Tessas Kollektion bekam stehenden Applaus und im Anschluss wurde sie von anderen prominenten Designern beglückwünscht. Ich wollte ihr ebenfalls gratulieren, aber es gab kein Durchkommen und so langsam wurde es auch für mich Zeit.
Die Shows der Newcomer fanden am späten Nachmittag in einem neu eröffneten, modernen Hotel in der Nähe des Eiffelturms statt; der Runway war in einer loftartigen Halle aufgebaut. Alles wirkte bewusst improvisiert, offenbarte bei genauem Hinsehen aber ein durchdachtes Konzept von urbaner

Unkonventionalität. Das Ganze konnte natürlich nicht im Mindesten mit dem Grand Palais mithalten, hatte aber seinen ganz eigenen Reiz.
Mittlerweile zitterte ich vor Aufregung. Ich musste meine ganze Kraft aufbringen, um mich auf mich selbst zu konzentrieren und mich von nichts und niemandem ablenken zu lassen. Mein altes Ich bahnte sich immer stärker den Weg an die Oberfläche und bombardierte mich mit solchen Zweifeln, dass ich mich vor Nervosität ganz krank fühlte. Es ließ sich nicht vermeiden, dass ich backstage die Kreationen der anderen Labels sah und ich verfiel automatisch in das typische Vergleichsdenken, dass die anderen alle besser, interessanter, spannender, moderner, angesagter waren als ich mit meinen völlig aus der Zeit gefallenen Kreationen. Würden meine Entwürfe nicht unangenehm altmodisch auffallen inmitten all der hypermodernen Designs? Würden die Zuschauer nicht denken, dass hier eine rückwärts gewandte Copycat krampfhaft versuchte, dem Zeitgeist ein Schnippchen zu schlagen? War das alles nicht furchtbar unpassend?
Je näher der Auftritt meiner Models rückte, desto flacher ging meine Atmung und desto weniger nahm ich von meiner Umgebung wahr. In der Vorhalle des Hotels gab es ein großes flaches Betonbecken, das mit Wasser gefüllt war. Ich stellte mich in die Nähe, nippte nervös an meinem Sekt und hoffte, beim Anblick der unbewegten Wasserfläche ein wenig zur Ruhe zu kommen.
Und dann sah ich es auf einmal.
Unter der Oberfläche zeichnete sich plötzlich ein Gesicht ab, als würde mitten im Becken jemand schwimmen und zu mir herauf schauen.
Das muss der Schlafmangel sein, dachte ich und blinzelte. Aber das Gesicht verschwand nicht. Ich trat näher und starrte angestrengt ins Wasser. Das Gesicht näherte sich. Ich erkannte es. Es war Alheyt. Sie schwebte dort wie eine Vision und lächelte mich auf ihre stille, wissende Art an. Es hätte bloß noch gefehlt, dass sie ihren erhobenen Daumen aus dem Wasser streckte. Aber auch so flößte mir dieses Bild sofort wieder ein Stück meines alten Selbstvertrauens ein. Alheyt lächelte und es war, als würde sie mir sagen: „Komm schon, da musst du jetzt durch. Genieß es und enttäusch uns nicht.“

Ich hätte das Bild gerne festgehalten, das mir mein Inneres da geschickt hatte, aber das Gesicht löste sich wieder im Wasser auf. Es verschwand, aber was blieb war eine Gewissheit, die meine Nervosität dämpfte. Hier ging es nicht um das Publikum. Hier ging es nicht um hochnäsige Modeblogger und arrogante Journalisten, neidische Konkurrenten oder abgebrühte Fashion-Spezialisten. Es ging nicht darum, diesen Leuten zu gefallen.
Hier ging es nur um mich. Ich war die einzige Person, die ich nicht enttäuschen wollte. Ich wollte niemand anderem etwas beweisen, außer mir selbst.
Nachdem ich diesen Gedanken gefasst hatte, beruhigten sich meine flatternden Nerven immer mehr. Die beiden Assistentinnen von Tessa, die mich betreuten, taten ihr Bestes, meine Motivation oben zu halten und halfen mir mit ihrer Abgeklärtheit, auch noch den letzten Rest an Nervosität einzudämmen.
Dann war es soweit.
Ich hatte mich für meine Show für ein bläulich goldenes Licht entschieden. Musikalisch untermalt wurde das Ganze von einer ätherisch anmutenden, gezupften Geigenmusik, die von monotonen Beats unterlegt wurde. Ich hatte mir meine Models nach ganz speziellen Kriterien ausgesucht. Sie sollten meine Entwürfe nicht einfach nur tragen, sondern ihr Wesen widerspiegeln. Dementsprechend hatte ich Frauen gebucht, die das gewisse unperfekte und verletzliche Etwas hatten und nicht wie klassische Models aussahen.
Als es losging, war mir, als würde ich im Innern einer Blase schweben, isoliert von der Hektik und den vielen Menschen. Meine Sinne reduzierten sich einzig und allein darauf, den Moment so gut es ging, zu erfassen. Ich verfolgte die Show auf einer Großbildleinwand backstage und sah zu meiner großen Freude, dass Tessa es doch noch zu dem Event geschafft hatte und in der ersten Reihe saß. Sie war zwar die Schirmherrin meines Labels, aber so eingespannt wie sie nach ihrer eigenen Show gewesen war, hatte ich meine Zweifel gehabt, ob sie es überhaupt schaffen würde.

Tessa verfolgte die Show mit einem genussvollen und stolzen Lächeln. Sie schien keinerlei Zweifel zu haben, dass alles perfekt war. Und ich begriff, dass sie mich aus genau diesem Grund mitgenommen hatte. Sie war durch ihren Erfolg in der Lage, das große Ganze zu überblicken und einzuschätzen. Sie sah etwas, das ich noch nicht sehen konnte, aber ihr wissender Blick war wie ein Spiegel, in dem ich auf einmal meine Zukunft aufblitzen sah.

Ich überwachte den Kleiderwechsel der Models, zupfte die Säume und Krägen zurecht, lobte, spornte an und kam mir plötzlich vor, als hätte ich noch nie etwas anderes gemacht. Und dann schien sich in meinem Innern eine Öffnung zu bilden, durch die eine zarte Euphorie strömte, die immer größer wurde. Das Gefühl, mitten drin zu sein in einem Leben, das ich mir immer erträumt hatte, war überwältigend. Wahrscheinlich würde mir die wirkliche Tragweite des Ganzen erst klar werden, wenn ich irgendwann in der Nacht allein in meinem Bett lag und der Tag von mir abglitt. Ich betrachtete die Models, die meine Entwürfe in vollendeter Anmut über den Laufsteg trugen und obwohl ich absolut fokussiert war, gelang es mir jede einzelne Minute der Show zu genießen. Ich war mir voll und ganz bewusst, dass diese Momente einzigartig waren und es nie wieder ein erstes Mal geben würde. Gleichzeitig wusste ich, dass irgendwo in einer anderen Dimension des Seins Alheyt saß und das alles hier ebenfalls verfolgte. Ich schickte einen stummen Dank an sie.

Als ich selbst am Ende der Show in einem meiner etwas schlichteren Outfits über den Catwalk lief, tobte der Applaus in meinen Ohren und mein Herz pochte in einem ungläubigen Rhythmus. In den Blicken des Publikums sah ich nichts als Anerkennung und Begeisterung. Ich bebte vor ungläubiger Freude. Und spürte mit untrüglicher Gewissheit, dass ich gerade angekommen war.

Am Ende der Veranstaltung bedrängten mich Tessas Assistentinnen mit dreißig privaten Bestellungen zu Maßanfertigungen, weiteren Interviewanfragen und berichteten mir, dass meine Show ganz und gar *outstanding* gewesen war, wie sie es ausdrückten. Tessa kam zu mir und umarmte mich stürmisch.

„Ich ahnte ja, dass das großartig wird mit dir, Mara!“, sagte sie. „Aber das, was du da gerade abgeliefert hast, war einfach nur brillant. Als wärst du schon seit hunderten von Jahren dabei. So professionell! Ich kann dir nicht sagen, wie stolz ich auf dich bin!“

Sie konnte nicht ahnen, wie Recht sie hatte. Ich war schon seit hunderten von Jahren dabei. Nur war es eben nie so schön gewesen, so vollkommen.

„Danke, dass du das in mir gesehen hast“, sagte ich und erwiderte ihre Umarmung.

Ich hätte nie gedacht, dass aus der Schmach meiner Zurückweisung in ihrem Atelier nur ein Jahr später etwas so Großartiges werden würde.

„Das Leben ist ein sehr anstrengender Regisseur“, meinte Tessa. „Aber er dreht die besten Szenen.“

Sie drückte mich noch einmal an sich. „So, und jetzt freu dich einfach!“

Das war leichter gesagt als getan. Ich wusste nicht wohin mit meiner Freude. Ich war so kopflos und aufgedreht, dass ich meine Begeisterung am liebsten laut heraus geschrien hätte. Die nächsten Stunden verliefen in einem Taumel aus neuen Verpflichtungen, Networking, Champagner und Fotos. Ich weiß nicht mehr, wie lange es dauerte, ehe ich am späten Abend irgendwann nach draußen kam. In dem Hotel stieg eine ausgelassene Party, aber ich hatte mit Tessa und ihrem Team eine exklusivere Verabredung zum Feiern.

Der Außenbereich von Luis´ Stadtpalais war von unzähligen kugelförmigen LED-Leuchtern erhellt, die ein wellenförmiges Licht über die Fassade ergossen. Der Hof war voller Leute.

Aus dem Garten dröhnten Bässe und in der Luft lag ansteckende Ausgelassenheit. Ich fühlte trotz meiner aufgekratzten Stimmung, wie sich allmählich Erschöpfung in mir ausbreitete, aber das ignorierte ich. Ich wollte einfach nur noch diesen verrückten, unglaublichen Tag und meinen Erfolg feiern. Wir wurden mit Drinks versorgt und genossen die Kochkünste der Michelin-Köche, tanzten und machten unzählige Fotos mit völlig Fremden. Irgendjemand hatte ein Instagram-Profil für mich erstellt und ich sah fassungslos dabei zu, wie ich fast sekündlich neue Follower bekam. Es war,

als wäre ich mittendrin in einem verrückten, etwas zu schnellen Film, der mir unglaublich gut gefiel, bei dem ich aber nicht so wirklich mitkam.
Um Mitternacht war es im Haus so eng, dass es kaum noch ein Durchkommen gab. Das Gedränge, die vielen Gesichter, die Lautstärke, der Small-Talk wurden mir allmählich zu viel und ich begann mich nach Ruhe und Rückzug zu sehnen. Aber ich kam gar nicht dazu, mit dem Gedanken zu spielen, in den zweiten Stock und mein Zimmer zu verschwinden. Ständig wurden mir neue Leute vorgestellt, immer wieder wollte jemand mit mir reden und meine Ohren dröhnten von der Musik und den vielen Stimmen.
Irgendwann begann es draußen zu regnen und im Haus wurde es für eine Weile noch voller. Dann verabschiedeten sich die ersten Gäste. Der DJ legte ein Set aus Barockmusik aus, die mit dezenten Elektro-Klängen unterlegt war. Die Musik passte wunderbar zu den altehrwürdigen Räumen und mischte dem diamantenen Schimmer der Kristalllüster etwas Dramatisches und zugleich Träumerisches bei.
Luis Bernard führte uns auf einem runden Ebenholztisch seinen gläsernen russischen Samowar aus dem 19. Jahrhundert vor und auf den samtbezogenen Sofas küssten sich Paare. Die ganze Atmosphäre der Party veränderte sich, wurde heimeliger, inniger. Draußen rauschte der Regen. Ich wurde schläfrig. Ich hielt in einem der Salons nach Tessa Ausschau, um ihr zu sagen, dass ich mich nun zurückziehen würde, als ich etwas sah, dass mich schlagartig hellwach werden ließ.
In der Tür zum nächsten Salon zwischen einer laut lachenden Rothaarigen und einem taumelnden älteren Mann stand ...
Melas.

Kapitel 30

Ich erstarrte. Mein Herz geriet aus dem Takt. Das konnte nicht wahr sein. Ich war versucht, es auf meine übermüdeten Nerven zu schieben. Die vielen Gesichter ringsum erzeugten vielleicht eine Halluzination. Ich blinzelte, aber das Bild verschwand nicht. Er stand dort in seiner ganzen dunklen Erhabenheit und sah mich direkt an. Und ich konnte nichts anderes tun, als wie versteinert seinen Blick zu erwidern. Von einer Sekunde auf die nächste verschwanden der Raum und all die Menschen um mich. Alles vermischte zu einem formlosen Nebel, in dem nur noch eines von Bedeutung war. Er war hier. Nach all den Monaten, all der Aufregung und obwohl mich die Sehnsucht nach ihm immer begleitet hatte, war das Letzte, was ich erwartet hatte, dass er plötzlich hier auftauchte. Ja, ich war so eingespannt gewesen in meine eigenen Projekte, dass ich es mir nicht einmal gewünscht hatte.
Wehrlos versank ich in einem Labyrinth der widersprüchlichsten Gefühle. Unbändige Freude, schmerzhafte Sehnsucht und etwas Diffuses, das ich nicht deuten konnte. Als würde unter der überraschten Erregung des Moments ein Teppich der Angst liegen.
Und was ist, wenn er gekommen ist, um mich zu holen, dachte ich. Der Sommer endgültig war vorbei und meine Zeit war definitiv gekommen. Aber ich wollte das nicht! Ich wollte nicht ausgerechnet jetzt, in meinem ersten großen Erfolg aus meinem Leben aussteigen, wo es gerade anfing, Spaß zu machen!
Atemlos und mit wild jagendem Herzen sah ich ihn an, als mir etwas Sonderbares auffiel. Melas` Blick war gar nicht auf mich gerichtet. Er schaute durch mich hindurch. Von seinem Blick ging etwas Verwirrendes aus, das ich zuvor nie an ihm bemerkt hatte. Als würde er mich gar nicht wahrnehmen. Sein Blick hatte etwas Lauerndes, das mich schaudern ließ. Ein Teil von mir, wollte auf ihn zu eilen und mich ihm in die Arme werfen, der weitaus größere Teil jedoch wollte fliehen und sich irgendwo verstecken. Im nächsten Moment senkte Melas den Kopf, drehte sich um und verschwand zwischen den Partygästen, die ihn nicht weiter beachteten. Nur ein paar Frauen warfen ihm überraschte und eindeutig interessierte Blicke zu.

Ich erwachte aus meiner Erstarrung. Ein Gedanke huschte durch meinen Kopf, der mich noch mehr verunsicherte. Was, wenn Melas nur aufgetaucht war, um mich zu prüfen? Wenn mein inneres Zurückschrecken vor seiner Präsenz ihm genügte, um wieder aus meinem Leben zu verschwinden? Wenn er mit seinem plötzlichen Auftauchen nur herausfinden wollte, wie es um meine Gefühle für ihn stand? Und jetzt, da er erfasst hatte, dass da mehr Angst und Zögern war .... was dann?

Schlagartig war ich nur noch von einer Sorge erfüllt. Dass ich ihn nie wieder sehen würde.

Ich riss mich aus meiner Erstarrung und ging ihm nach. Ich achtete nicht auf die belustigten Kommentare zweier Frauen, die ihn beobachtet hatten und nun offensichtlich dachten, dass ich mir den geheimnisvollen Fremden schnappen würde, bevor sonst jemand es tun konnte. Am Ende des nächsten Salons sah ich Melas gerade durch die Tür verschwinden. Ich folgte ihm und war versucht, ihn zu rufen, aber die Vorstellung, was passieren würde wenn er einfach weiter lief, hemmte mich. Ich drückte mich zwischen den Gästen hindurch, schaffte es aber einfach nicht, ihn einzuholen. Er durchquerte die Salons wie ein Schiff und strahlte dabei diese zielstrebige Ruhe aus. Ich sah von ihm immer nur seine hoch aufgerichtete, schwarz gekleidete Gestalt, die gerade wieder meinen Augen entschwand. Warum tat er das? Hatte er nicht gesagt, dass er innerlich mit mir verbunden war und wusste, was ich fühlte und dachte? Warum spielte er dann so mit mir und ließ mich hinter ihm her eilen wie ein Hündchen?

Meine Verwirrung mischte sich mit einer bösen Ahnung.

Hatte ich irgendetwas falsch gemacht? Hatte ich unwissentlich etwas getan, was des unfassbaren Geschenks der Unterwelt nicht würdig war? Bitte bleib doch stehen, dachte ich verzweifelt und drängte mich zwischen tanzenden Leuten und herum stehenden Gruppen hindurch, stolperte fast über eine Handtasche und blieb mit meinem Kleid an dem spitzen Ring einer Frau hängen. Als ich den großen Hauptsalon erreichte, wo Luis immer noch mit

seinem antiquierten Spielzeug beschäftigt war, war Melas verschwunden. Ich sah mich angestrengt um, aber ich konnte ihn nirgendwo mehr entdecken. Doch dann sah ich einen schwarzen Schatten vor den Terrassentüren in der Dunkelheit des Gartens entschwinden. Es regnete noch immer, aber das war mir egal. Ich folgte ihm und trat ins Freie.
„Erkälte dich nicht!“, rief Luis mir lallend hinterher.
Auf der Terrasse war niemand mehr. Es hatte merklich abgekühlt. In der Luft lag ein schneidend kalter Hauch, der selbst für Anfang Oktober ungewöhnlich war. Über dem Gras lag ein dünner Nebelteppich und von den Bäumen sanken die vom Regen schweren Blätter herab. Es war unheimlich still, als wäre die Stadt vor den Mauern des Anwesens ausgestorben oder läge in tiefem Schlaf. Ich sah den schwarzen Schemen gerade noch zwischen den Buchsbaumhecken Richtung Gewächshaus verschwinden. Und wenn er das nun gar nicht gewesen war, sondern irgendein Partygast, der im Gewächshaus mit jemandem ein Stelldichein hatte?
Ich zögerte und kam mir auf einmal schrecklich albern und seltsam schuldbewusst vor. Doch dann gab ich mir einen Ruck und lief in den Regen hinaus. Ich war hellwach und meine Erschöpfung war einem Zustand von extremer Angespanntheit gewichen. Bitte lass es ihn sein, dachte ich, während ich über das nasse Gras eilte. Bitte lass ihn einfach nur von der Party weggegangen sein, damit wir uns hier in Ruhe wieder sehen können, ohne all die Leute und die beobachtenden Blicke.
Aber warum? Hätte er mich nicht einfach hierher führen können, wenn er fort von den anderen Menschen wollte?
Ich glaubte seine dunkle Gestalt das Gewächshaus betreten zu sehen und hoffte inständig, dass ich mich nicht irrte. Ich beschleunigte meine Schritte. Das Gewächshaus sah in der Dunkelheit und dem fernen Lampenschein, der vom Haus herüber leuchtete aus wie ein Überbleibsel aus einer längst vergangenen Zeit. Hinter den beschlagenen Scheiben drückten sich bizarr aussehende Pflanzenschatten gegen das regennasse Glas. Irgendwo im Innern ertönten Schritte auf Stein. Die Tür stand halb offen. Mein Herz schlug mir bis

zum Hals. Ich zitterte, was aber auch an der Kälte lag und daran, dass ich nur ein schulterfreies Kleid trug. Im Innern des Glashauses war es gewiss wärmer. Ich betrat das gläserne Gewölbe und wurde von den frischen, betörenden Gerüchen schlummernder Pflanzen eingeschlossen, einem feuchten, fast tropischen Dunst und dem Gefühl, eine abgeschlossene, fremde Welt zu betreten.

Ich schloss die Tür hinter mir und lief zögerlich den Weg zwischen den Beeten entlang, in denen exotische Pflanzen bis hoch an die gläserne Decke wuchsen. Jetzt, da ich dem Gedränge auf der Party entkommen war, beruhigte sich etwas in mir. Aber da war immer noch ein drängendes Gefühl von Unsicherheit und Furcht, in das sich eine bebende Sehnsucht drängte. Wo war er? Ich konnte ihn zwischen den Eisenstreben, Wendeltreppen und Pflanzen nicht erkennen. Der Gedanke, dass er hier irgendwo in der Finsternis auf mich wartete, erregte mich schlagartig. Ich sah mich schon von seinen starken Armen zwischen die Stauden der meterhohen Bananenpflanzen gezogen werden und dort in seiner dunklen Umarmung verschwinden. Ich wusste ja, dass er einen Sinn für Dramatik hatte und mir schwindelte bei der Erinnerung an unsere letzte Begegnung. Und daran, was sich aus ihr entwickeln würde.

„Melas?“, wisperte ich atemlos in die Finsternis und machte ein paar vorsichtige Schritte. Ich konnte nicht sehen, wo ich hin lief. Im hinteren Teil des Gewächshauses war kaum noch Licht. Die Gerüche der Pflanzen hatten eine seltsam betäubende, beklemmende Wirkung.

„Melas, wo bist du?“, flüsterte ich. Irgendwo hinter mir ertönt ein leises Geräusch, ein Knarren. Was, wenn ich hier gar nicht alleine mit ihm war? Meine Anspannung nahm zu und auch die unguten Ahnungen. Warum spielte er so mit mir? Warum wollte er, dass ich hier im Dunkeln tappte und mich fürchtete? Ich hielt den Zustand der Anspannung kaum noch aus. Alle meine Nerven waren in einer unerträglichen Erwartungshaltung, in der nun allmählich die Sehnsucht nach ihm von der immer größer werdenden Unruhe verdrängt wurde. Eine innere Stimme flehte mich an, dieses Gewächshaus so schnell wie möglich zu verlassen.

In diesem Moment hörte ich leise Schritte hinter mir. Ich fuhr herum und sah den dunklen Schatten direkt vor mir. Mein Herz jagte in beklommenen Schlägen. Mein Atem stockte. Ich hob den Kopf und versuchte, etwas zu erkennen. Für ein paar Sekunden schien alles um mich herum den Atem anzuhalten.

Nichts geschah. Zeit genug zu erkennen was kurz darauf zu einer schrecklichen Gewissheit wurde. Das Wesen, das vor mir stand und die Hände nach mir ausstreckte, war nicht Melas. Diese Augen, die mich in ungerührter Kälte anstarrten, gehörten nicht meinem dunklen Gott. Und die harte Hand, die meinen Hals packte und mich zu Boden riss, hatte nichts gemeinsam mit der verzehrenden körperlichen Überlegenheit, die ich bei ihm so genossen hatte.

Ich knallte auf den feuchten Steinboden und fühlte das Gewicht des Mannes auf mir. Seine Hand in dem schwarzen Lederhandschuh drückte meinen Hals zusammen und er starrte mit einem Ausdruck auf mich herunter, als wäre ich etwas Lästiges, das man jetzt einfach beseitigen musste. Diesmal erledigte er es selbst und vertraute nicht auf die tödliche Wirkung eines Brunnens, die sich in meinem Fall als unzuverlässig erwiesen hatte.

Agnes` Freund hielt mich mit so unerbittlicher Kraft fest, dass ich gar nicht daran dachte, mich zu wehren. Ich hätte nicht die geringste Chance gegen ihn gehabt.

Wie dumm du warst, Mara, dachte ich. Deine Sehnsucht nach Melas hat deinen Sinnen einen solchen Streich gespielt, dass du statt in seine Arme direkt in eine Todesfalle gelaufen bist.

Es schien, als würde er nicht nur meinen Hals zusammen drücken, sondern auch mein Herz, in dem jeder Lebensfunke schlagartig zu erlöschen schien. Ich starrte gelähmt zu ihm hoch. Alles was ich fühlte, war eine sonderbare Fassungslosigkeit, dass es jetzt so enden würde. Ein schlechter Witz des Universums. In einem letzten Moment von Klarheit dachte ich an das, was Hades mir über die Reise meiner Seele erzählt hatte. Dann war es mir in diesem Leben also wieder nicht gelungen, heil aus der Sache heraus zu

kommen. Ich hatte erneut Umstände angezogen, die mich vernichten würden. Es tut mir Leid Alheyt, dachte ich.
Eine überwältigende Dunkelheit streckte ihre Arme nach mir aus. Gleißend helle Lichter zogen wie Sternschnuppen an meinen Augen vorbei. Der Todessog fühlte sich beinahe tröstlich an, als würde er mich aus dieser unerträglichen Situation befreien.
Dann war schlagartig alles vorbei. Ich spürte noch, wie sich etwas um mich herum veränderte, aber ich trat wohl in einen neuen Raum ein, der jenseits des Lebens lag und in dem nichts als angenehme Gleichgültigkeit herrschte.
Doch etwas riss mich aus der erstickten Stille, die meine Sinne umklammert hielt. Ich fühlte Hände, die meinen Hals berührten, und diese Berührung war von einer ganz anderen Qualität.
Die Welt kehrte widerwillig zurück, gebettet in das Dröhnen und Rauschen meines wiederkehrenden Bewusstseins. Eine fremde, seltsame Welt, in der ich nicht das Geringste verstand. Irgendjemand klopfte mir auf die Wange, etwas berührte meinen Mund. Mein Atem setzte wieder ein.
„Gut so, Mara. Atme“, sagte eine leise Stimme an meinem Ohr. „Ganz ruhig. Du bist in Sicherheit.“
Diese Stimme ... sie löste ein tiefes Gefühl von Geborgenheit in mir aus. Ich kannte sie und spürte instinktiv, dass alles in Ordnung war.
Ich blinzelte und sah ihn. Er beugte sich über mich. Seine nächtlichen Augen schwebten direkt über meinem Gesicht, während seine Hand meinen Nacken umfasste. Sein Anblick durchzuckte mich wie ein kurzer, sehr angenehmer Schock.
„Melas?“, murmelte ich mit erstickter Stimme.
„Ja, ich bin es“, erwiderte er, hob meinen Nacken an und zog mich behutsam hoch. Schloss mich in seine Arme und hielt mich fest. Ich sank gegen seine Brust, mein Gesicht an seine Schulter gelegt. Seine Hände lagen sanft und fest zugleich auf meinem Rücken und meinem Hinterkopf. Ich war zu benommen, um etwas zu sagen. Ließ mich nur tief in diesen wundervollen Moment der Nähe fallen und versuchte, meinen Herzschlag zu beruhigen.

Melas schien zu spüren, dass ich außer Stande war, mich wirklich zu entspannen. Er hob meinen Kopf an und sah mich an. Der Blick in seine Obsidian-Augen war zu viel für mich. Ich schloss meine Augen und er küsste mich sacht und vorsichtig. Ich war dankbar für seine liebevolle Zurückhaltung. Ich war noch nicht bereit für irgendeinen weiteren emotionalen Aufruhr.

Sein Kuss holte mich jedoch wieder zurück in mich selbst. Es schien, als würden meine Zellen mit neuem Leben erfüllt, als würde das, was ich gerade erlebt hatte, von mir abfallen. Melas streichelte mein Gesicht und meinen Hals. Ich fühlte sonderbarerweise keinen Schmerz. In meinem Kopf allerdings tobten die Gedanken.

„Warum ... warum bist du weggegangen, vorhin?“, fragte ich mit zitternder Stimme.

„Bitte verzeih, Geliebte, das war alles ein Teil der Falle, die ich diesem mörderischen Kerl gestellt habe, der sich auf diese Party eingeschlichen hat, um dich endgültig zu erwischen.“

„Was ...?“

Melas lächelte bitter und plötzlich sah ich am Rande meines Gesichtsfeldes einen menschlichen Umriss auf dem Boden liegen. Ich schauderte.

„Liebes, wenn du wüsstest, wie gerne ich dich vorhin im Haus einfach nur an mich gezogen hätte“, sagte er leise und eindringlich. „Ich wollte nichts mehr, als dich endlich wieder bei mir zu haben, dich zu spüren, nach all der Zeit. Aber ....“

Er schüttelte bedauernd den Kopf. „Ich wollte, dass du frei bist von diesem Scheusal.“

„Er war heute Abend die ganze Zeit in meiner Nähe?“, fragte ich.

Melas nickte.

„Warte ... heißt das, dass du auch die ganze Zeit schon in meiner Nähe bist?“

Melas lächelte und küsste meine Stirn. „Natürlich, Mara. Glaubst du, ich lasse dich unbeobachtet, während einer so wichtigen Zeit in deinem Leben? Du warst so absorbiert von deiner Arbeit, dass du nicht mal gemerkt hättest, wenn Hannibal Lecter persönlich neben dir gestanden hätte."

„Den gibt es doch gar nicht", sagte ich schwach.

„Aber diesen Typen hier gibt es und er wollte die Party dazu nutzen, dich aus dem Weg zu räumen."

Ich schauderte und sah ihn fragend an. „Ich dachte vorhin, dass ich es mir bloß eingebildet habe, als ich dich sah."

„Es sollte für ihn so aussehen, dass du ihm endlich die Chance gibst, dich abseits der Menge umzubringen. Dafür musste ich dich weg von den anderen Leuten in den Garten locken."

„Es wäre aber nicht nötig gewesen, so lange zu warten, bis er mich fast erwürgt hat", wagte ich einen Vorwurf.

„Das hat er nicht", sagte Melas mit einem geheimnisvollen kleinen Lächeln. „Ich habe gewartet, bis er dich angriff und habe ihn sofort von dir weggezogen. Danach habe ich ihn sofort ausgeschaltet. Damit du aber nicht mitbekommst, was mit ihm geschah, habe ich dich für ein paar Minuten in Schlaf versetzt. Diese Szene war nicht für deine Augen bestimmt."

„Aber ... es hat sich so realistisch angefühlt. Als ob..."

„Was dein Bewusstsein für Bilder mit in diesen Zustand nahm, darauf habe ich keinen Einfluss, Mara. Du hast diesen Mann gesehen und geglaubt, dass deine letzte Stunde geschlagen hat. Aber er kam gar nicht dazu, seine Finger an deinen Hals zu legen, geschweige denn dir wehzutun. Das hätte ich niemals zugelassen."

„Und ... und was hast du mit ihm gemacht?", fragte ich beklommen.

„Es ist besser, wenn du das nicht so genau weißt, meine Liebe", wich er aus.

Ich warf einen Blick auf den reglosen Körper des Mannes.

„Wird Luis Bernard denn keine Probleme bekommen, wenn man hier eine Leiche findet?"

„Nun, er ist ohne erkennbare Fremdeinwirkung gestorben", versicherte Melas mir und das unschuldige Lächeln auf seinem bleichen Gesicht sah fast schon ein wenig verstörend aus. Ich sah ihn ungläubig an. Die Vorstellung was er mit dem Typen gemacht hatte, verstärkte seine Wirkung eines übermächtigen Wesens. Ich zitterte unter einem Anflug von Erschütterung. Dass ich mich bei ihm sicher fühlte änderte nichts am Gefühl seiner erhabenen Gewalt und dass ich mich in seiner Gegenwart auch erschreckend klein und verletzlich fühlte.

„Es wird Zeit, dass du diesen Unhold vergisst“, sagte Melas und küsste meine Stirn.

„Er hat unser Wiedersehen nach diesen langen Monaten schon genug beansprucht.“

„Danke“, murmelte ich. „Ich komme mir so naiv vor, dass ich diese Gefahr so völlig aus meinem Radar verbannt habe. Ich habe gar nicht mehr an ihn gedacht.“

„Das ist auch besser so“, sagte er. „So konntest du dich auf deine Arbeit konzentrieren und darauf, wie du sie der Welt präsentierst. Ich habe Deinen Erfolg zwar nur aus der Distanz beobachtet, aber das was ich gesehen habe, hat mich ziemlich beeindruckt. Und berührt.“

Er näherte sich meinem Gesicht und hauchte einen Kuss auf meinen Mund. Sein Blick nahm mich gefangen und in meiner Brust stieg wieder dieses Beben hoch, das ich seit unserer Trennung jeden Morgen beim Aufwachen spürte. Ich konnte jedoch immer noch nicht glauben, dass er tatsächlich wieder hier war. Natürlich hatte ich mir unser Wiedersehen anders vorgestellt, weniger dramatisch. Aber nun, da ich hier in seiner Umarmung lag, rückte der Vorfall von mir ab wie ein böser Traum.

Melas umfasste meine Arme. „Du zitterst.“

„Im Haus gibt es Tee“, murmelte ich mit einem schiefen Lächeln.

Gegen einen heißen Tee aus dem alten Samowar hätte ich jetzt wirklich nichts einzuwenden.

„Du brauchst etwas Stärkeres als Tee“, flüsterte Melas an meinem Ohr und ich wusste sofort, dass dies keine Anspielung auf etwas Alkoholisches war. Mein Herz schlug wieder schneller.

Melas zog mich hoch und legte mir sein schwarzes Jackett über die Schultern.

„Wohin sollen wir jetzt gehen?“, fragte ich.

„Nun, das entscheidest du. Aber ich hege durchaus die Hoffnung, dass du deinen Lebensretter vielleicht in dein Zimmer bittest."
Seine Worte, sein Tonfall, das dunkle, zweideutige Raunen in seiner Stimme, all das versetzte mir einen prickelnden Stich in der Magengegend. Natürlich, dachte ich. Einen abgeschlossenen, ruhigen Raum, weg von der Menge. Nur er und ich.
Wir verließen das Gewächshaus, ohne dass ich noch einen Blick auf den reglosen Köper am Boden zurück warf. Melas hatte seinen Arm um meine Schulter gelegt. Es regnete wieder stärker. Die hellen Lichter im Stadtpalais strahlten heimelig in den dunklen Garten. Die Wassertropfen auf dem Rasen glitzerten am Rand der Lichtstreifen wie Diamanten. Irgendwo war eine Amsel aufgewacht und zwitscherte leise und unentschlossen im Gebüsch. Über dem Garten lag mit einem Mal eine rätselhafte Schönheit.
Am liebsten hätte ich meinen Begleiter mit Fragen bestürmt, aber etwas an seiner Gegenwart ließ mich einfach nur stumm neben ihm her laufen, wissend, dass es einen anderen Moment dafür geben würde, geben musste, denn ich fühlte in meinem Innern wieder die Unausweichlichkeit aufsteigen, die ich empfunden hatte, als Melas mich zu dem geheimnisvollen Wasserbecken geführt hatte, in dem ich mich, umschlungen von seiner Überlegenheit, aufgelöst hatte.
„Du bist nach dieser aufreibenden Woche gewiss sehr erschöpft", sagte er. „Und erst recht nach diesem besonderen Tag und dem unerfreulichen Zwischenfall."
„Ich hoffe, du spürst, dass dem nicht so ist", erwiderte ich und sah in von der Seite an. „Ich habe mich selten so wach gefühlt."
„Das freut mich zu hören", sagte er. „Ich hatte schon die Befürchtung, dass du nur noch an dein Bett denken kannst."
„Ich denke durchaus an mein Bett", gab ich zurück und spürte ein neues Aufwallen von Hitze in meiner Brust. Melas blieb stehen und musterte mich forschend. Seine Augen glitten über mein Gesicht und meinen Hals, mein

regenfeuchtes Kleid. „Das klang nicht so, als würdest du dich nach Schlaf sehnen", sagte er.

Ich schüttelte den Kopf.

„Willst du mir sagen, nach was du dich sehnst, oder ..." Er beugte sich herab und flüsterte den Rest des Satzes „ ... oder verstehen wir uns ohne Worte?"

Ich griff nach ihm, legte meine Hände an seine Seiten und suchte seine Lippen. „Ohne Worte", wisperte ich.

Mehr wollte Melas nicht hören. Er zog mich dichter an sich und küsste mich voller Leidenschaft. Der Regen prasselte auf meinen Kopf und ich zitterte stärker. Aber nicht vor Kälte. Mit einem Mal schien der Garten den Atem anzuhalten. Die Nacht dehnte sich aus und flüsterte von ungeahnten Möglichkeiten. Mir schien, als würde die acht Monate andauernde Sehnsucht sich mit einem Schlag entladen und mir wurde schwindelig vor Begehren.

Melas löste sich von mir, zog das Jackett enger um meine Schultern und führte mich zurück zum Haus. Die Entschlossenheit seiner Bewegungen machte mich atemlos vor erregenden Ahnungen.

Im Innern des Palais hatte sich die Stimmung verändert. Die meisten Leute waren heillos betrunken und in schläfrigem Zustand auf den Sofas verteilt. Manche tanzten noch eng umschlungen. Ein mageres Modell stillte eine spätnächtliche Fressattacke an den Resten des Buffets und irgendjemand rezitierte laut aus einem Gedichtband aus Luis` Bibliothek. Von Tessa war nichts mehr zu sehen und niemand beachtete uns. Das Treppenhaus wurde nur noch von ein paar Laternen beleuchtet, die auf den geschwungenen Marmorstufen standen.

Kapitel 31

Wortlos gingen wir nach oben. Mit zitternden Fingern suchte ich in meiner Handtasche den Zimmerschlüssel. Auf dem Stockwerk war es sehr still. Als wäre es vom Rest des Hauses isoliert. Ein sonderbares Gefühl beschlich mich. Fast fühlte es sich so an, als wäre ich wieder in der Anderwelt, eingewoben in diese unirdische Zeitlosigkeit, diese Schwingungen der Unendlichkeit. Melas betrat das Zimmer ohne Hast, alles an ihm strahlte Geduld und Ruhe aus. Aber zusammen mit seinem leise lauernden Blick versetzte mich diese Ausstrahlung in einen unerträglichen inneren Taumel.

Ich zündete die Kerzen auf dem kleinen Tisch am Fenster an und wandte mich nach ihm um. Melas lehnte am Pfosten des Himmelbettes. Abwartend und königlich. Mein Herz zersprang fast und ich hielt den Blick seiner dunklen Augen kaum noch aus. Die Kerzenflammen erweckten die bunte Seidentapete zu fantastischem Leben, das um uns herum zu tanzen begann. Ich kam mir vor wie im Innern einer kostbaren Schatulle.

Melas machte eine dezente lockende Geste. „Komm zu mir, Mara“, sagte er leise.

Ich näherte mich ihm und dachte an die vor ungestillter Sehnsucht und verzehrenden Erinnerungen erfüllten Stunden vor dem Einschlafen und nach dem Aufwachen.

„Du willst wissen, ob wir des nachts zusammen waren?“, fragte er, als er mich in eine feste Umarmung zog. Ich nickte wortlos.

„Deine Seele war in meinem Reich. Wir waren nie wirklich getrennt. Nur das hat dir in den letzten Monaten diese ungewohnte Kraft gegeben, die du gar nicht von dir kennst.“

Er strich mir das feuchte Haar aus dem Gesicht. „Und es hat mich davor bewahrt, vor Sehnsucht nach dir den Verstand zu verlieren. Aber ...“ Er küsste mich erneut. „Aber es war nichts gegen das hier.“

Er drehte mich mit einer tänzerisch fließenden Bewegung um und drückte mich sanft auf das Bett. Meine Aufregung flatterte wie eine losgelöste Fahne in meinem Bauch und ich kam mir seltsamerweise jungfräulich und unerfahren vor. Was ich streng genommen ja auch war. Ich hatte noch nie mit einem Unterweltgott geschlafen und so wie Melas auf mich herunter sah, würde genau das passieren. Sein Blick strahlte diese sanft entschlossene Überlegenheit aus, als er die Schulterpartie meines Kleides abstreifte und seine kraftvollen Hände um meine Brüste legte. Ich wagte nicht zu blinzeln; ich wollte keine Sekunde seines Blickes verpassen, der mich ebenso wie seine Hände zu liebkosen schien.

Ich löste mich aus meiner reglosen Position und legte meine Finger auf seine Arme. Die Erinnerung an seinen mächtigen, wie gemeißelt erscheinenden Körper stieg in mir hoch, als ich seine Muskeln ertastete. Ich löste die ersten Knöpfe seines Hemdes. Melas hielt inne und ließ mich sein Hemd ganz öffnen und über seine Arme streifen. Sein nackter Oberkörper schimmerte wie Alabaster und wirkte zwischen den farbenfrohen Tapeten und dem goldenen Licht der Kerzen nicht menschlich. Sein Atem hatte sich beschleunigt und ich sah sogar einen Hauch Gänsehaut über seinen Brustmuskeln. Aber da war auch eine unirdische, steinerne Härte in der Geschmeidigkeit seines Körpers. Mit leicht geöffneten Lippen beobachtete er, wie meine Hände über seine Haut wanderten. Seine Brauen runzelten sich leicht in einem Anflug von Verlangen. Ich sah seine Erregung, sah, wie seine so stolze, erhabene Haltung sich in Hingabe und Nähe verwandelte und hätte vor Glück fast geweint. Diese Innigkeit, die sich zwischen uns entfaltete ... ich hatte nichts dergleichen in der Unterwelt gefühlt.

„Warum bist du nicht früher gekommen?“, fragte ich atemlos. „Du hättest es doch gekonnt, oder?“

„Ist es so nicht viel schöner?“, gab er zurück und zog mich in eine aufrechte Position, streifte gleichzeitig mein Kleid weiter herunter. „Wenn man so unermesslich viel Zeit hat wie wir, bekommt der Begriff Vorspiel eine ganz andere Dimension.“

Oh ja, dachte ich. Diese monatelange Sehnsucht, dieses verzehrende Gefühl bei der Erinnerung an das, was in der Unterwelt geschehen war. Ich hatte es unendlich genossen. Und ich konnte es kaum noch erwarten, dass dieses Sehnen endlich gekrönt werden würde.

Melas zog das Kleid über meine Hüften und meine Beine, bis ich nur noch mit einem Slip bekleidet vor ihm lag. Sein Blick verschlang mich und ich musste die Augen schließen, genoss dieses verheißungsvolle Abwarten und meine Blöße im Angesicht seiner puren Übermacht. Genoss es, keine Angst vor ihm zu haben und mich doch auch ein wenig bang zu fühlen vor dem was er war. Ein dunkler Gott, und ich, eine kleine Sterbliche. Eine Blüte, die auf einem steinernen Altar lag. Und doch war es so viel mehr als das.
Ich konnte mich nicht erinnern, mit einem Mann jemals etwas Vergleichbares empfunden zu haben. Diese sinnliche, beinahe ernste Stimmung. Diese köstliche Erwartung.
Melas beugte sich wieder über mich. An meinem Schenkel spürte ich seine Erregung und dachte wieder an die Situation in dem dunklen Becken, als er mich gegen die Wand gepresst hatte. An mein unerträgliches Verlangen nach ihm und dass er es nicht erfüllt hatte. Ich zog ihn zu mir und ließ meine Hände über seinen Rücken wandern, in sein Haar, über sein Gesicht. Sein beschleunigter Atem an meinem Hals machte mir rasend. Als ich meine Lippen über seinen Hals gleiten ließ, stieß er ein leises Stöhnen aus und legte den Kopf in den Nacken. Auf seinem Gesicht lag ein verzückter Ausdruck vollkommener Sinnlichkeit.
„Jetzt bereue ich es doch ein bisschen, dass ich nicht früher einen kleinen Ausflug in deine Welt gemacht habe“, sagte er.
„Wenn ich ehrlich bin, nehme ich dir das auch ziemlich übel“, erwiderte ich.
Er sah mich mit einem hingerissenen Lächeln an und schloss seine Finger um meine Handgelenke, drückte sie aufs Bett und plötzlich erschienen mir seine spitzen Zähne deutlicher unter seinen Lippen hervor zu schimmern. Die Erinnerungen an das, was er mit mir getan hatte, überwältigten mich. Mein Körper stand in Flammen.
„Wenn du erlaubst, werde ich mich dir in deiner Welt nicht als unzivilisierter Unterweltgott nähern“, ließ er mich wissen.

Ich sah ihn fragend an und bekam kaum mit, wie er mein rechtes Handgelenk freigab und beinahe beiläufig und dennoch langsam und genussvoll mein Höschen abstreifte.
„Wie meinst du das?“
„Ich habe dein Blut getrunken, damit wir miteinander verbunden bleiben“, flüsterte er. „Aus genau diesem Grund konnte ich auch Persephones Seele unter den Millionen anderen finden, das wusste ich damals nur nicht. Das Blut hilft uns dabei, in Kontakt zu bleiben.“
Er sah auf mich herunter und strich über meinen Hals, über die Stelle, an der er von mir getrunken hatte. „Du hast es doch gespürt, oder?“, fragte er. „Deine wahre Heimat. Mich.“
„Ja. Jeden Morgen beim Aufwachen. Und auch sonst.“
„Gut. Jetzt weißt du, warum das so war.“
Ich zog ihn zu mir und suchte seinen Mund mit meinen Lippen. Vorsichtig ließ ich meine Zunge über seine Eckzähne gleiten und hielt das intensive Brennen der Sehnsucht in meinem Innern kaum noch aus.
„Das würde dir gefallen“, neckte er mich und stieß mich sanft zurück.
Ich musste nichts sagen. Er wusste es ohnehin. Außerdem sprach das Blut, das in meine Wangen strömte, wohl für mich.
Melas stieß ein raues Lachen aus. „Heute nicht. Es wird bessere Momente dafür geben. Heute ist es Zeit für etwas ...“ Er schob seine Finger zwischen meine Schenkel und wanderte langsam nach oben. „Heute ist es Zeit für etwas, das wir beide noch nicht kennen, nicht wahr?“
Ich zog scharf die Luft ein. Ich weiß nicht, was schlimmer gewesen wäre. Wenn ich nicht gewusst hätte, wie seine geschmeidigen, starken Finger sich in meinem Innern anfühlten. Oder gerade weil ich es wusste. Diesmal war es ruhiger, langsamer und ohne die dräuende Schwermut und Finsternis seiner Welt. Er versenkte seine Finger in mich und spielte mit einer neugierigen, fragenden Lust mit mir, die mir den Atem verschlug. Seine Augen waren dabei auf mich gerichtet und es schien ihn in unendliche Verzückung zu versetzen, mich zu beobachten. Seine Eckzähne standen drohend und

unerreichbar über mir und etwas in mir entspannte sich. Dies wäre wahrscheinlich wirklich zu viel gewesen.
Allein die Vorstellung, ihn in mir zu spüren, machte mich fast ohnmächtig vor Begierde. So nackt vor ihm zu liegen, in meiner Welt, ohne unheilvolle Unterweltquellen, befreit vom Gewicht so vieler Fragen und zu wissen was geschehen würde, war einfach nur unbeschreiblich.
Vorsichtig verlagerte er sein Gewicht und zog seine Finger zurück. Dann ergriff er meine Waden und schob mich auf dem Bett ein Stück zurück. Mit einer gelassenen Bewegung begann er, seine Hose zu öffnen. Ich hatte das Bedürfnis ein Kissen auf mein Gesicht zu pressen.
Ich weiß nicht warum, aber Melas ließ nicht zu, dass ich ihn ansah. Im nächsten Moment war er wieder über mir. Das Kerzenlicht schlich über seine Nacktheit. Sein Blick war ruhig, fast nachdenklich und seine Augen glitten über mein Gesicht, als wäre alles unterhalb davon plötzlich nicht mehr von Bedeutung. Beinahe unmerklich schob er meine Beine auseinander, griff gleichzeitig in meinen Nacken bog meinen Kopf nach hinten. Sein Kuss war intensiv und fesselnd, so als wollte er mich davon ablenken, dass er gleichzeitig in mich eindrang.
Langsam und behutsam und doch mit einer alles durchdringenden Härte, die mir den Atem raubte. Ich versteifte mich unter ihm und konzentrierte mich auf seinen Kuss, seine feste Hand in meinem Nacken. Ich konnte meine Gefühle in diesem Moment jedoch nicht zurück halten und stieß ein erschrockenes Stöhnen aus.
Obwohl er sich sehr vorsichtig bewegte, verschlang mich die Intensität seiner Nähe. Er verharrte und liebkoste mein Gesicht mit stillen Küssen. War es die Tatsache, dass ich hier mit dem Gott Hades lag, die mich das Ganze als beinahe unerträglich empfinden ließ? Oder die Härte seines Körpers? Ich wusste es nicht. Ich wusste nur, dass diese überwältigende Lust alles Menschliche überstieg und ich nicht im Mindesten darauf vorbereitet war.
Eine kleine Ewigkeit schien zu vergehen, ehe er sich wieder in mir bewegte. Ich riss den Kopf zur Seite und vergrub mein Gesicht in den Kissen. Dann

löste ich mich aus meiner Erstarrung und bog mich ihm entgegen, öffnete mich ihm und hieß seine bebende Erregung in mir willkommen.
Melas küsste meinen Hals. Sein Atem beschleunigte und ich klammerte mich an seinen Armen fest.
„Danke“, flüsterte er.
Dass er von allen möglichen Worten ausgerechnet dieses sagte, haute mich innerlich erneut um. Ich hatte das Gefühl, von einem eleganten Raubtier häppchenweise verschlungen zu werden und kam mir gleichzeitig wie der kostbarste, seltenste Schatz im ganzen Universum vor. Und ich empfand eine für diese Situation geradezu unwirkliche Geborgenheit, die ich nicht kannte. Seine Augen irrlichterten wie kreisende Sterne über mir. Ich winkelte meine Beine an und hatte auf einmal das Bedürfnis, ihn noch tiefer zu empfangen. Er folgte meiner Einladung und begann, nach einem forschenden Blick in mein Gesicht, sich härter zu bewegen. Ich unterdrückte einen leisen Schrei. Er nahm mich auf eine unbeschreibliche Weise. Mit lasziver Kraft und Zartheit, mit Innigkeit und Härte. Ich geriet in einen atemlosen Taumel und starrte ungläubig in seine irreal funkelnden Augen. Etwas leicht Animalisches trat in seinen Blick, etwas das mich wieder an den archaischen, gnadenlosen Unterweltgott erinnerte, der er war. Ich konnte den Ansturm seiner Leidenschaft kaum noch aushalten; ihn so losgelöst zu sehen, vor unbeherrschter Sinnlichkeit bebend. An seinem Hals pochten die Adern und sein Atem rang mit seiner eigenen Lust. Seine Lippen spannten über seinen spitzen, unmenschlichen Zähnen und auf einmal hatte ich die Befürchtung, dass er es sich doch noch anders überlegen und sie in meinen Hals schlagen würde. Aber stattdessen nahm er mich noch unerbittlicher und bezwang mich vollkommen. Ein übermenschlicher Ansturm von pulsierender Intensität ballte sich in meinen Zellen zusammen.
Doch während ich in dieser anrollenden Welle der Unbeschreiblichkeit erstarrte, hielt Melas auf einmal inne, richtete mich auf, zog mich auf sich und lehnte sich gegen einen der Bettpfosten. Meine Gier nach der endgültigen Vollendung hatte sich so verselbständigt, dass ich meine Hände um seinen

Nacken schlang und mich auf seiner Härte zerschellen ließ. Ich zog den Kopf ein und warf ihn im nächsten Moment zurück. Seine Hand auf meinem Mund unterdrückte den tiefen, ungläubigen Schrei, der in mir hoch stieg. Das Gefühl, so tief von ihm durchdrungen zu sein, nun am Ende aber meinen eigenen Rhythmus bestimmen zu dürfen, krönte die überwältigenden Empfindungen in meinem Innern. Der Moment war so unfassbar, dass ich nicht wusste, ob ich ihn noch aufrecht erhalten und hinaus zögern oder doch über die Klippe des Unerträglichen springen sollte.

Nicht dass ich das je hätte steuern können. Es steuerte mich und warf mich in einer Welt, die mich wie einen Mahlstrom erfasste und mich – so glaubte ich – nie wieder freigeben würde.

Ich klammerte mich wie eine Ertrinkende an Melas fest und erlebte, wie irgendwo tief in meinem Bewusstsein etwas Altes, Dunkles in diesem Höhepunkt zuckte, das immer schon in mir gewesen, das ich aber nie beachtet hatte.

Das musste es sein, wenn die Tantriker von vollkommener Verschmelzung redeten. Das war jenseits von schnödem Sex. Es war ewig und unendlich und weil ich es als Mensch zum ersten Mal erlebte, knockte mich das Gefühl beinahe aus. Ich wäre fast nach hinten gekippt und vom Bett gefallen, wenn Melas mich nicht gehalten und behutsam hingelegt hätte. Er bedeckte mein Gesicht mit Küssen und ich wusste, er würde es mir nicht übel nehmen, dass ich zu nichts anderem mehr imstande war. Ich ertrank in dem Nachbeben des Unglaublichen und fiel ansatzlos in einen tiefen Schlaf.

Kapitel 32

Das warme Prickeln von Sonnenschein auf meinem Gesicht weckte mich. Ich öffnete blinzelnd die Augen und verharrte eine Weile in einem Zustand von stiller, unwissender Leere. Dann standen die Erinnerungen an das, was in der Nacht geschehen war, in gläserner Klarheit vor mir. Ich spürte die Nachwirkungen dieser Nacht in jeder Faser. Der nächste Gedanke galt ihm. Sonderbarerweise erwartete ich, dass ich alleine in meinem Bett liegen würde. Melas wirkte nicht wie jemand, der zu gemeinsamem Aufwachen und morgendlichem Kuscheln neigte. Umso überraschter war ich, als ich plötzlich seine Anwesenheit neben mir spürte. Vorsichtig wandte ich den Kopf. Er lag neben mir und betrachtete mich mit aufgestütztem Kinn. Ein überirdisches, kaum sichtbares Lächeln umspielte seine Lippen. Das Wissen, dass er mich in meinem Schlaf beobachtet hatte, jagte einen wohligen Schauer durch meine Brust.

„Welch eine seltsame Zerrissenheit“, flüsterte er. „Sich nicht sattsehen zu können an deinem süßen Schlaf. Und gleichzeitig zu wünschen, dass du endlich deine Augen aufschlägst.“

Er neigte sich zu mir und küsste meine Stirn.

„Du ... du bist noch hier?“, fragte ich ungläubig.

„Wo soll ich denn sonst sein? Glaubst du, ich überlasse dich nach einer solchen Nacht dir selbst?“

„Ich weiß nicht ... ich dachte, du neigst eher zum Verschwinden.“

Melas sah mich mit gespielter Empörung an. „Du vergisst, dass ich mich dir hier in deiner Welt von meiner menschlichen Seite zeige. Und in dieser Form gehört es sich nicht, eine eroberte Dame alleine aufwachen zu lassen.“

„Du bist ein wahrer Gentleman“, sagte ich und schirmte meine Augen gegen die Sonne ab, die schräg ins Zimmer schien und alles um mich herum überdeutlich und hell aufleuchten ließ.

„Nein. Kein Gentleman“, sagte er mit einem angedeuteten Kopfschütteln. „Nur dein. Für immer. Das weißt du.“

Er küsste mich lange und innig. Mein Herzschlag beschleunigte sich und ich war versucht, wieder an das Erlebnis der Nacht anzuknüpfen. Aber Melas schirmte meine neu aufkeimende Lust mit seiner abgeklärten Ruhe ab und deutete auf den kleinen Tisch vor dem Kamin.

„Hast du nicht das Bedürfnis, deine leeren Energiespeicher ein wenig aufzufüllen?“
Ich hob den Kopf und sah, dass er, während ich schlief, wohl Frühstück bestellt hatte. Auf der weißen Tischdecke wartete neben einem kleinen Blumenstrauß frische Croissants, Orangensaft und eine Kanne Kaffee.
„Du offenbarst mir deine menschliche Seite auf eine sehr ... nun, angenehme Art und Weise“, sagte ich und war entzückt.
„Daran darfst du dich gewöhnen, Mara“, sagte er und spielte mit meinem zerzausten Haar auf dem Kissen. „Wenn wir zusammen bleiben wollen, musst du dich über Derartiges bald nicht mehr wundern."
„Aber ...“
„Was? Du glaubst, ich bin nur gekommen, um dich in die Unterwelt zurück zu schleifen und dich für vier Monate dort festzuhalten?“
„Ehrlich gesagt, ja.“
Melas schüttelte lächelnd den Kopf und erhob sich vom Bett. Er ging ins Bad und half mir in den flauschigen Bademantel, auf dessen Revers unnötigerweise die Initialen von Luis Bernard eingenäht waren.
„Diese Dinge besprechen sich besser bei einer kleinen Stärkung“, sagte er und rückte mir einen Stuhl an den Frühstückstisch. Er öffnete das hohe Fenster, das auf einen kleinen Balkon hinaus führte. Es war ein klarer, kühler und strahlender Herbsttag. Die Sonne wärmte ein wenig und in der Luft lag der würzige Geruch des feuchten Gartens. Melas goss mir eine Tasse Kaffee und etwas Saft ein und ließ sich vor mir auf einem Stuhl nieder.
Er ließ seinen unergründlichen Blick auf mir ruhen und betrachtete mich mit einem erfreuten Lächeln, als ich beim ersten Schluck Kaffee genießerisch die Augen schloss.
„Liebste, diese Nacht war unbeschreiblich“, sagte er. „Aber ich spüre, dass du Fragen hast. Ich weiß auch, dass du in den vergangenen Monaten unserem Wiedersehen mit wachsendem Unbehagen entgegen gesehen hast.“
Er hatte mich ertappt. „Es tut mir Leid“, setzte ich an, aber er unterbrach mich mit einer gelassenen Geste.

„Wofür entschuldigst du dich? Dein Leben gehört dir alleine. Und es entwickelte sich prächtig. Du hast deine Kraft gefunden und Erstaunliches geleistet innerhalb so kurzer Zeit. Es ist klar, dass du keine große Lust hattest, für vier Monate in der Unterwelt zu verschwinden."
„Ich hatte Sehnsucht nach der Unterwelt", beteuerte ich. „Und nach dir."
„Jedoch nicht auf die Tatsache, dass dein Leben während dieser Zeit angehalten wird", meinte er. „Und das wird auch nicht geschehen."
Ich sah ihn an und verstand nicht. „Aber ... war das nicht unsere Vereinbarung?"
„Wir haben keine Vereinbarung, Mara. Vergiss nicht, dein Aufenthalt in meinem Reich war nur eine Probezeit. Eine Möglichkeit, damit du dich endlich erinnerst. Nicht mehr."
„Das verstehe ich nicht", sagte ich und ließ meine Tasse sinken. Schlagartige Enttäuschung kam in mir hoch.
Melas lächelte besänftigend. „Merkst du es immer noch nicht, Mara?"
„Was? Was soll ich merken?"
Er beugte sich vor und ergriff meine Hand auf dem Tisch. Sah mir eindringlich in die Augen und sagte: „Ich liebe dich."
Ich schluckte und zwang mich, mein Zittern zu verbergen. „Ich liebe dich auch", gab ich zurück, aber meine Stimme war nur ein Wispern. Zu viel Unwägbarkeit, zu viel Furcht lag in diesem Geständnis. Und doch – was für eine erstaunliche, befreiende Wirkung, es endlich auszusprechen. Es war so schlicht und menschlich und machte eigenartigerweise Sinn, obwohl ich es zu der Verkörperung des Unmenschlichen sagte.
Melas lächelte und streichelte meine Hand.
„Dann gibt es nichts, worüber du dir Sorgen machen musst."
„Bitte erkläre es mir", bat ich. „Ich dachte, dass Persephone vier Monate des Jahres in der Unterwelt bleiben muss, als Königin an deiner Seite."
Melas lehnte sich zurück und ließ seinen Arm gelassen über die Lehne hängen. „Du bist aber nicht Persephone. Du bist Mara. Ein freier Mensch, der gerade in ein sehr erfolgreiches, erfüllendes Leben aufbricht. Du bist nicht an

mich gebunden. Doch erlaube mir eines zu sagen: Wenn du nicht in die Unterwelt kommst weil du gerade deine Bahn als aufsteigender Stern am Modehimmel verfolgst, dann muss die Unterwelt eben zu dir kommen."
Von draußen drang die vertraute Pariser Geräuschkulisse herein. Irgendwo im Garten hörte ich das helle Lachen von Berenice, die mit irgendjemandem Verstecken spielte.
„Mara, ich kann ein Mensch sein. Ich bin nicht an meine Herrscherrolle in der Unterwelt gebunden. Dieses Prinzip regelt sich von alleine und ich kann mir, wann immer ich will, eine Pause davon nehmen. Um mit dir zusammen zu sein. Ich weiß, es überfordert dich jetzt, aber eigentlich ist es ganz einfach. Wenn du es wünschst, bin ich für dich da und wir können zusammen sein. So oft du willst. Vielleicht erstaunt es dich, aber wir können nachher einen Spaziergang über die Champs Élysée machen. Wir können sogar zusammen essen gehen."
Wie zum Beweis, dass er es mit seiner Menschlichkeit ernst meinte, zupfte er ein Stück von meinem Croissant ab und aß es. „Meine Güte, ist das gut", stellte er fest. „Ich sollte das viel öfters machen."
„Das heißt, du kannst zwischen diesen beiden Welten beliebig hin und her wechseln?", fragte ich, immer noch fassungslos.
„Wie du siehst. Ich hatte nur nie einen besonderen Anreiz dazu. Bis jetzt."
Sein verschmitztes Lächeln entzückte mich. Seine Offenbarung ließ mein Herz schneller schlagen.
„Das heißt, wir können uns immer sehen? Nicht nur während den vier Wintermonaten?"
Er nickte. „Wir können zu dir oder zu mir gehen", sagte er mit einem leisen Lachen. „Die Welt der Menschen ist durchaus reizvoll. Ich kann ihr mehr abgewinnen als ich dachte. Aber mein Reich steht dir immer offen. Wann immer dir nach der tieferen Dimension des Seins verlangt und der dunklen Stille, in der deine Seele neue Kraft schöpfen kann, werden wir entschwinden. Die Welt ist voller Übergänge in mein Reich. Es muss nicht unbedingt ein

dunkler Brunnen sein. Ich denke doch, dein Leben als angehender Mode-Star erlaubt es dir bisweilen, zu verschwinden."

„Ich denke schon."

Ich stellte meine Tasse ab und erhob mich. Ich wusste nicht, was ich sagen sollte. Zu unglaublich, zu großartig klang das, was er mir gerade eröffnet hatte. War es wirklich so leicht?

„Ja", las er meine Gedanken. „Das Leben ist leicht, wenn du dich dafür entscheidest. Und das hast du. Du hast eine der größten Lektionen des menschlichen Seins verstanden."

„Ich danke dir", sagte ich und ließ mich auf seinen Knien nieder, umschlang seinen Hals und schmiegte mich an ihn. „Danke, dass du mir gezeigt hast, um was es wirklich geht."

„Gern geschehen. Ich war ja dabei auch ein wenig eigennützig."

Er begann meinen Rücken zu streicheln und mich zu küssen. Das nächtliche Verlangen entfachte sich neu. Ich warf einen Blick über seinen Kopf hinweg auf die im Sonnenglanz badenden Dächer des 7. Arrondissements. Die Freude über meinen gestrigen Erfolg und alles was kommen sollte, überwältigte mich erneut, aber eine Sekunde später dachte ich: Schade, dass meine Mutter das alles nicht erleben konnte. Ich hatte mir früher immer ausgemalt, dass ich solche Momente mit ihr würde teilen können.

Melas hob den Kopf. Er hatte sofort gespürt, dass ein kleiner Schatten über mein Glück gefallen war. „Was hast du gerade gedacht?", fragte er.

„Du kannst doch meine Gedanken lesen."

„Oh, das werde ich mir als dein menschlicher Gefährte schleunigst abgewöhnen. Das gehört sich nicht." Er sah mich fragend an und strich sanft über meine Wange. „Was hast du gedacht?"

„Ich habe an meine Mama gedacht", sagte ich und spürte plötzlich Tränen in meinen Augen. „Sie hat immer an mich geglaubt. Viel mehr als ich selbst. Und sie hat mich immer unterstützt und jetzt ist sie nicht mehr da, um zu sehen, was ich erreicht habe. Ich weiß, es klingt selbstsüchtig, aber ich hätte das so gerne mit ihr geteilt."

Melas nickte. „Du hast aber noch etwas anderes gedacht, nicht wahr? Da gibt es etwas Unausgesprochenes zwischen uns. Weißt du, was ich meine?"
„Ja, ich glaube schon. Ich ... ich musste gerade daran denken, dass ich dich in der Unterwelt eigentlich fragen wollte, ob du weißt, was mit meiner Mutter geschehen ist. Also, mit ihrer Seele. Ich hatte gehofft, dass ich ihr in dieser Dimension vielleicht begegnen kann. Aber dann .... dann war ich so beschäftigt mit mir selbst, dass ich nicht mehr darauf zurückgekommen bin."
„Das wäre auch gar nicht möglich gewesen", sagte er und wischte zärtlich meine Tränen weg. „Die Seele deiner Mutter war während dieser Zeit nicht in meinem Reich."
„Ich erinnere mich noch daran, was du zu mir gesagt hast", fuhr ich fort. „Du hast gesagt, dass du mir alles zurückgibst, was ich glaubte verloren zu haben."
Er nickte. In seinen Augen glühte ein kaum wahrnehmbares Strahlen auf, als wäre dort ein Licht aufgegangen. „Und das werde ich auch", sagte er mit einem leicht verschwörerischen Lächeln.
„Wie?"
„Indem ich dich wissen lasse, dass du niemals irgendetwas oder irgendjemanden verloren hast." Er tauchte seinen innigen Blick in meine Augen. „Das hast du während deiner Zeit in der Unterwelt doch verstanden, Mara."
Ich nickte und unterdrückte ein Schluchzen. „Ich weiß nicht, warum ich gerade so traurig bin", gestand ich.
Melas zog mich hoch und zog mich an sich. „Weil der letzte Schleier der Wahrheit noch nicht gefallen ist."
Ich sah zu ihm auf. „Was meinst du?"
Wortlos führte er mich auf den kleinen Balkon. Unter uns lag der sonnige Garten. Insekten schwirrten durchs Licht und ein paar Spinnweben glitzerten wie silberne Tücher über den Buchsbaumhecken. Berenice jagte mit kleinen roten Gummistiefeln über das nasse Gras und tat so, als würde sie sich vor einem der Gärtner zu Tode ängstigen, der langsam und träge und mit einem Gesicht wie Frankensteins Monster hinter ihr her schlurfte und knurrende

Laute ausstieß. Ihre Schreie überschlugen sich fast vor Aufregung und Vergnügen.
„Sie ist hinreißend, nicht wahr?“, sagte Melas und stützte sein Kinn auf meinen Kopf, während er mich von hinten umschlang, als müsste er mich festhalten.
Und dann, ganz plötzlich, wusste ich, was er versuchte mir zu sagen. Ich wandte mich um und starrte ihn fassungslos an.
„Du ... du willst mir sagen, dass Berenice ... dass sie...?“
„Die Seele dieses kleinen Mädchens ist die deiner Mutter.“
Ich schaute zurück in den Garten, wo Berenice den Gärtner mit Kastanien bewarf und er sich auf den Rasen fallen ließ und dramatisch zuckte. Diese überschäumende Lebensfreude. Diese Kindheit, die sie zwar als Kind einer Köchin aber dennoch in privilegierten Kreisen verbringen durfte, umgeben von Liebe und Unterstützung. Beneidenswert.
„Diese Kleine kam gestern Morgen zu mir und hat ...“
Ich dachte zurück an die Szene auf der Gartenbank an ihre kleinen Hände und ihre kindlichen und sonderbar weisen Worte. *Du liebst doch das, was du machst, also kannst du nichts verlieren, also musst du dich auch mehr freuen und musst nicht so aufgeregt sein.*
„ ... und hat genau das zu mir gesagt, was auch meine Mutter gesagt hätte.“
Ein unfassbares Gefühl ergriff von mir Besitz. Für einen Moment schien es, als würde sich etwas in mir auflösen und Platz für etwas Neues machen, das ich bis dahin noch nicht einmal erahnt hatte.
Ich bezweifelte die untrügliche Gewissheit in meinem Innern keine Sekunde lang. Das da unten im Garten *war* jener Mensch, nach dem ich mich so gesehnt hatte. Nein, nicht der Mensch, aber seine Essenz. Deswegen hatte mich Berenice so fasziniert, ohne dass ich hätte sagen können, warum sie mich so anzog.
Ich war sprachlos. Innerlich schüttelte es mich in einem Ansturm ungläubiger Begeisterung und haltloser Liebe. Plötzlich machte alles, absolut alles, einen Sinn.

„Verstehst du jetzt?“, flüsterte Melas an meinem Ohr.
Ich nickte und wandte mich nach ihm um.
„Wie soll ich damit umgehen? Ich meine, wie ... wie kann ich diesem Mädchen zeigen, dass ich Bescheid weiß?“
„Das musst du nicht. Etwas in ihr weiß es bereits.“
Als hätte sie nur auf dieses geheime Stichwort gewartet, sah Berenice in diesem Moment zu uns hoch und winkte wild und ausgelassen. Ich winkte zurück. Die Tränen, die mir nun übers Gesicht flossen waren Tränen unbändiger Freude.
„Du wirst wohl jedes Jahr ein wenig Zeit hier verbringen“, sagte Melas. Seine entspannte Haltung tat mir gut. Sie fing etwas von den aufgewühlten Emotionen in meinem Innern auf und gab mir das Gefühl für die Normalität wieder. Für eine unwiederbringlich veränderte, wundervolle Normalität.
„Natürlich wird die Beziehung zu diesem Kind ungezwungen sein, scheinbar flüchtig“, fuhr er fort. „Aber etwas an eurer Bekanntschaft erfüllt einen tiefen Sinn, etwas, zu dem ihr beiden euch einmal entschlossen habt. In der Anderwelt.“
Ich nickte und beobachtete, wie das Spiel von vorne begann und Berenice wieder vor dem Gärtner davon rannte. In meinem Innern sank die aufwühlende Erkenntnis nun leicht und zart wie ein Seidentuch in die Tiefe. Okay, dachte ich. Dann lebe ich jetzt eben mit dieser unfassbaren, kostbaren und so einfachen Wahrheit.
Schneller als befürchtet beruhigte sich mein Inneres wieder und machte Platz für eine atemlose, ausgelassene Energie. Als hätte sich meine Lebensfreude schlagartig verzehnfacht. Und ich hatte das drängende Bedürfnis, diese freigesetzte Energie in eine bestimmte Richtung zu lenken. Ich wünschte mir nichts sehnlicher, als erneut mit jenem Wesen zu verschmelzen, das mir all diese unfassbaren Geheimnisse enthüllt hatte.
Ich wandte mich ab und sah Melas an. „Das waren ziemlich viele unglaubliche Enthüllungen für mich in so kurzer Zeit“, gestand ich.
Er lächelte. „Du wirst dich daran gewöhnen.“

„Vielleicht will ich das gar nicht."

„Was willst du dann?"

„Können wir unseren Spaziergang über die Champs Élysée noch ein wenig verschieben?", bat ich.

„Alles was du willst. Wonach steht dir der Sinn?"

Ich wagte kaum, es auszusprechen und lächelte nur. Ich stieß ihn sanft zurück ins Zimmer und schloss das Fenster.

„Ich bin mir gerade nicht mehr so ganz sicher, ob ich das, was letzte Nacht passiert ist, nur geträumt habe", sagte ich mit gespielter Ratslosigkeit.

In Melas` Augen ging ein dunkler Mond auf. Er tastete nach dem Gürtel meines Bademantels und zog mich zum Bett. „Oh, das ist etwas an der Realität der Menschen, das ich besonders schätze", flüsterte er zwischen seinen Küssen.

„Die süße Unwissenheit, die das ganze Spiel bestimmt..."

ENDE

Nachwort

Danke, dass ihr mich auch bei diesem Buch begleitet habt. Ich ahne, dass manche von Euch vielleicht überrascht waren, hier kein klassisches Vampirbuch vorgefunden zu haben. Ehrlich gesagt, habe ich nie daran gedacht, dass das Thema Unterwelt eigentlich viele Überschneidungspunkte zum Vampirgenre haben könnte.

Zu diesem Buch inspiriert hat mich ein Bild, das ich einmal bei *deviantart.com* entdeckt habe. Wenn ihr dort die Begriffe *Hades* und *Persephone* eingebt, werdet ihr ein faszinierendes, anziehendes Bild finden.

Es zeigt ein am Boden liegendes Mädchen in einem weißen Kleid und Blumen im Haar. Sie liegt malerisch dahin gegossen in einer sinnlichen Ohnmacht, die die Malerin wunderschön eingefangen hat. Neben ihr kniet in düsterer Nachdenklichkeit ein schwarz gekleideter Mann mit langen schwarzen Haaren und einer zackigen Krone. Er schaut in einem Zustand von Sorge und gleichzeitigem Begehren auf sie herunter und scheint nicht recht zu wissen, wie er sich dem Mädchen in diesem Zustand nähern soll.
Ich weiß nicht warum, aber ich musste mir dieses Bild immer wieder anschauen und hatte das drängende Gefühl, dass hinter der Darstellung eine Geschichte darauf wartet, entdeckt zu werden. Natürlich interpretierte mein von Vampirgeschichten angefülltes Bewusstsein etwas Derartiges hinein. Aber dann wurde mir bewusst, dass mich diese Geschichte aus der Mythologie schon immer fasziniert hatte, ganz ohne Vampir-Zusammenhang. Die Geschichte von Hades und Persephone, die so aufgeladen ist von düsterer Übermacht und Zartheit, von dunklen Abgründen und Magie, Unsterblichkeit und lustvoller Furcht, dem Zauber der Wiedergeburt und den Irrungen einer unmöglichen Liebe. Es sind die gleichen Elemente, aus denen viele gute Vampirgeschichten gestrickt sind. Im Laufe des Schreibens spürte ich, dass meine Interpretation des Persephone-Mythos´ eine passende Vorlage für die Entstehung des Vampir-Genres sein könnte und ließ meiner Fantasie freien Lauf. Beim Schreiben merkte ich auch, dass es mich selbst nicht zufrieden stellen würde, einfach nur eine Fantasy-Story zu erzählen. Es wäre mir zu wenig gewesen, nur über diese Welt zu schreiben, um eine Vorlage für eine ungewöhnliche Liebesgeschichte zu haben; die Unterwelt nur als reizvolle Kulisse zu benutzen. Ich wollte, dass das Ganze einen weiteren Sinn ergab. Da ich mich seit einiger Zeit sehr stark mit verschiedenen Konzepten der Seele beschäftige, geriet ich beim Schreiben immer mehr in den Bann einer Idee. Was wäre, wenn die Unterwelt tatsächlich nur eine Station der Seele wäre und man dort Botschaften, Kräfte und Hilfe mit in das irdische Leben nehmen könnte?

Vielleicht interessiert es Euch ja, welcher Soundtrack mich beim Schreiben dieses Romans begleitet hat. Ich wollte eine Musik, die zu dem Ambiente der Unterwelt und der Antike passt. Die Band *Dead can Dance* hat mit ihrem Album *Within the Realm of a dying sun* einen wunderbaren akustischen Begleiter dafür geschaffen. Die Klänge entführen mich in eine längst versunkene Zeit und das ist auch bei den anderen Alben der Fall, die *Dead can Dance* veröffentlicht hat. Die Musik beschwört eine archaische gefährliche und zugleich sinnlich melancholische Atmosphäre, die ganz weit weg ist vom Lebensgefühl der heutigen Zeit. Ebenso das Album *Music of the Gods* von Melos Archaion, auf dem die alten Götter in einer Art Ritualmusik und altgriechischen Gesängen beschworen werden.
Ich muss sagen, dass mich das Schreiben dieser Geschichte sehr stark mit meiner eigenen Dunkelheit in Verbindung gebracht hat. Und wogegen ich früher gekämpft habe, liebe ich heute wie ein eigenes Kind.
Ich bin glücklich und dankbar, einen Weg gefunden zu haben, meine inneren Bilder lebendig werden zu lassen. Und ich freue mich, dass ihr mich dabei begleitet. Danke, dass ihr dieses Buch gelesen habt. Ich hoffe, ich konnte euch verzaubern und eure Träume bereichern.
Wenn ihr Lust habt, mehr von mir zu lesen, dann versucht es doch einmal mit diesen beiden Titeln:
„Lust der ewigen Nacht“ und
„Die Akte Bram Stoker“.
Ich freue mich auch über persönliche Nachrichten unter
LisanneCourbet@gmx.de

Herzliche Grüße

Lisanne

Printed in Poland
by Amazon Fulfillment
Poland Sp. z o.o., Wrocław

21239079R00176